519 Park Avenue

Kriminalroman

Peter Stockfisch

1.

Der Verkehr auf der Avenida Julius Nyerere war eher mäßig. Nur ein paar Ladas und Nivas und der eine oder andere IFA-Lkw bewegten sich in beide Richtungen. Der Geruch ihrer Abgase erinnerte ihn immer ein wenig an die Luft in Berlin und Leipzig. Aber durch die unmittelbare Nähe zum Indischen Ozean mit seiner leichten Brise verflüchtigten sich die Abgase meistens sehr schnell. Und die Akazien, die die Avenida umsäumten, spendeten nicht nur wohltuenden Schatten, sondern verbreiteten auch einen angenehmen würzigen Duft.

Es war ein schöner Tag. Um diese Jahreszeit war das Klima in Maputo erträglich. Der August hatte meistens moderate Temperaturen. Nicht so schwül wie in den Wintermonaten. Und kaum Regen.

Gerd Kutschinski nahm von seiner Umwelt jedoch wenig Notiz. Er hatte es jetzt eilig. Es hatte eine ganze Weile gedauert, bis er die Botschaft verlassen konnte. Obwohl er selber mit weitreichenden Überwachungskompetenzen ausgestattet war, musste auch er sich der zeitaufwendigen Abmelderoutine der Botschaft durch die Sicherheitsoffiziere unterziehen. Die stellten immer viele Fragen. Meistens die gleichen: Wohin er ginge, zu welchem Zweck, wie lange er wegbleiben, wen er treffen und warum er nicht den Dienstwagen benutzen würde. Und er musste begründen, warum er unbedingt allein gehen wollte und nicht mit einem Begleiter, wie sonst üblich. Kutschinski legte Wert darauf, die Fragen überzeugend und so detailliert wie möglich zu beantworten. Das kostete Zeit.

Als Wirtschaftsattaché an der DDR-Botschaft in Maputo genoss er allerdings etwas mehr Freiheiten als andere Kollegen. Das Ministerium für auswärtige Angelegenheiten und insbesondere die Herren im Politbüro der SED in Berlin, auf die es vor allem ankam, konnten aber auch zufrieden mit ihm sein. Rigoros hatte er die Ziele der Außen- und Wirtschaftspolitik der DDR in Mosambik vorangetrieben. Sei es bei der Entwicklung eines großen landwirtschaftlichen Projektes im Norden des Landes oder die devisenfreie Beschaffung von Steinkohle für die braunkohlelastige Republik. Auch die Lieferung der W-50-Lkws aus der IFA-Produktion der DDR hatte er gut organisiert.

Was seine Bosse in Berlin und die Kollegen in der Botschaft nicht wussten, war, dass er es verstanden hatte, bei allen diesen Transaktionen für sich privat sogenannte Vermittlungs- und Beratungsgebühren in sechsstelliger US-Dollar-Höhe einzustreichen.

Den größten Schnitt machte Kutschinski jedoch bei der Lieferung von Waffen und Militärgütern aus DDR-Beständen. Für deren Organisation und Abwicklung wurde er von seinen mosambikanischen Partnern großzügig belohnt. Zum Teil fanden diese Lieferungen ihre Bestimmung auch in den Nachbarländern von Mosambik, wie Tansania, Sambia, Simbabwe und selbst Südafrika. In den Wirren des Bürgerkrieges landeten die Waren manchmal auch nicht nur bei „Freund“, sondern auch bei „Feind“.

Bei diesen Geschäften war Kutschinski auch auf sein Gegenüber bei der sowjetischen Botschaft in Maputo gestoßen. Oleg Kasparow hatte eine ähnliche Karriere gemacht wie er selber. Während Kutschinski nach seinem Aufstieg als Kader beim Ministerium für Staatssicherheit

(MfS) in den auswärtigen Dienst wechselte, war Oleg vom KGB in die Auslandsvertretung der UdSSR entsandt worden.

Dies waren aber nicht die einzigen Parallelen. Beide verstanden es perfekt, ihre Position für ihre Zwecke und zum eigenen Vorteil auszunutzen. Dabei waren sie nicht zimperlich bei der Ausräumung von allem, was sich ihnen in den Weg stellte. Kutschinski hatte Einiges gelernt. Bei seinem ersten außereuropäischen Einsatz vor ein paar Jahren in Angola hatte er den Akteuren in der Botschaft und außerhalb intensiv auf die Finger geschaut. Er hatte gesehen, welche *nebengeschäftlichen* Möglichkeiten sich für einen Diplomaten in Afrika auftun konnten, wenn man keine Skrupel kannte. Damals hatte er sich das Rüstzeug für seine jetzige Karriere geholt.

Es gab noch eine weitere Gemeinsamkeit der zwei Geheimpolizisten im diplomatischen Dienst. Beide teilten ein Faible für ganz junge Mädchen. Und sie tauschten sich dabei aus, wie und wo sie ihren Vorlieben am besten frönen konnten, ohne Aufsehen zu erregen. Diskretion war oberstes Gebot. Nicht nur mit Rücksicht auf ihren Arbeitgeber, sondern auch im Hinblick auf das Gastland. Das strikte und prüde Regime der sozialistischen Länder hatte sich auch in der Volksrepublik Mosambik etabliert. Verstöße gegen die sozialistische Moral wurden rigoros verfolgt.

Die Angehörigen der DDR-Auslandsvertretungen waren meistens verheiratet. Sie mussten ihre Ehepartner und, wenn vorhanden, ihre Kinder aber in der Regel zu Hause lassen. Damit wollte man einer möglichen Flucht in westliche Länder begegnen. Um riskanten außerehelichen Eskapaden im Gastland vorzubeugen, gewährte Berlin seinen Diplomaten allerdings großzügig häufige Heimreisen.

In einem gravierenden Punkt unterschieden sich die Beiden jedoch: Während Kutschinski sich nur gelegentlich einmal ein Bier oder ein Glas Wein oder Sekt bei besonderen Anlässen genehmigte, trank Oleg Kasparow offensichtlich regelmäßig, meistens Whisky *on the rocks*. Er hatte fast immer eine Fahne, und wenn ein bestimmter Alkoholspiegel erreicht war, wurde er ausgesprochen redselig. Und das war ein Problem. Ein schwerwiegendes.

Die Chefin eines der diskreten Etablissements, die beide von Zeit zu Zeit frequentierten, hatte Kutschinski anvertraut, dass Oleg sich in angetrunkenem Zustand dort bisweilen sehr spendierfreudig gezeigt und mit seinen smarten Geschäften geprahlt hatte. Daraus erwuchs eine Gefahr. Eine tödliche Gefahr. Und nicht nur für den Russen, sondern auch für den Ostdeutschen.

Gerd Kutschinski wollte unter keinen Umständen das, was er in den letzten Jahren erreicht hatte, aufs Spiel setzen. Zweifellos hatte er es weit gebracht. Und er war bei der Planung seine Karriere immer sehr zielstrebig vorgegangen. Bereits der Wechsel seinerzeit von der Hochschule für Ökonomie in Berlin-Karlshorst zur Bergakademie in Freiberg hatte sich im Nachhinein als ein kluger Schachzug erwiesen. Sein erfolgreicher Abschluss mit einer sehr guten Note in dem obligatorischen, das Studium begleitenden Fach „Marxismus-Leninismus" sowie sein früher Eintritt in die Partei machten den Weg frei für eine Position als Kader im Ministerium für Erzbergbau, Metallurgie und Kali.

Kutschinskis Ambitionen im Hinblick auf materiellen Erfolg und Macht richteten sich dann aber bald auf die nächsten Stationen: Ministerium für Außenhandel und schließlich Ministerium für Staatssicherheit. Hier wurde entschieden, wer die Republik im Ausland vertreten durfte. Mit Intelligenz und Fleiß schaffte es Kutschinski, sich für den Auslandsdienst zu qualifizieren. Nicht zuletzt waren für diesen Erfolg auch sein parteipolitisches Engagement sowie sein rigoroses, ja zum Teil menschenverachtendes Vorgehen bei Einsätzen im MfS ausschlaggebend gewesen.

Inzwischen hatte er auch geheiratet. Dies war eine wichtige Voraussetzung für den Auslandseinsatz. Gabriele Schuster, eine Lehrerin für Deutsch und Geschichte am Rosa-Luxemburg-Gymnasium in Berlin-Pankow, war die ideale Partnerin für ihn. Sie engagierte sich voll für ihren Beruf und widmete sich daneben ehrenamtlich der Parteiarbeit. Sie stellte keine großen Ansprüche an gemeinsame private Aktivitäten. Insofern gab es auch keine großen Diskussionen über die mit seiner Karriere verbundene monatelange räumliche Trennung.

Zuerst kam Ungarn, dann Angola und jetzt – mit all den selbstinszenierten finanziellen Segnungen – Mosambik. Diese Errungenschaften waren jetzt in Gefahr. Und diese Gefahr musste eliminiert werden.

Mit Oleg Kasparow wollte er sich jetzt zum Lunch treffen, und zwar in dem altehrwürdigen Polana-Hotel, der „Grand Dame“ von Maputo.

Anders als seine Kollegen in der Botschaft oder auch früher im Ministerium in Berlin, die sich bei Begegnungen mit Vertretern des großen sozialistischen Bruders eher unterwürfig aufführten, trat Kutschinski gegenüber Oleg Kasparow sehr selbstbewusst auf. Seine Seniorität – obwohl er wesentlich jünger war als der Russe – basierte zum Teil auf dem beachtlichen Respekt, der ihm von den lokalen Geschäftspartnern entgegengebracht wurde. Und er wurde gefürchtet. Dies war Oleg nicht entgangen. Eine weitere Ursache für die Überlegenheit Kutschinskis war aber auch die etwas labile Persönlichkeit von Kasparow.

Bei früheren Begegnungen hatten sie sich manchmal über die Risiken ihrer Aktivitäten unterhalten. Zum Beispiel über die komplizierten Methoden, Geld ins Ausland zu schaffen. Dabei waren sie natürlich auf die Unterstützung ihrer afrikanischen Geschäftskumpanen angewiesen. Auch über den Tag X sprachen sie und was zu tun sei, falls einer von ihnen oder beide auffliegen sollten. Sie waren sich der Gefahren voll bewusst.

„Wenn dir eine Gefahr droht, musst du ihr nicht ausweichen. Du musst sie beseitigen. Radikal und vollständig“, hatte der Russe seinem ostdeutschen Kumpanen einmal geraten. Dieses Rates bedurfte es bei Kutschinski jedoch nicht. Er war selber davon überzeugt, dass man in diesem Geschäft skrupellos und entschlossen handeln musste – ohne Rücksicht auf Verluste.

Kasparow konnte damals nicht ahnen, dass sich sein Rat und seine Befolgung eines Tages gegen ihn richten würde.

Kutschinski hatte alles exakt und minutiös vorbereitet.

Er hatte sich entschlossen, zu Fuß zu gehen. Von der Botschaft in der Rua Damiâo de Góis war es nicht sehr weit zum *Polana*.

Auf dem Bürgersteig begegnete er nur wenigen Menschen. Der Bürgerkrieg hatte das Leben in der Stadt sichtbar gelähmt. Und das recht freudlose sozialistische Regime schien auch eine eher einengende Wirkung auf das Leben der Menschen zu haben.

Man sah überwiegend Einheimische auf der Straße. Nur hier und da Europäer. Meistens wie er, Vertreter der Länder des sozialistischen Blocks. Man erkannte sie an ihren etwas spießigen grauen oder dunklen Anzügen und den beigen oder andersfarbigen Oberhemden. Wenn sie nicht gerade ihre uniformen Trainingsanzüge trugen. Und Kubaner, die sich von den Einheimischen vor allem durch ihre etwas fantasievollere Kleidung unterschieden.

Kutschinski war groß und von kräftiger Gestalt. Sein dunkles, etwas gewelltes Haar trug er nach hinten gekämmt. Mit seinem markanten, etwas brutal anmutendem Gesicht wirkte er auf manche Leute einschüchternd, vor allem auf Einheimische. Entgegenkommende Passanten wichen ihm meistens respektvoll aus. Er machte allerdings auch keinerlei Anstalten, seine lineare Gehrichtung nur um einen Deut zu verändern.

Er beschleunigte seinen Schritt jetzt. Wenn er einen „Schatten“ hatte, was nicht auszuschließen war, so musste dieser sich anstrengen, ihm zu folgen. Kutschinski würde sich nur geringfügig zu seiner Verabredung verspäten. Das war wichtig. Es gab einen strikten Zeitplan.

Oleg Kasparow war bereits da. Als er Kutschinski kommen sah, erhob er sich von einem braunen Ledersofa, das in der Hotellobby stand.

„Strasdwudje“, begrüßte er seinen DDR-Kollegen. Wenn sie allein waren, sprachen sie Russisch miteinander. Sonst Englisch. Ihre beider Portugiesischkenntnisse waren eher rudimentär.

„Lasst uns nach vorne gehen. Ich habe in der ‚Varanda‘ für uns reservieren lassen“, sagte Kutschinski und legte eine Hand kurz auf die Schulter des Russen. „Da haben wir frische Luft.“

Und es gibt dort vielleicht weniger Wanzen, dachte er, sagte es aber nicht.

Vorbei an dem klassischen Fahrstuhl in dem Eisenkäfig, der an alte französische Kriminalfilme in Schwarzweiß erinnerte, schritten sie durch die Flügeltüren, die sich zur Seeseite des Hotels öffneten.

Oleg Kasparow war gut einen halben Kopf kleiner als Kutschinski. Er war etwa Mitte 50 und seine mittelblonden Haare lichteten sich bereits. Kasparow trug einen khakifarbenen Anzug, der trotz seiner untersetzten Figur und leichtem Bauchansatz eine halbe Nummer zu groß erschien. Sein fleischiges, großporiges Gesicht war immer leicht gerötet. Mit den engstehenden tiefliegenden Augen vermittelte er den Eindruck eines Mannes, bei dem man ständig auf der Hut sein musste. Insgesamt war seine Erscheinung nicht besonders vertrauenserweckend.

„Seid ihr mit den Ermittlungen in dem Fall Unango inzwischen weitergekommen?“ eröffnete der Russe das Gespräch ohne einleitenden Smalltalk. Er bezog sich dabei auf den dramatischen Anschlag vor einigen Monaten auf den Konvoi von DDR-Landwirten auf ihrem Weg zu der Staatsfarm Unango. Diese Großfarm war seinerzeit mit Hilfe der DDR gegründet worden, nachdem Honecker den Vertrag über die wirtschaftliche Zusammenarbeit mit Mosambik unterzeichnet hatte. Trotz bewaffneter Eskorte hatte es bei dem Anschlag acht Tote auf Seiten der DDR-Helfer gegeben.

„Wie du weißt, gab es verschiedene umfangreiche Untersuchungen. Und Vieles deutet auf eine Aktion der Renamo hin. Aber eine vollständige Aufklärung gibt es bis heute nicht – wenn es sie jemals geben wird.“ Kutschinski machte eine kurze Pause und schaute sein Gegenüber herausfordernd an.

„Und ihr? Wie sieht es zu diesem Fall bei Euch aus? Immerhin hatten damals die Ermittlungen ergeben, dass die Projektile, die gefunden wurden, aus Kalaschnikows sowjetischer Bauart stammten."

Kasparow zwang sich zu einem Lächeln und hob beide Arme.

„Keine Ahnung! Aber ich glaube, dies ist jetzt aktuell nicht unser Thema", wich er der Frage aus. Er nahm einen Schluck von dem Whisky, den er sich hatte kommen lassen. Der Russe kniff seine Augen zusammen.

„Warum wolltest du mich sprechen?"

Kutschinski antwortete nicht gleich. Was sollte er ihm sagen? Eigentlich war es egal. Er hatte einen Tisch auf der linken Seite des nach vorne offenen Terrassenrestaurants gewählt, im Nord-Ost-Flügel des Hotels. Dieses Wahrzeichen der Stadt war von seinen Architekten so konzipiert worden, dass sich seine Seitenflügel jeweils trichterförmig in einem Winkel von 135 Grad zur Rückseite des Gebäudes öffneten. Von ihrem Tisch hatte man einen freien Blick auf die weiträumige Swimming-Pool-Anlage, die sich fast über die ganze Breite des Hotels erstreckte und bis zu dem breiten Grünstreifen vor der Küstenstraße, der Avenida da Marginal, reichte. Dahinter sah man die Baia de Maputo mit der Insel Inhaca.

Kutschinski hatte Kasparow so postiert, dass er direkt im Blickfeld des schräg gegenüber liegenden Süd-West-Flügels des Hotelkomplexes lag. Er selber setzte sich rechts von dem Russen in einem Winkel von 90 Grad.

Oleg Kasparow durfte keinen Verdacht schöpfen. Der Deutsche gab sich daher ernst und wichtig, als er antwortete.

„Oleg, wir müssen aufpassen. Keine Dokumente aufbewahren und mit Niemandem reden. Mit Niemandem!"

Ein livrierter Ober nahm ihre Bestellung auf. Um den Schein der devisenschwachen Ost-Diplomaten zu wahren, hatten Sie ein einfaches Mittagsmenü ausgewählt, eine Mucapata mit einer Meeresfrüchtesuppe vorweg.

„Die haben uns aus Berlin zwei Kontrolleure geschickt. Die löchern zwar fast alle in der Botschaft, drehen jedes Stück Papier um und sitzen stundenlang an allen unseren Computern. Ich habe aber den Verdacht, dass sie vor allem mir auf die Finger sehen wollen." Und nach einer kurzen Pause: „Da sind sie aber an der falschen Adresse. Zu unseren Spezialgeschäften bewahre ich nichts auf; keine Lieferscheine, keine Rechnungen und keine Bankauszüge. Oleg, ich muss mich darauf verlassen können, dass du dies genauso handhabst."

Der Russe nickte und wollte etwas sagen, aber die Suppe wurde gerade serviert, und so schwieg er.

Die linke Hand unter dem Tisch, die andere zum Löffel greifend, schaute Kutschinski unauffällig auf seine Uhr. Exakt 14 Minuten nach eins. Noch 60 Sekunden. Kutschinski rückte seinen weißen Korbsessel nach hinten und lehnte sich etwas zurück.

Es war ein kurzes, lautes Peng. Oleg Kasparows massiver Kopf fiel auf die Suppenschale vor ihm, die laut scheppernd in Stücke brach. An seinem Hinterkopf klaffte ein faustgroßes Loch, aus dem Blut über sein rechtes Ohr und die rechte Wange rann, das sich mit Hirnmasse, Haaren und der weißgelben Flüssigkeit der Meeresfrüchtesuppe mischte.

Gute Arbeit, dachte Kutschinski. Auf diesen Scharfschützen war Verlass. Der hatte ihn allerdings auch eine Stange Geld gekostet. In harter Währung.

2.

Der Vorhang fällt. Es vergehen noch einige Sekunden nach dem dramatischen Ende und dem Verstummen des Orchesters. Dann der Applaus, zunächst zögerlich, dann stärker und breiter. Die Kronleuchter gehen halb an und senken sich langsam von der Decke. Einige Bravorufe und Beifallspfiffe von den hinteren Reihen und vom Family Circle. Die Sänger verbeugen sich, zuerst die Nebenrollen und schließlich – bei anschwellendem Applaus – die Stars, allen voran Ramón Vargas als Riccardo, Angela Brown als Amelia und Dmitri Hvorostovsky als Renato. Dies wiederholt sich noch ein paar Mal, wobei am Ende auch der Dirigent, Gianandrea Noseda, auf die Bühne geholt wird und für sich und das Orchester den Beifall entgegennimmt.

Es gibt noch eine kleine Überraschung: Das Ensemble stimmt ein „Happy Birthday“ für Noseda an. Klingt gut – mehrstimmig von professionellen Sängerinnen und Sängern dargeboten.

Und dann ist es plötzlich vorbei. Volles Licht, leises Stimmengewirr und ein bisschen Gewühle in den Reihen.

Thomas Kirsten geht es auch nach fast 25 Jahren New York immer noch ein wenig auf den Wecker, dass die meisten Menschen ihre Mäntel selbst in der Metropolitan Opera nicht an der Garderobe abgeben, sondern umständlich auf ihrem Sitz oder auf dem Schoß verstauen, manchmal zusammen mit großen Taschen oder Tüten, wenn sie direkt von der Arbeit oder vom Einkaufen kommen. Vielleicht ist es das Tempo der Stadt; wozu nach der Aufführung lange an der Garderobe in der Schlange stehen. Viel wichtiger ist es, schnell die Subway oder den

Bus zu erreichen oder den Zug nach New Jersey oder Connecticut. Daher fällt der Beifall in den New Yorker Theatern und Konzertsälen auch eher kurz aus.

Natürlich gibt es auch Leute, die sich hübsch gemacht haben für einen festlichen Abend – ohne Mantel und Regenschirm in den Reihen, wie es in Dresden, Hamburg oder München gang und gäbe ist. Auf die wartet dann allerdings draußen häufig eine Limousine.

Es dauert nur wenige Minuten, bis Thomas Kirsten seinen Mantel hat und auf den weiten Vorplatz mit dem erleuchteten Springbrunnen tritt.

Er war jedes Mal wieder von dem Lincoln Center fasziniert. In einer weiträumigen Architektur waren hier Oper, Philharmonie, Ballett und Theater vereint. Und die besten Sänger und Musiker aus der ganzen Welt gaben sich hier ein Stelldichein. Hier, in diesem Zentrum der Kultur, fühlte man förmlich die Musen atmen.

Gleich daneben die berühmte Juilliard School, aus der schon so viele große Musiker hervorgegangen sind, die heute an den bekannten Opernhäusern oder in den besten Orchestern der Welt wirken.

Als junger Student hatte Thomas Kirsten einen Dokumentarfilm gesehen über den Neubau der Metropolitan Opera im Lincoln Center Mitte der 60er-Jahre. Kernstück des Films war ein Interview mit dem damaligen charismatischen General Manager der Met, Sir Rudolf Bing. Er hatte sich damals fest vorgenommen, der Met so bald wie möglich einen Besuch abzustatten. Sein Wunsch erfüllte sich erst siebzehn Jahre später.

Es ist kühl, und er bindet sich seinen Schal etwas fester um den Hals. Er hatte sich auf diesen Abend gefreut. Christina wollte unbedingt *Un Ballo In Maschera* sehen. Anschließend wollten sie im *Café des Artistes* essen.

Dann kam in letzter Minute wieder etwas dazwischen: Christina arbeitete für Cartwright Lechter & Dornfeld LLP, eine große Anwaltskanzlei in Manhattan mit Schwerpunkt Gesellschaftsrecht. Da kam es vor, dass sie plötzlich bis in die Nacht arbeiten musste, um kurzfristig für einen Klienten einen Börsenprospekt oder einen Antrag für die Aufsichtsbehörden zu erstellen. Obwohl Verdis *Maskenball* nicht zu seinen Lieblingsopern gehörte, entschloss er sich, alleine zu gehen und die zweite Karte gegebenenfalls an einen der Musikstudenten, die regelmäßig vor der Met auf eine solche Gelegenheit warten, zu verschenken. Er hatte keine Lust, vor dem Fernseher zu sitzen und auf Christina zu warten.

Thomas Kirsten ging in Richtung Columbus Circle. Er liebte diese Stadt, die sein Leben in so mannigfaltiger Weise bereichert hatte. Trotz seiner 62 Jahre hatte er immer noch den gleichen Tatendrang wie vor 25 Jahren als die Dresdner Bank ihn von Frankfurt nach New York geschickt hatte.

Wahrscheinlich lag es an der Dynamik dieser Metropole, die ihn beflügelte, beruflich wie privat. Beruflich hatte man immer das Gefühl, neue Ideen entwickeln und dann auch sofort umsetzten zu müssen. Und privat war es das unglaubliche Angebot an kulturellen Ereignissen, politökonomischen Veranstaltungen und Entertainment auf höchstem Niveau, bei dem man sich ständig entscheiden musste, welchen Event man zugunsten eines anderen auslassen wollte.

Und dann die Menschen. Die Mischung aus Europäern, Süd- und Mittelamerikanern, Asiaten und Afrikanern war eine permanente Augenweide. Wenn man durch die Straßen ging, waren eigentlich alle Sinne stimuliert. Und das lag nicht nur an den rassigen jungen Menschen in frecher Kleidung. Alter spielte fast keine Rolle. Jeder war akzeptiert.

Thomas Kirsten war ein sportlicher Typ, groß und schlank, mit fast grauen Haaren und immer etwas sonnengebräunt. Daher wirkte er auch vielleicht jünger, als er war. Seine Garderobe war *cool*. Seine *Boss*-Anzüge und -Hemden kaufte er seit über 30 Jahren in Deutschland. Dort wurde einfach schicker und enger geschnitten. Das fiel auf inmitten der amerikanischen Geschäftsleute oder Banker, von denen kaum einer einen gut sitzenden Anzug trug, konnte der Stoff noch so kostbar sein.

Es war frisch, aber irgendwie lag ein Hauch von Frühling in der Luft. Er beschloss, zu Fuß nach Hause zu gehen. Er ging gerne zu Fuß in Manhattan. Immer viele Menschen auf den Straßen. Zu jeder Tag- und Nachtzeit. Und es gab ständig etwas Interessantes zu sehen.

Sein Apartment lag in der Upper East Side, in der 69. Straße zwischen Lexington und Third Avenue. Die Wohnung von Christina lag nur sechs Straßen weiter nördlich. Er würde etwa eine halbe Stunde brauchen.

Inzwischen war er an Central Park South angekommen. Dies war zwar ein Umweg, aber er konnte schlecht nachts um halb zwölf quer durch den Park laufen. Dabei gab es immer einige Unerschrockene, die selbst um diese Zeit noch im Park joggten.

„Hallo, hast du Lust?“ hörte er eine angenehme Frauenstimme kurz vor dem Essex House neben sich.

„Nee, danke, ich hatte gerade volles Programm“, flapste er zurück und lächelte die dunkelhäutige Schöne an.

Trotz Verbot traf man sie überall: In den Hotels, auf der Straße, in Restaurants und Bars. Nur sahen sie hier – gewissermaßen als Tarnung – irgendwie neutraler aus, wie die attraktive Frau von nebenan – was nicht ganz ohne Reiz war.

Christina würde nicht vor Mitternacht kommen.

Er dachte gerade daran, wie sie sich vor 6 Jahren bei einer Vernissage im German House kennengelernt hatten, als es in seiner Jackettasche vibrierte.

„Hallo?"

„Ich bin's, wie war's?"

„Magnifico! Du wärst begeistert gewesen. Super Amelia. Ich hatte Angela Brown vor ein paar Jahren in Hamburg in der gleichen Rolle gesehen; sie ist noch besser geworden. Tolle Stimme, super Frau, große Bühnenpräsenz. Es tut mir leid, aber du hast etwas verpasst. Wie sieht's bei dir aus?"

„Wir kommen nicht weiter. Wir benötigen ein paar Angaben von den Wirtschaftsprüfern. Die sind jetzt natürlich alle weg. Wir brauchen noch etwa eine halbe Stunde und dann komme ich. Bist du dann bei mir in der Wohnung? Bitte! ich brauche eine Massage."

Diese Bitte konnte und wollte er ihr nicht abschlagen, und er beeilte sich mit der Antwort, Vorfreude in der Stimme.

„Okay, Ich warte bei dir auf dich".

3.

„Hey, Darling, bist du eingeschlafen?"

„Hmm ...", kam es von der Couch. Beim Zappen zwischen *Letterman* und *Connan O'Brian* musste er tatsächlich eingenickt sein und hatte sie nicht kommen gehört. Christina lächelte und beugte sich über ihn, um ihm einen Kuss zu geben. Jetzt war er hellwach. Sie sah trotz später Stunde und langem Arbeitstag wie immer umwerfend aus: Ihre langen schwarzen Haare waren hinten in einem Pferdeschwanz zusammengebunden, der ihr über die linke Schulter fiel. Sie trug ein enges graues Kostüm mit einer fliederfarbenen Bluse. Der Rock endete kurz über dem Knie und presste sich an ihre Oberschenkel. Ihre Strümpfe – eine New Yorker Rechtsanwältin geht nie ohne Strümpfe ins Büro, selbst nicht im Sommer bei 90 Grad Fahrenheit – unterstrichen noch das leichte Braun ihrer Beine. Thomas Kirsten war auch nach sechs Jahren immer noch fasziniert von ihr und konnte bei ihrem Anblick seine Erregung kaum verbergen. Es war nicht nur ihre Jugend – der Altersunterschied betrug immerhin 23 Jahre – sondern eher ihre erotische, warme Ausstrahlung, die von vielen Frauen südamerikanischer Herkunft ausgeht.

Christina war für Thomas eine ernsthafte Beziehung. Er konnte sich vorstellen, mit ihr zusammen zu bleiben. Dies war eine bemerkenswerte Erkenntnis, nach seinen ziemlich wilden Jahren seit seiner Scheidung vor 20 Jahren.

Er hatte sich damals über beide Ohren in eine Französin verliebt, die er in einem Restaurant kennengelernt hatte. Es hatte so gefunkt, dass er alle Vernunft über Bord warf. Es entwickelte sich eine leidenschaftliche, stürmische Beziehung. Seine engsten Freunde konnten ihn nicht zur Raison bringen. Er war – wie sie sagten – hundertprozentig „schwanzgesteuert“. Da er Heimlichkeiten hasste, hatte er Bärbel sehr bald von seiner Affäre erzählt. Bärbel war natürlich wie am Boden zerstört, und sie führten nächtelang selbstzerstörerische Diskussionen, die jedoch zu nichts führten. Nach einigen Wochen fingen sie dann an, über Scheidung zu sprechen.

Mit Jaqueline, so hieß die Französin, dauerte es über sechs Jahre. Viel Sex, exotische Reisen und, insbesondere in den letzten Jahren, immer häufiger auch heftige Auseinandersetzungen. Die beiden waren sich zu ähnlich. Jeder wollte die Kontrolle in der Hand haben und sagen, wo es lang geht. Thomas war es in seinem Beruf gewohnt, die Richtung vorzugeben, und Jaqueline auch. Sie betrieb in Manhattan ein französisches Restaurant, das sehr erfolgreich war. Sie war der Boss. Und diese Rolle reflektierte auch in ihr Privatleben. Das funktionierte auf die Dauer nicht, und ihre Beziehung ging schließlich in die Brüche.

Danach hatte er wechselnde Partnerinnen. Er musste sich eingestehen, dass seine erotischen Erfahrungen, die er in diesen Jahren machte, für ihn ein neues, elektrisierendes Kapitel in seinem Leben darstellten, das er – immerhin im Alter von Anfang/Mitte vierzig – nicht für möglich gehalten hatte. Frauen inspirierten ihn. In ihrer Gegenwart fühlte er sich wohl. Der Reiz und die Faszination des Neuen, des Geheimnisvollen spielte dabei eine wichtige Rolle. Dabei war er keineswegs das, was die Amerikaner einen *Womanizer* nennen. Dazu war er – was Frauen betraf – viel zu schüchtern. Es kam ihm nie in den Sinn, heute eine Frau „aufreißen“ zu wollen. Aber er reagierte auf Annäherungen vom anderen Geschlecht meistens positiv.

Vielleicht war es aber auch ein Gegenpol zu seiner beruflichen Männerwelt, die sehr sach- und wettbewerbsorientiert war. In seinem Job ergriff er ständig die Initiative. Privat überließ er dies eher den Frauen.

Mit Christina war alles anders. Okay, er war älter geworden und Christina war mit fast 39 auch kein Küken mehr. Gut, sie war auf dem Zenit ihres Gefühls- und Sexuallebens, aber natürlich hatte auch sie eine Beziehungsvergangenheit, mit der eine gewisse Gelassenheit und Abgeklärtheit kommt. Der Himmel stürzte nicht gleich ein, wenn man sich neu verliebte.

Acht Jahre war sie mit einem Amerikaner liiert. Einem Zahnarzt in Brooklyn. Sie hätte damals gerne geheiratet, aber er wollte nicht. Und sie musste auch nach einiger Zeit erkennen, dass sie nicht allzu viel gemein hatten. Ihre Liebe zur Musik und Kunst ließ sich nicht so gut mit den vielen aktiven Hobbys ihres Freundes vereinbaren: Surfen, Klettern und Snowboarden. Zahnärzte sind in ihrem Beruf wahrscheinlich so frustriert, dass sie ein besonders ausgeprägtes Bedürfnis nach ausgleichenden Freizeitaktivitäten haben. Leider meist nicht auf intellektuellem Gebiet. Insofern war sie ganz froh, als es vorbei war.

Danach hatte sie nur Kurzbeziehungen und kam zu dem Schluss, dass sie eigentlich gar keinen festen Mann oder Ehemann wollte. Sie verdiente in ihrem Beruf, der ihr Spaß machte, genug Geld, um ein angenehmes Leben zu führen. Sie sah blendend aus und war charmant, so dass es keines großen Aufwandes bedurfte, um einen Sexpartner zu finden – wenn es denn sein musste. Im Übrigen glaubte sie inzwischen, dass sie zur Befriedigung ihrer

Libido und ihres Egos nicht unbedingt einen Live-Partner brauchte.

Bis zu dem Moment, als sie Thomas kennenlernte. Bei ihm kam alles zusammen: Selbstsicherheit, Charisma, Bildung, Sinn für Kunst und Musik, Sinn für Humor, Einfühlungsvermögen und erotische Ausstrahlung.

„Ich zieh' mich schnell um; gib mir bitte was zu trinken".

Er war gerade dabei, eine eiskalte Flasche Veuve Clicquot zu öffnen, als er sie aus dem Schlafzimmer hörte:

„Darling, Hilfe!"

Er liebte ihr Englisch mit dem spanischen Akzent. Es klang nicht nach einem akuten Notfall. So nahm er zwei Champagnergläser in die Hand, die Flasche unter den Arm und ging ins Schlafzimmer. Sie lag auf dem Bett, unbekleidet, nur mit einem weißen Handtuch um ihre Hüften. Sie lag auf dem Bauch und zeigte mit dem rechten Zeigefinger auf ihre Schultern:

„Hier! Ich bin völlig verspannt."

Er stellte den Champagner und die Gläser auf die Spiegelkommode. Die kleine Flasche mit dem Massageöl stand bereits auf dem Nachttisch. Sie hatten gelernt, sich gegenseitig dieses unglaubliche Vergnügen von Zeit zu Zeit zukommen zu lassen.

Thomas Kirsten begann langsam und zart, ihren Rücken zu massieren. Seine Hände glitten von unten entlang der Wirbelsäule, vorbei an den Schulterblättern bis zum Hals. An den Schultern verstärkte er den Druck und versuchte, die kleinen, für Büroarbeiter typischen Verspannungsknoten wegzudrücken.

„Ja, da, da, stärker!", raunte sie.

Dies spornte ihn an, und seine Bewegungen wurden kräftiger und schneller. Sie stöhnte vor Schmerzen und Vergnügen. Und er weitete das Terrain aus.

Es kam wie immer: Er berührte ihre Arme, ließ seine Hände von den Achselhöhlen heruntergleiten, wobei seine Fingerspitzen ihre seitlichen Brustansätze berührten, bis zu ihrem Po und ihren Oberschenkeln.

„Oh, Darling, du bist der Beste, ich musste schon im Büro die ganze Zeit daran denken. Bitte, auch meine Füße“, bettelte sie.

Thomas Kirsten wusste, wie es Christina erregte, wenn er ihre Füße und insbesondere ihre Zehen bearbeitete, und er gab sich dabei besondere Mühe. Nach einigen „Ahs“ und „Ohs“ drehte sie sich um und zog ihn zu sich herunter. Sie küsste ihn. Zunächst ganz leicht, dann etwas mehr und schließlich heiß und leidenschaftlich.

Er war immer wieder fasziniert von ihrer Hingabe und Ausdauer. Sie wollte immer, auch nach einem langen, anstrengenden Arbeitstag. Wenn es ihr Arbeitsprogramm erlaubte, trafen sie sich manchmal auch um die Mittagszeit zum Sex. Sie war einfach sportlich – wie er selbst. Sie hatten früher beide viel Tennis gespielt; sie als junges Mädchen in Florida, ihrer ersten Station in den Staaten, als sie mit ihren Eltern aus Ecuador gekommen war, er im Tennisclub in Deutschland. In Manhattan war das nicht ganz so einfach. Aber sie hatte ihr Gym und er drehte hin und wieder seine Runden im Central Park. Sex machte einfach mehr Spaß, wenn man einigermaßen fit war.

Sie schlürften jetzt die alte *Witwe Clicquot.* Es war schon halb zwei. Sie würden die Flasche nicht einmal zur Hälfte leeren. Er hatte um 8.30 Uhr einen Termin. Christina schmiegte sich an ihn, zog ihn unter die Decke.

„Ich denke, wir sollten jetzt schlafen“, sagte sie mit einer Stimme und einer Miene, die genau das Gegenteil ausdrückten. Sie berührte ihn. Dies würde in der Tat eine kurze Nacht werden.

4.

Der Wagen wartete schon vor dem Baldachin mit aufgehaltener Tür.

„Guten Morgen, Mr. Bergstraesser."

„Morgen, Vadim". Mit einem Stapel Zeitungen rutschte er auf die hintere Sitzbank.

„Wie ist der Verkehr heute Morgen? Um halb neun habe ich eine Besprechung."

„Sollten wir schaffen", murmelte Vadim hinter seinem Steuer.

Lars Bergstraesser überflog die Schlagzeilen. Die Märkte sollten heute leicht im Positiven eröffnen. Das waren wenigstens die Vorzeichen von CNBC und Bloomberg, die beiden Fernsehkanäle, die er immer gleich nach dem Aufstehen so gegen sechs Uhr einschaltete. Der Dow Jones sollte die 13.000-Hürde in den nächsten Tagen nehmen. Dies war umso erstaunlicher als sich das Subprime-Dilemma immer mehr ausweitete und das Land in die größte Finanzkrise seit dem Krieg gezogen hatte. Unglaublich.

Sein Fahrer war, wie die meisten Fahrer der Car Services in New York, Russe – oder vielmehr Ukrainer. Bergstraesser hatte nie zu erkennen gegeben, dass er recht gut Russisch sprach. Vadim war ziemlich smart und hätte nur neugierige Fragen gestellt. Außerdem konnte er so mithören, wenn Vadim per Handy mit seinen *Buddies* über halb-legale und illegale Geschäfte sprach. Die Jungs wollten natürlich auch das große Geld in ihrer neuen Wahlheimat machen. Als Limousinenfahrer war das nicht drin. Aber nach außen hin – gewissermaßen als Tarnung – war es ein unverfänglicher, guter Job.

Es ging jetzt nur noch Stop-and-go. Engelhard Capital Group LLC lag in der Avenue of the Americas in einem Wolkenkratzer im 34. und 35. Stockwerk. Sein Handy surrte.

„Mr. Bergstraesser, Ihre Gäste aus Kalifornien sind da“, meldete sich Jennifer.

„Ich bin in 10 Minuten da. Sie sollen im Konferenzraum warten. Ist Thomas schon da?“

„Ja, er ist gerade gekommen.“

*

Sie waren mit dem *Red Eye* gekommen, sahen aber ganz frisch aus: Der Chef (CEO), sein Finanzchef (CFO) und der Investor-Relation-Mann. Alle etwa Mitte bis Ende dreißig. Sie hatten vor zirka acht Jahren in San Diego eine Firma gegründet, die CALO Solutions, Inc., die mit großem Erfolg eine Business Software vertrieb, die auf individuelle Belange bestimmter Branchen ausgerichtet war. Ihr Börsengang war seinerzeit sehr erfolgreich gewesen, und die Aktie notierte inzwischen an der elektronischen Börse NASDAQ. Die rasante Expansion machte nun eine weitere Finanzierungsrunde erforderlich. Dieses Projekt wollte man Engelhard Capital übertragen.

Nachdem Bergstraesser Engelhard vor etwa 20 Jahren gekauft hatte, machte die Firma sich bald einen Namen, junge, erfolgversprechende Technologieunternehmen aus dem Silicon Valley mit intelligenten Finanzierungsmodellen im Markt zu etablieren. Dies war in erster Linie seinem Partner Thomas Kirsten zu verdanken, den er kurz nach Übernahme der Firma angeheuert hatte. Kirsten war ein erfahrener und kreativer Deal Maker.

Bergstraesser, Kirsten, ihr Finanzchef Jeff Cohan und ihr Anwalt Bob Ziegler verhandelten bis in den späten Nachmittag mit einer kurzen Pause für Sandwiches und *Diet Coke.* Es ging um einen dreistelligen Millionenbetrag.

5.

Eigentlich gibt es keinen richtigen Frühling in New York. Es konnte recht frisch und wechselhaft bis Ende Mai sein, wenn dann mit einem Schlag der lange, warme Sommer einsetzt. Natürlich gab es schon mal den einen oder anderen Tag, an dem die Sonne einen Vorgeschmack auf die warme Jahreszeit gab.

So ein Tag war heute.

Jennifer hatte sich in der Mittagspause mit ihrer Freundin Laura verabredet. Mit ihrem Lunch in einem Plastikbehälter von der Salatbar im Deli um die Ecke setzten sie sich auf eine Bank im Central Park, der nur drei Straßen vom Büro entfernt war. Jennifer hätte auch im *Four Seasons* oder bei *Michael's* lunchen können, sie hatte genug Geld, aber Laura verdiente nicht so viel. Außerdem gehörte es unter New Yorker Professionals – insbesondere den jüngeren, zu denen sie sich noch zählten – quasi zu einem Ritual, bei schönem Wetter sein Lunch im Freien einzunehmen; sei es im Central Park oder im Bryant Park oder in den öffentlichen Vorhöfen bzw. Atrien vieler Bürogebäude, die mit wetterfesten Tischen und Stühlen ausgestattet waren.

Jennifer war eine attraktive junge Frau von vierzig. Mit ihren langen dunkelblonden Haaren, die sie abwechselnd offen, in einem Pferdeschwanz oder hochgesteckt trug, sah sie deutlich jünger aus. Sie kleidete sich chic und teuer. Ins Büro trug sie meistens Kostüme oder Hosenanzüge, die sie bei *Barneys, Bergdorf & Goodman* oder den europäischen Designern in der Fifth Avenue oder in der Madison Avenue kaufte. Sie strahlte Selbstbewusstsein aus.

Laura hingegen war der „Junior Partner" in ihrer freundschaftlichen Beziehung. Kurze schwarze Haare, vielleicht ein paar Pfunde von ihrem Idealgewicht entfernt und immer frech gekleidet. Sie sah sexy aus. Ein paar Jahre jünger als Jennifer, hörte sie gerne auf den Rat ihrer Freundin, ohne sich jedoch unterzuordnen. Beide waren Single, wie so viele in New York. Und nicht unbedingt unglücklich darüber.

„Was macht unser Big Boss?" eröffnete Laura das Gespräch und fummelte ihr Plastikbesteck aus der Cellophanhülle.

„Ich weiß nicht, irgendwie hat er sich verändert. Er ist jetzt manchmal richtig stinkig; reagiert gereizt bei kleinen Anlässen. Gestern zum Beispiel raunzte er mich an ‚mach' ich selber!', als ich ihn um seinen Führerschein bat, der verlängert werden musste. Ich hatte mir dies vorgemerkt und wollte das Formular ausfüllen und an das Verkehrsamt (DMV) schicken". Jennifer spießte mit ihrer Plastikgabel ein Stück Avocado auf. „Und du weißt, wir hatten immer ein ganz tolles Verhältnis."

„Ja, du hast eigentlich immer nur von ihm geschwärmt", sagte Laura und nahm einen Schluck aus der Snapple-Flasche. „Und nicht zu vergessen, dass ihr vor ein paar Jahren auch romantisch miteinander verbunden wart", fügte sie mit einem vielsagenden Lächeln hinzu.

„Romantisch würde ich es nicht nennen. Aber ich war ungebunden und er nahm mich mit auf Reisen nach Europa, wo wir in den besten Hotels logierten. Ich konnte mir alles ansehen, wenn er den ganzen Tag in Meetings war. Du kennst mich. Sex ist, was es ist. Nicht mehr und nicht weniger. Die Welt geht nicht unter, wenn man ihn hat oder wenn man ihn nicht hat."

Die Affäre mit ihrem Chef, die viele Jahre zurücklag, spielte sie gerne herunter. Aber ganz so unromantisch veranlagt war sie eigentlich nicht. Daher fügte sie nach einer kurzen Pause hinzu:

„Was nicht heißen soll, dass Liebe und Sex nicht gleichermaßen eine Einheit bilden können. Das ist die ideale Kombination, kommt aber nicht so häufig vor."

„Wie lange bist du jetzt bei Engelhard?"

„Im nächsten Jahr werden es 20 Jahre. Gleich nach dem College. Ich hätte mir auch nie träumen lassen, dass ich solange bei einer Firma bleiben würde. Aber immer, wenn ich einen Wechsel durchblicken ließ, hat Bergstraesser mich mit einer stattlichen Erhöhung von Gehalt und Bonus zum Bleiben überredet."

„Was nicht gerade zum Nachteil für dich war. Du hast den rasanten Aufstieg von Engelhard von Anfang an mitgemacht." Laura schaute zu den Pferdekutschen herüber, die hier darauf warteten, Touristen durch den Central Park zu fahren. Gerade hatten sich vier ausgelassene japanische Mädchen in einer der Kutschen niedergelassen. Mit ihren hohen Stimmen kichernd begannen sie sofort, sich gegenseitig zu fotografieren.

„Bergstraesser braucht sein eingespieltes Team, auf das er sich verlassen kann. Fremden gegenüber ist er eher misstrauisch."

Jennifer dachte daran, wie ihr Chef sie von Anfang an auf äußerste Diskretion eingeschworen hatte. Vor allem sollte sie alles, was seine Person betraf, für sich behalten. Sie hielt sich weitgehend daran. Auch Paula erzählte sie nicht alles.

„Was hältst du von einem Kaffee?" wechselte Laura das Thema, stand auf und warf die fast leere Plastikschachtel in den großen Abfallbehälter neben der Bank.

„Gute Idee."

Sie überquerten Central Park South und steuerten auf *Le Pain Quotidien* in der Seventh Avenue zu, wo sie sich an einen der langen Holztische setzten und einen „Latte" bestellten. Dieser belgischen Bio- Imbisskette, die handgebackenes Brot und Gebäck in rustikaler Umgebung zu erhöhten Preisen anbot, gaben New Yorker *Professionals* eindeutig den Vorzug vor *Starbucks.* Beides waren jedoch nur Ersatzlösungen für die in Amerika komplett fehlende Kaffeehauskultur europäischen Zuschnitts.

Sie blieben nicht lange. Laura fummelte ein paar Dollarscheine aus ihrer Handtasche und legte sie auf den Tisch.

„Bleibt es bei Freitag im „Carlyle"?"

„Ja, so gegen halb sechs. Wenn es bei mir später werden sollte, rufe ich dich an."

6.

Das Rindercarpaccio war vorzüglich. Wie gewohnt saßen sie an einem Tisch in der Ecke mit Blick auf den Innenhof, wo sie sich – für New Yorker Verhältnisse – einigermaßen ungestört unterhalten konnten. Heute, am Freitag, war es noch voller als sonst. Sie kamen ziemlich häufig mittags zu „Michael's". Es war bequem um die Ecke, exzellentes Essen und professioneller Service.

„Was hältst du von CALO Solutions?" Bergstraesser schob seinen Teller beiseite und nahm einen Schluck Wasser. Er sah Thomas fragend an.

„Die Jungs sind smart. Ihre Gewinne sind in den letzten 5 Jahren ständig gestiegen, und ihr Marktwert hat sich seit ihrem Börsengang vervierfacht. Wenn unser Due Diligence keine negativen Überraschungen bringt, sollten wir uns da voll reinhängen."

„Das Timing scheint nicht gerade ideal".

„Das stimmt, aber vielleicht liegt darin auch eine Chance". Thomas war meistens optimistisch, musste aber zugeben, dass das wirtschaftliche Umfeld derzeit eher Anlass zur Sorge gab.

„Beim Dow sind wir etwa 10 Prozent von seinem Höchststand im letzten Sommer entfernt und bei der Nasdaq sind es sogar 15 Prozent. Öl ist schon über 130 und Gold hat die 1000er-Marke durchbrochen." Er hatte seinen Blackberry aus der Jackettasche genommen und scrollte. „Die Indizes haben sich aber in dieser Woche wieder ganz gut erholt. Und beim Öl ist viel Spekulation." Er steckte den Blackberry wieder weg und lehnte sich zurück. „Vielleicht bringt ja auch das Stimulus Package der Regierung etwas, und in der nächsten Woche, denke ich, wird die Fed Funds Rate nochmals um einen viertel Punkt auf 2 Prozent gesenkt. Bernanke ist jetzt auf der richtigen Schiene, scheint mir."

„Andererseits fürchte ich, dass uns noch Einiges bevorsteht. Der Immobiliencrash und seine Folgen sind noch nicht ausgestanden. Mit den Abschreibungen von Morgan Stanley, UBS, Merrill Lynch, Citigroup und den anderen Großen sowie der Bear Stearns-Pleite ist es meines Erachtens noch nicht getan. Der ganze Finanzsektor hat den Keller noch voller Leichen", bremste Lars den Optimismus seines Partners. „Übrigens, auch die Deutschen", fügte er noch hinzu.

Bergstraesser verließ sich zwar in strategischen Fragen ganz auf Thomas und mischte sich auch wenig in das operative Geschäft seiner erstklassigen Leute ein. Im Laufe der Jahre hatte er sich aber durch das Studium der einschlägigen Wirtschafts- und Finanzmedien und natürlich durch regelmäßige Gespräche mit Investmentbankern und Analysten ein ökonomisches Grundwissen angeeignet, das es ihm erlaubte, sich zu den Marktentwicklungen ein Urteil zu bilden und mitzureden.

„Nein danke, nicht für mich", sagte Thomas und hielt eine Hand über sein Glas, als der Ober sein Weinglas auffüllen wollte. Der Hauptgang wurde serviert. Thomas hatte sich wie immer für den gegrillten Lachs entschieden und Lars für das Rib-Eye-Steak.

Es war erstaunlich: Trotz der zigtausend Restaurants in New York mit all der ethnischen Vielfalt gab es neben den Spezialitäten überall die gleichen vier Standardgerichte – Steak, Lachs, Hähnchen und eine aufgemotzte Pasta. Sie unterschieden sich natürlich durch die Qualität der Ingredienzen, die Zubereitung und die Beilagen und natürlich durch die zum Teil recht phantasievolle Namensgebung. Aber ansonsten: *American Standard.*

Für einen Moment genossen beide schweigend ihr Essen.

„Wie gesagt, vielleicht liegt hier aber auch eine Chance für uns“, nahm Thomas den Faden wieder auf. „Die großen Institute haben wahrscheinlich abgewinkt. Die haben im Moment mit ihren *Sub-primes* andere Probleme. Und da ist CALO auf uns gekommen. Wir können hier eine Menge Geld verdienen, was wir gut gebrauchen können. Unsere Anleger sind im letzten Jahr nicht sonderlich von uns verwöhnt worden, und auch das Brokerage-Geschäft ist deutlich zurückgegangen“.

„Im nächsten Jahr könnte es mit einer neuen Regierung neuen Schwung geben – egal ob Hillary oder Obama. Mit Obama, der wohl die Nase vorn hat, könnte es wieder aufwärts gehen“, stimmte Lars zu. „Lasst uns in der nächsten Woche mit unseren Anwälten reden“.

Bergstraessers Telefon vibrierte und klingelte leise. Sie waren fertig. „Hallo! Hallo! Wer ist da? Wer?“ Lars nahm einen tiefen Atemzug, stand auf und ging in Richtung Toiletten. Als er zurückkam, war er leichenblass und seine Hand zitterte. Thomas hatte ihn noch nie so gesehen.

„Is' was? Bist du okay?“ Lars antwortete nicht und bewegte sich Richtung Ausgang. Thomas legte einen Zwanziger und einen Zehner als Trinkgeld auf den Tisch – die Rechnung wurde immer ins Büro geschickt – und eilte hinterher.

7.

Der Verkehr nahm jetzt rapide zu. Vor einer halben Stunde hatte Saidi seine Spätschicht angetreten. In den nächsten sechs Stunden würde er das meiste Geld machen.

Gerade hatte er zwei Damen bei Bergdorf & Goodman aussteigen lassen, als bereits ein neuer Fahrgast die noch offene Wagentür hinter sich schloss.

„West Broadway und Grand Street, bitte“.

So würde es jetzt immer weiter gehen bis etwa elf, halb zwölf, wenn im Theater District und im Lincoln Center die Vorstellungen zu Ende waren. Danach würde es ein wenig ruhiger werden. Jetzt bloß keine Tour nach JFK oder La Guardia. Das ist ein fester Preis und kann um diese Zeit bis zu zwei Stunden dauern. Seine pausenlosen 10- bis 12-Dollar-Touren waren weit lukrativer. Einige seiner Kollegen fuhren manchmal einfach an Leuten mit Koffern vorbei oder schalteten das *OFF*-Licht ein. Dies konnte allerdings böse Folgen haben, wenn die TLC, die Taxi & Limousine Commission, davon Wind bekam.

Saidi liebte seinen Job. Er war auch ein bisschen stolz auf das, was er in den vergangenen Jahren erreicht hatte. Die erste Hürde, die er seinerzeit nehmen musste, um die Taxifahrerlizenz zu erhalten, war der Sprachtest. Die TLC, die Bewerbungen von Menschen aus der ganzen Welt erhält, wachte darüber, dass die angehenden Taxifahrer in der Lage waren, Englisch zu lesen, zu sprechen und zu verstehen. Die zahlreichen Bewerber aus Pakistan und Bangladesch waren hier im Vorteil, da Englisch in ihren Heimatländern eine zweite Amtssprache war. Allerdings wurden sie selber wegen ihrer eigenwilligen Aussprache nicht immer von ihren Fahrgästen verstanden. Das war aber auch keine TLC-Voraussetzung. Saidi nahm die Sprachhürde ohne große Probleme. Er war als junger Mann von Mosambik nach Amerika gekommen und hatte am Anfang in diversen Jobs gearbeitet. Dabei hatte er die neue Sprache schnell aufgeschnappt. Nach Fitnesstest und polizeilichem Unbedenklichkeitstestat stand seiner Zulassung zur Taxischule nichts mehr im Wege.

Heute hatte er sein eigenes Taxi, einen neuen Ford Escape Hybrid, bereits ausgestattet mit einem Terminal für Kreditkarten, die in diesem Jahr für alle New Yorker Taxen eingeführt worden waren. Und er verdiente gut. Ein *Medallion,* die Lizenz für ein Taxi, besaß er allerdings nicht. Die kostete bereits über 100.000 Dollar, als er als Taxifahrer anfing. Das war unerschwinglich. Auch wenn er sich mit einem oder zwei Kollegen zusammengetan hätte. Und heute war der Preis auf mehrere hunderttausend Dollar geklettert. Daher musste er sich, wie viele seiner Kollegen, die Lizenz von einem Medallionbesitzer mieten.

Saidi Calhoun konnte mit seinem Leben zufrieden sein. Seit 14 Jahren war er mit Elvira verheiratet, einer Puerto-Ricanerin. Sie arbeitete als Krankenschwester im Lenox Hill Hospital. Mit ihren zwei Kindern, Jazmin und Roy wohnten sie in Queens, im Stadtteil Astoria. Obwohl beide Schichtarbeiter waren, hatten sie sich so organisiert, dass sie wenigstens an zwei Tagen in der Woche ein normales Familienleben führten mit gemeinsamen Mahlzeiten, Einkäufen und Freizeitgestaltung. Jazmin, inzwischen 13 Jahre alt, hatte jetzt als Teenager schon ihren eigenen Zeitplan und verbrachte mehr Zeit mit ihren Freundinnen als mit Eltern und Bruder. Elvira, eine typische latinische *Madre,* legte jedoch Wert darauf, möglichst viel Zeit mit ihrer heranwachsenden Tochter zu verbringen und als Gesprächspartnerin immer für sie da zu sein.

Roy war nur anderthalb Jahre jünger, aber noch recht kindlich. Er freute sich immer riesig, wenn sein Vater ihn an Wochenenden zu lokalen Baseballspielen mitnahm oder – seltener – gar zu Ligaspielen der *Mets.* Manchmal kickten sie auch selber im nahegelegenen Astoria Park.

Saidi war heute unkonzentriert. Zu aufgewühlt war er noch nach dem, was er gestern erlebt hatte. Es war wie ein Albtraum. Es schien, als würde sein Leben erneut an einem Wendepunkt stehen.

Was war geschehen.

Er hatte gegen Abend gerade Fahrgäste am Hilton in der Avenue of the Americas abgeliefert und fädelte sich in den Verkehr Richtung Norden ein. An der Ecke 56. Straße auf der rechten Seite standen zwei Herren, die in ihren dunklen Anzügen und Krawatte ohne Mantel wie Geschäftsleute aussahen. Es konnten auch Banker oder Anwälte sein. Der eine von ihnen winkte mit der einen Hand sein Taxi zum Halten, mit der anderen zeigte er in die 56. Straße, um die gewünschte Fahrtrichtung anzuzeigen. Saidi kreuzte drei Fahrspuren nach rechts, was trotz Blinker ziemlich riskant war. Da aber jeder in New York mit solchen erratischen Manövern rechnet – insbesondere bei Taxis – passiert kaum etwas.

„Pine Street, bitte!“ Thomas Kirsten schaute auf die Uhr.

„Lars, wir sind spät dran, aber auf unsere Limousine hätten wir bestimmt noch eine Viertelstunde warten müssen.“

„Übernimm du bitte die Gesprächsführung am Anfang, ich melde mich, wenn es zu den Knackpunkten kommt“.

Saidi bog gerade in die Fifth Avenue Richtung Downtown ein, als es ihn wie ein Keulenschlag traf. Das Blut wich aus seinem Kopf. Er fühlte sich plötzlich hundeelend. Die Stimme kannte er doch! Sie gehörte zu dem Mann, den der andere Lars nannte. Eine Stimme, die er nie vergessen würde. Er blickte in den Rückspiegel. Der Mann in dem feinen Businessanzug, den gewellten, nach hinten gekämmten Haaren, dem etwas brutalen Gesicht – das war doch ... Nein, unmöglich! Sowas gibt es nicht. Und doch: Es war Gerd Kutschinski. Obwohl sein Gesicht durch die Plexiglastrennwand mit den Aufschriften und Stickern etwas verdeckt war, war er fast sicher. Es war der Ostdeutsche aus Maputo, der Verbrecher, der so viel Leid über ihn und seine Familie gebracht hatte.

Oder war es nur eine Täuschung? Ein Albtraum, wie er ihn noch bis vor ein paar Jahren regelmäßig hatte. Träume, in denen er mit diesem Mann wild gerungen hatte. Gekämpft bis zur völligen Erschöpfung. Er wollte ihn töten, wusste aber nie genau, ob ihm dies gelungen war. Meistens wachte er vorher schweißgebadet auf.

Dies war heute jedoch kein Traum. Es war Wirklichkeit.

Durch die Öffnung der Trennwand versuchte er, noch mehr von der Unterhaltung seiner Fahrgäste aufzuschnappen. Die wechselten vom Englischen zwischendurch in eine andere Sprache, die Saidi zwar nicht verstand, aber an deren Klang er sich nur zu gut erinnerte. Es war Deutsch. Insbesondere lauschte er auf die Stimme des einen. Dabei schaute er immer wieder in den Rückspiegel – soweit es der dichte Verkehr erlaubte.

Ja, er war es! Ein Mörder!

Saidi war eigentlich immer ein friedlicher Mensch gewesen, aber Kutschinski hatte er bittere Rache geschworen. Daran hatte sich auch in den vergangenen 20

Jahren nichts geändert. Sein Schmerz und seine Rachegefühle hatten sich zwar etwas abgeschwächt, nachdem seine Nachforschungen über das deutsche Generalkonsulat ergeben hatten, dass Kutschinski verschollen und für tot erklärt worden war. Aber der Zorn und der tiefe Schmerz saßen wie ein Stachel in seiner Seele. Und jetzt hatte das Schicksal eine nie erwartete neue Situation geschaffen.

8.

„Ein Bier, bitte!" Werner Rehbein saß in einer Eckkneipe in der Auguststraße. Die Kneipe gab es auch schon vor der Wende an gleicher Stelle. Das hatte einen gewissen Seltenheitswert. Fast überall neue Geschäfte, Restaurants, Cafés, neue Kunstgalerien – die feinen Namen aus dem Westen und sogar ein nobles Hotel. Dieser Teil von Berlin war „in" geworden.

Rehbein hatte gerade keinen Job. Dies beunruhigte ihn nicht sonderlich. Er bekam Arbeitslosenunterstützung, hatte eine billige Wohnung um die Ecke und lebte jetzt allein, nachdem sich seine Frau kurz nach der Wende von ihm hatte scheiden lassen. Ein paar Jahre hatte er für eine Sicherheitsfirma gearbeitet. Einen solchen Job konnte er jederzeit wieder bekommen. Trotz seiner fast 48 Jahre und seiner Vergangenheit. Wollte er aber nicht. Jedenfalls nicht zurzeit. Er hatte ein neues Hobby entdeckt, mit dem er sich täglich ein paar Stunden beschäftigte: Die Börse. Bei einem Online-Broker hatte er sich ein Portfolio eingerichtet, mit dem er sich akribisch beschäftigte. Er las die Analyseberichte der Banken, kaufte sich Anlegermagazine und Finanzzeitungen und surfte im Internet nach allem, was mit dem Aktienmarkt zu tun hatte.

Die Grundlage seines Portfolios waren seine Ersparnisse, die noch aus der DDR-Zeit stammten. Beim MfS verdiente er gut und konnte jeden Monat etwas zurücklegen. Nicht zuletzt wegen der gelegentlichen Prämien bei Sonderaufträgen. Und dann war es wie ein Lotteriegewinn, als seine Ersparnisse nach der Wende eins zu eins in D-Mark getauscht wurden.

Als er anfing, sich mit Aktien zu befassen – so Mitte der 90er – lief es sehr gut. Sein Portfolio wuchs. Dann allerdings musste er auch erfahren, dass die Reise nicht immer nur in eine Richtung läuft, und er verlor eine Menge Geld, insbesondere mit Technologieaktien.

Er hatte jetzt Hunger.

„Otto, machst du mir den Nudelauflauf?", rief er in Richtung Tresen und wollte seine Zeitung, die *Financial Times Deutschland,* gerade beiseitelegen, als sein Blick auf einen Artikel fiel: „US-Anleger verunsichert". Rehbein hatte sein Geld überwiegend in deutsche Aktien investiert. Er hatte aber auch gelernt, dass man sich als Anleger diversifizieren sollte und hatte jetzt auch ein paar Dollarwerte in seinem Depot. Daher interessierte er sich auch für den US-Markt. Er las sogar manchmal Analysen auf Englisch. Es war zwar lange her, aber Einiges ist hängen geblieben: In der Hauptabteilung II des MfS gab es für besondere Kader Englischunterricht.

Diesmal richtete sich sein Interesse jedoch nicht in erster Linie auf den Artikel, sondern auf ein Foto daneben, das jetzt halb verdeckt war. Er nahm die rosafarbene Zeitung wieder in die Hand und klappte die Seite mit dem Foto auf. Es zeigte drei Herren im Gespräch am Rande einer Veranstaltung der NASDAQ, dem elektronischen Freiverkehrsmarkt in New York, an dem vor allem Aktien aus dem Technologiesektor gehandelt wurden. Einer der Herren, links im Bild, kam ihm bekannt vor.

„Das gibt es nicht!" murmelte er und wurde ganz rot vor Aufregung.

„Das ist nicht möglich", wiederholte er sich.

„Stimmt was nicht?" hörte er Otto neben sich mit dem dampfenden Nudelauflauf in der Hand. „Auch noch 'n Bier?"

„Ja, und dazu einen Kurzen!“

Das ist er! Kutschinski! Aber es konnte eigentlich nicht sein, Kutschinski war tot. Rehbein erinnerte sich noch genau an den Tag, als in der Hauptabteilung II die Nachricht verbreitet wurde, dass der Leiter der Wirtschaftsabteilung der DDR-Botschaft in Maputo plötzlich verschwunden sei. Zur Aufklärung dieses mysteriösen Verschwindens hatte das MfS damals eine vierköpfige Delegation nach Mosambik geschickt. Deren Recherchen blieben jedoch ergebnislos. So hieß es jedenfalls. Es kursierten seinerzeit jedoch allerlei Gerüchte. Es war von Korruption, von Sexeskapaden und sogar von Mord die Rede. Offiziell wurden diese Gerüchte jedoch zunächst strikt dementiert. Das Verschwinden des Wirtschaftsattachés wurde vielmehr in Zusammenhang mit dem Bürgerkrieg gebracht, in dem auch kriminelle Gruppen mitmischten. Langsam sickerten dann aber immer mehr Informationen durch und MfS-intern gab es kaum noch Zweifel, dass der Genosse in Maputo ein krimineller Schurke war.

Zunächst galt Kutschinski als verschollen und wurde dann später für tot erklärt.

Wie lange war das her? Mehr als 20 Jahre. Er schaute sich das Bild noch einmal lange an. Kein Zweifel, das war er. Älter, natürlich, aber unverkennbar: Seine vollen, leicht gewellten Haare nach hinten gekämmt, kaum grau. Sein etwas brutal wirkendes Gesicht mit dem nach vorn ragenden breiten Kinn. Rehbein glaubte sogar, die markante Pockennarbe von der Größe eines Ein-Euro-Stückes unterhalb seines linken Ohres als dunklen Punkt auf dem Foto erkennen zu können. Und unverwechselbar seine etwas gebeugte Haltung, die seine 1,87 ein wenig kaschierten. Die Bildunterschrift wies ihn aus als „New Yorker Investmentbanker Lars Bergstraesser mit Kollegen“.

Langsam fasste sich Werner Rehbein wieder. Er kippte seinen Vodka und spülte mit einem großen Schluck Bier nach. Er aß und dachte nach. Gerd Kutschinski, der sich jetzt anscheinend Bergstraesser nannte, war nicht nur ein riesiges Schlitzohr, sondern ein Verbrecher. Und ein Schwein.

Er drückte eine Kurzwahltaste auf seinem Handy:

„Ulf, halt' dich fest, Kutschinski lebt! Und offensichtlich nicht schlecht.“

„Wovon redest du? Wer lebt?“

„Der Herr Major aus Mosambik!“

„Du spinnst.“

„Lasst uns treffen, wie sieht's mit heute Nachmittag um fünf aus?“

„Einverstanden, und wo?“

„*Maritim pro arte* in der Friedrichstraße, okay?“

*

Ulf Servatzky saß schon in der Hotellobby, als Rehbein durch die Drehtür kam. Sie kannten sich seit 24 Jahren. Sie hatten sich zum ersten Mal bei einer Kaderschulung in Berlin getroffen. Da hatten sie auch Gerd Kutschinski kennengelernt, der bei dieser Schulung über seine Arbeit in Mosambik referierte. Beide waren etwa zum gleichen Zeitpunkt beim MfS angefangen. Als Rehbein 1984 zur Hautabteilung II kam, war Servatzky bereits über ein Jahr dort. Servatzky machte ihn mit den Kollegen und den Abläufen in der Abteilung bekannt. Im Laufe der Zeit freundeten sie sich miteinander an; sie waren beide etwa im gleichen Alter, und beide waren frisch verheiratet. Nach einer Weile luden sie sich auch gegenseitig nach Hause ein. Mitarbeiter des MfS hatten wenig oder überhaupt keinen privaten Kontakt zu anderen. Daher bot es sich gewissermaßen an, mit Kollegen aus dem gleichen Hause umzugehen.

„Lasst uns rüber zur Bar gehen“, sagte Rehbein, ohne weitere Begrüßung. Sie setzten sich an einen Tisch und bestellten Bier. Rehbein legte die Zeitung mit dem aufgefalteten Artikel und dem Bild auf den Tisch. Servatzky griff sofort danach.

„Ja, das ist Kutschinski, kein Zweifel. Wie hat er das bloß gemacht. Von einem Tag auf den anderen untergetaucht.“

„Weißt du, Ulf, woran ich jetzt denke?“

„Nee, aber wie ich dich kenne, ist es etwas Verrücktes. Schieß los.“

„Ich glaube, wir sind uns darüber einig, dass wir für einen Scheißladen gearbeitet haben. Wir haben fiese Aufträge erledigt, ohne aufzumucken. Wir haben idiotische Befehle ausgeführt und Menschen in Bedrängnis gebracht. Wir waren aber damals davon überzeugt, dass wir wichtige Aufgaben für unser Land erledigen würden. Und richtig schwerkriminell sind wir nicht gewesen.“ Werner Rehbein schaute seinen Kumpel Zustimmung erwartend an. Der nickte nur leicht. „Kutschinski jedoch war ein Krimineller, ein Verbrecher“, fuhr er fort.

„Das kann man wohl sagen“, pflichtete ihm Servatzky bei. „Wenn ich daran denke, was hinterher alles rausgekommen ist. Die Schmiergelder, die er von den Regierungsstellen in Mosambik und den beteiligten Firmen eingestrichen hat. Die gingen in die Millionen. Alles auf die

Seite geschafft. Dagegen war Schalck-Golodkowski ein Waisenknabe.“

„Und wenn es stimmt, was unsere Leute und die Polizei in Maputo damals ermittelt haben, hat er sogar eine junge Frau auf dem Gewissen“.

„Und dann wie vom Erdboden verschwunden“, sinnierte Servatzky. Sein Blick fiel auf eine sehr attraktive Mittvierzigerin in schwarzen engen Satinhosen, Stöckelschuhen und kurzer grauer Lammfelljacke, die auf die Rezeption zusteuerte.

„Dies ist die Chance unseres Lebens“, hörte er leicht abwesend Rehbein.

„Der Herr – wie heißt er jetzt? – Bergstraesser ist offensichtlich heute ein erfolgreicher und sehr wohlhabender Geschäftsmann an der Wall Street. Ich habe Mr. Bergstraesser vorhin noch gegoogelt. Laut seiner Biografie kommt er aus Halle, Ingenieurausbildung an der Bergakademie Freiberg. Über verschiedene berufliche Stationen im Ausland kam er 1987 in die USA und kaufte dort 1988 die Investmentfirma Engelhard Capital. Über die 18 Jahre von seiner Ausbildung bis zu seiner Ankunft in Amerika findet sich allerdings nichts Konkretes. Auch nichts darüber, wie er vom Osten in den Westen gelangte. Er muss offensichtlich recht vermögend in die USA gekommen sein.“ Rehbein nahm einen Schluck aus seinem Bierglas. „Und wurde dort noch reicher“.

„Fast hätten wir ihn damals überführt“, sagte Servatzky und starrte ins Leere. Er dachte daran, wie er zusammen mit Werner Rehbein Mitte der Achtziger den Auftrag bekam, Kutschinski in Maputo auf die Finger zu schauen. Beide waren verheiratet, stramme SED-ler und erfüllten somit die Verlässlichkeitskriterien für einen solchen Auslandseinsatz. Kutschinski war seit einiger Zeit in

Verdacht geraten. Man sagte ihm zu enge Kontakte zu den Geschäftspartnern und Regierungsstellen in Mosambik, die für den Warenaustausch mit der DDR verantwortlich waren, nach. Und da ging es nicht um Kleingeld. Die DDR lieferte damals LKWs und Waffen nach Mosambik gegen Öl, Kohle und landwirtschaftliche Produkte. Sie stellten damals die ganze Botschaft auf den Kopf, filzten alle Akten und Dokumente und durchforsteten die Computer. Die Interviews mit den Botschaftsangehörigen ergaben zwar hier und da einen Hinweis, aber nichts Konkretes. Der Herr Major war zu smart gewesen, um Spuren zu hinterlassen. Und die Kollegen von Kutschinski äußerten sich sehr zurückhaltend, als ob sie Angst vor ihm hätten.

Es wurde auch über bizarre Sexgeschichten mit einheimischen Mädchen gemunkelt. Da seine Frau in Berlin bleiben musste – er konnte sie allerdings relativ häufig besuchen – und ansonsten die Geschäfte gut liefen, ließ man ihn diesbezüglich in Ruhe.

„Heute ist er ein respektables Mitglied der New Yorker Finanzszene. Und ich denke, er möchte dies unter allen Umständen auch bleiben." Rehbein hielt einen Moment inne und fuhr dann etwas leiser, mit verschwörerischer Miene fort: „Wir sollten dem Herrn einmal auf die Pelle rücken."

Servatzky machte große Augen.

„Ich weiß nicht", sagte er. Dabei schielte er nach links, wo die Frau in den Satinhosen sich jetzt hörbar auf ihren Stöckelschuhen in Richtung Fahrstühle bewegte, einen silberglänzenden Rollkoffer hinter sich her ziehend. Vielleicht war es seine mecklenburgische Herkunft – Ulf Servatzky kam ursprünglich aus Schwerin – aber er besaß nicht die Härte und Rücksichtslosigkeit seiner damaligen MfS-Kollegen aus Sachsen, Brandenburg und Berlin. Dies bewegte seine Vorgesetzten in der Normannenstraße bisweilen dazu, ihn vorzugsweise für Aufgaben heranzuziehen, bei denen der Schein der Harmlosigkeit sehr wichtig war. Einem Typen wie Rehbein hingegen sah man den Stasi-Mann schon von Weitem an.

„Vielleicht wäre dies eine gute Story für den ‚Spiegel', und wir streichen ein saftiges Honorar ein." Ihm gefiel seine Idee, und er sah seinen Kumpel selbstzufrieden an.

„Ach was, Ulf! Überleg doch mal. Dies ist die Gelegenheit unseres Lebens. Ich denke an das ganz große Geld. Millionen! Wir könnten ein für alle Male ausgesorgt haben und brauchten uns nicht bei jeder Jobbewerbung anhören müssen, was für Arschlöcher wir waren. Wir, die Buhmänner der Nation. Und Kutschinski wird zahlen, glaub' mir". Rehbeins Gesicht drückte grimmige Entschlossenheit aus – etwa so wie einst in der Normannenstraße beim Verhör eines Bürgers, der sich *Spiegel* und *Stern* aus dem Westen hatte schicken lassen.

9.

Es war halb drei morgens. Saidi beschloss, für heute Schluss zu machen. Ein leichter Nieselregen hatte eingesetzt. Er schaltete das „OFF“-Licht an und fuhr in Richtung Queensboro Bridge.

Es waren zwar immer noch Leute auf den Straßen in der „Stadt, die niemals schläft“, aber der Verkehr war deutlich ruhiger geworden. Fast nur noch Taxis und Limousinen und all diejenigen, die wegen des starken Tagesverkehrs nachts arbeiten müssen: Die Müllwagen, diverse Lieferantenfahrzeuge, Straßenbauarbeiter und die Reparaturkolonnen und Kabelleger der verschiedenen Telefon- und Elektrizitätsgesellschaften.

Aufpassen musste er auf die Asiaten, die rund um die Uhr auf ihren altersschwachen Fahrrädern, ohne Licht und ohne Ampeln und Einbahnstraßen zu beachten, Sushi oder Tsaos Tofu an Nachtschwärmer auslieferten. Manchmal konnte man sie nur im letzten Moment sehen, wenn sie für einen Moment von einem der Wasserdampf speienden dicken Rohre über den Kanalisationsschächten, die sich zum Teil mitten auf der Straße befanden, verdeckt wurden.

Er würde in 20 Minuten zu Hause sein. Meistens hatte Elvira etwas vom Abendessen für ihn bereitgestellt, das er sich nur aufwärmen musste. Heute hatte er aber noch am Abend Downtown im *Punjabi Grocery & Deli* einen Curryreis zu sich genommen und war daher nicht besonders hungrig. Eigentlich mochte Saidi diese Imbisstreffen der New Yorker Taxifahrer nicht besonders. Mit den Indern, Pakistani und Bangladeschi, die sich überwiegend dort trafen, war er nie richtig warm geworden. Lieber unterhielt er sich mit den Kollegen europäischer oder lateinamerikanischer Herkunft.

Elvira schlief. Mit ihren langen schwarzen Haaren, dem dunklen Teint und den leicht geöffneten vollen Lippen bot sie ein schönes, reizvolles Bild. Häufig, wenn er von der Spätschicht kam, weckte er sie mit leichten Küssen auf Stirn und Wangen, wobei eine Hand ihren prallen Busen sanft berührte. Sie stöhnte dann schläfrig, aber lächelte. Es dauerte nicht lange und sie hatten Sex, mindestens eine Stunde lang. Elvira stammte aus Puerto Rico und hatte ein heißes Temperament. Beide liebten Sex. Und wunderbarerweise fuhren sie auch nach 14 Jahren Ehe immer noch aufeinander ab. Danach konnten sie dann gut schlafen.

Heute war ihm jedoch nicht nach Zärtlichkeiten zumute. Er duschte und schlüpfte unter die Bettdecke, bemüht, seine Frau nicht aufzuwecken. Er lag lange wach und dachte nach. Trotz der geschlossenen Jalousien drang Licht von der gegenüberliegenden Parkgarage und von der Leuchtreklame an der Häuserwand daneben gelb und rot ins Schlafzimmer.

Er war noch sehr jung gewesen, damals in Maputo. Mosambik befand sich im Bürgerkrieg. Die Hälfte der Bevölkerung lebte in Armut. Da war es für ihn, seine Eltern und Schwester fast wie ein Geschenk des Himmels, als er den Job als Arbeiter und Fahrer bei der Botschaft der DDR bekam. Die Leute von der Botschaft hatten ihn stundenlang interviewt, ihm tausend Fragen gestellt nach seiner Familie, seinen Lebensgewohnheiten, seinen Freunden, seinen Vorlieben und seinen Abneigungen. Irgendwie hatten sein smartes Reagieren auf die Fragen und vielleicht nicht zuletzt sein gutes Aussehen – sein Vater war Portugiese, seine Mutter kam aus Tansania – wohl dazu beigetragen, dass er den Job erhielt.

Man gab ihm zwei kurzärmelige weiße Hemden, eine graue leichte Baumwollhose sowie ein Paar dunkelbraune Halbschuhe aus recht hartem Leder, die eher für eine Wanderung im Thüringer Wald als für den Gebrauch in Südostafrika geeignet waren. Wenn er zur Arbeit ging, tauschte er diese Ausstattung gegen seine Sandalen, die abgetragene Adidas-Trainingshose und ein ausgeblichenes grünes Polohemd.

Meistens chauffierte er den Wirtschaftsattaché Kutschinski, einen hochgewachsenen, kräftigen Mann mit einem kantigen Gesicht. Ein Gesicht, das Furcht einflößte. Eine ziemlich große Narbe unterhalb seines linken Ohres unterstrich diesen Eindruck. Er erinnerte ein wenig an einen der stereotypen deutschen Nazi-Offiziere, wie sie in der recht stupiden amerikanischen TV-Serie *Hogan's Heros* vorkamen.

Sie fuhren einen brandneuen, dunkelblauen Volvo. Kutschinski traf sich regelmäßig mit Regierungsangestellten, manchmal in verschiedenen Verwaltungsgebäuden, manchmal aber auch in Hotelhallen oder kleinen Restaurants am Stadtrand. Dann kamen auch andere dazu. Die sahen allerdings nicht so aus, als würden sie für die Regierung arbeiten.

Kutschinski wurde immer von einem jüngeren, blassen Typen aus der Botschaft begleitet. Der hieß Hans-Jürgen. Er sagte nicht viel. Es war augenscheinlich, dass seine Aufgabe darin bestand, auf den Wirtschaftsattaché aufzupassen.

Es war etwa Ende Oktober 1986, kurz nachdem Präsident Samora Machel, zu dem die DDR-Mission gute Beziehungen hatte, bei einem Flugzeugabsturz seiner

Tupolew 134 in den Lebombobergen zusammen mit einer Reihe anderer Regierungsmitglieder ums Leben gekommen war.

Kutschinski und seine Kollegen schienen seitdem verändert; oft schlechtgelaunt und gereizt. Leute aus der DDR kamen nach Maputo und der Botschafter war für zwei Wochen weg. Zur Berichterstattung in Ostberlin, hieß es.

„Wie lange bist du jetzt schon bei uns?“, fragte Kutschinski eines Tages, als der ihn gerade an dem Restaurant *Costa de Sol* etwas außerhalb der Stadt an der *Baia de Maputo* absetzen wollte. Seine Treffen mit diversen einheimischen Männern waren häufiger geworden. Seinen Begleiter hatten sie kurz vorher an einer Strandbar abgesetzt.

„Mehr als ein Jahr“, antwortete Saidi.

„Es sieht so aus, als ob du hier bald keinen Job mehr haben wirst. Die Zeiten haben sich geändert. Es sei denn, ich mache mich stark für dich. Ich könnte dir möglicherweise sogar einen Job bei uns in der DDR verschaffen, du könntest dort eine Ausbildung erhalten.“

Saidi war so perplex, dass er zunächst gar nichts sagen konnte. Aber er war smart.

„Warum würden sie dies tun?“, fragte er nach einer Weile.

„Hör’ mal zu, du bist doch ein schlauer Junge. Ich treffe hier eine Menge Leute und manche davon regelmäßig. Ich habe gute Gründe dafür, dass die Leute in der Botschaft und auch andere nicht erfahren, wen ich wie oft treffe. Mit Ausnahme der offiziellen Besuche im Handelsministerium. Verstanden? Hans-Jürgen zählt nicht. Der hat kapiert. Auch meine gelegentlichen Abstecher zur *Africa Bar* und zu *Dolce Vita* gehen Niemanden etwas an. Du hältst also deinen Schnabel, und ich sorge für deine Zukunft. Klar?“

Saidi nickte. Was für ein Angebot! Er würde rauskommen aus diesem Chaos, aus dieser Unsicherheit, dem Elend, aus dem täglichen Kampf ums Überleben. Er würde vielleicht einen Beruf erlernen.

„Solltest du schwatzen, schneide ich dir die Zunge raus“. tönte Kutschinski mit einem fiesen Lächeln und einem Ausdruck im Gesicht, der Angst machte.

„Oder besser: Ich erzähle der Polizei, zu der ich – wie du weißt – einen guten Draht habe, von deinen kleinen Nebengeschäften.“

Saidi zuckte zusammen. Woher wusste er dies? Saidi, wie viele seiner Kumpel, machte hin und wieder ein paar Metical – oder manchmal auch Dollars – als *Runner* durch den Weiterverkauf von Stoff, meistens Koks, den Profis von Südafrika über die Grenze nach Maputo brachten.

Er ließ ihn also beobachten.

„Kein Problem, Sie können sich auf mich verlassen“. sagte er schnell und streckte ihm seine Hand entgegen. Kutschinski ignorierte die Geste, tippte sich mit Zeige- und Mittelfinger zum Gruß an die Stirn, öffnete die Wagentür, blickte sich kurz nach beiden Seiten um und verschwand schnell im Restaurant.

Er musste jetzt schlafen. In zweieinhalb Stunden würde es hell werden. Er nahm ihr ruhiges, gleichmäßiges Atmen wahr. Elvira schlief fest. Sie musste in zwei Stunden aufstehen. Um sieben fing ihre Schicht im Lenox Hill Hospital an. Sie versuchte dann, ihn nicht aufzuwecken. Das Frühstück für Jazmin und Roy bereitete sie schon am Abend zuvor vor. Sie waren jetzt groß genug, um sich selber Brot zu toasten und Orangensaft aus dem Kühlschrank zu holen. Cornflakes standen auf dem Küchentisch.

Was sollte er Elvira sagen? Sie hatten keine Geheimnisse voreinander, und er hatte ihr am Anfang ihrer Ehe natürlich von seiner Jugend in Maputo erzählt.

Und er wusste, wie sie aufgewachsen war. Etwas außerhalb von San Juan. Alle paar Jahre besuchten sie Elviras Schwester und deren Familie in Puerto Rico. Durch den regen Verkehr zwischen New York und San Juan waren die Flüge recht preiswert geworden.

Aber er war eigentlich nie ins Detail gegangen. Sie wusste lediglich, dass er für einen Diplomaten gearbeitet hatte, der sich als fieser Gauner erwiesen und ihm übel mitgespielt hatte. Der Mann, der schließlich der Grund für seine Flucht aus Mosambik war.

Über seine Schwester hatte er seiner Frau nur erzählt, dass sie in jungen Jahren auf tragische Weise ums Leben gekommen sei. Einzelheiten verweigerte er immer mit dem Hinweis auf die schmerzlichen Erinnerungen, die diese in ihm hervorrufen würden. Auch jetzt war bei dem Gedanken an Micaela an Schlaf nicht zu denken. Wie bei einer Rückblende im Film kamen die Ereignisse wieder wie ein böser Traum zurück.

*

Kutschinski hatte Micaela zum ersten Mal gesehen, als sie ihren Bruder eines Abends vor dem schmiedeeisernen Tor der DDR-Botschaft in der Rua Damiâo de Góis abholte. Für seinen Nachhauseweg nahm er normalerweise einen der Minibusse und ging die restliche Strecke zu Fuß. Micaela war mit dem alten Fahrrad gekommen, das – wenn es nicht gerade kaputt war – von den Familienmitgliedern abwechselnd benutzt wurde. Sie trug knappe weiße Shorts und ein hellblaues T-Shirt. Ihre langen schwarzen Haare hatte sie in einem Pferdeschwanz zusammengebunden. Mit ihren knapp 18 Jahren war sie eine hübsche junge Frau, nach der sich die Männer in Maputo umschauten. Sie fuhren zusammen auf dem Fahrrad nach Hause, er auf dem abgenutzten Sattel, sie im Damensitz auf dem Gepäckträger.

„Eine hübsche Schwester hast du, Saidi", sagte Kutschinski am nächsten Morgen. „Was macht sie? Geht sie noch zur Schule?"

„Nein, sie arbeitet im Hotel *Pestama Ruvama* in der Rua da Se. In der Wäscherei."

Später erfuhr er, wie sich Kutschinski an Micaela herangemacht hatte. Er hatte ihr in der Nähe des Hotels aufgelauert und ihr – wie auch zuvor ihm – von den Chancen in der DDR erzählt.

Saidi hatte nie genau herausbekommen, wo Kutschinski seine Schwester in den folgenden Wochen getroffen hatte. Wahrscheinlich an Wochenenden, wenn Saidi meistens frei hatte und Kutschinski ohne – zumindest sichtbaren – Aufpasser war.

Micaela und Saidi verstanden sich sehr gut und hatten eigentlich keine großen Geheimnisse voreinander. Über romantische Themen oder gar Sex sprachen sie allerdings nie. Nur einmal, als sie an einem Sonntagabend spät, völlig verstört, verweint und mit zerrissenem T-Shirt nach Hause kam, stellte er sie zur Rede. Ihre Eltern schliefen bereits. Micaela ging sofort in den Hof, wo es eine Dusche gab, deren Wasser aus einer Zisterne kam, die das Regenwasser auffing, das sich tagsüber durch die Sonne aufwärmte. Sie wohnten in einem einfachen Holzhaus am Stadtrand. Dort, wo die kleineren Wohneinheiten beginnen. Aber noch vor den Schilfhütten der Armen in der Canhico-Stadt.

In ein großes weißes Badelaken gehüllt, das vom vielen Waschen an den Rändern ausgefranst war, hockte sie sich auf die Holzstufen, die von einer Art Veranda des Hauses in den Vorgarten führten. Sie sah schrecklich aus: Ihr Gesicht war verquollen, ihre nassen Haare standen nach allen Seiten und das Strahlen in ihrem Gesicht war einem Ausdruck von Leere gewichen. Sie hatte ihre Arme mit den Ellenbogen senkrecht nach unten über ihrer Brust verschränkt, und Saidi konnte im fahlen Licht der Verandabeleuchtung trotz ihrer braunen Haut die dunklen Blutergüsse auf ihren Oberarmen erkennen.

„Dein Boss ist eine Bestie“, sagte sie mit leiser Stimme. „Gerd Kutschinski ist ein Schwein“.

Saidi war geschockt. Eine unbeschreibliche Wut kam in ihm hoch. Er musste all seine Beherrschung aufbringen, um ruhig auf sie einzureden. Aber er wollte wissen, was geschehen war.

„Wir haben uns heute Abend in der Avenida Mao Tse Tung getroffen. Ecke Julius Nyere. Er lud mich zu einem Drink in die Aquarius Bar vom Polana Hotel ein. Ich dachte, er wollte mir mehr über das Leben in der DDR erzählen. Außerdem war ich noch nie in diesem tollen Hotel. Ich hab' den ganzen Abend nur einen Caipirinha getrunken. Er hat dann tatsächlich von dem Leben in der DDR erzählt und von sich. Wie allein er in Maputo sei. Dann bot er mir an, mich nach Hause zu fahren. Er bog dann ab zur Baia und hielt am Strand. Keine Menschenseele ringsum. Er hielt sich nicht lange mit Vorreden auf und kam gleich zur Sache. Ich bat ihn aufzuhören. Ich wehrte mich mit allen meinen Kräften. Ich bettelte, ich schrie, ich weinte. Aber diese Sau ist stark. Hinterher befahl er mir, keinem etwas zu erzählen. Schon gar nicht etwa der Polizei. Anderenfalls, drohte er, würde ich es bereuen.“

In Saidis Kopf kamen viele Gedanken gleichzeitig zusammen. Was ist mit Micaela, was würde sie tun, wie würde sie mit diesem Horrorerlebnis fertig werden? Was sollten sie ihren Eltern sagen. Oder vielmehr der Mutter. Der Vater würde hysterisch reagieren und wenn er betrunken war – was in den letzten Jahren immer häufiger vorkam – anderen davon erzählen. Sollten sie zur Polizei gehen? Sollte er jemandem in der DDR-Botschaft sagen, was für ein Schwein Kutschinski ist? Ein Verbrecher.

Sie schwiegen beide. Eine ganze Weile.

„Sag' nichts", hörte er Micaela ganz leise. „Gar nichts. Zu niemandem."

„Spinnst du? Wie stellst du dir dies vor? Soll ich diese brutale Sau weiter chauffieren, als sei nichts geschehen?"

„Bitte!"

Saidi war außer sich. Er glaubte fast, den Verstand zu verlieren. Als älterer Bruder hatte er sich immer als Beschützer seiner Schwester gesehen. Hatte er versagt?

Er musste sich beruhigen. Klaren Kopf behalten.

Am nächsten Morgen war Sonntag. Gottseidank, er hatte frei. Zeit zum Nachdenken.

*

Obwohl es über 20 Jahre her war, wühlte ihn die Erinnerung an diese Nacht mit seiner Schwester in Maputo immer noch auf. An Schlaf war jetzt nicht zu denken. Die Erinnerungen ließen ihn nicht los. An dem Sonntag war er trotz Wut und Rachegefühle nach quälenden Überlegungen zu dem Schluss gekommen, Micaelas Wunsch, überhaupt nichts zu unternehmen, zu respektieren. Kutschinski würde sowieso alles abstreiten. Er hatte außerdem Diplomatenstatus und konnte nicht belangt werden. Und er hatte gute Beziehungen zu den Behörden. Außerdem, wer hätte ihnen geglaubt. Sie hätten sich nur in Schwierigkeiten gebracht. Aber weiter für diesen Verbrecher arbeiten, konnte er nicht. Er konnte ihm nicht gegenübertreten, ohne seinem Drang, mit physischer Gewalt auf ihn loszugehen, nachzugeben. Er hatte sich daher an dem Montag krankgemeldet und war danach nie wieder dort hingegangen.

Er hatte damals darüber sinniert, wie er Kutschinski bestrafen konnte. Aber je mehr Zeit verging, desto mehr rückte dies in den Hintergrund. Obwohl sich sein Hass auf den Ostdeutschen in seiner Brust keineswegs verringerte.

Micaela hatte sich zweifellos verändert. Sie war ernster geworden – und schweigsamer. Sie alberte kaum noch mit ihren Freundinnen herum. Aber sie ging zur Arbeit und schien okay.

Dann passierte Ende August etwas, das das Leben der Familie Calhoun zutiefst erschütterte. Saidi wird den Tag nie vergessen.

Sie standen an der Pforte vor dem Sandweg, der zur Veranda führte, und wollten Senhor Calhoun sprechen. Es war abends und Saidi war bereits von einem seiner Gelegenheitsjobs nach Hause gekommen. Er sah, wie sein Vater mit den beiden Polizisten ins Haus ging. Nach einer Weile kamen sie wieder heraus; sein Vater mit versteinertem Gesicht, dahinter seine Mutter laut weinend. Sie verschwanden alle in dem Polizeiwagen und fuhren weg, bevor Saidi etwas sagen konnte. Er war wie gelähmt. Er ahnte, dass etwas ganz Schlimmes passiert sein musste.

Als seine Eltern nach zwei Stunden zurückkamen, erfuhr er die schreckliche Wahrheit: Seine Schwester war in einem Zimmer des Hotels *Southern Sun* erschossen aufgefunden worden.

Viel später erhielten sie das Ergebnis der Obduktion: Micaela war im dritten Monat schwanger gewesen.

Die ersten Ermittlungen hatten ergeben, dass es kein Selbstmord war.

Saidi war geschockt. Tieftraurig und niedergeschlagen konnte er zunächst keinen klaren Gedanken fassen. Zugleich überkam ihn eine ungemeine Wut.

Die lokale Presse berichtete ausführlich über diesen Fall. Saidi ging jeden Tag zum Bahnhof, wo sich – wie in fast allen Bahnhöfen der großen Städte in der Welt – ein buntes Gemisch aus Einheimischen und Fremden tummelte. Auch im sozialistischen Maputo. Als architektonisches Juwel hatte der Bahnhof auf Fremde eine besondere Anziehungskraft und war beliebter Hintergrund für Erinnerungsfotos.

Meistens ging er gegen Mittag, um entweder ein Exemplar der *Fim de Semana* oder der *Noticias* zu ergattern, Zeitungen, die andere bereits gelesen und weggeworfen hatten. Er wollte alles wissen, was mit dem Tod seiner Schwester zu tun hatte.

Saidi las, dass Micaela mit einer PM-53, einer russischen Makarow Pistole getötet worden war. Er erfuhr weiter, dass dies eine Militärwaffe war, die über viele Jahrzehnte zur Standardausrüstung der Armeen in den sozialistischen Ländern gehörte.

„Dann wurde diese Waffe auch von der Nationalen Volksarmee der DDR benutzt“, kombinierte Saidi. Und Kutschinski war Major der NVA! Das hatte der Ostdeutsche einmal drohend durchblicken lassen, als er Saidi befohlen hatte, über alles, was er hörte und sah zu schweigen.

Seine anfänglichen Vermutungen wurden jetzt zu einem konkreten Verdacht. Diesmal zögerte er keinen Augenblick, der Polizei von seinem Verdacht zu berichten.

Die Polizei war zunächst nicht bereit, Saidis Verdacht ernst zu nehmen und ihm nachzugehen. Das Verhältnis der Frelimo-Regierung und seiner Organe zu der Vertretung der Ostdeutschen durfte nicht getrübt werden. Zu sehr war das marxistische Regime auf die Unterstützung der DDR angewiesen, die neben der Sowjetunion der wichtigste Partner des Landes war. Da die Polizei aber keine anderen Anhaltspunkte hatte, war sie schließlich bereit, die Spur, auf die sie Saidi gesetzt hatte, zu verfolgen. Die Polizei hatte jedoch keine direkte Handhabe gegenüber Angehörigen diplomatischer Vertretungen und musste das Außenministerium einschalten.

Saidi und seine Eltern hörten einige Tage gar nichts bis die Polizei Saidi noch einmal ins Präsidium beorderte, um ihm weitere Fragen zu stellen. Dabei erfuhr er, dass Kutschinski offenbar nicht auffindbar war. Verschwunden. Wie vom Erdboden verschluckt.

Die nächsten Wochen waren unerträglich. Seine Mutter weinte oft und sein Vater trank noch mehr als sonst. Saidi war tief aufgewühlt. Seine Schwester war tot. Er hatte einen Teil seiner Familie verloren. Einen Menschen, zu dem er ein enges, vertrauens- und liebevolles Verhältnis hatte. Unwiederbringlich. Und er war überzeugt, den Mörder zu kennen. Aber er war zur Tatenlosigkeit verdammt. Keine Chance, seine Schwester zu rächen oder diesen Verbrecher seiner Strafe zuzuführen. Saidi war der Verzweiflung nahe. In den folgenden Wochen reifte in ihm das Verlangen, alles hinter sich zu lassen. Er wollte weg, am liebsten nach Europa oder Amerika.

Saidi drehte sich von einer Seite auf die andere, vorsichtig, um Elvira nicht aufzuwecken. Wenn er heute daran dachte, wie er es geschafft hatte, aus Mosambik zu fliehen, erscheint es ihm wie in einem Film. Seine Kontakte zu den Drogenschmugglern aus Südafrika hatten ihm damals sehr geholfen. Man unterstützte ihn mit Geld, Transport und gelegentlich Unterkunft. Aber es dauerte fast eine Woche – entlang der Ostküste, dann westlich über Nelspruit und Witbank – bis er schließlich Pretoria erreichte, wo sich – wie er herausgefunden hatte – die US-Botschaft in Südafrika befand.

Heute kam ihm alles so unwirklich vor: Wie er sich bei den Amerikanern als Flüchtling gemeldet, seine Story über Bürgerkrieg, die Repressalien in Mosambik etwas aufgemotzt hatte und viele Fragen beantworten musste – überwiegend zu seinem Job bei der DDR-Botschaft in Maputo. Er war damals 25 Jahre alt und machte offensichtlich einen vertrauenswürdigen Eindruck. Die politischen Verhältnisse in Mosambik waren zwar gerade im Wandel begriffen, sie waren aber immer noch geprägt von dem Einfluss des Sowjetblocks. Saidis Antrag auf Anerkennung als *Refugee* wurde daher ohne große Schwierigkeiten bearbeitet.

Es dauerte einige Wochen, in denen er in einem einfachen Hotel auf Kosten der US-Botschaft untergebracht war, bis er nach New York ausgeflogen wurde. Alles arrangiert von der International *Organisation for Migration (IOM)* mit späterer Rückzahlungsverpflichtung.

Er würde nie vergessen, von welchen Gefühlen er bei seiner Ankunft in Amerika überwältigt wurde: Einerseits dieses Hochgefühl, im Traumland USA gelandet zu sein, wo für ihn ein neues Leben beginnen würde. Andererseits eine gewisse Traurigkeit, alles hinter sich gelassen zu haben: Seine Eltern, seine Freunde, seine Heimat, in der er aufgewachsen war.

Ein Vertreter der USCRI Albany hatte ihn am JFK-Flughafen in Empfang genommen. Es folgten Wochen, in denen er mit Umsiedlungs- und Integrationsorganisationen zu tun hatte, mit viel Bürokratie.

Ein leises Brummen ertönte. Elviras Wecker.

„Liebling, du brauchst nicht zu schleichen. Ich bin wach und stehe mit dir auf."

„Was ist denn mit dir los, sonst schläfst du doch wie ein Bär um diese Zeit. Was hast du, Alter?" Sie beugte sich über ihn und gab ihm einen Kuss auf ein Augenlid.

„Die Erinnerungen an früher. Ich habe die ganze Zeit daran gedacht. Ich erzähl dir später."

„Lasst uns heute Abend darüber reden. Aber grüble nicht so viel über die Vergangenheit." Sie verschwand im Badezimmer und drehte die ziemlich geräuschvolle Dusche auf. Daher konnte er auch nicht hören, was sie noch sagte: „Uns geht es doch gut."

Als Elvira gegangen war und etwas später auch die Kinder, wollte Saidi sich wieder hinlegen. Zuvor musste er aber seine Gedanken ordnen. Kutschinski! Er lebt! In New York! Unter einem anderen Namen, und offensichtlich lebte er nicht schlecht. Wie oft hatte er sich ausgemalt, was er mit ihm machen würde, wenn er ihm begegnen sollte. Ein qualvolles Ende hatte er ihm gewünscht. Doch jetzt, nach so vielen Jahren waren Hass und Rachegefühl abgeebbt.

Aber etwas musste geschehen. Er sollte zahlen! Und nicht zu knapp. Warum sollten Saidis Kinder eines Tages nicht aufs College gehen und vielleicht einen Universitätsabschluss machen können? Kutschinski wird zahlen, der hat bestimmt genug Cash – und keine andere Wahl. Anderenfalls würde Saidi ihn hochgehen lassen.

Es kam ihm nicht in den Sinn, dass er sich mit seinem Ansinnen strafbar machen würde. Vielmehr war er davon überzeugt, dass sein Plan lediglich ein kleiner gerechter Ausgleich wäre für den Schmerz, den dieser Mann ihm und seiner Familie zugefügt hatte.

Er musste sehen, wie und wo er ihn erreichen konnte. Er würde heute, bevor er seine Schicht antrat, zur Pine Street fahren, wo er Kutschinski und den anderen an dem ehrwürdigen Bürogebäude abgesetzt hatte. Er würde den Pförtner in der Lobby fragen, wer die beiden waren, die um kurz nach sechs am Empfang registriert wurden. Er würde vorgeben, dass sie ein Schlüsselbund in seinem Taxi vergessen hätten, das er ihnen gerne zurückbringen wollte. Ja, das würde er tun. Und dann würde er Kutschinski, oder wie er jetzt hieß, auf die Pelle rücken.

Sobald er den Namen und gegebenenfalls seine Firmenzugehörigkeit in Erfahrung gebracht hatte, würde er sich noch einmal vergewissern, um ganz sicher zu gehen. Sie hatten sich vor einem Jahr einen Computer angeschafft. Sowohl Elvira als auch er waren von ihren Arbeitgebern dazu ermuntert worden, und die Kinder hatten auch schon eine Zeit lang gedrängelt, insbesondere Jazmin. Über die Schule und der öffentlichen Bibliothek in ihrer Nähe hatten sie zwar regelmäßig Zugang zu Computern, aber zuhause war es natürlich weitaus bequemer. Kutschinski würde unter seinem neuen Namen bestimmt im Netz zu finden sein. Er würde dort nach einem Lebenslauf und vor allem nach Fotos suchen.

Mit diesem Entschluss ging er ins Schlafzimmer, schloss die Jalousien, zog die Fenstervorhänge zu und legte er sich wieder hin. Es dauerte noch eine Weile, bis er schließlich in einen etwas unruhigen Schlaf verfiel.

*

Es war gar nicht so einfach gewesen. Der Pförtner in der Pine Street hatte sich nicht sehr zugänglich gezeigt. Die Männer und Frauen, die am Empfang in den Lobbys der großen Bürogebäude arbeiteten, waren alle Angestellte von Sicherheitsfirmen. Und das nicht erst seit September Eleven. Und die hatten natürlich ihre strengen Vorschriften.

„Ich darf keine Namen weitergeben."

„Aber wie kann ich den Herren denn das Schlüsselbund wiedergeben, das sie in meinem Taxi verloren haben?"

„Sie können es hier deponieren und darauf hoffen, dass jemand nachfragt, ob wir ein Schlüsselbund gefunden haben."

Saidi gab nicht so schnell auf: „Warum sollten die sich ausgerechnet hier melden. Die Herren waren vermutlich gestern an verschiedenen Orten und haben mehr als einmal ein Taxi benutzt."

Ein zweiter Pförtner, der die ganze Zeit neben seinem Kollegen gestanden und das Gespräch mit angehört hatte, schaltete sich jetzt ein.

„Wann war das gestern?" Saidi schöpfte Hoffnung.

„Ich erinnere mich genau. Es war kurz nach 18 Uhr."

Der Pförtner, der gefragt hatte, gehörte, wie Saidi, zu den *Minorities,* wie man hier die Gruppe der Afroamerikaner, der Asiaten, der Latinos, und anderer Dunkelhäutiger bezeichnete. Er schien Saidi helfen zu wollen und hatte augenscheinlich Sympathien mit dem Taxifahrer, der ohne die gewünschte Information vermutlich um ein stattliches Trinkgeld kommen würde. Er ging an seinen Computer und bewegte die Maus.

„Um die Zeit kommen nicht mehr viele. Die meisten verlassen dann das Gebäude. Die zwei, die ich hier habe“, er schaute dabei auf seinen Bildschirm, „sind hier an der Wall Street ziemlich bekannt, besonders der Eine.“

„Gut, dann verraten Sie ja kein großes Geheimnis, wenn Sie mir deren Namen geben“, sagte Saidi und lächelte den Pförtner kumpelhaft an.

„Wissen Sie was? Ich gebe Ihnen den Firmennamen. Das ist alles.“

„Okay.“

„Engelhard Capital Group.“

„Besten Dank!“

Wieder auf der Straße überlegte er und schaute auf seine Uhr. Elvira würde nach ihrer Frühschicht die Kinder gegen 15 Uhr von der Schule abholen. Bis zum Beginn seiner Schicht hatte Saidi noch viel Zeit. Im Moment wollte er Elvira nicht einweihen. Jetzt noch nicht. Sie würde sich Sorgen machen und versuchen, ihn von seinem Vorhaben abzubringen. Er würde daher seine Nachforschung nicht an ihrem Computer zuhause anstellen, sondern zu seinem Kumpel gehen, einem Brasilianer, der in Astoria einen Copy-Laden betrieb. Er kannte Lucas schon lange. Immer wenn er Fotokopien brauchte, ging er zu ihm. Sie unterhielten sich dann auf Portugiesisch. Lucas hatte neben den zwei Kopiergeräten auch drei Computer aufgestellt, die seine Kunden gegen Gebühr benutzen konnten. In der Gegend gab es viele Menschen aus allen Teilen der Welt, die keinen eigenen Computer besaßen und zunehmend darauf angewiesen waren, online zu gehen, sei es, einen Job zu finden, sei es, irgendetwas billig zu erwerben. Daher florierte das Geschäft des Brasilianers recht gut.

„Engelhard Capital Group“, hatte der Pförtner gesagt. Und, wenn die Männer bekannt waren, musste es sich um Personen aus dem Topmanagement handeln. Saidi brauchte dann nur noch nach einem *Lars* zu suchen. So wurde sein Fahrgast von dem anderen genannt.

Tatsächlich, Saidi konnte mit drei Klicks die Webseite von *Engelhard Capital* aufrufen. *Lars Bergstraesser* stand da unter CEO. Er war also der Boss der Firma. Mit Bild. Das Bild hätte er gerne vergrößert. Er wusste aber nicht mehr genau, wie das ging. Und Lucas wollte er nicht fragen. Es ging Niemanden etwas an, wonach er suchte. Das Wenige, das er auf dem Computer machen konnte, hatte er von Jazmin gelernt. Er hatte ihr auch schon einmal über die Schulter geschaut, als sie Fotos ihrer Eltern und ihres Bruders vergrößert und Bilder ihrer Idole aus der Popszene gezoomt hatte. Saidi probierte es. Nach diversen Klicks und erratischem Geschiebe mit der Maus gelang es ihm schließlich, das Bild des CEO von *Engelhard Capital Group* auf drittel Bildschirmgröße zu bringen. Selbst die ein-Quarter-große Narbe unterhalb seines linken Ohres war jetzt deutlich zu erkennen. Es gab keinen Zweifel. Lars Bergstraesser war Gerd Kutschinski, der Mann aus Maputo, den er hasste.

10.

„Hier ist Jennifer. Vadim, Herr Bergstraesser möchte heute zu Fuß nach Hause gehen. Sie brauchen ihn also nicht abzuholen. Er will aber heute noch nach draußen. Ich hab' den Hubschrauber am Heliport für 19 Uhr bestellt. Sie sollten ihn um 18.30 Uhr zu Hause abholen. Okay?"

„Wird gemacht".

Lars Bergstraesser wollte an die frische Luft. Und er brauchte etwas Bewegung. Zu Fuß waren es nur circa 20 Minuten zu seinem Apartment in der Park Avenue. Aber seit einem Sicherheitsseminar der NYPD für einen exklusiven Kreis von Top-Vertretern der New Yorker Finanzszene benutzte er fast immer den Wagen. Heute nicht, er brauchte jetzt einen klaren Kopf. Er hatte sich von seinem Schock einigermaßen erholt und musste nachdenken, was zu tun sei.

Über 20 Jahre war es her, seit er ein neues Leben in einer neuen Welt begonnen hatte. Er hatte seine Vergangenheit, die erste Hälfte seines Lebens, in all den Jahren recht gut verdrängt. Er war erfolgreich in beiden Lebensabschnitten – im Bösen wie im Guten. Ein diabolisches Grinsen huschte über sein Gesicht, als er die Madison Avenue überquerte. Er glaubte inzwischen beinahe selber an seine neue Identität. Die Identität des Lars Bergstraesser, die die CIA damals für ihn kreiert hatte.

Was immer in der Vergangenheit war, hier in der neuen Welt hielt er sich an die Spielregeln, an Recht und Ordnung. Das war gar nicht so schwer, wenn man Geld hat – viel Geld. Und das hatte er reichlich gemacht. Während seiner Zeit als DDR-Diplomat mit riesigen

Waffengeschäften in Afrika und später – legal – in Amerika mit seiner Investment- und Brokerfirma.

Er hatte Glück: Eine der längsten Hausse-Perioden der Finanzgeschichte ließen die Gewinne nur so sprudeln. Man konnte ohne Tricks viel Geld verdienen, obwohl die Versuchung, mit nicht ganz lauteren Mitteln noch mehr Geld zu machen, in diesem Sektor natürlich vorhanden war.

Man kannte ihn inzwischen an der Wall Street. Die Medien lieben erfolgreiche Newcomer und wollen nicht ständig nur über die Goldman Sachs und Morgan Stanleys dieser Welt berichten. Die Fachpresse hat zeitweilig überschwänglich über ihn und die Engelhard Capital Group, das aufstrebende, dynamische Unternehmen an der Wall Street, geschrieben. Es ließ sich auch nicht vermeiden, dass ihm Mitgliedschaften in Aufsichts- und Beiräten von professionellen und politischen, insbesondere transatlantischen, Vereinigungen angetragen wurden. Das Metropolitan Museum und das New York City Ballet zählten ihn zu ihren Sponsoren.

Er war jetzt an der Park Avenue angekommen. An der Ecke bei *Borders* bog er links ab. Nur noch ein paar Straßen und er war zu Hause.

Wie sind die beiden auf mich gekommen? Er war immer sehr vorsichtig mit Interviews und insbesondere mit Fotos gewesen.

Werner Rehbein und Ulf Servatzki! Ja, er erinnerte sich an sie. Er hatte beide zum ersten Mal auf einer Schulungsveranstaltung in Berlin getroffen, bei der er über seine Tätigkeit in Mosambik referiert hatte. Und später dann in Maputo, wo sie ihm im Auftrag des MfS, Hauptabteilung II, mit tausend Fragen auf den Zahn fühlen wollten. Beide waren recht smart. Besonders der eine war ein scharfer

Hund. Die beiden hatten im MfS bereits eine gute Karriere gemacht und gehörten zu den aufstrebenden Kadern der Stasi. Aber es gelang ihnen damals nicht, ihm auf die Schliche zu kommen. Er hatte alles äußerst geschickt eingefädelt. Bei jeder Verschiffung von Rohkaffee oder Mineralöl machte er seinen Schnitt Aber auch bei den Lieferungen von LKWs und insbesondere Waffen aus der DDR sorgte Kutschinski für seine Marge. Gegenüber seinen Partnern in Mosambik begründete er diese Extrazahlungen immer mit der reibungslosen Abwicklung der Geschäfte, die er garantiere, sowie mit dem Hinweis, dass er dafür Sorge tragen würde, dass beste Qualität zu einer günstigen Bewertung geliefert wird. Die Zahlungen gingen an diverse Adressen in verschiedenen Ländern, zum Teil an Strohmänner, die von seinen Kontaktleuten in Mosambik organisiert wurden. Zum Teil aber auch und in zunehmendem Maße an anonyme Nummernkonten in Genf.

Jetzt wollten sie ihn zur Strecke bringen, oder vielmehr abkassieren. Kutschinski hatte manchmal daran gedacht, dass dieser Moment kommen würde. Insbesondere nach der Wende war das Risiko deutlich größer geworden. Er hatte sich manchmal gefragt, wie er reagieren würde. Hat dies aber nie zu Ende gedacht, nach dem Motto *let's play it by ear*. Er würde sich zum gegebenen Zeitpunkt entscheiden. Erneut huschte ein teuflisches Grinsen über sein Gesicht: Es würde sich zeigen, wer smarter ist, Kutschinski oder die beiden Ex-Stasi-Kollegen.

„Hallo, Mr. Bergstraesser, wie geht es ihnen?" Der Doorman von 519 Park Avenue hielt ihm die Tür auf.

„Hallo, Mike." Er steuerte auf den Fahrstuhl zu. „In etwa zwei Stunden holt mich Vadim ab. Sorg' dafür, dass er vor dem Haus halten kann und sag' mir Bescheid, wenn er da ist."

Er fuhr in den 34. Stock. Die Fahrstuhltür öffnete sich direkt zu seiner Wohnung. Er hatte das Apartment vor acht Jahren gekauft, als das Gebäude gerade fertiggestellt worden war. Der Bau war selbst für Manhattan eine Sensation: Mit 43 Stockwerken war es das höchste Wohngebäude in der Park Avenue. Es hatte nur 38 Apartments, von denen sich zwölf über zwei Stockwerke erstreckten, sogenannte Duplex.

Er hatte damals den irren Preis von 14 Millionen Dollar für die Acht-Zimmer-Wohnung bezahlt. Die Duplex mit 13 Zimmern gingen für circa 24 Millionen Dollar weg.

Natürlich war die Wohnung zu groß für ihn und Yvonne, aber er musste etwas mit seinem Cash machen, der nur zu einem Teil in den letzten Jahren in den Staaten erworben worden war. Der größte Teil stammte aus seinen Aktivitäten während seiner sozialistischen Diplomatenzeit und musste behutsam und über komplizierte Transaktionen von diversen Depots in verschiedenen Ländern disponibel gemacht werden.

Ein weiterer Anreiz für diese enorme Akquisition war die Lage. Sie waren mitten in Manhattan, absolut sicher und sehr diskret. Anonymität und Diskretion haben in New York ihren Preis. Hier kümmerte sich kein Mensch um sie.

Das war ganz anders in Connecticut gewesen. Dort hatten sie seit ihrer Heirat 1990 in einem feudalen Landhaus gewohnt, konnten es aber immer weniger vermeiden, in nachbarschaftliche Aktivitäten hineingezogen zu werden. Bergstraesser zog es aber vor, auf Distanz zu bleiben. Außerdem ging beiden die tägliche Fahrerei auf die Nerven. Lars Bergstraesser hatte zwar seinen Fahrer, aber Yvonne, die in einer internationalen Anwaltskanzlei an der Wall Street arbeitete, musste häufig sehr früh weg und arbeitete abends meistens länger. Obwohl auch sie den Limousinenservice häufig bemühte, war die Entfernung und der Zeitaufwand einfach zu groß.

Sein Handy vibrierte. Er antwortete, bevor es klingelte: „Ja?" Es war Yvonne. „Ich komme gerade nach Hause. Ich will heute Abend noch raus. Vadim bringt mich um halb sieben zum Heliport." Und nach einer kurzen Pause: „Okay, dann komm morgen nach, sobald du kannst."

Kutschinski suchte ein paar Sachen zusammen, die er mitnehmen wollte. In Watermill hatte er eigentlich alles. Seine Computer, seinen Bloomberg und diverse Bildschirme weiterer Informationsdienste.

Natürlich war da die Sache mit dem Mädchen. Er stand damals unter einem enormen Druck. Da waren die Nachforschungen in seiner Abteilung in der Botschaft, bei der die beiden Typen aus Berlin alles auf den Kopf stellten und nicht lockerließen. Und dann das Mädchen. Sie war durch ihn schwanger geworden und konfrontierte ihn mit einer Situation, die für ihn gefährlich werden konnte. Sie stellte Forderungen, die er nicht erfüllen konnte und wollte. Er hatte seine Flucht für den Tag X lange vorbereitet, in allen Einzelheiten. Dieser Tag war gekommen. Das Mädchen hätte damals alles vereiteln können. Sie ließ ihm daher keine andere Wahl. Sie musste mundtot gemacht werden.

Dagegen war die Sache mit seinem sowjetischen Diplomatenkollegen keine große Affäre. Den Behörden in Maputo war es damals zwar nicht gelungen, den Scharfschützen zu fassen, aber sie schrieben dieses Attentat, wie diverse Anschläge in der Vergangenheit, der Renamo zu, die bei ihrer Bekämpfung der marxistischen Fremlino und ihrer russischen und ostdeutschen Protektoren immer aggressiver geworden war. Bei seiner Einvernehmung durch die Polizei vermochte Bergstraesser alias Kutschinski sogar zu streuen, dass er selber diesem Anschlag nur mit Glück entkommen war. Allerdings war er sich nicht so sicher, ob die Russen selbst seinerzeit über den Hergang der Dinge zu der gleichen Schlussfolgerung gekommen waren. Spätestens bei seinem plötzlichen Verschwinden nach dem Tod des Mädchens waren in der sowjetischen Botschaft wohl Zweifel an der offiziellen Theorie aufgekommen. Ob es aus dieser Wolke nach so langer Zeit und dem Untergang der Sowjetunion heute noch regnen würde, hielt Bergstraesser für eher unwahrscheinlich. Allerdings konnte man beim KGB und seinen Nachfolgern, wenn es um einen ihrer Leute ging, nie ganz sicher sein.

Der Fall mit dem Mädchen wog natürlich schwer. Das war es auch, was ihn jetzt, als er über die beiden Ex-Kameraden nachdachte, beschäftigte. Mit einer halbherzigen Lösung war es daher auch nicht getan. Er musste entschlossen und radikal handeln. Hilfe von anderer Seite konnte er nicht erwarten. Das hatte ihm der CIA-Mann damals in Langley ganz klar zu verstehen gegeben. Nie gesehen, nie gekannt.

Der Deal damals vor über 20 Jahren war, dass er den Amis alle Informationen über das MfS, seine Strukturen, Aktivitäten, Personen, Rolle der Stasi in den diplomatischen Vertretungen der DDR, die Waffengeschäfte in allen Einzelheiten preisgab im Austausch für eine neue Identität, für ein neues Leben in einer neuen Welt. Man ließ keinen Zweifel daran, dass er von nun an auf sich allein gestellt sei und zu keinem Zeitpunkt und in keiner Situation mit der Unterstützung der Agentur rechnen könne. Als hätte es niemals einen Kontakt zwischen ihnen gegeben.

Das Haustelefon brummte:

„Hier ist Mike. Herr Bergstraesser, Vadim ist da. Brauchen Sie Hilfe?“

„Nein danke, ich bin in fünf Minuten unten.“

In der Lobby angekommen, nahm ihm Mike seine Reisetasche aus der Hand und reichte sie am Ausgang an Vadim, der unter dem Baldachin wartete, weiter. Die Wagentür stand bereits offen.

Der Feierabendverkehr war in vollem Gange.

„Wie sieht’s aus, Vadim?“

„Ich nehme den FDR Drive. Um diese Zeit ist zwar Stop-and-go, aber es bewegt sich. Und wir sind dann gleich beim Heliport“.

„Okay.“ Kutschinski lehnte sich zurück und überlegte.

„Vadim, du kennst doch einige Leute in New York, die auch High-Risk-Jobs übernehmen, oder?“

„Kommt drauf an, was Sie mit High Risk meinen.“

„High Risk und High Reward. Ein Job, bei dem viel Geld zu verdienen ist“.

„Darüber lässt sich immer reden. Aber worum geht es?“

„Vergiss es, wir reden ein anderes Mal darüber.“ Er wollte das Thema jetzt nicht weiter erörtern. Aber er hatte den Nagel schon einmal eingeschlagen. Vielleicht gab es ja noch eine andere Lösung.

Sie waren jetzt auf dem FDR Drive. Es war sehr dichter Verkehr und sie kamen nur langsam voran. Aber der Heliport an der 34. Straße war nicht mehr weit.

11.

Thomas Kirsten wollte gerade zum Tradingraum rübergehen, als sein Telefon klingelte.

„Ja!“

„Trevis, Trevis Mohan von CALO Solutions.“

„Hi, sind sie wieder zurück in Kalifornien?“

„Ja, ich wollte mich noch einmal bei ihnen und Lars für das konstruktive Gespräch gestern bedanken. Wann können wir konkret werden? Wie lange brauchen sie für das Due Diligence? Ich glaube, wir müssen uns einen engen Zeitplan setzen. Das wirtschaftliche Umfeld ist nicht gerade rosig. Wir würden diese Runde allerdings nur ungern verschieben.“

Kirsten hatte noch nicht mit seinen Leuten gesprochen.

„Ich denke, das sollte in den nächsten zwei Wochen erledigt sein. Wenn sie mit dem Filing auf dem Laufenden sind, können wir Vieles online bekommen. Wir schicken ihnen aber noch einen detaillierten Fragenkatalog. Und unser Service Agreement. Ich rufe sie in der nächsten Woche an.“

„Okay, ich verlass’ mich auf Sie. Schönes Wochenende.“

Kirsten musste unbedingt noch mit ein oder zwei Analysten der großen Finanzhäuser sprechen, um ein besseres Gefühl für die aktuelle Marktsituation zu bekommen. Die Engelhard Capital Group unterhielt keine eigene volkswirtschaftliche Abteilung oder einen Chef-Volkswirt. Er hätte auch gerne noch ausführlicher mit Bergstraesser gesprochen, aber der war heute irgendwie von der Rolle und hatte sich früh ins Wochenende verabschiedet.

So sehr sie auch an dem neuen Kunden und der Konsortialführerschaft bei dieser Kapitalerhöhung interessiert waren, einen Flop konnten sie sich nicht leisten. Er griff zum Telefon:

„Jeff, kannst du mal kommen, ich muss etwas mit dir besprechen."

„Gib mir 10 Minuten, ich bin gerade dabei, einen Brief an die FINRA zu schreiben, der heute raus muss".

„Okay."

Jeff Cohan war ein Veteran, der praktisch von Anfang an dabei war. Kirsten hatte ihn vor etwa 18 Jahren von einer anderen Wall Street Firma zu Engelhard geholt. Sie machten ihn bereits nach kurzer Zeit offiziell zu ihrem CFO. Er war ein sehr erfahrener Finanzmann und, was das Wichtigste war, Kirsten und Bergstraesser konnten sich hundertprozentig auf ihn verlassen. Mit seinem kleinen, aber hochkalibrigen Team hatte Jeff die Dinge stets unter Kontrolle. Und das war nicht immer ganz leicht. Seit ENRON und dem Sarbanes-Oxley Act waren die Compliance-Anforderungen immer umfangreicher und komplexer geworden. Immer mehr und häufiger mussten Berichte und Zahlen an die Aufsichtsbehörden geliefert werden. Ihre Kosten für Rechtsanwälte und Wirtschaftsprüfer hatten sich in den letzten beiden Jahren verdoppelt.

„Da bin ich; was gibt's?"

Jeff Cohan war eine positive Erscheinung: Mit seinen leicht angegrauten kurzen Haaren, seiner randlosen Brille, schlank und rank wirkte er eher wie ein Gymnasiallehrer für die Fächer Deutsch, Geschichte und Sport. Er hatte ein offenes, freundliches Gesicht.

„Setz' dich. Jeff", Kirsten kam gleich zur Sache.

„Du siehst doch in Ausschüssen und Komitees einige Leute. Wie wird in der Branche die derzeitige wirtschaftliche Situation eingeschätzt. Und was ist deine eigene Meinung?“

„Das Bild ist uneinheitlich. Natürlich sind alle einigermaßen geschockt, was vor einigen Wochen mit Bear Stearns geschah, nachdem Alan Schwartz noch kurz vorher bei CNBC ihre Zahlungsfähigkeit beschworen hatte. Das werde ich so schnell nicht vergessen. Ich war übrigens am 14. März, an dem Freitag, mit einem Banker in *Maggie's Bar* verabredet, gleich gegenüber von Bear Stearns an der 47. Straße. Da waren viele, die ihr ganzes Geld verloren hatten. Ihre Bear Stearns Aktien, die sie in all den Jahren angesammelt hatten und die einmal bei 154 Dollar notierten, waren an dem Tag nochmals um 40 Prozent auf fast 2 Dollar gefallen. Da war Weltuntergangsstimmung“.

Jeff machte eine Pause. Die Erinnerung daran schien ihn immer noch zu beschäftigen.

„Und die zahlreichen Pleiten der Hypothekenfinanzierer im letzten Jahr haben natürlich zur Verunsicherung beigetragen. Inzwischen werden etwa 25 Prozent aller Hypothekendarlehen nicht mehr bedient. Überwiegend besteht allerdings die Meinung, dass es sich um eine Krise bei der Immobilienfinanzierung handelt, die weitgehend ausgestanden ist. Einige sind pleite gegangen, andere sind übernommen worden, und die Banken haben den überwiegenden Teil ihrer Risiken bereits abgeschrieben.“

„Ja, auch die Schweizer, die Deutschen, die Franzosen und die Briten haben bereits alle massive Abschreibungen auf Immobilienkredite vorgenommen. Ackermann hat sogar etwas Optimismus verbreitet, als er kürzlich verkündete, dass die Deutsche Bank voraussichtlich nur noch einen kleinen Teil ihrer Immobilienkredite abschreiben müsse. Die Deutsche hat für 2007 sogar wieder ein Bombenergebnis vorgelegt und die Cobank glänzte mit einem Rekordgewinn."

„Die Abschlüsse vom letzten Jahr haben sich allerdings als trügerisch erwiesen. Die Deutsche musste im ersten Quartal in diesem Jahr noch einmal die Hosen runterlassen. Ich glaube, die mussten noch einmal drei Milliarden Dollar abschreiben."

Kirsten wusste, dass sein CFO immer gut informiert war. Das war einer der Gründe, warum er Jeff so schätzte.

„Bei uns gehen jetzt insbesondere Merrill Lynch und Citigroup auf dem Zahnfleisch, von Fannie Mae und Freddie Mac ganz zu schweigen; denen greift aber natürlich die Regierung kräftig unter die Arme. Ich fürchte, auch für Morgan Stanley, Goldman Sachs und Lehman Brothers kann es noch ungemütlich werden. Und die Deutschen sind auch noch nicht aus dem Schneider."

Thomas Kirsten war natürlich froh, dass er diese Risikopapiere nie in Engelhards Portfolios genommen hatte. Er war manchmal dafür kritisiert worden, auch von Lars Bergstraesser. Die Branche hatte nämlich klotzig mit diesen *Subprime Loans* verdient. Vielleicht war es sein Background als traditioneller deutscher Banker, der gelernt hatte, die Finger von Produkten zu lassen, die er nicht ganz versteht. Und dies war hier der Fall. Die anderen verstanden diese „synthetischen" Produkte oder das *structured finance*, wie es auch schönfärbend genannt wurde, zwar auch nicht, aber keiner wollte es zugeben.

„Goldman Sachs wird, so denke ich, mit einem blauen Auge davonkommen. Wie du sicherlich auch gehört hast, haben die den Markt nämlich getrickst. Während sie den Investoren in der ganzen Welt diese *Subprime Mortgage Bonds* in Milliardenhöhe andrehten, haben sie sich selber dagegen versichert, wissend, dass diese faulen Papiere höchstwahrscheinlich notleidend werden würden."

„Ja, das war ziemlich übel. Und sie haben damit den größten Versicherer der Welt, A.I.G., bei dem sie sich abgesichert hatten, womöglich an den Rand seiner Existenz gebracht."

„Und die Ratingagenturen haben da kräftig mitgespielt. Ohne die hätte Goldman Sachs nicht so ein leichtes Spiel gehabt. Es ist schon beschämend, wie die den meisten dieser Papiere ein Triple-A geben konnten."

„Ja, unglaublich. Natürlich hat da auch eine Rolle gespielt, dass die Ratingagenturen von denen bezahlt wurden, die diese Papiere kreiert und verkauft haben."

„Mir hat kürzlich jemand, der bis vor kurzem bei Standard & Poor's gearbeitet hat, erzählt, dass bei den Ratingagenturen auch nicht unbedingt die *Smartesten* mit dem höchsten IQ arbeiten. Die gehen zu den Investmentbanken. Bei den Agenturen finden sich eher die Bürokraten. Und die haben die Konstruktion dieser Bonds nicht richtig verstanden. Sollten sie vielleicht auch gar nicht."

Thomas konnte sich immer noch ereifern, wenn er daran dachte, wie ungebremste Spekulation und mangelnde Kontrolle nicht nur eine ganze Branche an den Rand des Zusammenbruchs geführt hatte, sondern letztendlich Auslöser einer weltweiten Finanz- und Wirtschaftskrise geworden war.

„Da kommt bestimmt noch etwas nach", sagte Jeff.

„Ja, aber du wirst sehen: Trotz eklatantem Fehlverhalten, man könnte auch sagen Betrug, wird keiner von den Brüdern ins Gefängnis wandern. Die kommen mit einer Geldstrafe davon, die sie aus der Portokasse bezahlen können", machte Thomas seinem Ärger Luft.

Es entstand eine kurze Pause. Dann wechselte Jeff das Thema.

„Übrigens, Thomas, wie wollen wir vorgehen in Sachen CALO Solutions? Ich denke, wir sollten hier noch ein wenig auf Zeit spielen."

Kirsten nickte.

„Ja, obwohl ich verhalten optimistisch bin. Die Weltbank sagt für die US ein Wirtschaftswachstum von 2,2 Prozent für dieses Jahr voraus, 3,3 Prozent weltweit. Aber du hast recht. Die Stimmung an den Märkten ist nicht gut. Und die Investitionsbereitschaft ist auf einem Tiefpunkt." Er sah seinen CFO an. Sie waren, wie meistens, einer Meinung.

„Vielen Dank, Jeff. Falls wir uns heute nicht mehr sprechen, schönes Wochenende!"

Thomas Kirsten sprach am Telefon noch mit zwei Chefvolkswirten von großen Investmentbanken. Beide, eine Frau und ein Mann, waren sehr bekannt. Sie waren sehr hoch bezahlt, hatten Bücher geschrieben und gaben ihre Analysen regelmäßig bei CNBC zum Besten. Sie verfügten über ein hochkarätiges Team von Leuten, die ihr Rüstzeug in Harvard, Yale oder bei der LBS in London erworben hatten. Aber keiner von beiden hatte jemals eine außergewöhnliche ökonomische Entwicklung von Bedeutung vorausgesehen. Häufig lagen sie sogar recht schief in ihren Prognosen. Aber sie konnten beide brillant erklären, warum es so und nicht wie vorausgesagt gelaufen war. Daher waren sie gefragt. Und sie wurden gefragt. Auch von Thomas Kirsten, der sie durch verschiedene Begegnungen bei Veranstaltungen persönlich gut kannte. Sie waren in der Lage, ein Komfortgefühl zu vermitteln.

Und das war es, was Kirsten am Freitagnachmittag brauchte. Fazit der Experten: Das Schlimmste ist vorbei.

Kirsten würde sich am Wochenende mit Bergstraesser besprechen. Leider war dies heute nicht möglich. Zu sehr schien sein Partner heute durch den Wind gewesen zu sein. Merkwürdig. So hatte er ihn noch nie erlebt.

*

„Hallo, Liebling. Wie sieht's aus. Kommst du heute rechtzeitig raus?"

Meistens gingen sie am Samstag nicht ins Büro, aber bei Christina kam es hin und wieder vor, dass sie auch am Wochenende für ein paar Stunden in die Kanzlei musste. Und auch Thomas Kirsten nutzte manchmal die Ruhe im Büro, um ungestört von Telefonaten und dem Marktgeschehen einige Dinge aufzuarbeiten

Er freute sich auf das Konzert heute Abend. Er hatte die Limousine für viertel nach sieben bestellt und wollte sich vergewissern, dass bei Christina nichts dazwischenkommt. Er mochte nicht gerne unter Zeitdruck sein, wenn sie ausgingen. Davon hatten sie genug in ihren Jobs.

„Kein Problem, zwei unserer Partner sind schon weg. Ich denke, ich verlasse das Büro in einer halben Stunde. Sag' mir noch mal schnell das Programm."

„Ganz toll. Zum Auftakt Mozart, die Ouvertüre zu Le Nozze di Figaro, danach Beethovens Klavierkonzert Nummer eins und nach der Pause Rachmaninoffs Symphonic Dances. Zum Schluss Ravels La Valse."

„Das ist ja super! Wer ist der Pianist?"

„André Watts. Er ist für Martha Argerich eingesprungen. Hat exzellente Kritiken."

„Wann treffen wir Tom und Nina?"

„Viertel vor acht im Foyer der Avery Fisher Hall."

„Okay, ruf' mich an, wenn du mit dem Wagen da bist. Ich komm' dann runter. Ich freue mich, mein Schatz."

„Ich mich auch, bis später."

*

Die Limousine wartete schon. Der Fahrer hielt Thomas die Tür auf. Ein paar Straßen weiter holten sie Christina ab. Der Weg zum Lincoln Center war nur kurz. Sie brauchten nur den Central Park zu durchqueren. Allerdings konnte dies eine Weile dauern. Busse, Taxen und Limousinen stauten sich um diese Zeit. Außer der Avery Fisher Hall, der Konzerthalle der New York Philharmonic, gab es im Lincoln Center noch mindestens 5 weitere Musik- und Theaterbühnen – die verschiedenen Konzertsäle der Juilliard School nicht mitgerechnet. Und alle Veranstaltungen fingen mehr oder weniger zur gleichen Zeit an.

Christina und Thomas freuten sich nicht nur auf die New York Philharmonic, sondern auch auf ihre Freunde Tom und Nina. Sie hatten sich schon eine ganze Weile nicht gesehen, zuletzt bei einem Awards Dinner im Grand Hyatt am Grand Central, bei dem jeweils ein Deutscher Industrieboss und ein amerikanischer ausgezeichnet wurden.

Kennengelernt hatten sie sich vor zwei Jahren beim Quadrille Ball, der jedes Jahr traditionsgemäß im *Plaza* stattfindet, damals aber wegen Renovierung des *Plaza* im *Pierre* stattfand. Sie saßen am gleichen Tisch und stellten übereinstimmend fest, dass es nur wenige Deutschland-bezogene Ereignisse in New York mit einem bestimmten Niveau gibt, die es sich lohnt hinzugehen. Der Quadrille Ball war eines davon. Er wird ausgerichtet von Damen deutscher Herkunft und ist ein New Yorker gesellschaftliches Ereignis in der Ballsaison Januar/Februar. Der Reinerlös dieser Veranstaltung wird für Stipendien für den deutsch-amerikanischen Studentenaustausch verwendet.

Ansonsten sind die Deutschen in New York eher unauffällig. Andere Nationen zeigten hier weitaus mehr Profil, wie zum Beispiel die Franzosen, die Italiener, die Iren und natürlich die Chinesen, die einen ganzen Stadtteil für sich annektiert hatten.

Tom Hockney war Polizist, ziemlich weit oben in der Hierarchie der NYPD. Ein interessanter Mann. Er hatte ursprünglich Kunstgeschichte an der Universität in Austin in Texas studiert und einen Master's Degree in Art (MFA). Nina war Deutsche. Dadurch gab es natürlich sofort Anknüpfungspunkte für ein Gespräch. Und, wie sich später herausstellte, teilten sie ihr Interesse für Musik und Kunst.

Tom hatte Nina in Hamburg kennengelernt. Die Polizeidirektion der Freien und Hansestadt hatte im Frühjahr 2002 eine Gruppe von New Yorker Polizisten, die am 11. September 2001 direkt am World Trade Center eingesetzt waren, nach Hamburg eingeladen. Tom war der Chef der Gruppe und stand daher bei den Pressekonferenzen immer im Mittelpunkt. Nina arbeitete damals als Reporterin beim Hamburger Abendblatt. Und irgendwie hatte es zwischen beiden kräftig gefunkt. Er war geschieden, und sie war ledig. Sie heirateten noch im gleichen Jahr – in Hamburg, bei *Jacob* an der Elbchaussee.

Ein attraktives Paar. Er mittelgroß, durchtrainiert mit dunkelblonden kurzen Haaren. Und mit einem offenen, forschenden Blick. Sie, wie man sich eine gutaussehende Norddeutsche vorstellt: Schlank, sportlich, lange blonde Haare und mit einem edel geschnittenen Gesicht, dessen leicht unnahbarer Ausdruck durch freundlich dreinblickende blaue Augen ausgeglichen wurde.

Die Limousine hielt vor dem Lincoln Center Plaza mit dem Springbrunnen in der Mitte. Es waren nur ein paar Schritte bis zur Avery Fisher Hall. Nina winkte ihnen schon vom Eingang aus zu.

„Schön, euch endlich einmal wieder zu sehen." Sie umarmten sich mit jeweils zwei Wangen-Luftküssen.

„Gleichfalls. Ja, von Connecticut kommt man eben nicht so oft nach Manhattan, und irgendwie haben wir alle auch immer volles Programm."

Thomas schaute auf die Uhr:

Wir haben noch etwas Zeit, schnell noch einen Drink?"

„Mir wäre es jetzt zu sehr in Eile. Lieber anschließend noch irgendwo hingehen. Was meint Ihr?"

„Christina hat recht", stimmte Nina zu, und die Männer nickten.

Mit einem Blick ins Programmheft, das es für jeden immer umsonst gibt – bei den hohen Eintrittspreisen auch kein besonderer Bonus –, stimmten sie sich auf das Konzert ein.

„Der Dirigent ist heute nicht Lorin Maazel, sondern der Schweizer Charles Dutoit, künftiger Chef in Philadelphia. Er war mal mit Martha Argerich verheiratet. Interessant, dass große Dirigenten häufig Solisten heiraten, mit denen sie zusammengearbeitet haben. Dass sie heute nicht spielt, wisst ihr ja", meldete sich Thomas und ersparte seinen Freunden einen Teil der Lektüre des Programmhefts.

Als Ravels *La Valse* ausgeklungen war, sagten alle lange nichts. So sehr waren sie noch gefangen von der Musik. Für Thomas waren dies Momente, in denen er alles andere vergessen konnte und nur noch glücklich war.

„Wohin gehen wir?“ meldete sich Nina nach einer Weile.

„Entweder Hudson Hotel oder Mandarin Oriental“, beeilte sich Christina zu sagen, um eventuellen, von ihr weniger geschätzten Vorschlägen zuvorzukommen.

„Ich bin für ‚Mandarin Oriental‘, da war ich noch nicht“, sagte Tom.

„Ich auch, außerdem, Freitagabend im *Hudson* siehst du viele halbseidenen Typen, die –“

„Woher weißt du das“, unterbrach Christina ihren Freund lachend.

„Nun, es gab ein Leben vor dir, mein Schatz, wie du weißt.“

„Schon gut“, sagte Christina und gab ihm einen Kuss auf die Wange.

Es war spät geworden. Thomas hatte den Fahrer der Limousine angerufen, um sie am Columbus Circle abzuholen. Sie brachten Nina und Tom zurück zur Lincoln Center Garage zu ihrem Auto. Um diese Zeit würden die beiden in weniger als einer Stunde zu Hause in Connecticut sein. Christina und Thomas waren in wenigen Minuten an der Upper East Side. Diesmal wollten sie die Nacht in seiner Wohnung verbringen.

Sein Apartment lag im 19. Stock. Es war – für Manhattaner Verhältnisse – mit sechs Zimmern und zweieinhalb Bädern sehr geräumig. Nach seiner Trennung von Bärbel hatte er zunächst ein kleineres Apartment in der 68. Straße zwischen Lexington Avenue und Third Avenue gemietet. Nach ein paar Jahren mit Engelhard, in denen der Rubel rollte, hatte er sich diese Wohnung im nächsten Häuserblock gekauft.

Zum Osten lag das große Schlafzimmer, von dem man den East River sehen konnte. Gleich daneben eines der Bäder mit einem kreisförmigen Whirlpool in der Mitte.

Sein Arbeitszimmer mit diversen Bildschirmen lag auf der anderen Seite neben dem Wohnbereich, von dem man durch die offenen Schiebetüren in die Bibliothek schauen konnte.

Die anderen Zimmer waren mehr oder weniger mittelgroße Schlafzimmer für Gäste. Eines davon hatte Christina für sich besetzt. In einem der Wandschränke hatte sie ein paar Sachen deponiert: Etwas Garderobe für alle Gelegenheiten, förmlich und weniger förmlich – und natürlich Sportsachen fürs Gym und für ihr gemeinsames Joggen im Park.

Obwohl sie beide Wert darauf legten, ihre eigene Wohnung zu haben, wollten sie auf den Komfort, ein wenig „eigenes Reich“ beim anderen zu haben, nicht verzichten.

„Es war ein wunderbarer Abend“, sagte Christina leise und schmiegte sich an ihn. „Keiner hat auch nur einmal über den Job gesprochen, sondern über ganz andere Dinge: Neue Ausstellungen, Auktionen, Theater, Vorträge. Tom ist eine unerschöpfliche Quelle von Informationen, was kulturell in New York läuft. Es macht Spaß, ihm zuzuhören. Ich kann mir gar nicht vorstellen, wie er als Polizist ist. Er ist bei der Mordkommission, nicht wahr?“

„Ja, er ist jetzt der Chef dort. Ich glaube, der Job hält ihn einigermaßen in Trab, auch wenn die Anzahl der Morde in New York zurückgegangen ist. Glücklicherweise.“

Christina war aufgestanden und ging rüber zu der offenen Küche.

„Möchtest du auch ein Bier?“ Sie öffnete die Kühlschranktür.

„Ja, gute Idee.“

Sie kam mit zwei geöffneten Flaschen *Heineken* zurück und setzte sich wieder neben ihn auf die Couch.

„Die beiden machen einen sehr glücklichen Eindruck, findest du nicht auch?“

„Ja, eine gute Mischung – wie wir.“ Das letzte hätte er vielleicht nicht sagen sollen. Dann kommt Christina nämlich wieder auf das Thema Heirat. Sie liebten sich, verstanden sich gut und hatten super Sex. Es gab eigentlich keinen Grund, nicht zu heiraten. Aber Thomas wollte sich einfach keine legalisierte Verbindung vorstellen. Er liebte seinen Job, der ihn fast hundertprozentig absorbierte. Er schätzte seine Unabhängigkeit und fand es überdies sehr spannend, eine aufregende Freundin zu haben, die nicht zur Familie gehört. Eine Ehefrau wird zwangsläufig Familie – rund um die Uhr. Sicher, Familie ist etwas Wunderbares, unvergleichlich Wertvolles. Etwas, das er selber mit Bärbel und seiner Familie erlebt hatte und ihn über viele Jahre glücklich gemacht hatte. Aber nach einiger Zeit ist der Ehepartner eben nicht mehr jemand, bei dem das Herz schneller schlägt, wenn man sich sieht und die Hose sich spannt oder der Slip feucht wird.

Christina stellte ihre Flasche ab und rückte näher an Thomas heran. Sie legte einen Arm um seine Schultern. Mit der anderen Hand berührte sie leicht seinen Oberschenkel. Er reagierte sofort. Erst küsste er sie auf die Wange, auf ihren Hals, dann auf ihre geschlossenen Augen bis seine Lippen heruntерglitten an den Nasenflügeln vorbei auf ihren Mund. Ihre Lippen und Zungen liebkosten sich; zunächst langsam und zart, dann stärker und leidenschaftlicher. Sie streichelten sich, wobei sie sich gegenseitig halb auszogen. Sie dachten nicht einen Moment an einen Standortwechsel, an sein großes bequemes Bett.

Sie liebten sich hier und jetzt, halb angezogen auf der Couch.

Nach einer Weile lust- und geräuschvollem Sex sanken sie beide erleichtert in die Kissen, er immer noch im Oberhemd und sie in ihrem seidenen pfirsichfarbenen Unterkleid.

„Hast du dies bei deinen Ex so auch immer gemacht?“ Christina war eine moderne Frau und trotz ihrer strengen, religiösen Erziehung in Südamerika sehr offen und aufgeschlossen. Und sie konnte sich beim Sex total vergessen. Aber manche Frauen möchten einfach wissen, ob ihr Liebhaber auch andere so beglückt hat – oder eben nicht. Sie wünschten, er sei nur bei ihnen so aus sich herausgegangen.

„Was meinst du! Und wie!“ antwortete Thomas scherzhaft mit ernst-verstellter Stimme.

„Übrigens, du weißt, dass wir morgen nicht so früh aufstehen müssen, wir können ausschlafen“, fügte Thomas mit vielsagendem Blick hinzu.

Sie verweilten lange in der geräumigen Doppeldusche. Als sie beide auf dem breiten Bett leicht erschöpft nebeneinander auf dem Rücken lagen, begannen sie, sich leicht zu streicheln – mit unvermeidlichen Konsequenzen.

12.

Auf der Terrasse war es noch zu kühl. Bergstraesser saß daher mit einem Stapel Zeitungen in der Veranda mit Blick auf den parkähnlichen Garten. Die Gärtner hatten damit begonnen, alles für die warme Jahreszeit herzurichten. Er hatte das Haus – man könnte es auch eine *Mansion* nennen – vor 8 Jahren gekauft, bald nach ihrem Umzug von Connecticut in die Park Avenue. Yvonne hatte ihn dazu gedrängt. Sie hatten sich für Watermill entschieden, ein kleines Städtchen zwischen Southampton und Bridgehampton, ein wenig abseits vom Sommertrubel der Hamptons. Lars Bergstraesser legte Wert auf Ungestörtheit. An der Crescent Avenue hatten sie etwas gefunden, das nahe am Wasser lag und gleichzeitig ihrem Anspruch auf Abgeschiedenheit gerecht wurde. Zum East Hampton Airport, von wo es einen regelmäßigen Hubschrauber-Service nach Manhattan gab, waren es nur gut zwanzig Autominuten.

Irgendwann hatte es so kommen müssen. Eigentlich war es erstaunlich, wie lange er ein Leben als prominenter, wohlhabender Vertreter von Wall Street ungestört hatte führen können. Das war jetzt vorbei. Aber als Gerd Kutschinski hatte er schon manche kritische Situation gemeistert; zuletzt seine raffinierte Flucht aus Mosambik mit falschen Papieren mit einer Linienmaschine der TAP nach Lissabon und von dort in die USA. Dann der wochenlange Arrest durch die CIA. Die tagelangen Verhöre von morgens bis abends.

Er hatte eine Menge Energie, kriminelle Energie. Die würde ihm auch jetzt zustattenkommen. Zwar war er auf sich allein gestellt, aber in New York ließ sich Einiges bewegen – mit den richtigen Kontakten und viel Cash. Auf keinen Fall würde er die Dinge auf sich zukommen lassen. Er musste das Gesetz des Handelns in seiner Hand behalten. Wie sehr hatte seine neue Identität ihn vereinnahmt und wie konsequent hatte er diese neue Identität angenommen. Wie hart hatte er an seinem Erfolg, an seiner bürgerlichen Existenz gearbeitet. Und als typischer Machtmensch genoss er seine Position und die Anerkennung in den New Yorker Finanzkreisen sowie in der Gesellschaft der Metropole. Er war jetzt in einer Phase seines Lebens, wo er das Erreichte ernten wollte. Mit all den Annehmlichkeiten und geheimen Vergnügungen, die das Leben zu bieten hatte. Er würde sich dies von Niemandem nehmen lassen. Dazu war es erforderlich, mit aller Konsequenz und – ja! – Brutalität vorzugehen. Noch dieses eine Mal!

Yvonne würde morgen kommen. Er konnte sich glücklich schätzen, sie an seiner Seite zu haben. Sie ging in ihrem Beruf auf und stellte keine großen Ansprüche an Zärtlichkeit und persönlicher Zuwendung. Und sie stellte nicht zu viele Fragen. Manchmal hatte er sich darüber gewundert, dass sie augenscheinlich nichts von seinen bizarren erotischen Eskapaden bemerkte.

Sollte er sie einweihen, sie zur Komplizin machen? Was wusste sie von ihm? Er hatte sie damals bald nach seiner Ankunft in den USA geheiratet. Er wollte seiner Existenz damit etwas Normales und Amerikanisches verleihen. Yvonnes Familie kam aus Massachusetts; ihr Vater war Partner in einer der ältesten Anwaltskanzleien in Boston. Sie hatten sich bei einer Investorenkonferenz im Waldorf Astoria kennengelernt. Bergstraesser zögerte nicht lange und ging sehr zielstrebig vor. Nach nur drei Monaten machte er ihr einen Heiratsantrag. Die erfundene

Geschichte, die er ihr über sich erzählte, war simpel: Geboren in Thüringen, Studium an der Bergakademie Freiberg, Bergassessor, Arbeit im Braunkohlebergbau, geschieden, keine Kinder, keine Geschwister, beide Eltern gestorben. Einen Auslandseinsatz hatte er zur Flucht in den Westen genutzt. Seine Flucht aus der DDR werteten Yvonne und ihre Familie als ein couragiertes Bekenntnis zu einer freiheitlich-demokratischen Grundordnung. Im Übrigen waren die Vorstellungen der Amerikaner – auch eines großen Teils der gebildeten Amerikaner – über die Lebensverhältnisse in der DDR eher diffus. Und auf seinen Erfolg als Kapitalist mit der Engelhard Capital Group waren sie natürlich stolz.

Nein, er würde ihr nicht die ganze Wahrheit sagen. Das würde das Ende ihrer Ehe bedeuten und möglicherweise sein Ende überhaupt. Ihm würde eine Geschichte einfallen, mit ein wenig Wahrheit vermischt.

*

Lars Bergstraesser kam gerade aus dem Village zurück, wo er die neuesten Zeitungen gekauft hatte, als sein Telefon vibrierte und ein Schlagzeugsolo ertönte.

„Ich bin's, Yvonne, ich hab' jetzt den Long Island Expressway verlassen und bin gleich auf der 27 A. In einer halben Stunde bin ich da."

Es war kurz nach elf. Er wollte mit Yvonne gleich sprechen, wenn sie kam; noch vor dem Mittagessen.

Der Kies auf der Auffahrt knirschte. Ihr silberfarbener BMW X5 hielt vor dem Garagenhaus. Mit ihrem kleinen schwarzen Schalenkoffer ging sie gleich nach oben. Als sie nach einer Weile runterkam, trug sie schwarze Jeans und ein hell-lila T-Shirt. Sie setzte sich auf die Couch gegenüber von Lars, der auf einem etwas spießigen englischen Ledersessel Platz genommen hatte.

„Hi, was hast du gestern gemacht?“

„Ich war im Hause, einige E-Mails und Telefonate. Clarisa hat mir ein Chili con Carne gemacht. Das kann sie wirklich gut.“

Clarisa Ramirez war ihre Haushälterin, seit nunmehr fast 8 Jahren. Sie schaute ganzjährig nach dem Rechten, insbesondere im Winter, wenn sie nur selten draußen waren. Sie kam aus Mexico und war ursprünglich als Nanny in die Staaten gekommen. Sie hatte inzwischen eine Green Card. Nach eigenem Bekunden war sie mit einem Kolumbianer, der als Gärtner bei der Stadtverwaltung in Southampton arbeitete, verlobt. Sie hatten ihn aber bisher nicht zu Gesicht bekommen. Bergstraesser zahlte für sie Steuern und Versicherungen. Darauf legte er Wert. Viele, die das nicht taten, auch Prominente und selbst Politiker, haben zum Teil böse Erfahrungen mit der Unterlassung solcher Zahlungen machen müssen. Wenn es herauskam, dass sie jemanden schwarz beschäftigten, konnte dies das Ende der Karriere bedeuten. Von den strafrechtlichen Konsequenzen ganz abgesehen.

Sie war eine Perle: Hundertprozentig vertrauenswürdig und diskret. Außerdem kochte sie vorzüglich.

„Ich hatte gestern einen merkwürdigen Anruf“, begann Bergstraesser das Gespräch, wobei er sich bemühte, seinem Ton etwas Beiläufiges zu geben.

„So, wer war's und was war merkwürdig?“, fragte Yvonne.

„Ich weiß nicht, wer“, log er. „Aber was er wollte, war schwerwiegend.“

„Kannst du etwas deutlicher werden?“

„Du weißt, dass ich früher in Ostdeutschland gelebt und gearbeitet habe. Für dortige Verhältnisse hatte ich eine gute Karriere gemacht. Als Bergingenieur war ich für ein ganzes Kombinat verantwortlich. Natürlich gab es dort auch Spannungen in der Führungsriege, und nicht jeder mochte mich leiden. Du weißt, ich kann ziemlich ungemütlich werden, wenn die Dinge nicht so laufen, wie ich sie für richtig halte. Wir hatten natürlich Planvorgaben, die zu erfüllen waren."

„Na und? Das kann dir doch heute alles egal sein."

„Im Grunde hast du recht. Aber da war auch die Partei. In meiner Position war es quasi obligatorisch, Mitglied der Staatspartei zu sein. Außerdem war ich sogenannter Reisekader, das heißt, ich durfte als Berater für Bergbauprojekte nicht nur in andere sozialistische ‚Bruderländer' reisen, sondern auch in Entwicklungsländer, wo die DDR durch technische Hilfe politischen Einfluss nehmen wollte. Der Zugang zu Rohstoffen spielte dabei sicher auch eine Rolle. Da gab es natürlich auch Neider. Und jetzt sieht jemand meine Entwicklung an der Wall Street und glaubt, daraus Kapital schlagen zu können – im wahrsten Sinne des Wortes."

„Du meinst, jemand will dich erpressen?"

„Ja."

„Aber man hat nichts gegen dich in der Hand."

„Richtig. Aber wenn jemand meine DDR-Karriere und meine Mitgliedschaft in der Partei an die große Glocke hängen würde, könnte dies sehr negative Auswirkungen auf meine Firma und für mich persönlich haben."

„Was willst du also tun?"

„Ich glaube, ich möchte mich verständigen. Mehr als ein paar Riesen dürften es nicht werden."

„Ich weiß nicht, ich wäre dagegen. Vielleicht solltest du vorher noch mit deinem Anwalt darüber reden – und vielleicht mit dem Freund von Thomas, Tom, dem Kriminalpolizisten."

„Nein, ich möchte mit niemandem darüber reden, und ich bitte dich auch, dies mit keinem Wort gegenüber irgendjemandem zu erwähnen. Ich habe dir dies nur erzählt, damit du eingeweiht bist und dich nicht wunderst, wenn seltsame Anrufe kommen."

„Mir gefällt dies nicht. Du solltest dir dein Vorgehen noch einmal in Ruhe überlegen."

Bergstraesser schwieg. Er hatte sich entschieden.

„Lasst uns jetzt nicht mehr darüber reden."

Yvonne glättete ihr seidenes Halstuch, das sie an einem Ende die ganze Zeit immer wieder um ihren Mittelfinger gewickelt hatte.

„Ich hätte Lust, heute zum Abendessen auszugehen. Clarisa hat frei, und ich habe keine Lust zu kochen. *Cataluna* oder *Coast Grill?*"

„*Coast Grill.* Da hat man einen schönen Blick aufs Wasser. Rufst du an? Für halb acht?"

„Ja, mach' ich."

Sein Handy vibrierte und startete das Schlagzeugsolo (er musste seinen Klingelton demnächst ändern). Es war ein Gespräch, das von seiner Büronummer auf sein Handy weitergeleitet worden war. Es musste etwas Geschäftliches sein. Und wichtig. Sonst würde keiner am Samstag im Büro anrufen.

„Ja? ... Wer?"

Es verging eine Weile. Sein Gesicht versteinerte sich.

„Sie müssen sich verwählt haben."

Lars Bergstraesser drückte die rote Taste *end call.* Die Stimme kannte er. Afrikanisch-guttural und ein Englisch mit einem starken fremdländischen Akzent. Sein Handy meldete sich erneut. Er schaltete es ab. Saidi Calhoun! In New York! Duplizität der Ereignisse. Eine Bedrohung von einer zweiten Seite. Dies konnte jetzt wirklich gefährlich werden. Saidi musste ihn hassen – bis aufs Blut. Er würde wieder anrufen. Er schaltete sein Handy wieder an, um die Nummer auf dem Display zu speichern. Er würde sie möglicherweise noch brauchen. Er speicherte sie unter dem Namen *Charity.* Lars Bergstraesser, alias Gerd Kutschinski, wusste, was zu tun war.

„*Coast Grill* um halb acht!" rief Yvonne von oben. Aber er war mit seinen Gedanken woanders. Alles musste gut geplant werden, damit es Ruhe gibt – für immer.

13.

Als sie das letzte Mal im Café Carlyle waren, hatten sie viel Spaß gehabt. Sie waren mit einem Ehepaar aus Argentinien ins Gespräch gekommen, das im Carlyle wohnte und in einer Woche „the best of New York“ erleben wollte. Er war etwa Anfang 50, sie vielleicht Mitte 40. Sehr gutaussehend mit klassisch geschnittenen Gesichtern, leicht gebräunter Haut und Haaren, wie sie sich viele wünschen: Voll und dick und pechschwarz. Sie unterhielten sich über das Kulturangebot in New York, über das Leben in Buenos Aires, über die Menschen und das Leben in beiden Ländern. Es war eine sehr stimulierende Unterhaltung. Jennifer und Laura hatten festgestellt, dass im Carlyle ein interessantes Publikum anzutreffen war. Sie beschlossen daher, hier häufiger auf einen Drink oder einen kleinen Imbiss hinzugehen.

Heute war es ziemlich voll. Die bequemen Sofaplätze waren alle besetzt. Die Hostess führte sie zu einem kleinen Zweiertisch am Fenster. Von dort konnten sie nicht nur auf die belebte Madison Avenue schauen, sondern hatten auch das Café gut im Blick.

„Was nimmst du?“, fragte Laura.

„Ich nehm’ einen Cocktail, wieder *The Old Cuban*.“

„Nee, der war mir das letzte Mal zu stark. Zu viel Rum.“

„Dann nimm den *Passion Royale*, weniger Wodka und mehr Champagne.“

Die Menschen um sie herum waren alle schon ein wenig älter. Kaum jemand unter 50. Jennifer und Laura waren mit Abstand die Jüngsten. Einigen sah man an, dass sie sich keine Geldsorgen zu machen brauchten: Damen mit teurem Schmuck und Designer-Klamotten. Bei den Männern ließ sich das etwas schwerer einschätzen, da die amerikanischen Männer – wenn es denn Amerikaner waren – überwiegend schlecht angezogen sind. Die Anzüge sitzen einfach nicht. Man weiß eigentlich nicht, warum nicht. Natürlich sieht man auch Männer in edlem Tuch und in maßgeschneiderter Kleidung. Aber das ist die Ausnahme. Oder es sind Ausländer.

„Was schätzt du, wie viele hierherkommen, um einen ‚wohlsituierten' und ‚gebildeten' Partner zu finden?" Laura schaute in die Runde.

„Bestimmt die Hälfte, obwohl einige natürlich auch hier im Hotel wohnen. Und wir beide sind natürlich auch nicht hier, um Karten zu spielen."

Laura lachte unternehmungslustig. Jennifer hatte recht. Jennifer war gerade 40 und Laura vier Jahre jünger. Beide hatten ihre Erfahrungen mit Männern, aber bisher war keiner dabei, für den sich die Aufgabe des Single-Daseins gelohnt hätte. Ab einem bestimmten Alter stellte man dann auch fest, dass die besten Typen vergeben sind. Und eine Affäre mit einem verheirateten Mann macht das Leben kompliziert. Dazu waren sie auch noch zu jung und zu gutaussehend. Wobei ein One- oder Two-Night-Stand mit einem Mann mit Ring am Finger nicht gänzlich tabu sein musste. Sie hatten aber noch Alternativen. Den Zeitpunkt, ein Kind in die Welt zu setzen, hatten sie beinahe schon überschritten. Aber darüber dachten sie auch gar nicht so intensiv nach.

„Als Karrierefrauen in New York befinden wir uns in guter Gesellschaft", sagte Jennifer einmal, als das Thema jüngst zur Sprache kam.

„In Hollywood ist auch nicht jeder auf Nachwuchs erpicht; denk' an Jennifer Aniston, Cameron Diaz oder Renee Zellweger." Und dabei beließen sie es.

„Schau mal“, sagte Jennifer leise und deutete auf den Eingang.

„Wer hat sich denn hier bei uns verloren?“

Zwei Männer waren reingekommen und schauten sich lange um, bis sie sich der Hostess zuwandten. Sie sahen nicht so aus, als ob sie hier häufiger hinkämen oder überhaupt schon einmal hier waren. Der eine, etwas kleinere von beiden, trug ein schwarzes Lederjackett, darunter einen Rollkragenpulli. Der andere hatte ein sportliches Tweedjackett an über einem hellblauen Oberhemd. Sie sahen sportlich und adrett aus, aber irgendwie deplatziert.

„Sie zeigen in unsere Richtung.“

Tatsächlich steuerten sie, die Hostess voran, auf den freien Tisch neben ihnen zu.

Es waren Deutsche.

Jennifer konnte ein wenig Deutsch verstehen. Sie hatte Kurse besucht, als sie bei Bergstraesser anfing. Sie hatte dies aber nach einiger Zeit aufgegeben, als sie feststellte, dass sie kaum Gelegenheit haben würde, die Sprache zu praktizieren. Ob es Besucher aus dem deutschsprachigen Europa waren oder Telefonate, alle sprachen sofort Englisch, und ziemlich gut sogar, wenngleich mit dem deutschen Akzent, der immer etwas Sprödes, Steifes an sich hatte. Selbst ihr Chef konnte nach all den Jahren seine Herkunft nicht verleugnen. Gut, auch der Gouverneur von Kalifornien, Arnold Schwarzenegger, war nach 40 Jahren Amerika noch immer ein beliebtes Opfer für die Entertainer und Humoristen im Fernsehen, die seinen starken österreichischen Akzent zu imitieren versuchten. Dagegen konnte Thomas fast als New Yorker durchgehen. Wenn er mit Bergstraesser alleine war, sprachen sie meistens Deutsch miteinander. Jennifer spitzte dann ihre Ohren, um das eine oder andere aufzuschnappen.

Die beiden Männer waren etwa Ende 40. Sie konnten sie jetzt näher betrachten. Man würde sie als gutaussehend bezeichnen, obwohl irgendwie Durchschnitt. Und sie wirkten nicht so entspannt und locker wie die meisten, die hierherkamen. Insbesondere der größere von beiden hatte ein recht strenges Gesicht und einen durchdringenden Blick. Der andere war eher unauffällig.

Forsch, aber etwas umständlich gaben sie ihre Bestellung auf.

„Stier' da nicht so rüber." Jennifer flüsterte fast.

Laura lehnte sich etwas zurück.

„Wenn Männer ihre Blicke schweifen lassen, sagt auch keiner etwas."

Natürlich waren Laura und Jennifer nicht abgeneigt, Männer kennenzulernen. Deswegen kamen sie auch ins *Carlyle.* Aber sie hatten ihre Standards, waren wählerisch. Beide liebten ihre Unabhängigkeit. Sie verdienten ihr eigenes Geld, hatten eine eigene Wohnung, auch wenn Lauras in Chelsea sehr bescheiden war, im vierten Stock, ein sogenanntes *Walk-up,* d. h. ohne Fahrstuhl. Sicher sehnten sich beide bisweilen nach Zweisamkeit, nach Wärme und Zärtlichkeit. Dieses Gefühl hielt sich jedoch in etwa die Waage mit dem Bewusstsein und dem Komfort der Freiheit. Singles wie sie gab es in New York en masse. Und die meisten schienen nicht unglücklich über ihren Status zu sein.

Da war natürlich die Sexualität. In ihrem Alter war ihre Libido besonders ausgeprägt. „Wer den Mann zum Sex vermisst, zeigt einen Mangel an Phantasie", hat neulich so eine neunmalkluge Sexberaterin im Fernsehen den im Studio versammelten Frauen erzählt. Da waren Laura und Jennifer allerdings anderer Meinung. Sie waren in dieser

Beziehung vielleicht altmodisch; aber sie hatten noch Lust auf Männer *live*.

Als sie einmal in einer Bar in Soho, ganz in der Nähe von Jennifers Wohnung, saßen, Cocktails tranken und wieder einmal leicht frustriert flirtenden Paaren um sich herum zuschauten, raunte Laura, schon leicht beschwipst ihrer Freundin zu: „Die beiden *lovebirds* werden heut' noch viel Spaß haben."

Er trug hellblaue Jeans und hatte Harley-Davidson-Stiefel an, dazu ein graues T-Shirt. Ende 20, vermutlich Latino, sah gut aus. Sie hatte auch Jeans an, schwarze, solche, die wie eine zweite Haut sitzen, darüber ein weißes Top, vermutlich aus Seide, das sich über ihren Busen spannte und sehr attraktiv zu ihren langen kastanienbraun-gefärbten Haaren kontrastierte. Die beiden amüsierten sich miteinander. Sie lachten viel. Man konnte sehen, dass sie heiß aufeinander waren. Ihre Augen strahlten, sie legte ihre Hand, wenn sie sprach, auf seinen Arm und er seine wie selbstverständlich auf ihr Knie, wenn sie ihre Beine übereinanderschlug.

„Ich wette, seine Jeans spannen sich schon etwas und ihr Slip ist auch nicht mehr ganz trocken – wenn sie überhaupt einen anhat." Laura war manchmal etwas sehr direkt und neigte zur Frivolität.

Eine Weile sagten sie nichts und hingen ihren Phantasien nach. Beide waren nicht mehr ganz nüchtern.

„Sind wir spontan, mutig und ein bisschen verrückt?" meldete sich Jennifer plötzlich. Sie sprach dabei ziemlich laut, als wollte sie sich selber motivieren.

„Was meinst du damit?", fragte Laura.

„Ich meine, wir sollten heute eine Party machen – mit einem speziellen Gast." Laura schaute sie verständnislos an.

„Eine Puerto-Ricanerin hatte mir vor Monaten einmal eine Telefonnummer gegeben. Ein Geheimtipp, wie sie mir versicherte. Sie kam aus San Juan, wo sie ein großes Hotel leitet. Wir kamen ins Gespräch in der Bar vom *Royalty.* Sie wohnte dort. Nach einer stressvollen Wintersaison wollte sie in New York ein paar Tage ausspannen."

„Und? Was ist das für eine geheimnisvolle Nummer?"

„Call-Girls und Call-Boys. Aber nicht die primitive Sorte wie im Internet, Craigs List oder sowas. Gehobenes Niveau!"

„Bist du verrückt?"

„Garantiert drogen- und HIV-frei." Jennifer nahm ihr Handy aus ihrer Handtasche und ging zum Ausgang, zu dem kleinen Vorraum zwischen Straße und Bar. Laura folgte ihr. Sie sah, dass Jennifer die Nummer gespeichert hatte – unter dem Namen *Halleluja,* wie sie von der Seite auf dem Display erkennen konnte. Sie drückte die Taste mit dem kleinen grünen Telefonhörer.

*

„Entschuldigung, darf ich Sie etwas fragen?" Einer der beiden Männer vom Nebentisch, der mit dem strengen Gesicht, wandte sich Jennifer zu. „Wie weit ist es von hier zur 57. Straße?" Es war offensichtlich, dass hier kein echtes Informationsbedürfnis bestand, sondern dies nur der Versuch war, mit ihnen ins Gespräch zu kommen.

„Es kommt darauf an, welche Avenue", antwortete Jennifer trotzdem.

„Sechste, glaube ich." Der andere nickte: „Ja, Avenue of the Americas."

„Das kann ich Ihnen ziemlich genau sagen, ich arbeite nämlich dort. Zu Fuß weniger als eine halbe Stunde. Im

Taxi zehn Minuten – je nach Verkehr." Der Ober servierte den beiden ein Stella Artois und – wie es schien – einen Whisky *on the rocks*.

„Wir besuchen zurzeit New York und wollen uns auch ein paar Galerien in der 57. Straße ansehen. Wir kommen gerade aus dem *Whitney"*, sagte der mit dem durchdringenden Blick, den der andere Werner genannt hatte und der offenbar von beiden besser Englisch sprach. „Und was machen Sie in New York?"

„Ich arbeite in der Finanzbranche und meine Freundin in einer Anwaltsfirma."

„Arbeiten Sie an der Wall Street?"

„Ja. Nicht physisch, aber wir gehören zu den sogenannten Wall-Street-Firmen. Im Vergleich zu den *Goldman Sachs* dieser Welt sind wir allerdings eine Investment Boutique."

„Das finde ich hochinteressant, ich beschäftige mich nämlich auch mit den Finanzmärkten." Der Typ, der von dem anderen Werner genannt wurde, beugte sich noch ein wenig mehr zu Jennifer. Dabei schlug er das eine Bein über das andere, wobei seine gestreiften, zu kurzen Socken zum Vorschein kamen. Jennifer hatte eine gewisse Abneigung gegen zu kurze Socken bei Männern, insbesondere wenn sie gemustert waren und ein Stück glattes weißes Bein freilegten. Für ein paar Sekunden ärgerte sie sich darüber, dass sie sich manchmal von solchen Äußerlichkeiten ablenken ließ.

„Dann sind Sie also auch aus der Branche", beeilte sie sich schnell zu fragen.

„Nein, nein. Wir sind eigentlich Kunsthändler, ich manage aber mein eigenes Wertpapierportfolio." Er nahm einen Schluck aus seinem Glas.

„Übrigens, mein Name ist Rehbein, Werner Rehbein und dies ist Ulf Servatzki. Wir kommen aus Berlin."

„Ich heiße Jennifer und meine Freundin heißt Laura."

*

Das Intercom-Telefon klingelte. Der Doorman in der Lobby.

„Das ist okay, schicken Sie ihn rauf."

„Michael ist da." So nannte ihn wenigstens die Agentur („Sie werden begeistert sein.") „Und pünktlich."

Es war nur eine knappe Stunde vergangen, nachdem Jennifer telefonisch ihre Bestellung aufgegeben und sie die Bar verlassen hatten. Sie mussten nicht viel aufräumen. Einmal die Woche kam Maria, eine Kolumbianerin, die sauber machte, Wäsche wusch und bügelte. Die war sehr tüchtig und zuverlässig. Sie mussten nur im Bad ein paar Sachen wegräumen. Nacheinander hatten sie das Bad benutzt, um sich etwas frisch zu machen. Im Wohnzimmer dienten als Licht nur zwei Stehlampen, die sie stark gedimmt hatten. Der CD-Player war mit Tony Bennet, Rod Stewart und Michael Bolton geladen.

Vorher hatten sie etwas geulkt und gekichert. Sie hatten beide einen Schwips. Aber jetzt hatten sie plötzlich doch etwas Herzklopfen, Die Spannung machte sich auch durch ein leichtes Pochen in der unteren Bauchgegend bemerkbar.

Es klopfte an der Wohnungstür. Er hätte auch klingeln können.

„Hallo, ich bin Michael, wie geht es den beiden Schwestern denn heute", begrüßte er sie, Vertraulichkeit und gute Laune verbreitend.

Er war mittelgroß und schlank, dunkelblond, schätzungsweise Anfang dreißig. Er trug dunkelgraue Jeans, schwarze Sneakers und unter einem Windbreaker einen dünnen, enganliegenden hellblauen Pulli mit V-Ausschnitt. Nichts darunter. Er sah ganz passabel aus. Jennifer hatte „Caucausian" geantwortet, als die Tussi von der Agentur sie nach rassischer Präferenz gefragt hatte. Die ganze Idee war schon verrückt genug, als dass ihnen der Sinn für größere ethnische Vielfalt gestanden hätte.

Als er seinen Windbreaker auszog, sah man die trainierte Muskulatur seines Oberkörpers und seiner Oberarme. Sie nannten ihm ihre Namen, wobei sie sich nicht die Mühe machten, Pseudonyme zu erfinden. Warum auch.

Ohne Aufforderung nahm Michael auf der großen Couch Platz.

„Was möchtest du trinken?"

„Am liebsten Schampus."

Jennifer hatte immer für besondere Anlässe zwei Flaschen *Moët & Chandon* im Kühlschrank. Dies war zwar nicht der besondere Anlass, den sie im Auge hatte, als sie den Champagner gekauft hatte. Dieses hier war eher etwas für *Budweiser* oder *Miller Light.* Bestenfalls *Freixenet Brut.* Aber egal, so konnten sie ihre Champagnerlaune, die sie aus der Bar mitgebracht hatten, noch etwas strecken.

Michael machte keine Anstalten, Jennifer das Öffnen der Flasche abzunehmen. Als Single war sie jedoch nicht ganz ungeübt.

„Prost, und viel Spaß", sagte Jennifer einen Tick zu laut, als ob sie sich Mut machen wollte. Sie erhob ihr Glas, als Hausherrin und zur Einleitung des weiteren Geschehens.

Laura machte sich am CD-Player zu schaffen. Sie sagte nicht viel. Aber Jennifer kannte ihre Freundin: Ihre Augen glänzten, und ihre Wangen waren leicht gerötet. Laura war heiß. Sie blickte Michael frech und herausfordernd an.

„Ich habe zwei Stunden Zeit und bekomme 600 Dollar. Sonderwünsche extra“, sagte Michael mit einem Grinsen, das den geschäftlichen Ton etwas abmildern sollte.

Normalerweise kassiert die Agentur, zumindest eine Anzahlung; Rest und Trinkgeld vor Ort. Aber Jennifer wollte ihre Kreditkartendaten hierfür nicht am Telefon geben. Nach kurzem Hin und Her und Angabe ihrer Festnetz-Telefonnummer wurde man sich schließlich einig.

Jennifer holte das Geld aus einer abschließbaren Schublade ihres Sekretärs. Sie hatte immer genug Bargeld im Hause, um Maria, den Handyman oder die Lieferungen der Restaurants in der Nachbarschaft bezahlen zu können.

„Voila, Monsieur!“ Michael steckte die Scheine ohne nachzuzählen in die Hosentasche seiner engen Jeans.

„When A Man Loves A Woman“, tönte Michael Bolten.

„Komm' her, Schwester“, sagte Michael und streckte seinen Arm nach Laura aus. Sie rutschte zu ihm auf die Couch, ganz eng und legte ihre Hand auf seinen Ober–schenkel. Laura war jetzt nicht schüchtern.

„Wo kommst du her? Was für einen Akzent hast du?“ Jennifer bemühte sich um etwas Konversation, bevor sie zur Sache kamen.

„Und machst du dies ‚hauptberuflich‘?“ Sie lächelte ihn kokett an.

„Ich komme aus Minsk, vor etwa 18 Jahren. Weißrussland. Nach der Schule habe ich hundert verschiedene

Jobs gemacht. Zurzeit bin ich bei der NYU für Kunstgeschichte eingeschrieben. Da brauche ich natürlich Kohle. Ich mache dies etwa drei bis vier Mal in der Woche. Am Anfang dachte ich, es sei tatsächlich ein Escort-Job, also mit einsamen Frauen ins Kino oder Theater zu gehen – oder zum Essen." Er lachte und drückte dabei Laura fest an sich.

„Meine Kunden sind allerdings nicht immer so attraktiv wie ihr."

Er war eigentlich ganz nett. Jennifer war jetzt beinahe entspannt. Fast vergaß sie die Situation. Nicht ein Gespräch mit einer männlichen Prostituierten, sondern eine Unterhaltung wie mit guten Bekannten. Sie hätte ihm noch gerne einige neugierige Fragen gestellt, zum Beispiel ob er Stammkundinnen hatte oder verheiratete Frauen und welche Altersklassen. Oder ob er auch schon Kunden abgelehnt hatte und mit welchen Folgen. Und auch Männer? Aber dazu kam sie nicht. Die beiden auf der Couch waren sich jetzt noch näher gekommen. Sie küssten sich ungeniert und Laura hatte ihre Hand unter seinen Pulli geschoben. Interessant! Jennifer hatte immer gehört, dass bei weiblichen Prostituierten Küssen tabu sei. Michael hatte damit offensichtlich gar kein Problem. Vielleicht haben Männer, die diesen Beruf ausüben, ohnehin mehr Spaß als ihre weiblichen Kolleginnen. Gut für uns, dachte Jennifer.

Inzwischen ließ auch Michael seine Hände über und unter Lauras Kleidung gleiten, und Lauras Hand ruhte bereits auf seinem Schoß.

„Das macht richtig Spaß!" sagte Laura und stand plötzlich auf. Sie zog Michael von der Couch und steuerte in Richtung Schlafzimmer.

„Wir gehen schon mal vor“, sagte sie und warf Jennifer einen vielsagenden Blick zu. Diese konnte ihrer Freundin gerade noch mit stummer Lippensprache „Kon-dooom!“ mit auf den Weg geben, bevor die beiden am anderen Ende der Wohnung im Schlafzimmer verschwanden.

Jennifer nahm einen kräftigen Schluck Champagner. Jetzt hätte sie gerne eine Zigarette geraucht. Aber damit hatte sie schon vor neun Jahren aufgehört. Sie war zweifellos erregt. Die beiden redeten miteinander und lachten. Jennifer konnte aber nichts verstehen. Dann hörte sie andere, rhythmische Geräusche und konnte es sich nicht verkneifen, für ein paar Sekunden zu lauschen. Dann ging sie in Richtung Bad. Dabei sah sie, dass die Tür zum Schlafzimmer nur angelehnt war. Sie hörte Lauras unterdrückten Schreie. Michael war leise.

Jennifer war jetzt richtig scharf geworden. Schnell verschwand sie im Bad, zog ihren Rock aus und die Bluse. Ihren heißen Slip, die jüngste Eroberung von *Victorias Secret,* behielt sie an. Als sie die Tür zum Schlafzimmer aufstieß, nahm Michael gerade einen Stellungswechsel vor.

„Ah, wer kommt denn da?“

Dieser Weißrusse aus Minsk hatte in der Tat etwas vorzuweisen, daran bestand kein Zweifel. Und in den nächsten anderthalb Stunden zeigte sich, dass er jeden einzelnen Dollar wert war.

*

Es war jetzt voll geworden.

„Darf ich fragen, wie Ihre Firma heißt?“

„Engelhard Capital.“ Jennifer hatte keinen Grund, mit dieser Information hinter dem Berg zu halten. Sie war zwar gleich bei ihrer Einstellung von Bergstraesser dazu verpflichtet worden, Einzelheiten aus dem Büro, insbesondere alle Informationen, die seine Person betrafen, für sich zu behalten, aber die Engelhard Capital Group war weitgehend für ihren guten Ruf und ihren Erfolg bekannt, in der Branche allemal. Als „Management Assistant“ hatte sie sogar Visitenkarten der Firma, die sie bei entsprechenden Gelegenheiten auch aushändigte.

„Oh ja, ich habe von ‚Engelhard‘ gehört. Sehr erfolgreich. Ihr Boss ist ein *Big Shot* an der Wall Street, nicht wahr? Kommt er nicht ursprünglich auch aus Deutschland?“

„Ja, unsere beiden Partner kommen aus Deutschland, Aber das ist in New York nichts Besonderes. Hier gibt es Top-Karrieren von Menschen aus der ganzen Welt – speziell im Finanzsektor.“

Jennifer hatte keine große Lust, die Unterhaltung ausschweifen zu lassen. Die beiden Männer waren nicht sonderlich interessant. Sie sahen nicht schlecht aus; sie hatten auch eine gewisse Präsenz, insbesondere der eine, wenngleich nicht unbedingt im positiven Sinne. Aber irgendwie keinen Appeal; keine Weltläufigkeit. Und zum Flirten ungeeignet.

Auch Laura schaute eher gelangweilt drein und machte keine Anstalten, ein separates Gespräch mit dem anderen anzufangen.

Jennifer nippte an ihrem Cocktailglas und wandte sich Laura zu. Viel lieber wollte sie sich ein wenig umsehen, mit Laura vielleicht etwas über andere lästern oder einen Blick riskieren, wenn sich eine Gelegenheit bieten würde.

„Heute sind wieder mehr Frauen als Männer da“, stellte Jennifer fest.

„Ich glaube, die Männer sind hier im Durchschnitt jünger als die Frauen“, ergänzte Laura die Lokalanalyse.

Am Nebentisch hatte der Ober die Rechnung gebracht. Der mit den kurzen Socken bezahlte bar. Sie standen auf.

„Morgen fliegen wir zurück. Es war nett, mit Ihnen gesprochen zu haben. Und bestellen Sie Herrn Bergstraesser einen schönen Gruß von uns, von Werner und Ulf, Ich denke, wir sind ihm schon einmal begegnet. Er wird sich erinnern.“ Sie drehten sich um und gingen zum Ausgang.

Jetzt war Jennifer perplex. Sie hatte seinen Namen zuvor nicht erwähnt und konnte sich eigentlich auch nicht vorstellen, dass diese Typen Bekannte oder Geschäftsfreunde von Bergstraesser waren. Sie hatte ein ganz mulmiges Gefühl. Was wollten diese beiden Männer hier? Sie waren nur etwas über eine halbe Stunde geblieben. Es verstärkte sich bei ihr der Eindruck, dass sie ihretwegen gekommen waren. Und dass es ihnen nur um ihre letzte Botschaft ging, die fast wie eine Drohung klang. Sie hatte gar kein gutes Gefühl.

„Das waren vielleicht zwei merkwürdige Typen“, sagte Laura.

„Das kannst du wohl laut sagen! Beinahe zum Fürchten“. Jennifer würde mit Bergstraesser über diese Begegnung reden, sobald er ins Büro kam.

„Aber lasst uns dies jetzt nicht weiter vertiefen, und wir wollen uns nicht die Laune verderben lassen.“ Ihre Gesichtszüge entspannten sich. „Ich habe jetzt etwas Appetit.“ Die Bedienung war gerade in der Nähe. „Herr Ober, könnten Sie uns bitte die Speisekarte bringen?“

14.

Der Regen hatte offensichtlich nachgelassen – soweit man dies vom 34. Stockwerk aus sehen konnte. Thomas stellte den Schirm zurück in den Schrank und ging zum Fahrstuhl. Wie meistens ging er zum Lunch um die Ecke zu Michael's. Hier traf er manchmal Wall Street Banker, die ihr Büro auch in Midtown hatten. Man konnte dort aber auch bekannte Künstler treffen, wie unlängst Neo Rauch, die ihre neueste Ausstellung im MOMA, in der Parallelstraße, vorbereiteten. Als ein sogenanntes „Sustaining Member" des MOMA mit einem Jahresbeitrag von 1.000 Dollar war Thomas bereits mit verschiedenen prominenten Malern bei den sogenannten Pre-Opening-Partys ins Gespräch gekommen.

Kunst war neben der Musik Thomas' zweite große Leidenschaft geworden. Er hatte leider nie genügend Zeit, alles, was diese Stadt an Kunst zu bieten hatte, zu erleben. Zu den großen Auktionen von Christies und Sotheby ging er selten. Da waren die Preise inzwischen so abgehoben, dass selbst ein Investmentbanker wie er passen musste. Phillips ging gerade noch. Bei Gargosian und anderen Galerien hatte er in den letzten Jahren eine Reihe von Bildern zeitgenössischer Maler erworben, die man zwar noch nicht als Sammlung bezeichnen konnte, die aber in seinem Apartment gut zur Geltung kamen und ihn täglich erfreuten.

Den ganzen Morgen hatte er in seinem Büro gesessen und die Märkte studiert. Neben seinen zwei Bloomberg-Monitoren hatte er einen Monitor für Reuters und zwei Fernsehbildschirme, auf denen ständig CNBC und CNN liefen. Seine Trader meldeten zwar weiterhin schwarze

Zahlen, aber Thomas sah verschiedene Entwicklungen mit Sorge. Nach dem Platzen der Immobilienblase hatten immer mehr kleinere und mittelgroße Hypothekenfinanzierer massive Abschreibungen vornehmen müssen oder Insolvenz angemeldet. Auch die großen Banken berichteten jetzt nach und nach von erheblichen Abschreibungen. Das hatte ganz eklatant zu einer Verschlechterung des Investitionsklimas geführt.

„Hallo, Mister Kirsten. Sind Sie allein heute?“, begrüßte ihn die Hostess bei *Michael's.*

„Ja.“

„Wie wäre es mit dem Tisch dort in der Mitte?“

„Gut, danke.“ Mit der Menükarte unter dem Arm ging die Hostess voraus. Sie gingen an mehreren Tischen vorbei. Dabei entdeckte er auf der linken Seite an einem der Tische Jeff Cohan mit Engelhards Anwalt Bob Ziegler.

„Hey, Bob, wie gehts?“

„Bestens, willst du dich zu uns setzen?“

„Okay, gerne.“ Er bedeutete der Hostess, dass er sich zu den beiden setzen würde.

„Was gibt's Neues?“

„Wir hatten uns heute Morgen mit dem Due Diligence für CALO befasst. Bisher haben wir keine großen Knackpunkte gefunden“, sagte Bob und schaute dabei Jeff an.

„Gut. Wir sind uns allerdings nicht mehr so sicher, ob dies ein guter Zeitpunkt für eine solche Finanzierungsrunde ist.“ Dabei schaute er seinen CFO an. Dann wandte er sich an ihren Rechtsanwalt.

„Bob, wie schätzt du die derzeitige Lage ein?“

Der Ober stand schon ein paar Sekunden respektvoll schweigend neben ihm, meldete sich aber jetzt:

„Was darf ich Ihnen bringen, Mr. Kirsten?“

„Ganz simpel: Sechs Austern und danach die Wild Mushroom Ravioli. Und eine Flasche Perrier."

„Eine spannende Frage. Ich denke, das dicke Ende kommt noch. Die Subprime-Krise verschärft sich eher noch. Die Ausfallquote liegt bei etwa 25 Prozent. Alle, einschließlich Citigroup und Merrill Lynch, haben schon riesige Abschreibungen vornehmen müssen. Nur Goldman Sachs scheint sich mit diesen *Credit Default Swaps* elegant aus der Affäre gezogen zu haben."

„‚Elegant' ist wohl nicht das richtige Wort", entgegnete Kirsten. „Schließlich waren sie es, die den Markt mit diesen toxischen Papieren überschwemmt hatten."

„Mit kräftiger Unterstützung der Ratingagenturen, die meines Erachtens hierbei eine erbärmliche Rolle gespielt haben", fügte Jeff hinzu.

„Und A.I.G. könnte dabei den Bach runter gehen", sagte Thomas und blickte Jeff an. Sie hatten dieses Thema erst kürzlich erörtert. „Wenn das passiert, würden die, die sich bei ihnen versichert haben, allerdings auch mit untergehen. Allen voran Goldman Sachs."

„Soweit wird es nicht kommen, denke ich. Da wird die Fed einschreiten müssen", sagte Bob. Und nach einer Pause: „Übrigens, Citi konnte sich bis jetzt nur über Wasser halten durch den Milliarden-Deal mit Abu Dhabi. Ob sie das retten wird, bleibt allerdings dahingestellt. Etwas überrascht bin ich von den Deutschen, die für letztes Jahr noch Superergebnisse vorgelegt haben." Er schaute Thomas fragend an. „Allerdings, das Desaster der IKB im letzten Sommer bei Euch und die Pleite der Sachsen LB waren auch nicht gerade von Pappe – von UBS ganz zu schweigen".

Das mochte Thomas an Bob Ziegler. Er blickte über den Tellerrand hinaus und informierte sich immer gut. Auch transatlantisch.

Überhaupt, die Rechtsanwälte, die Thomas in New York kannte, vor allem die sogenannten *Corporate Lawyers*, gehörten zu der kleinen Gruppe von Menschen in Amerika, die einigermaßen universell gebildet waren. Er hatte sich zwar am Anfang, als er nach Amerika kam, über die zentrale Rolle gewundert, die die Rechtsanwälte hier spielten und über die horrenden Honorarabrechnungen. Aber er hatte sich inzwischen daran gewöhnt und ärgerte sich nicht mehr. Die Rechtsanwälte in den USA hatten es über Generationen geschafft, den Menschen einzureden, dass es kaum einen Vorgang in ihrem Leben gab, sei er noch so trivial, der ohne anwaltliche Unterstützung geregelt werden kann. Man musste nur zusehen, dass man genug Geld verdiente, um sich diese Dienste leisten zu können. Der Normalbürger wurde bisweilen um seine gesamten Ersparnisse gebracht, wenn er anwaltliche Unterstützung in Anspruch nahm. Oder – wie in vielen Fällen – er verzichtete auf sein Recht.

„Ich muss nur staunen, wie relativ gut sich die Aktienmärkte noch halten, abgesehen von den Finanzwerten“, warf Jeff nach einer Pause ein.

„Es bleibt abzuwarten, wie sich die Kapitalmaßnahmen der Zentralbanken und die Hilfspakete der Regierungen auswirken.“

„Was sagt denn Lars?“, wollte Bob wissen

„Den habe ich in der letzten Zeit wenig gesehen. Er verbringt meistens lange Wochenenden in den Hamptons. Auch heute ist er nicht im Büro. Er scheint in letzter Zeit nicht gerade bester Laune zu sein. Und das hat offensichtlich nicht nur etwas mit den Turbulenzen an den

Finanzmärkten zu tun. Er zeigt nämlich kein besonderes Interesse, sich darüber ausführlich zu unterhalten. Es hat den Anschein, als ob er derzeit andere Prioritäten setzt."

Thomas sah keinen Anlass, sich noch weiter über das merkwürdige Verhalten seines Partners auszulassen. Er wusste ja selber nicht, was los war. Lars Bergstraesser hatte nie viel über sich erzählt, und Thomas war keiner, der viel Privates fragte. Sie hatten ein gutes professionelles Verhältnis, feierten auch bisweilen besondere Erfolge. Privat mit Frau bzw. Freundin sahen sie sich eigentlich nur bei besonderen Anlässen, wie zum Beispiel dem jährlichen *John J. McCloy Awards Dinner,* bei dem jeweils ein deutscher und ein amerikanischer Wirtschaftsboss ausgezeichnet wird. Thomas – und Christine noch mehr – verspürte allerdings auch kein besonderes Bedürfnis, enger mit den Bergstraessers zu verkehren. Seine Frau war okay, aber er hatte etwas Undurchsichtiges, ja Kaltes an sich. Es war erstaunlich, wie er dennoch so viele gute Kontakte geknüpft hatte.

„Jeff, tu' mir bitte einen Gefallen: Lass' mal ein ‚Worst Scenario' für uns rechnen. Du weißt schon: Credit Crunch, Vertrauenskrise, mehr Zwangsversteigerungen, Einbruch Aktienmärkte. Wir sind zwar nicht unmittelbar betroffen, aber die Auswirkungen werden auch bei uns nicht ohne Spuren bleiben. Lasst uns Anfang nächster Woche darüber reden."

Seine Austern waren inzwischen gekommen und er schlürfte sie mit Genuss. Sie waren frisch und gut. Sie kamen von der Küste Neuenglands. Allerdings nicht zu vergleichen mit denen an der französischen Atlantikküste am Golf von Arcachon. Anfang der 90er, nach seiner Scheidung, hatte er dort ein paarmal Urlaub gemacht mit seiner damaligen Freundin Jaqueline, einer Französin, die in New York lebte, aber aus der Gegend von Bordeaux kam. Sie war ein ausgesprochener Austernfreak und konnte, ohne mit der Wimper zu zucken, 18 Stück als Vorspeise verdrücken. Durch sie war er auf den Geschmack gekommen. Hinzu kam natürlich auch der Mythos von der aphrodisierenden Wirkung von Austern. Das ließ sich allerdings nie so recht feststellen, weil sie beide damals sowieso immer scharf waren.

„Ich muss weg, ich habe um zwei einen Termin", sagte Bob und stand auf. „Vielen Dank fürs Lunch, Gentlemen. Wir sprechen wieder."

Thomas und Jeff verließen *Michael's* etwas später. Es hatte wieder ein leichter Regen eingesetzt, und sie legten die kurze Strecke zum Büro im Laufschritt zurück.

Als sie den Fahrstuhl verließen, kam Jennifer auf sie zu. „Thomas, kann ich Sie einmal sprechen?"

„Ja, kommen Sie rein." Er steuerte auf sein Büro zu, und Jennifer folgte ihm.

Sein Büro war ein sogenanntes Corner Office mit einer Fensterwand nach Westen mit Blick auf die Avenue of the Americas und einer Fensterwand Richtung Norden mit einem traumhaften Blick auf den Central Park. Seine Tür stand fast immer weit offen. Diesmal schloss er sie, nachdem Jennifer eingetreten war.

„Was gibt's?" Thomas deutete auf die Sitzgruppe an der Westseite und bat sie, sich zu setzen.

„Da ist dieser Typ. Der hat bereits dreimal angerufen. Hat einen fremdländischen Akzent. Er will unbedingt mit Mr. Bergstraesser sprechen. Mr. Bergstraesser will aber nicht mit ihm reden und hat mich aufgefordert, ihn abzuwimmeln. „

„Und? Ist Ihnen dies gelungen? Was will er?"

„Zuerst dachte ich, es ist einer dieser Bettelanrufe. Aber dann bestand der Typ darauf, dass Mr. Bergstraesser ihn kennen würde. Und beim letzten Anruf sagte er, es sei eine Sache von Leben und Tod. Ich dachte, ich sollte Sie darüber informieren."

„Haben Sie Mr. Bergstraesser hiervon berichtet?"

„Ja."

„Und was hat er gesagt?"

„Ich solle mir darüber keine großen Gedanken machen und beim nächsten Mal einfach auflegen. Es gäbe immer Leute, die mit allen möglichen Tricks versuchen würden, zu ihm durchzukommen und dann mit einer rührseligen Geschichte um Geld betteln."

„Okay, Jennifer, wenn der Typ sich noch einmal meldet, stellen Sie ihn zu mir durch. Ich erledige dies."

Die Liste der Punkte, die er mit Lars Bergstraesser persönlich zu besprechen hatte, wurde länger.

15.

Er wunderte sich über sich selbst. Seine Entwicklung in den letzten zwei Jahrzehnten zu einem erfolgreichen Wall Street-Banker und angesehenem Mitglied der New Yorker Gesellschaft hatte ihn seine Vergangenheit nahezu vergessen lassen. Umso verwunderlicher war es, dass ihn die Ereignisse, die ihn jetzt bedrohten, keineswegs in Panik versetzten. Lars Bergstraesser war aus einem ganz besonderen Holz geschnitzt. Er war davon überzeugt, dass er mit raffinierter Planung, brutaler Menschenverachtung und – zugegebenermaßen – einer Menge Geld die Bedrohung aus der Welt schaffen konnte. Dazu brauchte er allerdings professionelle Helfer.

Vor einer Woche, als sein Partner noch in Deutschland war, hatte Bergstraesser über alles in Ruhe nachgedacht. Darüber, was kurz- und mittelfristig zu tun sei. Er war bei seinem Fahrer noch einmal auf das Thema „High-Risk-Job“ zurückgekommen. Unumwunden hatte er Vadim erklärt, dass er erpresst würde und sich dieser Bedrohung auf unorthodoxe Weise entledigen wolle. Ohne Einschaltung der Polizei. Er war nicht übermäßig überrascht, als er feststellte, dass Vadim sofort begriff, worum es sich handelte.

„Wie eilig haben Sie … ES?“ fragte er nur und machte dabei mit seiner rechten flachen Hand unterhalb seines Kinns eine Bewegung von links nach rechts.

„Es muss kurzfristig erledigt werden.“

„Okay., ich will sehen, was ich machen kann. Sie werden kontaktiert. Vielleicht schon am nächsten Wochenende.“ Vadim sprach, als würde es sich um die Verabredung des Besuchs eines Versicherungsvertreters handeln. Bergstraesser wusste: In den richtigen Kreisen und gegen gutes Geld war in dieser Stadt alles möglich. *Everything goes.*

„Ich bin dann voraussichtlich in Watermill."

„Kein Problem". Vadim hatte seinen Chef viele Male zu seiner Residenz in den Hamptons gefahren und war mit den Örtlichkeiten bestens vertraut.

Vor zwei Tagen hatte der Ukrainer ihm dann mitgeteilt, dass sich seine Freunde am Sonntag bei ihm melden würden.

Bis jetzt hatte noch niemand angerufen. Bergstraesser hatte Yvonne nach dem Mittagessen zum *Hampton Jitney* nach Bridgehampton gebracht. Sie wollte sich zum Ende des Wochenendes auf einen Fall am Montag in der Kanzlei vorbereiten. Und zwar in ihrer Wohnung in Manhattan. Manchmal, insbesondere bei dem starken Rückreiseverkehr am Sonntagnachmittag und wenn sie keine Lust zum Selberfahren hatte, entschied sie sich für diesen bequemen Luxusbus, der Eastern Long Island und Manhattan verband.

Lars Bergstraesser bog jetzt vom Montauk Highway in die David Lane, die in die Crescent Avenue mündete, an deren Ende sein Anwesen lag. Aus dem Handschuhfach fummelte er die Fernbedienung für das Garagentor und gab einen fünfstelligen Code ein. Das massive Tor senkte sich langsam in den Erdboden. Diese Technik war zwar sehr aufwendig gewesen, aber die Sicherheitsexperten hatten ihm seinerzeit dazu geraten.

Langsam fuhr er die Auffahrt hinauf. Das Haus, das eher einer Mansion glich, lag auf einem etwa fünf Acres großen Grundstück. Das war nicht so groß wie die Anwesen der Reichen in Texas oder im Mittleren Westen, aber für die Hamptons, wo der Platz begrenzt ist, sehr beachtlich. Durch den dichten Waldbestand zwischen Straße und Vorderfront der Residenz konnte man das Haus nicht gleich sehen. Außerdem machte die Auffahrt einen Bogen.

Als er schließlich näherkam, fühlte Lars Bergstraesser plötzlich, wie sich sein Puls beschleunigte. Etwas hatte seine Aufmerksamkeit erregt, was eigentlich nicht sein konnte. Eine der breiten Flügeltüren an der vorderen Terrasse schien nur angelehnt. Unmöglich! Beide, Yvonne und er hatten es sich zur Routine gemacht, alle Türen abzuschließen, wenn sie das Haus verließen. Selbst wenn sie sich nur für kurze Zeit entfernten. Und, natürlich, wenn Clarisa nicht im Hause war. Aber die hatte heute, am Sonntag, frei. Auch die Einschaltung der Alarmanlage gehörte zur Routine. Als sie schon im Auto saßen, war Yvonne allerdings noch einmal zurück ins Haus gegangen, um ihr Telefon zu holen, das sie auf dem Couchtisch liegen gelassen hatte. Dabei musste sie die Alarmanlage wieder ausschalten und hatte offensichtlich beim Hinausgehen vergessen, sie wieder einzuschalten.

Bergstraesser wollte aber nicht lange nach Erklärungen suchen. Er stand vor der Situation, dass sich offensichtlich Unbefugte Zugang zu seinem Haus verschafft hatten, während er weg war. Automatisch griff seine Hand zu seinem Hosenbund. Aber da war nichts. Seine Smith & Wesson lag im Tresor. Auch das Handschuhfach, wo er manchmal eine Neun-Millimeter-Walther ablegte, war leer. Dann kam ihm der Gedanke, dass es sich bei den Eindringlingen vermutlich um seine Besucher handelte, die sich für heute angekündigt hatten. Bergstraesser würde keine Waffe benötigen. Er hatte allerdings kein Fahrzeug in der Nähe seines Eingangstores gesehen.

Diese Typen, das wusste er, wählen manchmal einen dramatischen Auftritt, um ihre Gesprächspartner bei einem Deal gleich zu Beginn einzuschüchtern. Da waren sie bei Bergstraesser jedoch an der falschen Adresse. Meistens war er es, der andere einschüchterte. Aber er wollte jetzt nicht den starken Mann spielen. Er brauchte diese Männer. Daher musste er seinen Unmut über das unbefugte Eindringen unter Kontrolle halten. Ihm war an einer effektiven Komplizenschaft mit den Russen gelegen. Es war wichtig und zielführend, ein Klima gleichgerichteter Interessen herzustellen.

Lars Bergstraesser stieg aus seinem Escalade und ging die paar Stufen zur vorderen Terrasse hinauf. Er öffnete den angelehnten Türflügel und stand gleich in dem großräumigen Wohnbereich.

Da waren sie. Fünf Männer. Zwei saßen auf einer der beiden sich gegenüberstehenden Couchen. Einer hatte es sich in Bergstraessers englischem Ledersessel bequem gemacht. Die anderen beiden lehnten am Kamin mit einem Ellenbogen auf dem Sims. Der Mann auf der linken Kaminseite war Vadim. Das erklärte Einiges. Sein Fahrer hatte bisweilen den Gärtnern geholfen und kleinere Arbeiten auf dem Grundstück verrichtet. Gegen Bares, versteht sich. Daher kannte er die Umzäunung und die eine oder andere Schwachstelle in der zwei Meter hohen, ansonsten dichten Buchsbaumhecke. Die anderen Männer hatte Bergstraesser nie zuvor gesehen

„Good afternoon!“, begrüßte Bergstraesser seine Gäste. „Wozu diese Eigenmächtigkeit? Wir waren doch verabredet. Sie haben Glück, dass ich mich vor einigen Monaten von meinen beiden Schäferhunden getrennt habe. Die waren auf Einbrecher abgerichtet. Aber dass die

Hunde nicht mehr da sind, hatte Ihnen Vadim wohl erzählt."

„Sorry, aber mir gefällt es, neue Geschäftspartner manchmal zu überraschen", sagte der auf der rechten Kaminseite lächelnd und trat einen Schritt nach vorn. Er war augenscheinlich der Sprecher der Gruppe. Anfang fünfzig, dunkle, glatt nach hinten gekämmte Haare, mittlere Größe und etwas übergewichtig. Er sah gut aus in seinem khakifarbenen Anzug mit hellblauer Krawatte. Er hockte sich seitlich auf den eichenen Couchtisch.

„Mein Name ist Arkadij. Arkadij Stolischnikow. Ich bin Unternehmer, und dies sind meine Mitarbeiter." Dabei zeigte er auf den großen, breitschultrigen Mann im schwarzen Anzug und gleichfarbigen T-Shirt in dem Ledersessel und auf die beiden Typen auf der Couch. „Vadim brauche ich Ihnen ja nicht vorzustellen." Bergstraesser schaute von einem zum anderen. Die Männer auf der Couch in ihren Nike Sweatshirts, Trainingshosen, den schwarzen Basketballschuhen und mit den kurzgeschorenen Haaren sahen aus wie Mitarbeiter eines Fitnessstudios. Auch Vadim, der im Dienst immer einen dunklen Anzug mit weißem Hemd und Krawatte trug, war jetzt in Freizeitkleidung.

„Vadim hat mir von Ihrem Anliegen berichtet. Allerdings ohne größere Einzelheiten. Vielleicht erzählen Sie uns etwas mehr." Er richtete sich dabei vom Couchtisch auf, ging einen Schritt auf Bergstraesser zu und schaute ihn erwartungsvoll an.

Bergstraesser gefiel die etwas arrogante und autoritäre Art seines Gegenübers überhaupt nicht. Aber er hielt seinen Unmut im Zaum.

„Es handelt sich um einen sehr delikaten Job. Daher würde ich gerne etwas mehr von Ihnen hören. Ich muss wissen, mit wem ich es zu tun habe."

Der Mann, der sich Arkadij nannte, nickte.

„Wie schon gesagt, ich bin Unternehmer. Internationaler Handel. Unsere Kontakte sind weltweit. Wir übernehmen auch außergewöhnliche, delikate Aufträge. Dafür haben wir Spezialisten in verschiedenen Ländern. Professionelle Erledigung und hundertprozentig diskret und spurenfrei. Immer zufriedene Kunden …"

„Können wir die Details unter vier Augen besprechen?" unterbrach ihn Bergstraesser.

„Sergej", er zeigte auf den Großen im Ledersessel, „ist mein persönlicher Assistent, gewissermaßen mein ständiger Begleiter. Und die anderen", er warf einen Blick über die Schulter zur Couch, „brauchen wir vielleicht. Sie sind auf absolute Verschwiegenheit getrimmt. Ein falsches Wort und sie verlieren ihren Job. Und nicht nur ihren Job." Sein Gesicht verriet, was er damit meinte und dass es ihm damit bitterer Ernst war.

„Gut. Um sicher zu gehen, dass es über unser Gespräch weder Ton- noch Videoaufnahmen gibt, bitte ich alle Anwesenden, ihr Telefon auszuschalten und hier auf den Tisch zu legen." Bergstraesser sagte dies verbindlich aber in einem Ton, der keinen Widerspruch duldete.

Wer sein Telefon nicht schon die ganze Zeit in der Hand gehalten hatte, fummelte es aus der Hosentasche, schaltete es aus und legte es auf den Couchtisch."

„Und was ist mit Ihnen?" Der Russe stand jetzt vor Bergstraesser und streckte ihm die flache Hand entgegen. Bergstraesser ignorierte die Geste, ging um ihn herum und legte sein Telefon auf den Tisch.

„Okay, Mister Bergstraesser, schießen Sie los. Ich höre." Er ging zwei Schritte zurück und lehnte sich wieder an den Sims auf der einen Seite des Kamins.

„Nun, wie Sie wissen, werde ich erpresst. In der Branche, in der ich tätig bin, wird auf solche Vorkommnisse außerordentlich sensitiv reagiert mit entsprechend negativen Auswirkungen auf unser Geschäft. Daher möchte ich auch auf keinen Fall die Polizei einschalten. Geld ist nicht das Problem. Damit lässt sich das Problem aber nicht dauerhaft lösen. Und das ist es, was ich von Ihnen erwarte. Die Erpresser müssen ausgeschaltet werden. Ich bin sicher, Sie wissen, was ich meine."

Der Russe, der sich mit „Arkadij" vorgestellt hatte, nickte, antwortete aber nicht gleich. Mit einer Hand in der Hosentasche ging er jetzt ein paar Schritte auf und ab. Er schien nachzudenken.

„Ich denke, wir verfügen über eine Organisation, die nach Struktur und personeller Ausstattung in der Lage ist, Ihren Anforderungen an Professionalität und Effektivität gerecht zu werden." Es klang etwas steif. Wie die Werbung eines Dienstleisters. „Ohne Risiko. Was wir brauchen, sind Name oder Namen. Und wo sich die Personen zurzeit aufhalten. Fotos wären hilfreich."

„Eine Person befindet sich im Großraum New York, zwei Männer in Berlin, Deutschland."

„Wow!" entfuhr es Arkadij. Auch die anderen blickten erstaunt auf.

„Die Namen erhalten Sie morgen. Ich gebe sie mündlich an Vadim. Es gibt allerdings keine Fotos. Die Zielpersonen leben aber unter ihrem richtigen Namen."

„Im Hinblick auf die deutsche Lokation muss ich natürlich mit meinen überseeischen Partnern reden. Da sehe ich aber kein Problem. Vielmehr kann ich mir eine

Variante vorstellen, bei der ein Zweiländerjob sogar von Vorteil ist. Für Sie, meine ich, Mister Bergstraesser. Natürlich fallen höhere Spesen an."

„Okay, worüber reden wir. Was ist der Deal?" Bergstraesser wusste, dass es sich bei diesen Leuten nicht um Kleingeld handeln würde. Es ging hier nicht um die Ausschaltung eines Nebenbuhlers oder darum, sich eines zur Last gewordenen Ehepartners zu entledigen als Alternative zur Scheidung, die zum finanziellen Ruin führen konnte. Solche Jobs wurden in diesem Land manchmal zu niedrigen fünfstelligen Beträgen erledigt.

„Hundert Riesen." Arkadij runzelte die Stirn und kniff seine Augen zusammen. „Pro Nase", ergänzte er. Mokant lächelnd fügte er hinzu: „Pro Kopf, sollte ich wohl besser sagen. Die Hälfte vorweg in cash. Die andere Hälfte nach Erledigung des Auftrags. Extras werden extra berechnet. Pro rata, wenn Sie wissen, was ich meine."

Bergstraesser ließ sich nicht anmerken, dass er doch etwas von der Größenordnung überrascht war. 150.000 in cash. Gut, das ließ sich bewerkstelligen.

„Einverstanden. Für die zweite Tranche würde ich gerne eine institutionelle Abwicklung bevorzugen. Ich kann das von einem anonymen Konto in Europa erledigen. Ich brauchte dann nur einen Adressaten. Ich denke, Ihre Organisation verfügt ebenfalls über anonyme Bankverbindungen."

„Ja. Aber eins nach dem anderen. Wie und wann machen wir die Geldübergabe?"

„Vadim erhält von mir eine Plastiktüte mit der Aufschrift *Food Emporium* mit Fünfzigtausend in Fünfzigern und hunderttausend in Hundertern."

„Umgekehrt ist besser: Hunderttausend in Fünfzigern und fünfzigtausend in Hundertern. Doppelte Plastiktüte."

Der Russe hatte eine gute Vorstellung von Umfang und Gewicht von Banknoten. Bergstraesser im Übrigen auch.

„Gut. Wir haben also einen Deal!“ Bergstraesser wollte die Verhandlung jetzt beenden. „Wir kommunizieren über Vadim.“ Er öffnete die Terrassentür. „Zum Ausgang gehen Sie bitte über die Auffahrt. Ich öffne das Tor. Bis dorthin sind es etwa fünf Minuten zu Fuß.“

Arkadij ließ seine Leute an sich vorbei durch die offene Glastür auf die Terrasse gehen. Er selber blieb vor Bergstraesser stehen.

„Sie werden mit unserer Arbeit zufrieden sein.“ Er folgte seinen Leuten und war schon auf den Stufen, die zu der Auffahrt führten, als er sich noch einmal umdrehte. „Wir werden uns vermutlich nicht wiedersehen, es sei denn, unerwartete Umstände erfordern dies. Damit ist jedoch nicht zu rechnen.“ Er hatte jetzt die anderen erreicht. „Aber man soll nie NIE sagen“, hörte ihn Bergstraesser noch sagen.

16.

Es war ein toller Frühlingstag: Ein fast blauer Himmel und eine Sonne, die bereits für frühsommerliche Temperaturen sorgte. Die Tische der Cafés und Restaurants *Unter den Linden* waren alle besetzt. Ulf Servatzky bog in die Friedrichstraße ab und ging in Richtung Norden, vorbei am Meliá-Hotel und Friedrichstadtpalast. Er war froh, wieder in gewohnter Umgebung zu sein. New York war doch ziemlich stressig gewesen. Natürlich war er beeindruckt von dem Leben in Manhattan, der Architektur, von der Vielfalt der Menschen, den tollen Frauen. Aber das Tempo der Stadt ging ihm doch etwas auf die Nerven. Manche Menschen aßen sogar im Gehen auf der Straße, sei es Frühstück oder Lunch – aus Plastikbehältern. In Berlin pulsierte das Leben zwar auch, aber es war doch etwas entspannter und gemächlicher. Vielleicht lag es auch einfach daran, dass er hier alles kannte und keine Probleme mit der Verständigung hatte. Und die Menschen sahen hier überwiegend so aus wie er selber, obwohl es sich in den letzten Jahren auch schon etwas vermischt hatte.

Er war sich nicht sicher, ob sie das eigentliche Ziel ihrer New York Reise erreicht hatten. Jetzt kam es auf den nächsten Schritt an.

Sie hatten sich im *Simon* verabredet, einer Kneipe an der Ecke Kleine Auguststraße.

Er war noch nicht da. Ulf Servatzky setzte sich an die Bar. Die Tür zur Straße war offen und ließ einen leichten, warmen Wind herein, der die etwas muffige, von Alkohol und Küche geschwängerte Luft ein wenig auffrischte.

„Sorry, Ulf, ich musste noch was erledigen“, entschuldigte sich Rehbein für seine Verspätung und setzte sich neben Servatzky an die Bar. Dabei ließ er einen Barhocker zwischen beiden frei, auf den er einen Aktenkoffer legte.

Werner Rehbein liebte diese Gegend und die Menschen, die hier wohnten. Zum großen Teil Künstler. Rehbein hatte einige von ihnen kennengelernt und mit der Zeit ein Verständnis und Interesse für ihre Werke entwickelt. Insbesondere die Malerei hatte es ihm angetan.

Manchmal wunderte er sich über sich selbst, wie sehr er sich mit seinen neuen Lebensumständen angefreundet hatte. In den ersten Jahren nach der Wende kam er sich manchmal vor, wie auf brüchigem Eis zu wandern. Und die Angst, durch den freien Zugang der Menschen zu den Akten der Gauck-Behörde mit irgendeiner Schweinerei aus der Vergangenheit konfrontiert zu werden, trug zu seiner Unsicherheit bei. Das legte sich im Laufe der Jahre. Und mit dem Zuzug vieler Menschen aus dem Westen und den östlichen Nachbarländern gewann er ein Gefühl von Anonymität, und die Vergangenheit verwischte sich. Bestimmte Gewohnheiten konnte Werner Rehbein jedoch nicht abstellen. Er neigte immer noch dazu, andere Menschen genau zu beobachten und darauf abzuschätzen, ob sie für ihn eine Gelegenheit zum eigenen Vorteil oder eher eine Gefahr bedeuteten.

„Kein Problem, ich bin auch gerade erst gekommen.“

„Ich war noch in einer Galerie, die erst vor kurzem eröffnet hat. Ein paar Häuser weiter von hier um die Ecke. Und ich habe mich lange mit dem Besitzer unterhalten.“

„Willst du was kaufen?“

„Nein, aber ich wollte mich schlau machen. Der Typ scheint sich auszukennen. Kunsthistoriker oder sowas. Er stellt zurzeit einen jungen Maler aus Chemnitz aus, den er für ein ganz besonderes Talent hält und dem er mittelfristig großen kommerziellen Erfolg zutraut. „

„Dann willst du also doch etwas von ihm kaufen."

„Ich erzähle dir gleich. Aber zunächst – was trinkst du? Ein Bier? Okay, ich trinke ein Glas Wein. Und Hunger habe ich auch. Könnten wir mal auf die Karte schauen?" wandte er sich an das Mädchen hinter der Bar, die schon eine Weile auf ihre Bestellung zu warten schien, aber nichts sagte, während die beiden noch miteinander sprachen.

Sie war groß, hatte lange schwarze Haare und trug einen schwarzen ledernen Minirock. Dazu passend ein enges T-Shirt mit dem futuristischen Schriftzug *new balance* – was immer damit gemeint war. Botschaften auf T-Shirts waren immer ein guter Anknüpfungspunkt, um mit der Trägerin oder dem Träger ins Gespräch zu kommen. Sie schob ihnen eine handgeschriebene – so sah es jedenfalls aus – einseitige Speisekarte rüber. „Heute besonders zu empfehlen: *Hausgemachte Gnocchi in Butter-Salbei-Soße.*"

„Das nehme ich."

„Ich auch. Und ich auch einen Rotwein dazu. Kein Bier."

„Zweimal die Gnocchi bitte und zwei Montepulciano." Die beiden schauten dem attraktiven Mädchen nach, als es sich umdrehte und den Touchscreen bediente. Vielleicht konnten sie später noch einmal auf die *new balance* zurückkommen.

„Was wolltest du mir erzählen?" kam Ulf auf ihre Unterhaltung zurück.

„Pass' auf. New York war okay. Wir haben den Nagel eingeschlagen. Ein bisschen Panik verbreitet. Ihn anrufen, hätten wir auch von hier aus tun können. Aber mit unserer

Präsenz in Manhattan haben wir gezeigt, dass wir es ernst meinen. Ich glaube, es war auch gut, dass wir zu zweit waren. Die alte Methode, die Kutschinski noch kennt. Immer zu zweit. Auch unsere Begegnung mit der Tussi aus seinem Büro hat sicherlich ihre Wirkung nicht verfehlt.“ Er machte eine kurze Pause und schien nachzudenken. „Aber unser Freund ist ja auch nicht auf den Kopf gefallen. Er weiß genau, dass es für uns nicht so einfach ist, sechs Millionen zu übernehmen, zu transportieren und zu verstauen, ohne Aufsehen zu erregen. Und dann womöglich noch über Flughäfen und Landesgrenzen. Und über Banken läuft sowas heutzutage überhaupt nicht mehr, ohne einen plausiblen Sachverhalt anzugeben.“

Die Schwarzhaarige brachte den Wein.

„Prost! Auf eine erfolgreiche Zukunft!“ stieß Rehbein mit Servatzky an. Er wartete einen Augenblick, bis das Mädchen zum anderen Ende der Bar gegangen war.

„Ich habe mir überlegt, wir machen alles legal, unter unseren richtigen Namen, mit Bankkonto, Finanzamt, Zoll und so weiter. Ein wenig wie Schalck-Golodkowski – nur etwas fieser.“

„Wie soll ich das verstehen?“

„Wir werden Kunsthändler!“

Werner Rehbeins Miene verriet eine Mischung aus Triumpf und Bösartigkeit.

„Wir verkaufen die Portfolios von zwei oder drei hoffnungsvollen Künstlern an unseren Multimillionär-Freund und Mäzen in New York. Für Millionen – genauer gesagt, für sechs Millionen.“

„Wir haben doch keine Ahnung von dem Geschäft. Wir können doch nicht von einem Tag zum anderen Kunsthändler werden“, meldete Servatzky berechtigte Bedenken an.

„Nun, in New York haben wir uns bereits als Kunsthändler vorgestellt. Dazu brauchen wir kein Diplom. Und alles Weitere eignen wir uns an. Ich habe mich in der letzten Zeit schon ein wenig mit moderner Malerei befasst. Wir hatten auch in unserem ersten Leben Aufträge übernommen, von denen wir anfangs keinen blassen Schimmer hatten, nicht wahr, Genosse Oberleutnant Servatzky?!" Werner Rehbein lächelte süffisant.

„Und woher nehmen wir die Kohle für den Aufkauf der Portfolios?"

„Ich denke, Kutschinski wird sich diesem Deal gegenüber aufgeschlossen zeigen. Es gibt für ihn kaum ein Risiko. Und für uns auch nicht. Daher wird er wohl auch bereit zu einem kleinen Vorschuss sein. Er weiß genau, dass er sich in einer Klemme befindet."

„Aber wird der hohe Preis für die Werke international noch ganz unbekannter Künstler nicht allenthalben auf Unverständnis stoßen und Verdacht erregen?"

„An den Finanzmärkten werden regelmäßig Firmen oder deren Aktien verkauft, für zwei- oder gar dreistellige Millionenbeträge, die noch nicht ein einziges Mal seit ihrer Gründung auch nur einen Dollar oder einen Euro verdient haben. Der Preis wird für die Erwartungen in die Zukunft bezahlt. Und Kunst wird immer mehr zu einem Anlageobjekt mit Zukunftsvision."

Rehbein kam sich vor wie bei einem Seminarvortrag. Und Servatzky war sichtlich beeindruckt. Er sagte eine Weile gar nichts. Nickte nur leicht mit dem Kopf.

Die Gnocchi kamen, dampfend und nach Salbei und Parmesan duftend.

„Wenn das klappt, haben wir ausgesorgt", sagte Servatzky leise, pickte mit der Gabel gleich drei Gnocchi auf einmal auf und tunkte sie in die hellgrüne Sahnesoße, bevor er sie genüsslich in seinem Mund verschwinden ließ. Da ist bestimmt Pesto mit drin, dachte er. Er hatte den Geschmack von seinem letzten Italienurlaub noch gut in Erinnerung.

„Ja, und ich glaube, uns fehlt es nicht an Phantasie, um zu wissen, was wir mit dem Geld machen werden. Ich jedenfalls habe da schon einige Ideen."

Rehbein nahm einen Schluck Wein und blickte seinen Kumpel selbstzufrieden an.

„Vielleicht werden wir auch echte Kunsthändler und eröffnen eine Galerie hier in ‚Mitte'", strahlte Servatzky, froh, dass er eine Idee beitragen konnte.

„Nee, da gibt es schon so viele", ernüchterte ihn Rehbein.

„Wenn überhaupt, dann woanders. Aber was passieren kann, ist, dass die Maler, die wir für unsere Transaktion auswählen, dadurch bekannt werden und ihre Bilder einen kräftigen Preisschub erfahren. Aber lasst uns jetzt nicht über ‚danach', sondern über ‚jetzt' reden. Wir haben einiges zu tun. Und wir beide wissen, dass Kutschinski mit allen Wassern gewaschen ist. Wir müssen auf der Hut sein. Er wird versuchen, uns zu überspielen. Daher muss alles gut vorbereitet werden, so dass es für ihn annehmbar und risikofrei ist. „

Sie schauten sich um, ob auch keiner ihrer Unterhaltung folgte. Aber die große Schwarzhaarige war außer Hörweite, und um diese Zeit war das Lokal fast leer.

Sie widmeten sich wieder ihren kleinen Kartoffelklößchen mit der delikaten Soße.

„Ich werde ihn in den nächsten Tagen wieder anrufen. Wenn er nicht mit mir sprechen will, schicken wir ihm ein schriftliches Angebot – ganz legal."

*

In der Sonne war es auch am späten Nachmittag immer noch warm. Die Straße hatte sich gefüllt: Menschen, die hier wohnten und jetzt von der Arbeit kamen. Und natürlich die Touristen, die ein Stück „Mitte“ abhaken wollten. Von dem Fußballspiel auf dem Sportplatz am Straßenrand tönten laute Anfeuerungsrufe herüber sowie Flüche der Spieler nach einer misslungenen Aktion. Die Zuschauer waren eine bunte Gruppe von überwiegend Männern im mittleren oder vorgerückten Alter. Rentner und Männer ohne Arbeit. Bei den wichtigtuerischen Kommentaren, die man auf jedem Fußballplatz hört, mischte sich das freche Berlinische mit dem schweren osteuropäischen Akzent.

„Ich werde dir jetzt den ersten Kandidaten für unsere ‚Kunstsammlung‘ zeigen; die Arbeiten von dem Typen aus Chemnitz, von dem ich dir erzählt habe.“

Sie schlenderten die Auguststraße entlang in Richtung Rosenthaler Straße und steuerten auf die erst vor kurzem eröffnete Kunstgalerie zu. Sie merkten nicht, dass ihnen – nachdem sie *Simon* verlassen hatten – ein Mann gefolgt war. Er mochte Ende dreißig gewesen sein mit modisch kahl rasiertem Kopf, trug eine schwarze Trainingshose mit zwei weißen Streifen auf jeder Seite, Basketballschuhe und ein graues, enges T-Shirt, das ein regelmäßiges Krafttraining seines Trägers erkennen ließ. Eine Lederjacke hielt er mit einer Hand über der Schulter.

17.

Sein Telefon summte und ein roter Knopf blinkte.

„Tom Hockney auf ‚Zwei'", hörte er Jennifer, als er die Antworttaste drückte. Tom gehörte zu denjenigen, die Jennifer jederzeit durchstellen konnte, wenn Thomas sich nicht gerade in einem wichtigen geschäftlichen Gespräch befand.

„Hallo Tom, wie geht's? Was macht die Familie?"

„Nina ist heute in der Stadt. Etwas Shopping und Moma. Ihre Mutter ist aus Deutschland zu Besuch und passt auf Cynthia auf. Wir wollen uns später treffen und essen gehen. Vielleicht habt ihr Lust, dazu zu kommen."

Thomas überlegte kurz und schaute auf seinen Terminkalender vor sich.

„Gute Idee, ich spreche mit Christina und rufe zurück. Hast du schon was reserviert?"

„Nein, vielleicht kann dein Büro das machen. Ich dachte an *Balthazar* in Soho. Allerdings wird es als Normalsterblicher so kurzfristig kaum möglich sein, einen Tisch zu bekommen. Ihr als Wall-Street-Firma könnt da wohl eher etwas machen."

„Okay, ich kümmere mich drum und ruf' dich wieder an."

*

Es war wie immer knallvoll und ziemlich laut. Sie hatten zunächst an der Bar einen Drink genommen, um – wie gewohnt – auf Christina zu warten.

Jennifer war es gelungen, einen Tisch zu buchen. Engelhard Capital stand offensichtlich auf der *„preferred* *customer*“-Liste. Lars und Thomas waren hier schon häufiger mit Gästen gewesen und Lars hatte mit der schwarzen Amex-Karte bezahlt – angeblich die Eintrittskarte für Exklusivität. Dabei war *Balthazar* keineswegs besonders ausgefallen.

Aber die französische Küche war exzellent, gute Weine, interessantes Publikum und ein gemütliches, europäisches Ambiente. Außerdem war die Lage in Soho einfach *in*.

„Nina, du hattest also heute sozusagen deinen freien Tag, richtig?“

„Ja, von Zeit zu Zeit muss ich einfach Manhattan-Luft schnuppern. Und weg von Haus und Kind. Der Besuch meiner Mutter war da eine gute Gelegenheit.“

Der Ober nahm ihre Bestellungen auf.

„Wo kommen die Austern her?“, fragte Tom.

„Aus Wellfleet, Cape Cod.“

Tom war keineswegs ein großer Kenner von Austern, aber er hatte gute Erfahrungen mit ihrer Herkunft aus dem relativ kalten Wasser des Atlantiks gemacht, sowohl diesseits als auch jenseits des Ozeans.

„Ich nehme ein halbes Duzend; noch jemand Austern?“

Christina schloss sich ihm an, während die anderen beiden sich für die Escargots in Knoblauchbutter entschieden.

Als Hauptgericht gingen die Damen – immer auf die Figur bedacht – nicht über den Gemüsesalat mit warmem Ziegenkäse hinaus. Thomas wollte die im *Balthazar* legendäre Bouillabaisse und Tom – ganz bodenständig – das *Steak au Poivre*.

„Den Wein überlasse ich dir“, sagte Tom und schob seinem Freund die Weinkarte hin.

„Wie wär's mit einem Sancerre Le Mont sowie einem Chateau Franc Lartigue aus St. Emilion?", fragte Thomas, ohne lange in der umfangreichen Karte zu blättern. Keiner widersprach dieser eher rhetorischen Frage.

Nach der Bestellung konnte man sich jetzt entspannt zurücklehnen.

„Wie war denn dein Tag heute", wollte Christina von Nina wissen.

„Ich war mal wieder im Moma. Nachdem Robert Rauschenbach vor ein paar Tagen gestorben ist, wollte ich noch einmal sein Werk bewundern. Das Moma besitzt etwa 300 Stücke von ihm, das Whitney erstaunlicherweise nur 60. Ein unglaublich expressiver und ideenreicher Künstler."

„Seine Preise dürften nochmals einen Schub nach oben bekommen", sagte Thomas.

„Obwohl Rauschenbach sich nicht gerade für private Sammler eignet", meldete sich der ehemalige Kunsthistoriker Tom.

„Es ist überhaupt unglaublich, was sich auf dem Kunstmarkt tut. Du hättest in Kunst investieren sollen, Thomas!" Dabei schaute Christina Thomas herausfordernd an. „Geld ist für Kunst offensichtlich immer noch genug vorhanden."

„Ich habe jetzt richtig Hunger; ich hatte heute Mittag nur einen kleinen Imbiss im Museum". Nina schaute sich etwas ungeduldig nach dem Ober um. Und tatsächlich: Austern und Schnecken waren im Anmarsch. Nach ein paar *Aahs* und *Oohs* ob der delikaten Darbietung der Vorspeisen und dem verführerischen Duft, den die Escargot-Pfannen sowie das ofenheiße Baguette verbreiteten, sagte für eine Weile keiner etwas.

„Bei Christies hatte gerade jemand einen Lucian Freud zu einem Rekordpreis von, glaube ich, 33,6 Millionen Dollar ersteigert,“ nahm Christina das Thema wieder auf, nachdem sie die ersten drei Austern geschlürft hatte.

„Verrückt! Dagegen erscheinen die etwa 400.000 Dollar, die ein Brief Einsteins an Eric Gutkind jetzt bei einer Bloomsbury-Auktion in London erzielt hat, ausgesprochen preiswert,“ sagte Tom mit einem verschmitzten Grinsen. „Übrigens, in dem Brief bezeichnete Einstein die Bibel als *pretty childish.* Ich fand dies einigermaßen …“ Tom brach ab und fummelte sein Handy aus seiner Hosentasche, das offenbar vibriert hatte. Es war eigentlich abgemacht, dass die Handys ausgeschaltet waren, wenn man privat gemütlich beisammensaß. Aber bei einem leitenden Polizeibeamten, der immer mit einem Ernstfall rechnen musste, ließ sich das wohl nicht mit letzter Konsequenz durchhalten. Bei einem Investmentbanker im Grunde genommen auch nicht.

„Okay, schickt mir den Wagen, Spring Street, *Balthazar.*“ Er steckte sein Telefon wieder weg und widmete sich seiner letzten Auster. Er nahm einen kräftigen Schluck von dem Sancerre und legte seine Serviette auf den Tisch.

„Es tut mir leid, ich muss weg. In Queens wurde jemand erschossen. Der Wagen vom Präsidium muss in wenigen Minuten hier sein.“

„Erschossen? Wann? Jetzt? Mann oder Frau? Hat man den Täter?“ sprudelte es aus Nina heraus. „Willst du nicht noch schnell etwas essen? Du hast doch bestimmt noch Hunger.“

„Mach keinen Aufstand“, er ignorierte ihre Fragen. „Es wird spät werden, Nina, du nimmst den Zug und ein Taxi.

Ich rufe dich später an. Möglicherweise bleibe ich in der Stadt."

„Kann ich etwas für dich tun?" fragte Thomas.

„Halt' die Damen bei Laune, und lasst es Euch noch gut schmecken. Wir telefonieren morgen."

*

Der dunkelblaue zivile Ford Crown Victoria mit dem mobilen Blaulicht auf dem Dach und dem an vier Seiten flackernden weißen Licht raste unter gelegentlicher Betätigung der Sirene in Richtung Queensboro Bridge. Wie meistens wurde er von Sergeant Rick Rodriguez gefahren, einem Kollegen aus dem *Detective Bureau.* Rick war Puerto-Ricaner. Er war ein guter Fahrer, schnell und umsichtig, der geschickt Lücken im Verkehr nutzte und dabei keine erhöhten Risiken einging.

Über Funk ließ sich Tom erste Einzelheiten übermitteln. Tom hatte immer Wert darauf gelegt, bei einem Kapitalverbrechen möglichst als einer der Ersten am Tatort zu sein. Der erste Augenschein, die unmittelbare Begegnung mit Tatzeugen ließen sich nicht durch noch so detaillierte Berichte seiner Kollegen, die häufig erst Stunden nach der Tat verfasst wurden, ersetzen. Es war nicht zuletzt seine Gewissenhaftigkeit und Gründlichkeit, die von seinen Vorgesetzten außerordentlich geschätzt wurden und die seine Karriere beschleunigt hatten. Typen wie er waren für die New Yorker Polizei wichtiger denn je. Zu sehr hatte das Image der NYPD (New York Police Department) in den letzten Jahren gelitten, nicht zuletzt durch die Übergriffe der Polizei im Fall Abner Louima, die rücksichtslose Tötung von Amadon

Diallo und Ousmane Zongo sowie die Verstrickung diverser Polizisten in Aktivitäten der Mafia.

Mit seiner profunden Ausbildung, seinem Urteilsvermögen und seiner Entschlussfreudigkeit hatte Tom sich einen exzellenten Ruf im Department erworben. Wegen seiner Gradlinigkeit und Integrität war er bei Vorgesetzten und Kollegen sehr beliebt. Er hatte es bis zum stellvertretenden Bürochef gebracht, und es war nur eine Frage der Zeit, bis er Bürochef und damit *Commanding Officer of Detectives* werden würde.

18.

Es war eine kleine ruhige Straße zwischen 20. und 21. Avenue in Astoria, nicht weit vom belebten Ditmars Boulevard. Vier Streifenwagen flackerten rot-weiß-blau quer auf der Straße, je zwei vor und hinter dem Tatort. Daneben ein Krankenwagen des Mount Sinai Hospitals in Queens.

Eine neugierige Menschengruppe drängelte sich hinter der Absperrung. Tom stieg aus.

„Wer war zuerst am Tatort?“ wandte er sich an eine Gruppe von Polizisten.

„Ich, mit drei anderen Detektiven. Ich bin Stuart Campbell vom 114. Revier.“

Er führte Tom zum Tatort, einem gelben New-York-Taxi der Marke Ford Escape Hybrid. Alle Türen standen offen. Der Tote lag mit seinem Oberkörper über dem Lenkrad. Am Hinterkopf konnte man den Einschuss erkennen. Auf den Knien des Opfers und auf der Matte im Fußraum fand sich Blut. Tom wunderte sich darüber, da dies bei dieser Art von Verletzung eigentlich nicht zu erwarten war. Er wollte aber nichts an der Leiche bewegen, bevor nicht der offizielle Polizeiarzt seine Untersuchung vorgenommen hatte. Der Unfallarzt, der unmittelbar zur Stelle gewesen war, hatte lediglich den Tod festgestellt.

„Gibt es Zeugen?“

„Ja, ein Chinese und eine ältere Frau. Die stehen da drüben.“

„Okay, nehmen sie alles auf und fragen sie auch in den umliegenden Häusern, ob die Leute etwas gesehen oder gehört haben, Personen oder Fahrzeuge. Ich nehme an, Fotos sind bereits gemacht.“

„Ja.“

Jetzt war auch der Spezialeinsatzwagen der CSU (Crime Scene Unit) eingetroffen, die ihre forensischen Arbeiten sofort aufnahm.

Tom ging noch einmal um das Taxi herum, dann ein Stück entlang der einen Straßenseite und wieder zurück auf der anderen Seite. Dabei schaute er sich auch die umliegenden Häuser genau an. Von hier aus konnten der oder die Täter schnell entkommen. Der Grand Central Parkway war ganz in der Nähe. Dort konnte man sich leicht in den dichten mehrspurigen Verkehr nach Westen in Richtung La Guardia Airport einfädeln oder nach Osten in Richtung JFK.

Detective Stuart Campbell war die ganze Zeit in Toms Nähe geblieben

„Detective, morgen früh möchte ich einen vollständigen Bericht haben. Und den Namen des Unfallarztes, der zuerst am Tatort war und den Tod des Opfers festgestellt hatte.“ Tom ging zum Wagen.

„Rick, wir fahren zurück nach Manhattan. Ich möchte noch ins Präsidium. Setz’ mich an der Centre Street ab.

*

„Ja, vermutlich Raubmord. Aber wir wissen noch nicht viel. Bist du gut nach Hause gekommen? Alles okay? Ich bleibe in der Stadt. Möchte noch ein paar Dinge hier im Büro erledigen; Ich habe morgen ganz früh eine Besprechung. Am Vormittag gibt es eine Pressekonferenz. Für ein paar Stunden werde ich wieder wie immer im *Double Tree* schlafen. Du kannst mich jederzeit anrufen. Ich melde mich sonst nach der Pressekonferenz. Schlaf gut, grüß deine Mutter und einen dicken Kuss für meine Süße, Ciao!“

*

Es war kurz nach sechs, als er das Hotel verließ. Er hatte nur etwa vier Stunden geschlafen. Das reichte aber, um zumindest für den Vormittag fit zu sein.

Er hatte noch ein paar Stunden an seinem Computer verbracht und diverse Ordner über Taximorde in der Vergangenheit durchgesehen. Die Fälle waren alle unterschiedlich. Nur eine Wiederholungstat. Meistens handelte es sich um Raubmord. Es waren aber auch zwei sogenannte *Hate Crimes* dabei; beides Tötung aus Rassenhass. Diese Fälle lagen allerdings fast zwanzig Jahre zurück. Es gab nichts, was hilfreich gewesen sein könnte. Bei den wenigen Informationen, die er hatte, war dies aber auch kaum zu erwarten.

Tom ging die paar Straßen von der Stone Street zur Police Plaza zu Fuß. Es war um diese Zeit noch recht kühl, und es ging ein frischer Wind. Aber Frühling lag zweifellos in der Luft. Für einen Augenblick dachte Tom daran, dass es nur noch etwa anderthalb Wochen bis Memorial Day waren, dem Wochenende, das sie wieder mit Christina und Thomas in dessen Haus in Quogue auf Long Island verbringen wollten. Er konnte im Moment noch nicht absehen, wie dieser Mordfall ihn in Anspruch nehmen würde. Nina wäre auf jeden Fall ziemlich sauer, wenn er an dem Wochenende im Einsatz sein müsste.

One Police Plaza, der Sitz des Polizeipräsidiums, lag etwas versteckt hinter dem historischen *One Centre Street South*. Nicht sehr attraktiv und mit nur zwölf Stockwerken im Schatten des mächtigen Verizon-Wolkenkratzers daneben.

Seit seiner letzten Beförderung hatte Tom ein sogenanntes *Corner Office*, von dem er auf die Brooklyn Bridge und einen Teil des East River blicken konnte.

Als erstes musste Tom ein Team zusammenstellen, das auf diesen Fall angesetzt wird. Und einen *Detective* ernennen, der das Team leitet. Er dachte dabei an Howard Stokes, einen jungen ehrgeizigen Polizisten mit Führungsqualitäten. Der hatte noch keine Familie und stand meistens rund um die Uhr zur Verfügung.

Auf seinem Computer fand er Detective Campbells Bericht. Der Mord hatte sich gegen 21.15 Uhr ereignet. Das Opfer war ein 45-jähriger Afroamerikaner aus Queens. Immigrant, verheiratet, zwei Kinder. Er fuhr seit siebzehn Jahren Taxi in New York. Getötet wurde er vermutlich durch einen Schuss in den Hinterkopf aus nächster Nähe. Über die Waffe gab es noch keine Informationen.

„Cathy, kannst du mir bitte einen großen Becher Kaffee bringen und einen Donut?“ rief Tom durch die offene Tür seiner Bürohilfe zu. Er hatte das Hotel ohne Frühstück verlassen und fühlte jetzt eine gewisse Leere in seinem Magen.

Die beiden Zeugen hatten übereinstimmend ausgesagt, dass Sie keine Schüsse gehört hätten. Dies wurde von Bewohnern der umliegenden Häuser, die befragt wurden, bestätigt. Ein Zeuge, der Chinese mit dem Fahrrad, meinte, ein schwarzer SUV sei mit hohem Tempo in Richtung Ditmars Boulevard gefahren. Die ältere Frau sprach dagegen von mehreren Autos. Nummernschilder hatte sich natürlich keiner angesehen.

Ein Obduktionsbericht lag noch nicht vor. Auch gab es noch kein Ergebnis der gründlichen Untersuchung des Wagens. Stattdessen enthielt der Bericht eine recht bizarre Einzelheit: Dem Opfer hatte man beide Augen ausgestochen, wie und womit musste die Obduktion ergeben. Dies erklärte die Blutspuren auf den Knien des Toten und im Fußraum des Wagens, die Tom beobachtet hatte.

„Tom, können wir uns um 8.30 Uhr im kleinen Konferenzraum treffen? Mit dem ganzen Team. Für 11.15 Uhr ist eine Pressekonferenz geplant." Toms Boss, der Leiter des Detective Bureaus, stand in der Tür.

„Ich mache eine kurze Eröffnung, und Sie erzählen denen die Einzelheiten – soweit wie wir sie kennen. Der Police Commissioner (Polizeipräsident) wird nicht dabei sein."

Tom machte sich ein paar Notizen und griff zum Hörer, um die Presseabteilung anzurufen.

19.

Thomas war heute früh aufgestanden. Er hatte Christina gestern Abend gleich nach Hause gebracht. Sie wohnten nicht jeden Tag zusammen. Meistens, wenn einer von beiden oder beide am nächsten Morgen sehr früh einen wichtigen Termin hatten, schlief jeder im eigenen Bett. Die Sache mit den getrennten Wohnungen war sowieso eine großartige Idee. Wenn einer bei dem anderen blieb, war es immer irgendwie ein bisschen fremd und daher spannend. Und man lag sich nicht ständig auf der Pelle.

Er hatte sich vorgenommen, jetzt im Frühling wieder häufiger im Central Park zu joggen. Und ins *Equinox* zu gehen, dem Fitnessstudio an der Lexington Avenue.

Aber heute verzichtete Thomas auf körperliches Training. Er hatte eine lange *To-Do-Liste*. Vor allem wollte er Einiges mit seinem Partner besprechen, der heute wieder im Büro sein wollte.

Auf seinen Monitoren hatte er die neuesten Meldungen gesehen. Die New Yorker Börse hatte zwar noch nicht geöffnet, aber die Vorzeichen – die *Futures* – waren positiv. Asien und Europa lagen leicht im Plus. Der Euro war mit 1,56 nach wie vor bombenstark. Die Überweisungen an seine Ex in Deutschland waren teuer geworden.

Bloomberg zitierte Henry Paulsen mit einem optimistischen Ausblick auf die Wirtschaft: Sie sei auf dem Wege der Wiederbelebung.

Thomas konnte den politisch motivierten Optimismus des *Treasury Secretary* nicht teilen. Zu sehr waren die Banken in die faulen Immobilienfinanzierungen verstrickt, was nach seiner Auffassung nicht ohne ernste Folgen für den Rest der Wirtschaft bleiben konnte. Seit Dezember steckte das Land in einer tiefen Rezession, und ein Ende war nicht abzusehen.

Er rief den Limousinenservice an.

An seinem Schreibtisch widmete sich Thomas zuerst dem Becher dampfenden Kaffee, den ihm Jennifer hingestellt hatte, als sie ihn aus dem Fahrstuhl kommen hörte. Seit Patricia, seine Sekretärin, im Mutterschaftsurlaub war mit anschließender Babypause – keine gesetzliche Sozialleistung, aber von Thomas für die Firma eingeführt –, kümmerte sich Jennifer, die eigentlich die Sekretärin seines Partners war, auch um ihn. Da sich Bergstraesser in der letzten Zeit im Büro rarmachte, war dies keine große Extrabelastung für sie.

Er blätterte durch den Stapel Zeitungen auf dem Bord hinter ihm. *Wall Street Journal, New York Times, Financial Times* und *Barrons* waren Pflichtlektüre. Der Ölpreis hatte etwas nachgegeben, notierte aber immer noch mit 124 US-Dollar auf sehr hohem Niveau. „Senator Kennedy nach Zusammenbruch im Krankenhaus“, „Hillary Clintons Chancen sinken“, las er. Und die Zahl der Todesopfer des schrecklichen Erdbebens in Yin Hua in der chinesischen Provinz Sichuan war auf über 32.000 gestiegen.

Er ging rüber zum Trading Room. Seine Trader hatten in den letzten Wochen und Monaten keinen leichten Stand gehabt. Keiner wusste so recht, wohin die Märkte tendierten. Und die meisten Analysten an der Wall Street hatten – wie so oft – schief gelegen. Einige sahen in der massiven Immobilienkrise sogar eine Chance der *Bereinigung* mit dem Potential für eine Konzentration auf andere Wirtschaftssektoren.

Thomas hatte sich immer darüber gewundert, wie unbeschadet die Analysten, die Millionen einstrichen, ihre

Fehleinschätzungen überstehen. Von den Top-Managern ganz zu schweigen.

Wenn Thomas morgens aufstand und in den Spiegel schaute, hatte er bewusst oder unbewusst die Absicht, an diesem Tag wie jeden Tag die Ärmel hochzukrempeln und sein Bestes zu tun für das Wohl seiner Firma, für seine Mitarbeiter, für seine Kunden und nicht zuletzt für sich selbst. Gute Leistung spiegelte sich natürlich auch auf seinem Konto wider. Aber wie konnten die Bosse der größten Unternehmen in Amerika motiviert sein? Sie bekamen hohe zweistellige Millionenbeträge jedes Jahr unabhängig von ihrer Leistung. Und wenn sie total versagten und gefeuert wurden, bescherte ihnen der goldene Fallschirm einen dreistelligen Millionenbetrag und sie hatten für alle Zeiten ausgesorgt. Das Leistungsprinzip wurde hier komplett ad absurdum geführt. Reich werden durch Versagen.

Thomas hatte nichts dagegen, viel Geld zu verdienen, aber die Leistung musste stimmen. In dieser Hinsicht hatte ihn seine europäische Herkunft sicherlich geprägt.

Er verständigte sich mit seinen Tradern darauf, die konservative Strategie der letzten Monate bis auf weiteres beizubehalten. Sie mussten nicht voll investiert sein. Er hatte nichts dagegen, wenn sie zurzeit einen größeren Cash-Anteil hielten.

„Und keine komplizierten Derivate!“

„Mister Bergstraesser ist jetzt da“, hörte er hinter sich Jennifer

„Okay, danke.“ Thomas ging rüber auf die andere Seite ihrer Büroetage. Bergstraesser hatte – wie Thomas – ein *Corner Office*. Beide hatten einen Blick nach Norden auf den Central Park, aber während Thomas’ Büro auf der

Westseite lag, von wo er noch ein Stück vom Hudson River sehen konnte, schaute Bergstraesser auf die Wolkenkratzer in Midtown und auf der Ostseite Manhattans. Die älteren Gebäude mit ihrer zum Teil prunkvollen Architektur, den mehrstufigen riesigen Terrassen und den Dachgärten verbreiteten einen besonderen Charme. Sie wurden natürlich von den neueren Wolkenkratzern überragt und – im wahrsten Sinne des Wortes – in den Schatten gestellt.

Die New-York-Experten wussten auch, welche Prominenten, ob Politiker oder Show-Stars, wo und wann gewohnt hatten. Die Witwe des ehemaligen philippinischen Präsidenten, Imelda Marcos, soll zum Beispiel rauschende Feste in ihrem Penthouse im Crown Building gefeiert haben, auf das sie von ihren Büros aus herabschauen konnten.

„Hallo Lars, du siehst gut aus. Die Tage draußen haben dir offensichtlich gutgetan.“ Bergstraesser machte in der Tat einen erholten Eindruck – im Vergleich zu den letzten Wochen, in denen er ziemlich gestresst aussah.

„Ja, ich musste mal weg, zum Aufladen der Batterien. Was gibt es denn Neues?“ Bergstraesser machte einen recht gelassenen, fast zufriedenen Eindruck. So hatte Thomas ihn lange nicht gesehen.

„Den Handel habe ich etwas auf Sparflamme gesetzt, wir verkaufen derzeit mehr als wir kaufen. Die Kommissionseinnahmen sind zufriedenstellend. CALO versuche ich, hinzuhalten. Jetzt an den Markt zu gehen, birgt ein zu großes Risiko in sich. Wir können keine Garantie dafür übernehmen, dass der Markt alles aufnimmt. Wir hätten zwar den einen oder anderen, der bei einer Platzierung mit ins Boot kommt, aber trotzdem …“

Bergstraesser nickte. Dabei spielte er mit zwei Fernbedienungen gleichzeitig. Er hatte vier Bildschirme: Bloomberg mit den doppelten Bildschirmen sowie zwei für verschiedene Fernsehprogramme, meistens CNBC und CNN. Den CNN-Kanal wechselte er gerade auf Kanal 1, auf dem den ganzen Tag die lokalen Nachrichten aus New York liefen.

„Ist das nicht dein Freund, der Polizist?“

Tatsächlich, auf Kanal 1 sah man Tom an einem Rednerpult mit dem Wappen der NYPD. Um ihn herum verschiedene Personen, Männer und Frauen, einige in ihren Ausgehuniformen. Er beschrieb gerade in knappen Worten, was gestern Abend in Queens passiert war.

Bergstraesser hatte Tom auf einer Veranstaltung kennengelernt, zu der die deutsche Vertretung bei den Vereinten Nationen zusammen mit dem deutschen Generalkonsulat eingeladen hatte. Thomas hatte Tom damals mitgenommen und ihn seinem Partner vorgestellt.

„Ja, wir waren gestern zusammen essen, als er zum Tatort gerufen wurde. Taximord.“

„Weiß man bereits Einzelheiten?“

„Nee, ich glaube nicht.“ Thomas wunderte sich etwas über das Interesse seines Partners. „Ich werde Tom am Nachmittag mal anrufen. Übrigens, Jennifer hat dir sicherlich von den ominösen Anrufen berichtet, die für dich gekommen waren, als du weg warst.“

„Ja, ich weiß Bescheid. Ignorieren. Dann hört sowas irgendwann auf. Ich bin ziemlich sicher, da kommt nichts mehr.“

Bergstraesser erwähnte nicht, dass ihn ein Anruf auch in Water Mill erreicht hatte. Er sagte auch nichts von den beiden Deutschen, die Jennifer im *Carlyle* angesprochen hatten und ihr gewissermaßen aufgetragen hatten, ihm

Grüße auszurichten. Er hatte auch Jennifer zu strikter Verschwiegenheit verdonnert, als sie ihm von der Begegnung berichtet hatte. Das war aber auch nicht mehr so wichtig. Die Dinge würden jetzt ohnehin ihren Lauf nehmen.

„Gehen wir zusammen zum Lunch?"

„Gut, ich hätte gerne auch deine Einschätzung der Lage gehört. Wir können dann auch über die weitere Strategie reden."

„Ein Uhr, *Four Seasons*, okay?"

*

Es war wie immer voll. Das *Four Seasons* gehörte zu den besten Restaurants in New York. Manche sagen, es ist das beste. Nicht zu verwechseln, übrigens, mit dem Restaurant im Hotel *Four Seasons*, das auch recht gut ist. Hier, in der 52. Straße zwischen Lexington und Park Avenue traf man nicht nur die Prominenz von Finanz und Kommerz, sondern auch die Stars der Werbebranche von der Madison Avenue sowie bisweilen etwas Glamour aus dem Showgeschäft. Obwohl er in festen Händen war, erfreute sich Thomas immer wieder an dem Anblick der schönen Frauen, die hier mit ihren zahlungskräftigen Begleitern zum Lunch kamen.

„Wie wäre es mit einem Aperitif?" Sie hatten sich gerade an dem für sie reservierten, etwas abgelegenen Tisch in einer Ecke niedergelassen.

„Nein, danke." Thomas versuchte, Alkohol mittags zu meiden. Das machte ihn müde, und er hatte noch einiges am Nachmittag zu tun. Auch Lars winkte ab.

Bei ihrer Bestellung brauchten sie nicht lange zu überlegen: Beide nahmen eine der Spezialitäten des

Hauses, das Filetsteak vom Bison mit Foie Gras und schwarzen Trüffeln aus dem Perigord. Und vorweg die Kastaniensuppe mit Hummerstücken.

„Ich habe in den letzten Tagen natürlich über die derzeitige Krise nachgedacht“, sagte Bergstraesser. Wir befinden uns in einer Rezession, ohne Frage. Und dies offiziell bereits seit Dezember vorigen Jahres. Die Wirtschaft wächst zurzeit nicht, die Inflationsrate ist deutlich gestiegen, und der Dollar ist im Keller. Wir müssen uns nur fragen, wie lange dies anhält. Wie es weiter geht.“

„Bei uns sind die Mittelzuflüsse praktisch zum Stillstand gekommen. Liquidität ist jetzt allgemein das Problem. Die Fed ist wenigstens auf der richtigen Schiene. Bernanke hat die *Fed rate* immerhin in kurzer Zeit von 2 auf 0,25 Prozent runtergebracht.“

„Dagegen ist Gold kräftig gestiegen. Wir sind jetzt schon bei über 900 Dollar.“

„Die Idee, den Depots unserer Anleger Anfang des Jahres Goldindexpapiere beizumischen, war nicht so schlecht. Und in dieser Krise geht die Reise beim Gold bestimmt noch weiter, denke ich.“ Thomas machte kein weiteres Aufheben davon, dass die Idee mit dem Gold von ihm gekommen war. Lars Bergstraesser hatte vor vielen Jahren eine Menge Geld in die Firma investiert. Thomas’ Beitrag war hingegen seine Erfahrung, sein Ideenreichtum und ein erstaunlich sicheres Gefühl für die Märkte und ihre Veränderungen.

„Ich glaube zwar, dass wir das Schlimmste überstanden haben, bin aber deiner Meinung, dass wir das Geschäft zurzeit sehr behutsam fahren sollten.“ Thomas wunderte sich über die Vernunftshaltung seines Partners. In früheren Jahren war er eher zu mehr Risiko bereit gewesen.

„Gut, dann werden wir zum zweiten Halbjahr auch keine neuen Trader einstellen.“

Bergstraesser nickte. Die Kastaniensuppe war gekommen.

„Was macht Yvonne“, wechselte Thomas das Thema.

„Sie ist okay. Hat viel in der Kanzlei zu tun. Die Anwälte haben immer Konjunktur. Das Geschäft verlagert sich lediglich auf andere Gebiete: Nicht mehr so viele Börsengänge oder Unternehmenskäufe, dafür mehr Insolvenzen, Abwicklungen und Schadenersatzklagen.“ Er legte sich die Serviette auf den Schoß. „Das wird bei Christina bestimmt ähnlich sein.“

Die Suppe war ganz vorzüglich.

„Manchmal macht sich Yvonne unnötig Sorgen. Als ich ihr von den Anrufen erzählte, wäre sie fast ausgeflippt und wollte gleich eine private Sicherheitsfirma einschalten. Ich habe sie davon aber abgebracht. Einige Sicherheitsvorkehrungen habe ich ja in Watermill seit vielen Jahren getroffen. Und in der Park Avenue fühle ich mich ohnehin sicher. 519 hat ein top Security Team.“

Vier gerade angekommene Gäste wurden zu einem runden Tisch in der Mitte des Restaurants geführt. Einige Leute schauten von ihrem Teller auf oder unterbrachen ihre Unterhaltung. Es war der New Yorker Kongressabgeordnete, der in Washington den Stadtteil Harlem vertrat. Mit seiner imposanten unverwechselbaren Erscheinung erregte er jedes Mal Aufmerksamkeit. Er war in Begleitung einer nicht mehr ganz jungen, sehr attraktiven Dame und eines anderen Paares.

„Seine Unterstützung von Hillary wird wohl nicht mehr viel nützen. Obama hat in letzter Zeit eine Menge Aufwind.“ Thomas war ein Fan von Hillary Clinton und traute ihr zu, mit ihrem Intellekt und unermüdlichen Tatendrang eine gute Präsidentin zu werden. Andererseits konnte er sich der brillanten und mitreißenden Rhetorik sowie der charismatischen, visionären Ausstrahlung von Obama nicht ganz entziehen.

„Eine Frau oder ein Afroamerikaner – wer hätte dies je gedacht."

„So oder so, ein Wechsel muss her." Bergstraesser sprach selten über Politik und wenn, dann vertrat er eher konservative Ansichten. Doch jetzt stieß man allenthalben auf Menschen, die die Nase von der gegenwärtigen Regierung gestrichen voll hatten, gleich welch politischer Couleur sie waren. Selbst eingefleischte Republikaner, zumindest unter den gebildeten Profis in den großen Städten an der Ostküste, wollten den Wechsel.

Das Filetsteak vom Bison war wie immer ganz vorzüglich. Ungemein zart und aromatisch. Die Foie Gras und die Trüffel waren dazu eine geniale Ergänzung.

Thomas winkte dem Ober.

„Lars, ich weiß nicht, wie es dir geht, aber dies ganz ohne einen Schluck Rotwein geht eigentlich nicht. Trinkst du mit mir einen Barbera?"

„Warum nicht", sagte Lars Bergstraesser, „ich habe sowieso heute das Gefühl, dass ich etwas feiern muss", brummelte er so leise vor sich hin, dass Thomas ihn kaum verstehen konnte.

„Wie bitte?"

„Ach, vergiss es!"

Der Ober hatte verstanden: „Bin gleich zurück."

Sie widmeten sich wieder genüsslich dem *Bison.*

„Seid ihr am Wochenende draußen?" wollte Thomas wissen. Das lange Memorial Day Wochenende stand vor der Tür.

„Ja, wir bekommen Besuch von Yvonnes Schwester mit Mann und Kindern aus Cleveland."

„Dann seid ihr ja gut beschäftigt." Thomas war froh, dass er die Bergstraessers nicht an einem dieser Tage nach Quogue einladen musste. Tom und Nina wollten kommen und die Bergstraessers passten da nicht so gut dazu. Mit Yvonne konnte man sich noch ganz gut unterhalten, aber mit Lars war es recht schwierig, eine private Konversation zu führen. Außerdem trank er bei solchen Gelegenheiten zu viel und konnte dann bisweilen ziemlich unhöflich werden.

„Ja, und dabei hätte ich ein paar ruhige Tage verdient." Lars Bergstraesser lächelte dabei selbstzufrieden und – wie es Thomas schien – etwas fies.

*

„Hallo Tom, wir haben dich im Fernsehen gesehen." Thomas hatte ihn gleich nach dem Lunch angerufen.

„Du siehst, bei einem ‚normalen' Mordfall muss i c h vor die Presse. Nicht spektakulär genug für den *Commissioner.* Von dieser Sorte haben wir schließlich in New York etwa 500 im Jahr."

„Nicht mehr?"

„Im letzten Jahr waren es noch 600."

„Als ich damals zu Engelhard ging, waren es noch 2000."

„Was meinst du, was wir hier machen", lachte Tom. „Wir arbeiten auch erfolgsorientiert – wie ihr. Nur kriegen wir dafür keinen Bonus."

„Gibt es was Neues in dem Fall?" wollte Thomas wissen. Er hatte sich immer für Kriminalistik interessiert. Manchmal beneidete er Tom um seine Arbeit. Er fand es sehr spannend, wie sich bei der Aufklärung eines Verbrechens die einzelnen Erkenntnisse wie bei einem Puzzlespiel zusammenfügten. Dies bedurfte akribischer Kleinarbeit, logischen Denkens sowie Psychologie. Und auch Fantasie. Das reizte ihn.

„Nee, und ich könnte dir natürlich nicht mehr sagen als der Presse."

„Verstehe. Übrigens, bleibt es beim Wochenende?"

„Ja, wenn bei mir nichts dazwischenkommt. Wir würden so etwa gegen elf am Samstag kommen."

„Gut, bis dann. Wir freuen uns. Grüß Nina."

„Okay, Grüße auch an Christina."

Tom legte auf. Er lehnte sich zurück und überlegte einen Moment lang. Es gab in der Tat etwas Neues: Es war k e i n Raubmord.

20.

Es war ein warmer Frühlingstag. Fast schon heiß. Er hatte sich den Nachmittag freigenommen. Bei den vielen Überstunden, die er regelmäßig vor sich herschob, war dies völlig in Ordnung. Hauptkommissar Reiner Winkler musste auch niemanden fragen. Außerdem war er per Telefon jederzeit erreichbar.

Er hatte sich vorgenommen, zum Museum *Hamburger Bahnhof* zu fahren. Es gab dort eine neue Ausstellung des Fotografenpaares Anna und Bernhard Blume, die er unbedingt sehen wollte. Er hatte darüber gelesen und war neugierig geworden. Bei der Gelegenheit wollte er auch noch einmal die Arbeiten von Anselm Kiefer, Cy Twombly und natürlich Joseph Beuys, die dort einen festen Platz hatten, in Augenschein nehmen.

Er war schon auf dem Parkplatz und wollte gerade in sein Auto steigen, als ein Mitarbeiter aus seiner Abteilung angelaufen kam.

„Herr Winkler, da ist ein Anruf für Sie, vom Abschnitt 53. Es scheint sehr wichtig zu sein."

Winkler kehrte um und dachte: „Man soll sich in diesem Beruf doch nichts vornehmen."

„Hier Winkler, was gibt's?"

„Polizeihauptmeister Harbrecht, vom Abschnitt 53. Wir haben einen Wagen sichergestellt, in dem wir zwei männliche Leichen gefunden haben. Vermutlich erschossen."

„Wo?"

„In der Enckestraße, am Besselpark."

„Wir sind sofort da." Er legte auf.

„Wir haben einen Mordfall. Rita, sorg' dafür, dass die Mannschaft vollzählig vor Ort ist, Arzt, Spurensicherung und so weiter."

Rita, eine junge Kommissarin, war seine rechte Hand. Sie war sehr praktisch, hatte ein erstaunliches Kombinationsvermögen und schrieb knappe, präzise Berichte, bei denen kein Wort zu viel war. Winkler schätzte dies sehr.

„Du, Ralf, kommst mit mir."

Sie stiegen in den silbergrauen BMW und brausten mit Blaulicht davon.

Gut, dass er Annette nicht gebeten hatte, mit in die Ausstellung zu kommen, dachte er.

Von ihrem Büro am Tempelhofer Damm war es nicht weit zum Tatort. Drei Streifenwagen standen um einen älteren grauen Mercedes der E-Klasse herum. Türen und Kofferraum waren offen. Es war kein schöner Anblick: Ein Opfer lag halbwegs zwischen Rück- und Vordersitz mit dem Kopf nach unten, ein Bein noch auf dem Rücksitz. Ein Einschuss am Hinterkopf. Der andere lag mit angewinkelten Beinen auf dem Rücken im Kofferraum. Sein Gesicht war blutverschmiert und ließ auch abgehärtete Polizisten erschaudern: Man hatte ihm offensichtlich die Augen ausgestochen.

„Wie habt ihr dies entdeckt", wandte sich Winkler an den neben ihm stehenden Polizisten.

„Die Kollegen von der Schönhauser Allee haben heute Morgen einen Anruf bekommen, von der Frau eines der beiden Opfer. Eine Vermisstenanzeige. Das Autokennzeichen des Vermissten wurde an alle Abschnitte weitergegeben. Wir haben den Wagen dann hier vor etwa einer Dreiviertelstunde entdeckt. Zunächst dachten wir, der Wagen sei leer. Der Kofferraum war geschlossen und über der Rückbank lag eine Decke."

Dies war ein großer Fall. Ohne Zweifel. Die Boulevardpresse war bereits da. Und das Fernsehen. Die Zeitungen würden morgen voll davon sein.

Berlin hatte in den letzten Jahren viele kriminelle Elemente angezogen. Aus allen Himmelsrichtungen. Insgesamt war die Kriminalität in Berlin in den letzten Jahren zwar leicht zurückgegangen. Eigentumsdelikte, Hass- und Rohheitsdelikte und selbst Bandenkriminalität hatten jedoch einen festen Platz in der Berichterstattung der Medien. Mord kam allerdings relativ selten vor. Im letzten Jahr gab es etwa 40 Fälle von Mord oder versuchtem Mord; die Hälfte davon mit Todesfolge.

Reiner Winkler wusste, dass dieser Fall die Öffentlichkeit alarmieren würde. Daher mussten sie alles daransetzen, so gründlich und so schnell wie möglich zu ermitteln.

„Nehmen Sie hier am Tatort alles sehr sorgfältig auf. Jede Kleinigkeit.“ Jetzt war auch der Polizeiarzt gekommen. „Und sorgen sie dafür, dass der Wagen dann ohne Umwege zur Kriminaltechnik kommt. Wir kümmern uns um alles Weitere.“ Dazu gehörte auch die Benachrichtigung der Angehörigen der Opfer.

Er hatte das unbestimmte Gefühl, dass dies kein einfacher Fall von Gewaltkriminalität war. Da steckte mehr dahinter.

21.

Cynthia schlief bereits als Tom nach Hause kam. Meistens versuchte er, zu einer Zeit zu kommen, zu der er seiner Tochter zumindest noch „Gute Nacht“ sagen konnte.

„Wir haben dich im Fernsehen gesehen. Nicht schlecht. Cynthia war ganz aus dem Häuschen und rief immer: Papi, Papi, Papi. Hast du schon gegessen oder soll ich dir was warm machen?“ fragte Nina nach einem liebevollen Begrüßungskuss. Sie hatte sich daran gewöhnt, dass Tom manchmal recht spät nach Hause kam. Sie hatte damit kein Problem. Seit ihrer Heirat hatte sie keinen festen Job mehr angenommen. Das lag vor allem daran, dass sie ziemlich bald schwanger wurde und nach der Geburt von Cynthia beide der Meinung waren, dass sie ganz für ihre Tochter da sein sollte, zumindest in den ersten Jahren ihres Lebens. Nina hatte es aber geschafft, ihre alten Verbindungen zu der Presse in Deutschland aufrecht zu erhalten. Sie schrieb ziemlich regelmäßig Artikel für das Hamburger Abendblatt sowie gelegentlich für eine Agentur im Westen und ein Blatt in Süddeutschland. Überwiegend waren es Themen aus dem gesellschaftlichen Geschehen in New York, aus Kunst, Film und Unterhaltung und in jüngerer Zeit auch Touristik. Sie hatte einen Presseausweis und erhielt viele interessante Einladungen zu Veranstaltungen, die sie – alleine oder mit Tom – nur sehr selektiv wahrnehmen konnte. Ihr Domizil in Stamford war dafür auch nicht gerade der ideale Standort.

„Nein, ich habe keinen großen Hunger. Ich hatte ein spätes und ausgiebiges Mittagessen. Vielleicht ein halbes Sandwich und ein Bier. Wo ist deine Mutter?“

„Die ist zu einer alten Freundin aus Hamburg gefahren, die seit ein paar Jahren mit einem Amerikaner in zweiter Ehe verheiratet ist und in New Haven wohnt. Er ist Rechtsprofessor in Yale, demnächst *emeritus.* Sie bleibt dort über Nacht. Die haben sich eine Menge zu erzählen. Wir sind also allein im Haus, mein Schatz." Nina strahlte ihren Mann vielsagend an.

Er sagte nichts. Im Moment war er nur etwas erschöpft, körperlich und geistig. Zuviel war passiert in den letzten 24 Stunden. Und er hatte wenig geschlafen. Aber er war glücklich, dass Nina für ihn da war, wenn er nach Hause kam und an Zärtlichkeiten dachte. Er wusste, sie verfügte über Mittel und Wege, ihn zu inspirieren, was immer es war.

Eine erste Untersuchung des Taxis, eines Ford Escape Hybrid, hatte bisher keine verwertbare Spur ergeben. Natürlich gab es zahlreiche Fingerabdrücke, von denen die jüngsten mit den Polizeidateien abgeglichen werden würden. Ansonsten war die Ausbeute bisher dürftig. Ein paar Haare, die ins Labor gingen, eine leere Wasserflasche aus Plastik, ein Bonbonpapier sowie eine zerknautschte Visitenkarte von einem Lokal in Berlin, Deutschland. Diese Dinge konnten natürlich schon länger im Wagen gewesen sein, und bei der großen Anzahl von Touristen, die ein Taxi in Manhattan täglich befördert, dürfte deren Herkunft kaum zu ermitteln sein.

Raubmord schied aus. Etwa 450 Dollar in der Innentasche des Parkas des Opfers waren unberührt. Auch sein Handy hatte noch auf der Ablage im Wagen gelegen. Es gab also noch kein Motiv. Ein Rätsel waren die ausgestochenen Augen. Dies könnte einerseits auf ein Hassdelikt schließen, andererseits aber auch auf die Vortäuschung eines Racherituals, um eine falsche Spur zu legen.

Mord aus Rassenhass war eigentlich nicht sehr wahrscheinlich. Das Opfer war zwar ein Afroamerikaner, aber Attacken auf Schwarze aus rassistischen Gründen waren in New York selten geworden. Die richteten sich eher auf andere Minderheitsgruppen wie Schwule und religiöse Minderheiten. Tom wollte dem aber auf jeden Fall nachgehen. Dazu musste man die Familie des Opfers und sein Umfeld befragen.

Nachdem er sein halbes Pastramisandwich mit einem Miller Lite heruntergespült hatte, fühlte er sich schon sehr viel besser.

„Ich habe heute kurz mit Thomas telefoniert. Ich habe ihm gesagt, dass wir am Samstag am späten Vormittag kommen. Der Wetterbericht ist gut."

„Ich freue mich drauf", hörte er Nina von oben. „Meine Mutter wird das Wochenende wohl wieder bei ihrer Freundin in New Haven verbringen."

Sie stand jetzt in einem bezaubernden Morgenmantel aus cremefarbener Seide oben an der Treppe, die zu den Schlafzimmern führte. Sie sah verführerisch aus.

„Wie wär's mit etwas Entspannung? Komm' mit unter die Dusche."

„Keine schlechte Idee." Tom strahlte jetzt. Er erhob sich und ging zur Treppe.

22.

Vom Atlantik wehte ein leichter frischer Wind herüber. Im Osten von Long Island oder – wie es meistens genannt wird – in den Hamptons war es immer ein paar Grad kälter als in New York City. In den heißen Sommermonaten war dies sehr willkommen, aber jetzt, Ende Mai, hätte es gerne noch ein paar Grad wärmer sein können. Das Memorial Day- Wochenende – obwohl etwa drei Wochen vor dem kalendarischen Sommeranfang – war der inoffizielle Beginn der Sommersaison. Das Wasser im Ozean war noch recht kalt. Es gab aber immer die Hartgesottenen, die sich bereits jetzt in die Wellen stürzten. Und die Surfer in ihren Neoprenanzügen sowieso. Die meisten Sommerhäuser in den Hamptons hatten einen Swimming Pool, der entweder beheizt war oder von der doch schon starken Sonne am Tage auf eine angenehme Temperatur gebracht wurde.

Das Haus von Thomas lag auf einem Landstreifen zwischen der Shinnecock Bay und dem Atlantischen Ozean in Quogue. Snobs behaupteten zwar, die Hamptons begännen erst östlich des Shinnecock Kanals, aber das kümmerte Thomas überhaupt nicht. Es war ein wunderschönes Grundstück direkt an der Bay mit einem Steg, an dem sein Motorboot vertäut war. Er hatte es in der letzten Woche aus dem Winterquartier zu seinem Anleger bringen lassen.

Zum Ozean waren es nur ein paar Schritte über die Straße und durch die Dünen. Kilometerlange weiße Strände, die selbst im Juli und August über weite Strecken vereinsamt waren. Für den Normalsterblichen war es praktisch unmöglich, diese Strände zu nutzen, mit einem einfachen Rezept auf Amerikanisch: Überall war Parken verboten, und es gab auch keine Durchgänge von der Straße zum Meer. Alles Privatgrundstücke. Dies war zwar unsozial, wie vieles in diesem Land, aber für die Hauseigentümer in dieser Gegend sehr angenehm. Weiter weg, in einigem Abstand von den privaten Anwesen, gab es allerdings einen großen Parkplatz mit Kiosk und Duschen.

Thomas hatte das Haus vor etwa 12 Jahren gekauft, als der Markt auf einem Tiefpunkt war. Aber er musste auch damals schon einen siebenstelligen Betrag locker machen. Seine damalige Dauerfreundin Jaqueline hatte ihn zu dem Kauf gedrängt. Wer in Manhattan arbeitet, hat keinen größeren Wunsch, als im Sommer die Wochenenden im Grünen oder an der See zu verbringen.

„Fühlt euch wie zu Hause. Ihr wisst ja, wo alles ist“, sagte Christina, nachdem sie Tom, Nina und Cynthia begrüßt hatte. „Ich mache inzwischen einen leichten Imbiss, nichts Großes. Heute Abend wird es dann etwas üppiger; wir haben einen Tisch im *Dockers* bestellt.“

Tom und Nina gingen nach oben, wo auf der Westseite die Gästezimmer lagen. Ihre Zimmer waren geräumig und geschmackvoll möbliert. Dazu gehörte ein schickes Bad mit Whirlpool. Hier konnten sie sich wohlfühlen. Sie waren froh, dass Tom an diesem Wochenende trotz des Taximordes in Queens frei hatte. Wenigstens bis jetzt. In seiner Position war er jedoch immer in Bereitschaft.

Tom tauschte Jeans und Polohemd gegen Schwimmshorts und T-Shirt.

„Ich schau’ mal nach Thomas. Ihr könnt ja an den Pool gehen. Cynthia, vergiss deinen Schwimmreifen nicht. Ich komm’ nachher dazu.“

Tom schätzte es, sich von Zeit zu Zeit mit Thomas allein zu unterhalten. Sie waren gute Freunde und konnten ganz offen miteinander reden; eigentlich über alles: Politik, Wirtschaft, Kunst, Musik, Sport und auch über Persönliches.

„Es geht doch nichts über eine gute Zeitung!“ Tom fand Thomas in einer schattigen Ecke hinter dem Haus, in Schwimmshorts auf einer Liege mit einem Stapel Zeitungen.

„Hello, Chief Detective.“ Er legte das *Wall Street Journal* beiseite.

„Ja, ich weiß nicht, ob ich jemals ohne auskommen möchte. Über ein Sterben der Printmedien wird ja viel geredet, aber irgendwie findet es nicht statt. Wenigsten noch nicht. Seid ihr gut hergekommen?“

„Kein Problem. Was machen die Märkte?“

„Noch stabil. Die Indizes sind zwar in der letzten Woche etwas zurückgekommen, halten sich aber erstaunlich gut, wenn man bedenkt, dass wir in einer Rezession und einer massiven Finanzkrise stecken. Was macht dein Taximord?“

„Bis jetzt keine heiße Spur auf einen Täter. Wir haben aber ein paar neue Erkenntnisse.“

Tom wusste, dass sein Freund ein großes Interesse an seiner Tätigkeit als Kriminalist hatte und an komplizierten Fällen. Sie hatten auch in der Vergangenheit über schwierige Ermittlungen gesprochen. Dabei verstand es sich von selbst, dass dieser Austausch streng vertraulich blieb. Tom konnte sich darauf verlassen, dass Thomas zu Niemandem über Einzelheiten sprechen würde, nicht einmal zu Christina. Und er schätzte Thomas’ Meinung und seine scharfen logischen Analysen. Als begeisterte Schachspieler waren beide in der Lage, einige Züge im Voraus zu denken. Mehr als einmal hatten ihre Gespräche zu nützlichen Hinweisen für Toms Arbeit geführt.

„Zum Beispiel?“ Thomas richtete sich etwas auf.

„Es war kein Raubmord. Das Opfer hatte rund 450 Dollar in der Tasche. Auch sein Handy und eine Brieftasche mit einer Kredit- und einer Debitkarte haben wir gefunden. Das Handy sehen wir uns natürlich genau an.“

„Was ist mit Fingerabdrücken und DNA-Spuren?“

„Das wird natürlich routinemäßig analysiert. Nur, wenn sich da nichts in unserer Datenbasis finden lässt, bringt uns dies erst einmal auch nicht weiter.“ Tom setzte sich auf einen Gartenstuhl, den er neben die Liege seines Freundes postiert hatte. „Da ist allerdings die Verstümmelung der Augen. Das habe ich dir, glaube ich, noch gar nicht erzählt. Wir haben dies der Presse gegenüber auch zunächst nur als Gesichtsverletzungen erwähnt. Beide Augen sind dem Opfer feinsäuberlich ausgestochen worden, vermutlich mit einem dafür geeigneten Gerät, das wir noch nicht ausgemacht haben.“

„Das ist in der Tat eine bizarre Einzelheit. Was hältst du davon?“

„Hier ließe sich möglicherweise auf ein Motiv schließen: Rache, Hass oder Ähnliches. Es kann aber auch sein, dass jemand hier absichtlich eine falsche Spur legen wollte. Oder dass die Tat auf ein mystisches Ritual hindeuten soll. Wir müssen uns auf jeden Fall ausführlich mit den Lebensumständen des Opfers vertraut machen.“

Nina und Cynthia, beide in Badeanzügen, waren jetzt aus dem Haus gekommen und gingen zum Swimming Pool. Cynthia hatte einen Schwimmreifen übergestülpt und hüpfte vor Freude und Erwartung, im Pool zu plantschen und schwimmen zu üben.

„Papi, Papi, guck’ mal“, rief sie, als sie vorsichtig, Stufe für Stufe ins Wasser stieg.

„Ich komm' auch gleich", Tom winkte ihr aufmunternd zu.

„Es scheint, dass hier Profis am Werk waren", sagte Thomas nach einer Weile.

„Da ist noch ein Detail, das dich interessieren wird, obwohl es auch gar nichts mit dem Mord zu tun haben könnte. Wir haben eine Visitenkarte gefunden mit der Adresse eines Lokals in Deutschland, in Berlin. Sie war von der Schiebetür des Taxis eingeklemmt und ziemlich beschädigt, aber gut zu entziffern. Andere Fahrgäste können diese Karte natürlich verloren haben. Das Taxi fuhr hauptsächlich in Manhattan, und dort ist es jetzt voll von ausländischen Touristen. Ich hab' die Karte extra mitgebracht, um sie dir zu zeigen." Er griff in die Gesäßtasche seiner Schwimmshorts und gab sie Thomas.

Die Karte war hochglänzend schwarz mit roten Buchstaben. An den Seiten, wo die Karte tiefe Knicke hatte, war das Schwarze abgebröckelt. In der Mitte konnte man den Namen des Lokals aber gut lesen. *Rodnik* stand da in Druckbuchstaben. Das R und das N waren in Spiegelschrift, um kyrillische Schriftzeichen zu suggerieren. Darunter in kleiner Schrift *Die andere Bar.* Das Lokal lag in der Lübbener Straße in 10997 Berlin. Telefonnummer und Webseite standen am unteren Rand.

„Guck dir nachher mal die Webseite an und sag mir, was du davon hältst. Ich muss jetzt erst mal zu meinen Damen ins Wasser." Er erhob sich, streifte sein T-Shirt ab, lief die paar Schritte zum Pool und hechtete sich mit einem flachen Kopfsprung ins Wasser.

Thomas drehte die Karte um. Auf der Rückseite waren mit Kugelschreiber drei Buchstaben geschrieben beziehungsweise eher eingedrückt. Wegen des schwarzen

Untergrunds konnte man sie nur bei näherem Hinsehen lesen: HeM. Was immer das bedeutete.

Christina kam aus dem Haus mit einem Tablett mit Gläsern und einer großen Kanne Eistee, in der Zitronenscheiben schwammen.

„Lunch ist gleich fertig!“ Sie stellte das Tablett auf den Tisch, der unter einem riesigen Sonnenschirm am Rande des Pools stand.

Es dauerte nicht lange, bis Conchita, eine Puerto-Ricanerin, die Christina beim Saubermachen und in der Küche half, eine große, bunte Salatschüssel auf den Tisch stellte. Schließlich folgte Christina mit einer dampfenden Platte, die sie mit silberfarbenen hitzebeständigen Handschuhen hielt: „A la mesa! Tortilla! Nach original spanischem Rezept.“

Thomas legte seine Zeitungen zusammen und kam rüber. Seine Freunde saßen schon am Tisch, noch nass und in Badelaken gehüllt.

„Cynthia, du trinkst wohl keinen Eistee. Möchtest du eine Limonade?“

Cynthia nickte und blickte etwas schüchtern zu ihrer Mutter rüber.

„Ich wünsch’ uns ein schönes Memorial-Day-Wochenende“, sagte Thomas etwas förmlich und übernahm es, die Tortilla zu zerteilen.

„Morgen wird gegrillt.“

Jetzt, um die Mittagszeit war es wärmer geworden. Etwa 23 Grad. In den nächsten zwei Tagen sollte das Thermometer laut Vorhersage auf 27 Grad klettern. Dabei war es vor ein paar Tagen noch recht unbeständig und kühl gewesen. Aber wie immer an der Ostküste, kam der Sommer von einem Tag auf den anderen – und meistens zum Memorial-Day-Wochenende oder – zum Verdruss der Kurzurlauber – kurz danach.

Im Juli und August konnte man es in der Mittagszeit auf der Bay-Seite des Hauses wegen der Hitze kaum aushalten. Jetzt war es ideal. Der leichte Wind vom Meer war angenehm. Alle schienen es zu genießen.

Eine gemeinsame Mahlzeit mit Freunden in schöner Umgebung hat doch einen erstaunlichen Wohlfühleffekt, dachte Thomas und schob sich eine mit Ei überkrustete Kartoffelscheibe in den Mund.

23.

Überall Tische und Stühle vor den Cafés und Restaurants. Berlin hatte heute geschwitzt. Fast hochsommerliche Temperaturen. Für Ende Mai nicht ganz ungewöhnlich, hier, in der Mitte Europas. Jetzt hatte es sich etwas abgekühlt.

Reiner Winkler und Rita Kowalke saßen draußen vor einem Türken in der Bergmannstraße. Er trank Kaffee; sie hatte sich einen Tee bestellt.

Die *Berliner Morgenpost* und *Bild* hatten in großer Aufmachung auf der ersten Seite über den Doppelmord am Besselpark berichtet. Die Journalisten ergingen sich dabei in wilden Spekulationen über Bandenkriminalität und Racheakte. Dabei kam es auch zu Anspielungen auf Personen, die sich in den letzten Jahren aus den östlichen Nachbarländern in Berlin niedergelassen hatten.

Da die Polizei bisher nicht die geringste Spur hatte und es offensichtlich auch keine Zeugen gab, hatte Winkler dafür gesorgt, dass die Bitte der Polizei um Hinweise aus der Bevölkerung abgedruckt wurde. Zu diesem Zweck erschienen Fotos der beiden Opfer. In Ermangelung besserer Bilder hatte man die aus dem Personalausweis, den beide bei sich hatten, genommen.

„So wenig Anhaltspunkte wie in diesem Fall habe ich noch nicht erlebt. Glaubst du, dass da was aus der Bevölkerung kommt?“ fragte Rita und nippte an ihrem Tee, der für einen größeren Schluck noch zu heiß war.

„Das möchte ich doch schwer hoffen. Denn bisher tappen wir ziemlich im Dunkeln. Lediglich die Tatzeit kennen wir. Um Mitternacht, plus-minus eine halbe Stunde. Morgen bekommen wir den vollständigen Obduktionsbericht. Dann wissen wir mehr. Auch über die Waffe."

Die Straße bot ein buntes Bild: Viele junge Menschen unterschiedlichster Herkunft in zum Teil farbenfroher Kleidung zogen vorbei. Dazwischen ältere Menschen, die in dieser Gegend vermutlich ihr Leben lang gewohnt hatten und die Veränderungen in den letzten Jahren mit gemischten Gefühlen sahen. Hier und da ein Penner. Insgesamt hatte man in dieser Gegend den Eindruck von einer neuen, alles in allem recht glücklichen Nachbarschaft.

Reiner und Rita hatten den ganzen Tag im Büro gesessen, diverse Telefonate geführt, Berichte gelesen und immer wieder die Polizisten befragt, die zuerst am Tatort waren. Die Befragung von Anwohnern hatte nichts erbracht. Keiner hatte irgendetwas gehört oder gesehen.

Sie hatten beschlossen, für heute Schluss zu machen. Sie wollten aber noch einmal die Ereignisse des Tages mit ein wenig Abstand Revue passieren lassen. In frischer Luft an diesem herrlichen Frühlingsabend.

Der bizarre Ton einer Rumba ertönte. Ritas Handy.

„Kowalke", meldete sie sich. Nach ein paar Sekunden zog sie ihre Augenbrauen hoch. „Wann war das? Habt ihr Namen und Adresse? Kein Name? Okay, gib mir die Adresse." Sie fummelte einen Notizblock aus ihrer Tasche. Reiner reichte ihr einen Kugelschreiber rüber.

„Ja, der ist auch hier. Wir fahren da gleich hin. Vielen Dank."

„Na, was gibt's?" Reiner schaute sie fragend an.

„Es kommt Bewegung in die Sache. Auf die Zeitungsberichte hatte sich ein anonymer Anrufer bei dem LKA1 gemeldet. Eine Frau, die ihren Namen nicht nennen wollte. Angeblich hat sie die Opfer am Abend, bevor sie ermordet gefunden wurden, gesehen. Und zwar in einer Bar in der Lübbener Straße. *Rodnik* heißt das Lokal, ein Bordell, wie mir der Kollege sagte."

„Okay, wir fahren da hin. Ich zahle, und wir gehen zurück zum Hof. Wir nehmen den neutralen Wagen. Es ist nicht sehr weit."

*

Es war eine unauffällige Straße mit Wohnhäusern aus dem Beginn des vorigen Jahrhunderts. Das Lokal war ebenso unauffällig. Lediglich das Namensschild leuchtete rot. Als sie durch einen Windfang und einen schweren plüschigen Vorhang eintraten, standen sie sofort vor einer Bar. Gedämpftes Licht, gemütlich eingerichtet. Es war unschwer zu erkennen, dass sie sich in einem russischen Lokal befanden. An den Wänden Bilder von Sankt Petersburg und Moskau, russische Kino- und Theaterplakate mit kyrillischer Schrift. An der Bar saßen ein paar Männer. Bei einigen standen daneben junge Frauen auf hohen Absätzen, stark geschminkt, in engen Miniröcken oder Hotpants. Die Tische im Barraum mit den bequemen Clubsesseln waren kaum belegt. Das Hauptgeschäft spielte sich offensichtlich in den hinteren Räumen ab, die durch eine Schiebetür von der Bar getrennt waren. Und im ersten Stock, in den eine recht breite Wendeltreppe führte.

„Was können wir denn für unser Pärchen tun?" Eine attraktive Blonde in einem schwarzen Lederanzug und Stilettoabsätzen war auf sie zugekommen. Sie musterte die beiden mit hochgezogenen Augenbrauen. Offensichtlich kamen nicht so viele Paare hierher.

„Wir sind von der Polizei. Mein Name ist Winkler und dies ist meine Kollegin Kowalke.“ Sie zeigten unaufgefordert ihre Ausweise.

„Was verschafft uns die Ehre, Herr Hauptkommissar?“ Die Blondine hatte sich die Ausweise genau angesehen.

„Wir haben ein paar Fragen; wer ist hier der Chef?“

„Für die Bar bin ich es. Ich vermute aber, ihre Fragen betreffen einen weiteren Rahmen.“

„Sie vermuten richtig.“

„Dann sollten sie sich mit der Geschäftsführerin unseres Hauses, Frau Karanowa, unterhalten. Bitte folgen sie mir.“

Sie ging gekonnt auf ihren hohen Absätzen voraus in Richtung Wendeltreppe. Dabei warf sie noch kurz einen Blick zu dem Mädchen hinter der Bar und streckte ihren linken Zeigefinger zur Decke. „Sag’ oben Bescheid“, sollte das wohl heißen. Reiner und Rita hinterher. Rita schaute Reiner, der seinen Blick fest auf die pralle Lederhose gerichtet hatte, schmunzelnd von der Seite an. Die Blonde sprach übrigens exzellent deutsch. Ein leichter osteuropäischer Akzent war aber nicht zu verkennen.

„Olga, die Herrschaften sind von der Kriminalpolizei und möchten dich sprechen“, sagte die Blonde, nachdem sie, oben angekommen, die Tür zu einem kleinen Raum geöffnet hatte.

„Nehmen sie Platz“, Olga Karanowa wies auf zwei Sessel in der Mitte des Raumes. Wäre da nicht ein kleiner Schreibtisch mit einem Laptop darauf gewesen, hätte man den Raum nicht für ein Büro, sondern für ein etwas spießiges Wohnzimmer halten können. Viele Fotos standen auf einem Buffet und allerlei Souvenirs und Krimskrams. Olga Karanowa war schätzungsweise Anfang fünfzig und etwas vollschlank. Sie trug ein beiges Kostüm, das hübsch zu ihren rot-braun gefärbten Haaren kontrastierte. Sie sah eher aus wie eine Abteilungsleiterin im KADEWE und nicht wie die Chefin eines Bordells. Sie benutzte das ziemlich aus der Mode gekommene Parfum *Poison.*

„Danke, Irina. Wir sehen uns später." Die Blonde, die von ihrer Chefin Irina genannt wurde, verabschiedete sich mit einem Nicken in Richtung Winkler und Kowalke und stöckelte zur Tür.

„Wir möchten möglicherweise später noch mit ihnen sprechen", gab Rita ihr noch auf den Weg.

„Sie haben sicherlich von dem Doppelmord am Besselpark gehört", eröffnete Winkler das Gespräch. Olga Karanowas Gesicht verriet weder Ja noch Nein. „Wir haben die Information erhalten, dass die beiden Opfer am Abend zuvor hier in ihrem Lokal gewesen sind. Können sie dies bestätigen? „

„Wie sie sich denken können, verkehren hier viele Männer", sie musste etwas lächeln über ihre unbeabsichtigte zweideutige Wortwahl. Obwohl sie einen starken russischen Akzent hatte, der durch ihre rauchige Stimme noch fremdländischer wirkte, beherrschte sie die deutsche Sprache sehr gut.

„Wir merken uns die Gesichter normalerweise nicht. Und die Bilder hier auf dem Monitor sind nicht besonders scharf." Olga Karanowa ging rüber zu dem kleinen Schreibtisch und drehte den Laptop um. Auf dem Bildschirm sah man ein *Live* – Bild der Bar. Warum hatten Überwachungskameras eigentlich immer so eine schlechte Bildqualität, dachte Rita.

„Kann ich die Bilder noch einmal sehen?"

Rita holte einen braunen Umschlag aus ihrer Tasche und entnahm ihm die Kopien der vergrößerten Passbilder.

„Solche Typen kommen hier viele. Durchschnittstypen“, sagte die *Madame.* „Ich kann mich nicht erinnern, diese Männer hier schon einmal gesehen zu haben.“ An ihrem Gesicht konnte man nicht ablesen, ob sie die Wahrheit sagte.

„Wir vermuten, dass der Hinweis auf ihr Lokal von einer Mitarbeiterin von Ihnen kam“, ließ Winkler nicht locker. „Haben sie eine Ahnung, wer dies gewesen sein könnte?“

„Nein. Kam der Hinweis per Telefon?“

„Ja.“

„Der Anruf hätte auch von einem unserer Gäste kommen können“, wandte Olga ein.

„Eher unwahrscheinlich, der Anrufer war eine SIE.“

„Oder von jemandem, der gar nicht hier war und uns nur Scherereien machen möchte“, insistierte die Russin. Die Polizisten antworteten nicht. Der Anruf war von einem öffentlichen Fernsprecher gekommen.

„Okay, Frau Karanowa, wir würden gerne mit ihren Mitarbeiterinnen sprechen, die vorgestern von 20.30 Uhr bis 23.30 Uhr Dienst hatten. Zunächst reicht uns eine Namensliste.“

„Kein Problem“. Sie ging zu ihrem Laptop, klickte ein paar Mal, woraufhin ein Drucker, der sich unsichtbar unter der Schreibtischplatte in einem Fach befand, leise tickerte. Sie reichte Winkler eine Liste mit 14 Namen.

„Es sind nur die Vornamen. Aber damit kommen sie schon weiter. Tun sie mir bitte nur einen Gefallen: Führen sie die Gespräche diskret. Die Konkurrenz ist groß, und ich möchte keine Kunden verschrecken. Sie können dieses Zimmer benutzen oder gehen in das Café zwei Häuser weiter auf der anderen Straßenseite.“

Rita und Reiner warfen einen Blick auf die Namensliste und sahen sich an. Eines musste man dem Laden lassen: Er war gut organisiert.

„Meine Kollegin hier, Kommissarin Kowalke wird die Gespräche führen, zusammen mit einem anderen Kriminalbeamten. Die Bilder können sie behalten. Auf der Rückseite finden sie unsere Telefonnummer. Vielleicht fällt ihnen oder ihren Mitarbeiterinnen ja noch etwas ein. Wir gehen noch mal runter in die Bar. Ich denke, wir sehen uns noch. Zunächst einmal vielen Dank."

„Ich bring' sie nach unten." Olga Karanowa ging zur Tür.

Die Bar war jetzt ziemlich voll. Alle Clubsessel waren besetzt. Die Gäste schienen sich mit den mehr oder weniger attraktiven und leicht bekleideten jungen Damen gut zu amüsieren. Rita fiel auf, dass am hinteren Ende der Bar eine dunkelhäutige Frau interessiert zu ihnen herüberschaute. Sie saß ganz alleine an der Bar und gehörte offensichtlich zum Inventar. Sie unterschied sich von den meisten anderen dadurch, dass sie schätzungsweise 10 bis 15 Jahre älter als die anderen Mitarbeiterinnen des Etablissements war. An der rechten Hand trug sie einen Ring, dessen breite ovale Fassung mit einem blauen Stein fast drei Finger überdeckte.

Irina kam auf sie zu. Rita beobachtete, wie sie Olga einen fragenden Blick zuwarf. Diese zeigte keine Reaktion. Rita schien es aber, als würde sie den Kopf fast unmerklich kurz nach links und dann nach rechts bewegen.

„Es tut mir leid, dass ich Ihnen nicht weiterhelfen konnte. Und bitte: Diskretion!" Sie drehte sich um und verschwand hinter der Schiebetür an der anderen Seite der Bar.

„Ich denke, ich kann auch nichts weiter für sie tun", wollte sich die Blondine mit den engen Lederhosen ebenfalls zurückziehen.

„Vielleicht später", antwortete Winkler knapp.

Sie traten auf die Straße. Ein leichter Regen hatte eingesetzt, und sie gingen schnell zu ihrem Wagen.

„Ich bin ziemlich sicher, dass die uns nicht die Wahrheit gesagt haben. Aber warum sollten sie mauern? Wovor haben sie Angst", sagte Rita und steckte den Autoschlüssel ins Zündschloss.

„Meistens erhalten wir in ähnlichen Fällen aus dem etablierten Rotlichtmilieu gute Hinweise, Bei Gewaltverbrechen sind die immer recht kooperativ. Es gibt hier möglicherweise eine Komponente, auf die wir noch nicht gekommen sind."

Rita nickte und startete. Sie wendete und fuhr langsam in Richtung Görlitzer Straße, vorbei an der Bar *Madame Claude,* ein ehemaliges Bordell, das jetzt ein Treffpunkt junger Leute geworden war, die an experimenteller Live Musik interessiert waren.

„Hast du die Schwarzhaarige am Ende der Bar bemerkt?"

„Ja, die, so schien es, hätte uns wohl gerne etwas erzählt. Traute sich aber nicht. Bei unseren Interviews sollten wir ein besonderes Augenmerk auf sie richten." Winkler holte sein Handy aus der Jackettasche:

„Annette? Ich bin's. Tut mir leid. Es ist wieder später geworden. Wir hatten noch einen Lokaltermin. Wir fahren jetzt zurück. Ich bin etwa in einer halben Stunde zu Hause." Annette war nicht sehr überrascht. Sie wusste, mit wem sie verheiratet war.

Der Regen war jetzt stärker geworden.

„Setz mich bei meinem Auto ab. Es steht auf dem Hof, auf der anderen Seite“, sagte Winkler, als sie in den Tempelhofer Damm einbogen.

24.

Rita saß schon an ihrem Computer, als Reiner Winkler am nächsten Morgen ins Präsidium kam. Sie erhob sich sofort und folgte ihm in sein Büro. Sie wartete nicht, bis er sich in seinen Computer eingeloggt hatte.

„Wir hatten eine Nachricht auf unserem Anrufbeantworter, kurz nach zwei Uhr morgens. Eine Frau wollte den ‚Kommissar' sprechen. Sie sagte, sie würde heute gegen 10.30 Uhr wieder anrufen." Winkler schaute auf seine Uhr.

„Gut, ich denke, es ist unsere Freundin aus dem *Rodnik,* die uns so fixiert hatte. Gibt es sonst etwas?"

„Der Laborbericht ist da und etwas von den Kollegen aus der Kriminaltechnik. Hier auf deinem Schreibtisch."

Todesursache und -zeit wurden bestätigt. Die Schüsse waren aus nächster Nähe abgegeben worden. Pulverspuren an den Rücklehnen der Vordersitze ließen darauf schließen, dass die Schüsse in dem Auto abgegeben worden waren. Die Opfer mussten demnach vorne gesessen haben, und der oder die Täter hinten. Die Forensik hatte diverse Fingerabdrücke sichergestellt, sowohl von den Opfern als auch von anderen. Die waren aber noch nicht vollständig mit der nationalen und internationalen Datenbank abgeglichen worden.

„Über die Verstümmelung der Augen gibt es noch keine neuen Erkenntnisse? Für das Täterprofil würde ich gerne etwas mehr darüber wissen", sagte Winkler und schaute Rita fragend an. Sie nickte und wollte gerade sein Büro verlassen

„Warte, Rita, ich bleibe hier, bis der Anruf von unserer Freundin kommt. Du solltest dich mal um die Frau von dem einen Opfer kümmern. Ich möchte wissen, was die beiden so gemacht haben, beruflich und privat. Mit wem sie zusammen waren und so weiter."

„Okay." Rita verließ Winklers Büro und ging zu ihrem Platz. Sie nahm die Adresse von Ulf und Helga Servatzki aus einem Aktendeckel. Schönhauser Allee. Zwei Kollegen hatten die Frau bereits kurz vernommen, als sie ihr die Nachricht vom Tod ihres Mannes überbracht hatten. Sie hatten es aber bei wenigen Routinefragen belassen, da die Frau unter Schock stand. Man konnte ihr aber nicht ersparen, die Leiche im rechtsmedizinischen Institut zu identifizieren.

Servatzkis wohnten im dritten Stock. Das Haus war offensichtlich nach der Wende renoviert worden. Es hatte einen beigen Anstrich, und die Fenster waren neu. Das Treppenhaus war ebenfalls frisch gestrichen und das Geländer war an einigen Stellen ausgebessert. Neben der Klingel ein graues Namensschild aus Plastik auf einer Holzplatte. Rita klingelte. Ein schriller Ton erschallte, der Rita an die Pausenklingel früher in ihrer Schule erinnerte.

Frau Servatzki öffnete. Sie sah ziemlich mitgenommen aus. Rita stellte sich vor und wies sich aus.

„Frau Servatzki, es tut uns unendlich leid, was passiert ist. Ich kann mir vorstellen, wie Ihnen zumute ist. Aber Sie werden verstehen, dass wir einige Fragen haben, um die Täter, die dieses Verbrechen begangen haben, fassen zu können."

„Kommen sie rein." Sie führte Rita ins Wohnzimmer und bot ihr einen Platz auf dem Sofa an. Das Zimmer war nett eingerichtet, alles ziemlich neu und ein großer Fernseher mit Flachbildschirm an der dem Sofa gegenüberliegenden Wand. Ohne Aufforderung redete sie los:

„Ich habe ihren Kollegen bereits alles gesagt, was ich weiß. Mein Mann hatte mich am letzten Dienstag im Büro angerufen und mir gesagt, dass er sich nach seiner Arbeit wieder mit seinem Kumpel Werner Rehbein treffen und zum Abendessen nicht nach Hause kommen würde. Er traf Rehbein in den letzten Wochen häufiger. Sie kennen sich von früher."

„Was heißt *früher?"*

„Beide haben bis zur Wende in der Normannenstraße gearbeitet. Beim MfS."

„Gab es noch Kontakte zu anderen MfS-Mitarbeitern?"

„Soweit ich weiß, nein. Mein Mann wollte diesen Lebensabschnitt möglichst schnell und gründlich hinter sich lassen und schaute eigentlich immer zuversichtlich nach vorn. Obwohl ihm dies nicht immer leicht gemacht wurde."

„War er mit Rehbein befreundet?"

„Das kann man so sagen. Die beiden waren sogar zusammen in Amerika."

„In Amerika?"

„Ja, in New York. Sie wollten einfach das ‚Zentrum der Welt', wie sie es nannten, erkunden. Und Rehbein hatte angefangen, sich für Kunst zu interessieren und wollte auch meinen Mann dafür gewinnen. Sie wollten Geld mit Kunst machen. Und New York war da nach ihrer Meinung ein guter Ansatzpunkt."

„Aber keiner von beiden hatte irgendwelche Voraussetzungen hierfür. Und kein Kapital, oder?"

„Nein, aber sie besuchten Galerien und sprachen mit Experten. Rehbein hatte keinen festen Job und widmete sich offensichtlich ganz seinem neuen Hobby."

Frau Servatzki sprach mit leiser Stimme, machte längere Pausen und schluckte häufig. Aber sie kontrollierte ihre Emotionen sehr gut. Und ihre Informationen waren präzise und nützlich. Rita war beeindruckt.

„Wissen sie, welche Galerien die beiden aufgesucht hatten?“

„Warten Sie, vielleicht hilft Ihnen dies weiter.“ Sie ging rüber zum Bücherbord, nahm eine Visitenkarte aus einer Glasschale und gab sie Rita. *Galerie Fulvio Turri* las sie. Darunter *Contemporary Art.* In der Auguststraße.

„Kann ich die Karte behalten?“

„Ja. Vielleicht haben die auch noch weitere Galerien aufgesucht. Das weiß ich nicht.“

„Hat Ihr Mann in letzter Zeit noch andere Leute getroffen?“

„Ich weiß nur von Rehbein und von seinen Kollegen von der Firma. Nach Feierabend kam er häufig nicht sofort nach Hause und hat auch nicht viel erzählt.“

„Frau Servatzky, entschuldigen Sie die Frage, aber wie war Ihr Verhältnis zu Ihrem Mann, ich meine, wie war Ihre Ehe?“

Überrascht schwieg sie für einen Moment.

„Wir liebten uns und hielten zusammen. Aber jeder war ziemlich unabhängig. Unser Intimleben – und das meinen Sie wohl – war nach 20-jähriger Ehe natürlich erlahmt, aber keineswegs tot.“

„Können Sie sich vorstellen, dass Ihr Mann in ein Bordell geht?“

Helga Servatzky zog die Augenbrauen hoch und schien etwas irritiert und ein wenig verärgert, fasste sich aber schnell.

„Ich glaube, hundertprozentig kann man für keinen Mann die Hand ins Feuer legen, wenn es um Sex geht. Ich denke aber eher nicht. Nein. Und mein Mann ging immer sehr vorsichtig mit Geld um. Ich bin ziemlich sicher, dass er dafür kein Geld ausgeben würde. Wieso fragen sie?“

„Es gibt einen Hinweis, dass Ihr Mann und Werner Rehbein an dem Abend in einem Berliner Bordell gesehen worden sind. Allerdings unbestätigt."

„Ich kann mir das wirklich nicht vorstellen. Vielleicht waren die beiden dort auch nur auf ein Bier. Wo genau war das?"

„Das kann ich Ihnen zum gegenwärtigen Stand der Ermittlungen nicht sagen. Wir gehen diesem Hinweis aber weiter nach."

„Ich bitte Sie, mich über ihre Ermittlungen auf dem Laufenden zu halten."

„Das verspreche ich Ihnen. Übrigens, haben Sie Kinder?"

„Einen 19-jährigen Sohn. Er ist vor kurzem ausgezogen. Wohnt mit einem Freund zusammen. In Wedding."

„Ich danke Ihnen, Frau Servatzki. Wir werden sicherlich noch das eine oder andere Mal auf Sie zukommen müssen. Wie können wir Sie am besten erreichen?"

„Ich bin zu Hause. Meine Firma ist sehr verständnisvoll. Mein Chef hat mir bis auf Weiteres freigegeben. Ich gebe Ihnen meine Handynummer. Die Festnetznummer haben Sie sicherlich."

Rita hatte sich angewöhnt, bei solchen Gesprächen in privater Umgebung möglichst keine Notizen zu machen, mit Ausnahme von Telefonnummern und komplizierten Adressen. Die Gesprächspartner gaben dann etwas unbeschwerter Informationen von sich und hatten nicht so sehr den Eindruck eines offiziellen Verhörs. Zurück im Präsidium tippte Rita dann ihren Bericht immer umgehend in ihren Computer.

Diesmal kam sie nicht gleich dazu. Winkler winkte sie sofort zu sich, noch bevor sie an ihren Platz gehen konnte.

„Es wird spannend!“ empfing er sie. Winkler zeigte auf den Stuhl vor seinem Schreibtisch.

„Ich habe mit Charmaine, so nennt sich unsere Freundin aus dem *Rodnik*, gesprochen. Die beiden Männer waren am Dienstagabend gegen halb neun mit zwei anderen Männern in die Bar gekommen. Die anderen Männer sprachen mit der Barfrau und zwei der Mädchen dort russisch. Sie saßen die ganze Zeit an der Bar, während unsere beiden Opfer nacheinander in Begleitung von jungen Damen hinter der Schiebetür verschwanden. Einer der beiden Männer, die russisch sprachen, ging zweimal mit seinem Handy nach draußen.“

„Um das alles beobachten zu können, muss sie ja nicht gerade sehr *beschäftigt* gewesen sein.“

„Charmaine ist offenbar in einer fortgeschrittenen Phase ihrer Karriere und nicht mehr so gefragt“, erklärte Winkler. „Die beiden Deutschen seien dann nach einer ganzen Weile wieder in die Bar gekommen, haben Bier getrunken und sind dann später mit den beiden Russen gegangen. Die Frau will gesehen haben, wie einer der beiden mit Irina, der blonden Barchefin, leise und eindringlich gesprochen hat und ihr ein Bündel Geldscheine gegeben hat.“

„Gut. Wir haben also zwei Verdächtigte. Wie sahen sie aus?“

„Einer war groß. Etwa 1,90 und lange, blonde Haare, Jeans, Rolli und dunkles Jackett, der andere mittlere Größe, Millimeterhaare, fast Glatze, Cargohose und Sweatshirt. Eine Großfahndung ist inzwischen veranlasst. Ich habe Charmaine ins Präsidium bestellt, damit wir von unseren Experten Phantombilder anfertigen lassen können. Sie will nur morgens kommen. Keiner im *Rodnik* soll davon Wind bekommen. Sie schien Angst zu haben.“

Rita überlegte einen Moment.

„Gib mir die Liste mit den Mädchen. Wir werden einige gezielt befragen. Wir müssen herausfinden, ob die Story von Charmaine stichhaltig ist. Vielleicht weiß die eine oder andere auch etwas mehr über die beiden Russen. Ich fahr' da gleich mal hin; muss nur noch schnell einen Bericht machen. Du bekommst ihn dann sofort. Über das Gespräch mit der Servatzki. War ganz aufschlussreich. Wir reden später darüber. Zum *Rodnik* nehme ich Günther mit, okay?"

Reiner Winkler nickte. Sein Telefon klingelte.

„Was? Wann war das? Wo seid ihr jetzt?" Er kritzelte etwas auf einen Schreibblock und riss das Blatt ab. „Wir sind in wenigen Minuten da."

Er winkte Rita, die schon in der Tür stand, zurück.

„Sie haben eine Frau gefunden. Erschossen."

25.

Es war gar nicht so leicht, sich nach einem langen Wochenende wieder voll auf die Arbeit zu konzentrieren. Christina und Thomas hatten fast vier volle Tage in den Hamptons verbracht. Sie hatten sich entspannt und die Tage mit ihren Freunden sehr genossen.

Mit dieser Kurzerholung hatte man inzwischen Übung. In den Staaten machte man ein paar Mal im Jahr die berühmten vier Tage Urlaub, meistens in Verbindung mit irgendwelchen Feiertagen. Entweder ans Meer nach Florida oder in die Karibik. Oder in die Berge zum Skilaufen. Die Reiseveranstalter hatten sich ganz auf diese Kurzurlaube spezialisiert. Sogar Drei-Tage-Kreuzfahrten wurden angeboten.

Thomas war immer wieder verblüfft, wenn er von Geschäftspartnern in Europa hörte, dass sie mehrere Wochen Urlaub machten. Er ärgerte sich auch manchmal, wenn er am Freitag noch jemanden in Deutschland erreichen wollte. Ohne Erfolg. Selbst die Chefetagen waren dann nach dem Mittag verweist. Dann ging es entweder nach Sylt oder an den Chiemsee. Allerdings musste Thomas zugeben, dass trotz allem viele Dinge jenseits des Atlantiks besser funktionierten als hier in Amerika.

Das wirtschaftliche Umfeld hatte sich weiter eingetrübt, und Thomas musste überlegen, wie er die Engelhard Capital Group am besten auf diese Situation einstellen konnte.

Das Memorial-Day-Wochenende war schnell vergessen. Die Realität erforderte seine ganze Aufmerksamkeit.

„Jennifer, geben Sie mir mal Karl Rostow." Rostow war ein Volkswirt, der in Harvard promoviert hatte. Thomas schätzte ihn sehr, als Analytiker und als Mensch. Mit Walt Rostow, dem seinerzeitigen ökonomischen und politischen Berater von Lyndon B. Johnson, war er über einige Ecken verwandt. Er hatte vor einigen Jahren Goldman Sachs verlassen und fungierte seitdem als unabhängiger Berater. Als Wirtschaftsstratege beriet er Regierungen in Ost und West, vor allem aber im arabischen Raum. Institutionen und Firmen zahlten sechsstellige Honorare für seine Vorträge und Seminare.

„Da läuft ein Anrufbeantworter. Ich habe um Rückruf gebeten", meldete sich Jennifer nach zwei Minuten. Er würde zurückrufen. Er mochte Thomas. Früher hatten sie sich häufiger getroffen. Für Rostow war es wichtig, als Analytiker den Kontakt zum praktischen Finanzgeschäft zu halten, und Thomas profitierte von seinen Einschätzungen der zukünftigen globalen Entwicklungen.

Der Dow Jones hatte in der letzten Woche um 500 Punkte nachgegeben. Das waren fast 4 Prozent. Der Ölpreis lag jetzt bereits bei über 130 Dollar pro Fass, und die Autofahrer mussten 4 Dollar pro Gallone Benzin berappen. Die private Nachfrage, die in den USA über 70 Prozent zum Wirtschaftswachstum beiträgt, stieg kaum noch, und die Autoindustrie meldete schwache Ergebnisse.

Engelhard Capital hatte auch einige Einbußen hinnehmen müssen, wenngleich diese überschaubar waren. Aber das Neugeschäft stagnierte. Managementgebühren und Kommissionen brachten zwar immer noch Geld in die Kasse, aber ihr beträchtlicher fester Kostenblock hatte die Profitmarge stark schrumpfen lassen.

In den letzten Jahren hatten sie die Zahl der Mitarbeiter mit wachsendem Geschäft ständig erhöht. Jetzt musste sich Thomas unbedingt mit seinem Personalchef über einen Personalabbau unterhalten. Das war eigentlich kein großes Problem. Sie hatten einige Serviceabteilungen, wo Einsparungen möglich waren. Aber Thomas, obwohl lupenreiner Kapitalist, fühlte für seine Mitarbeiter immer eine gewisse soziale Verantwortung. Das lag vielleicht an seiner europäischen Herkunft. Er war auch davon überzeugt, dass ein Unternehmen auf lange Sicht nur mit einer ausgeprägten Sozialkompetenz erfolgreich sein kann.

Das Telefon klingelte.

„Rostow?“

„Nein, Tom Hockney“, meldete sich Jennifer

„Hallo Tom, was gibt’s?“

„Nina und ich wollten uns nochmals bedanken für das tolle Wochenende draußen.“

„Nicht nötig, wir haben es auch sehr genossen mit euch. Bist du schon weitergekommen?“

„Einige meiner Leute haben am Wochenende gearbeitet. Wir wissen jetzt etwas über die Mordwaffe. Wir haben Interpol eingeschaltet. Die haben die größte internationale Datenbank für Schusswaffen. Aber darüber später. Und nicht am Telefon. Hast du noch einmal über *Rodnik* nachgedacht?“

„*Rodnik?* Ach, du meinst das russische Bordell in Berlin. Von der Sorte gibt es in Berlin viele. Die Karte wurde vermutlich von einem deutschen Touristen im Taxi verloren.“

„Wahrscheinlich. Aber wir müssen jede Spur verfolgen. Interpol kann uns einen Kontakt zur Polizei in Berlin verschaffen. Die können vielleicht bei dem Laden mal auf den Busch klopfen.“

„Wenn sich da eine Spur ergibt, kannst du ja mit mir kommen. Ich bin in der nächsten Woche in Deutschland und muss auch zwei Tage in Berlin sein. Wir haben dort zwei institutionelle Kunden, eine große Versicherung und eine Familienstiftung. Was hältst du davon?“

„Keine schlechte Idee“, lachte Tom, „aber vielleicht läuft diese Spur ja ins Leere. Lasst uns erst einmal abwarten.“

„Ganz im Ernst, Tom. Berlin ist allemal eine Reise wert.“

„Das bezweifele ich nicht. Und bis jetzt war ich in Deutschland nur in Hamburg und Frankfurt. Ich behalt’ es im Auge und komm’ drauf zurück.“

„Okay, Tom, ich bekomme gerade einen Anruf, auf den ich schon gewartet habe. Mach’s gut. Wir sprechen wieder. Ciao, ciao!“

Jennifer hatte Karl Rostow auf *hold* gestellt und bei Thomas „angeklopft“.

„Hallo Karl. Ich schätze, du bist gut beschäftigt in diesen bewegten Zeiten.“

„Ich kann mich nicht beklagen. Komme gerade aus Riad. Die Saudis sind ziemlich besorgt über die globale Finanzkrise. Sie schieben uns natürlich die Schuld in die Schuhe, wobei sie nicht ganz unrecht haben. Der hohe Ölpreis spült zwar noch mehr Dollars in ihre Kassen, auch wenn der schwache Dollar dies etwas relativiert. Sie fürchten aber, dass dies das Weltwirtschaftswachstum noch stärker in Mitleidenschaft ziehen wird. Ich konnte ihnen auch keinen positiven Ausblick geben – zumindest nicht kurzfristig. *Big Oil* hatte mich übrigens auch noch vor einer Woche konsultiert, vor der Anhörung im Senat.“

Rostows Rat war gefragt. Das lag vor allem daran, dass er es verstand, wirtschaftliche und politische

Zusammenhänge scharf zu analysieren und allgemeinverständlich darzustellen, ohne das verbrämende, akademische Beiwerk vieler Wirtschaftsprofessoren. Und er scheute sich nicht, Positionen zu beziehen, auch auf die Gefahr hin, dass er einmal falsch liegen könnte. Dies war allerdings selten der Fall.

„Und wie geht es dir?“ fuhr er nach einer kurzen Pause fort. „Wie seid ihr nach diesem Desaster über die Runden gekommen? Und was macht deine schöne Rechtsanwältin? Und Lars?“

„Lars sehe ich in letzter Zeit selten. Er verbringt viel Zeit in den Hamptons. Wir haben natürlich auch Federn lassen müssen, aber gottseidank haben wir diese toxischen Subprime-Anleihen nicht angefasst. Die generelle Performance ist aber logischerweise dürftig. Und zurzeit kein Neugeschäft. Wir werden unseren Apparat auch etwas zurückfahren müssen. Und was Christina anbelangt – vielen Dank für die Nachfrage – die arbeitet nach wie vor viel. Du weißt ja, die Anwälte hier haben immer gut zu tun, ob im Aufschwung oder in der Krise.“

„Thomas, wir sollten uns mal zum Lunch treffen. Vielleicht in der nächsten Woche. Ich muss jetzt erst einmal meine Termine auf die Reihe bringen und melde mich Anfang nächster Woche.“

„Nee, in der nächsten Woche bin ich in Deutschland. Ich melde mich, wenn ich zurück bin.“

„Okay, bis dann, mein Lieber. Und grüß Christina von mir.“

Nachdem er aufgelegt hatte, fiel ihm ein, dass er Christina anrufen musste. Wegen heute Abend. Sie wollten sich die *Lichtenstein Girls* in der *Gagosian Gallery* ansehen und anschließend in der Madison Avenue etwas essen. Er musste dies verschieben. Es würde heute bei ihm später werden. Andere Dinge waren jetzt wichtiger. Er drückte seine Sprechtaste:

„Jennifer, ich möchte alle Bereichsleiter sprechen. Nach Börsenschluss. Im großen Konferenzraum. Und bestellen Sie ein paar Sandwiches.“

26.

Es kam selten vor. Aber manchmal nahm sich Tom die Freiheit, nach dem Mittagessen noch für ein paar Minuten in den City Hall Park zu gehen, um die New York Times zu lesen. Das schöne Wetter lud heute dazu ein. Außerdem war Tom jetzt etwas gelassener als in den Tagen zuvor. Am Vormittag hatte er Informationen erhalten, die sehr interessant waren. Er hatte das Gefühl, im Fall Saidi Calhoun einen Schritt weiter gekommen zu sein. Wenn auch nur einen kleinen Schritt. Die *Forensic Investigation Division* hatte am Wochenende gearbeitet und das Projektil der Mordwaffe untersucht. Es ließ nicht auf eine der gängigen Handwaffen schließen. Deshalb hatten sie das Büro von Interpol bei den Vereinten Nationen in New York eingeschaltet. Interpol besaß die größte Datenbank und Expertise, wenn es um Schusswaffen ging. Das Ergebnis war verblüffend. Mit großer Wahrscheinlichkeit handelte es sich um die sehr seltene russische MSP, eine kleine, kompakte, geräuschlose Pistole vom Kaliber 7,62 x 38 mit SP-3-Munition. Sie wog nur 530 Gramm und war nur 115 Millimeter lang, leicht zu verbergen und ideal für eine Überraschungsaktion. Sie war besonders geeignet für ein Abfeuern aus nächster Nähe. Der Bericht wies darauf hin, dass diese Waffe in der Vergangenheit bevorzugt vom KGB und von der Sowjetarmee benutzt wurde. Was Tom vor allem interessierte, war die Information, dass diese Pistole nach dem Abfeuern keine Patronenhülsen hinterlässt. Es gab keine Auswurfvorrichtung. Die Hülsen mussten von Hand herausgenommen werden. Das erklärte die vergebliche Suche nach einer Patronenhülse am Tatort. Man hatte weder im Taxi noch um den Wagen herum auf der Straße Geschossspuren gefunden. Auch die Geräuschlosigkeit der Waffe passte zu den Zeugenaussagen.

Tom setzte sich auf eine Bank und entfaltete seine Zeitung als sein Handy klingelte. Es war Nina.

„Liebling, was gibt's?“

„Nichts Besonderes. Wollte nur mal sehen, wie es meinem New Yorker Oberpolizisten geht. Ich hatte schon im Büro angerufen, und man sagte mir, dass du noch nicht vom Lunch zurück seist. Hast du Thomas angerufen?“

„Ja, Er lässt dich herzlich grüßen. Rat' mal, wo ich gerade bin. Ich sitze auf einer Bank im City Hall Park und lese Zeitung. Bei dem tollen Wetter musste ich einfach mal raus. Ich gehe aber bald zurück. Es gibt eine Menge zu tun. Bei dem Taximord gibt es neue Informationen. Und was hast du heute gemacht?“

„Wir kommen gerade nach Hause. Ich habe Cynthia von der Vorschule abgeholt. Sie hatte gebettelt, zu McDonald's zu gehen. Ausnahmsweise habe ich nachgegeben. Das war heute unser Mittag. Ich habe übrigens meinen Artikel fürs Hamburger Abendblatt fertig gemacht. Ich konnte noch ein paar aktuelle News unterbringen, zum Beispiel, dass Oprah sich jetzt öffentlich für Obama ausgesprochen hat und dass Obama nun wohl der Gegenkandidat zu McCain werden wird.“

„Sehr gut, Liebling. Wann wird er gedruckt?“

„Jetzt, in der nächsten Wochenendausgabe.“

„Super. Übrigens, du weißt, dass Sydney Pollack gestern gestorben ist? Krebs.“

„Ja, hab' ich in den Nachrichten gehört. Sehr traurig. Er gehörte zu meinen Lieblingsregisseuren. *Out of Africa* werde ich nie vergessen. Den werde ich mir bestimmt zum dritten Mal ansehen, wenn sie den jetzt noch mal zeigen.“

„Nina, ich muss zurück an die Arbeit. Ich denke, ich bin heute gegen sieben zu Hause."

„Okay, geh' Mörder jagen, mein Schatz. Aber sei vorsichtig und pass auf dich auf! Bis heute Abend."

Tom klemmte sich die fast ungelesene Zeitung unter den Arm und ging mit schnellem Schritt in Richtung Park Row.

Detective Howard Stokes wartete schon auf ihn.

„Wir haben einige der jüngsten Fingerabdrücke durch unser sowie das Global Police Communication System von Interpol laufen lassen. Leider Fehlanzeige. Dies war auch kaum anders zu erwarten gewesen. In einem Taxi finden sich hunderte Fingerabdrücke. Und der oder die Täter waren höchstwahrscheinlich Profis und haben Handschuhe getragen."

„Und was ist mit DNA?"

„Es gab fast keine verwertbaren DNA-Spuren, nur ein paar Haare und ein paar Kopfschuppen auf der Lehne der Rücksitze. Das Labor versucht zurzeit, sie für einen Abgleich mit der Datenbank aufzubereiten. Ich verspreche mir aber nicht viel davon."

„Was wissen wir über die Verstümmelung der Augen?"

„Den vollständigen Obduktionsbericht bekommen wir morgen. Auf meine Nachfrage hat der Coroner mir aber gesagt, dass beide Augen exakt auf die gleiche Weise ausgestochen wurden. Dies lässt darauf schließen, dass irgendein Werkzeug benutzt wurde. So eine Art größerer Apfelentkerner. Meine Leute werden dies weiter recherchieren."

„Okay, wer hat mit der Witwe gesprochen?"

„Stu, Stuart Campbell vom 114. Revier. Er war dort, zusammen mit einer Kollegin. Die beiden haben die Todesnachricht überbracht. Die Frau war so geschockt, dass sie nur wenige Fragen gestellt haben. Da sind zwei Kinder; eine Tochter, die ist dreizehn, und ein Junge von zwölf. Die Tochter bekam einen Weinkrampf. Das Revier hat dann eine Psychologin zur Unterstützung geschickt."

„Stell' fest, wann sie zu Hause ist. Ich möchte mit ihr persönlich sprechen." Tom hätte dies auch *Detective* Stokes und seinem Team überlassen können, aber hier bedurfte es Sensibilität und Einfühlungsvermögen, um von einer trauernden Witwe nützliche Informationen zu erhalten. Obwohl ein erstklassiger Polizist, war Stokes hierfür noch zu jung und unerfahren.

*

Astoria war ein sehr pulsierender Stadtteil von Queens. Lange galt Astoria als *das* griechische Zentrum im Staat New York, wenn nicht in ganz Amerika. Auch heute noch findet man dort allenthalben griechische Geschäfte und Restaurants, Tavernas, die – im Gegensatz zu manch anderen ethnischen Lokalen – über Jahrzehnte ihre Originalität bewahrt hatten. Alle Familienmitglieder von drei Generationen arbeiteten meistens mit, und man hielt sich etwas darauf zugute, dass das Essen sich nicht sehr von den Gerichten unterschied, die täglich in Patras oder Thessaloniki zubereitet werden.

In den letzten Jahren hatte sich das Bild jedoch etwas geändert: Viele andere ethnische Gruppen hatten sich in Astoria niedergelassen und junge Familien und Singles, die nicht zuletzt den hohen Mieten in Manhattan entkommen wollten.

Aber auch die Lebensmittelpreise und die Preise in den Restaurants lagen jenseits des East River deutlich unter dem Niveau auf der Insel.

Große Gemüsemärkte mit den exotischsten Früchten, Fleisch- und Fischmärkte erinnerten an mediterrane Länder. Das Leben auf dem Ditmars Boulevard und den benachbarten Geschäftsstraßen pulsierte bis in die späte Nacht. Hier zu wohnen, war populär geworden. Und vom Queensboro Plaza nach Manhattan war es nur eine Station mit der Subway.

Rick Rodriguez steuerte den unauffälligen zivilen Polizeiwagen über die Triboro Bridge. Tom saß diesmal hinten, um noch einige Berichte im Detail zu studieren. Die Familie von Saidi Calhoun wohnte in der 41. Straße, zwischen 19. und 20. Avenue, nicht sehr weit vom Tatort entfernt.

„Er hatte mir versprochen, nur eine halbe Schicht zu machen. Er wollte gegen acht zu Hause sein. Wir hatten ein paar Freunde zum Essen eingeladen. Normalerweise fuhr er nämlich immer vom frühen Nachmittag bis spät in die Nacht."

Elvira Lopez de Calhoun hatte tiefe Ränder um die Augen. Man sah, dass sie viel geweint hatte. Eine Nachbarin hatte ihm geöffnet. Es waren noch zwei anderen Frauen dort. Elvira saß auf der Couch. Um sie herum, stehend, die Frauen. Alle sprachen durcheinander – auf Spanisch. Da Spanisch in Teilen Amerikas zu einer wichtigen zweiten Sprache geworden war, hatte man bei der Polizei obligatorische Spanischkurse eingeführt. Tom verstand aber nur wenig. Offenbar wurde der Witwe Trost zugesprochen, verbunden mit ersten Ratschlägen. Die Frauen gingen, als Tom sich vorstellte und darum bat, mit Frau Calhoun alleine sprechen zu wollen.

Nachdem Tom sein tiefes Mitgefühl zum Ausdruck gebracht hatte, kam er zur Sache.

„Von meinen Kollegen wissen sie, dass es kein Raubmord war. Nach meinen Informationen war ihr Mann ein fleißiger Mensch und liebevoller Familienvater. Können sie sich vorstellen, wer ein Interesse daran gehabt haben könnte, ihn aus dem Weg zu räumen?“

„Es gibt nicht den geringsten Grund!“ schoss es mit schriller Stimme aus ihr heraus. Und leiser: „Saidi war bei allen beliebt, er hatte nie Streit, mit Niemandem. Wer kann so etwas Bestialisches tun?“

Ihr Handy auf dem Couchtisch ertönte mit einer Salsa. „Hallo, gut, danke. Ich hole sie nachher ab. Die Polizei ist gerade bei mir. Bis später.“ Sie wandte sich wieder Tom zu.

„Eine Kollegin aus dem Krankenhaus, die auch in Queens wohnt. Sie holt die Kinder aus der Schule ab und nimmt sie zum Essen mit zu sich nach Hause. Ich hole sie später ab.“

„Traf sich ihr Mann mit anderen außerhalb des Hauses? Hatte er Freunde? Hobbys?“

„Meistens hat er gearbeitet. Nur manchmal, an Feiertagen oder bei einem Sportfest in Roys Schule nahm er sich frei. Und sonntags, wenn ich nicht gerade Dienst im Krankenhaus hatte, sind wir alle fast immer in die Kirche gegangen. Er war katholisch, wie ich. Und nachmittags hat er manchmal beim Fußball auf dem Sportplatz hier in der Nähe zugeguckt. Oder beim Baseball im Astoria Park.“

Tom merkte, wie es sie erleichterte, wenn sie von ihrem Mann sprach. Er wusste, es war tröstend, wenn ein Hinterbliebener von dem Verstorbenen sprechen konnte. Darüber, was für ein Mensch er war. Als ob er noch lebte.

„Haben sie in letzter Zeit irgendwelche Veränderungen an ihrem Mann feststellen können? Ich meine in seinem Verhalten.“

Elvira überlegte einen Moment.

„Eigentlich nicht. Er war eher etwas verschlossen. Sprach ganz selten über sich und was ihn bewegte. Er liebte mich und natürlich die Kinder. Und brachte dies auch zum Ausdruck. Das war aber auch schon alles, was er an Gefühlen zeigte. Er war sehr beschützend, wenn es um die Familie ging.“ Mit einem Taschentuch trocknete sie sich die Augen. Es entstand eine Pause, die Tom bewusst nicht unterbrach. „Aber wenn Sie nach Veränderungen in seinem Verhalten fragen, fällt mir etwas ein, worüber ich auch in den letzten Tagen immer wieder nachgedacht habe. Es war vor etwa drei Wochen. Mein Mann schlief meistens wie ein Bär nach einer Spätschicht. Er wachte auch nicht auf, wenn mein Wecker ging und ich aufstehen musste. Aber an diesem Morgen war er hellwach. Ich fragte ihn, was los mit ihm sei. Er murmelte nur etwas von Erinnerungen an früher und dass er später mit mir darüber reden würde. Er kam aber nie darauf zurück. Und ich wollte auch nicht auf ihn eindringen, da ich wusste, wie empfindlich er reagierte, wenn es um die Vergangenheit ging.“

„Sie hatten aber den Eindruck, dass es etwas Schwerwiegendes war, was Ihren Mann beschäftigte?“

„Ja, ich glaube schon.“

„Können Sie sich an das Datum erinnern?“

„Nicht genau, aber es war Ende April. Ich glaube an einem Donnerstag oder einem Freitag.“

Tom registrierte diese Information mit Interesse und nahm sich vor, das Timing von diesem Verhalten des Opfers mit den anderen Daten später im Büro abzugleichen. Jetzt ging er aber nicht weiter darauf ein. Die arme Frau konnte sich ja selber keinen Reim darauf machen. Er nickte nur verständnisvoll. Dann wechselte er das Thema.

„Hatte Ihr Mann irgendwelche Freunde? Kollegen?“

„Wir waren seine Freunde. Und zum Teil meine größere Familie. Wir waren ein paar Mal in Puerto Rico, wo er in meiner Familie sehr warmherzig aufgenommen wurde. Die haben uns auch schon hier besucht. Die Jungen sprechen inzwischen alle sehr gut Englisch, aber bei den Älteren hapert es noch. Saidi hat daher ein bisschen Spanisch gelernt. So war er. Er wollte mir und meiner Familie zeigen, dass er dazu gehört.“

„Und seine eigene Familie?“

„Er hatte keinen Kontakt und sprach auch kaum über seine Familie. Sie wissen vielleicht, dass er vor 20 Jahren aus Mosambik nach Amerika gekommen war. Sein Vater ist vor ein paar Jahren gestorben, und seine Mutter ist zurück zu ihrer Familie nach Tansania gegangen. Sie hatte ihm einmal geschrieben. Wir haben den Brief mit der Adresse aufgehoben. Saidi wollte ihr immer einmal schreiben. Aber Briefe waren nicht sein Ding. Ich habe ihr jetzt geschrieben und von dem tragischen Tod ihres Sohnes berichtet. Ich glaube nicht, dass sie zur Beerdigung kommt.“

Tom war beeindruckt von dieser Frau. Sie konnte ihren Schmerz über den großen Verlust nicht verbergen. Gleichzeitig war sie aber in der Lage, das in dieser Situation Erforderliche zu tun beziehungsweise zu veranlassen. Der Zusammenhalt und die Unterstützung seitens der Großfamilie, die so bezeichnend für eine latinische Nachbarschaft ist, waren in diesem Moment sicherlich eine große Hilfe.

Auch ihre Arbeit als Oberschwester in einem der Top-Krankenhäuser von New York hatte sie zweifellos geprägt. Disziplin und Tatkraft waren dort unabdingbar.

„Hatte er Geschwister?“

„Ja, eine Schwester. Als wir heirateten, hatte er mir erzählt, dass sie auf tragische Weise ums Leben gekommen sei. Über Einzelheiten wollte er nie sprechen. Wie ich schon sagte, er war eher verschlossen und wollte seine Lieben nicht unnötig belasten. Aber das liegt alles über zwanzig Jahre zurück. Saidi hatte wohl keine schöne Jugend in Mosambik gehabt, glaube ich. Manchmal erwähnte er, wie glücklich er war, in Amerika zu leben und der Misere in seiner Heimat entkommen zu sein. Er war dann richtig stolz auf sich. ‚Meine beste Entscheidung', sagte er dann. ‚Sie kommt gleich nach meinem Entschluss, dich zu heiraten' lachte er." Bei dem letzten Satz huschte ein Lächeln über ihr Gesicht, obwohl sie eher den Tränen nahe war.

„Gut, Frau Calhoun, ich danke Ihnen für ihre Auskünfte. Wenn Ihnen noch etwas einfällt, was wichtig für uns sein könnte, rufen Sie uns an."

Er legte eine Visitenkarte auf den Couchtisch.

„Fragen sie nach mir oder nach *Detective* Stokes." Und nach einer kurzen Pause:

„Kommen sie allein zurecht oder gibt es etwas, was wir für sie tun können?"

„Nein, vielen Dank. Die Greater New York Taxi Association hat sich schon gemeldet. Die wollen mir helfen. Auch mit der Beerdigung. Die haben einen speziellen Fonds für Notfälle. Außerdem sind alle Fahrer versichert. Und was mich sehr bewegt hat, es haben sich auch schon einige Spender gemeldet. Wildfremde Menschen. Ich komme schon zurecht. Das Wichtigste ist jetzt, dass ich für meine Kinder da bin. Ich muss mich neu organisieren. Nachbarn und Freunde helfen mir dabei.

„Ich wünsche Ihnen alles Gute und viel Kraft für die nächsten Wochen und Monate. Ich verspreche ihnen, wir werden alles tun, um den oder die Verbrecher zu fassen. Und scheuen sie sich nicht anzurufen.“ Er zeigte dabei auf seine Karte auf dem Tisch.

„Danke.“

Tom hätte diese tapfere Frau beinahe in den Arm genommen, hielt sich aber zurück.

*

Wieder im Auto dachte er über das Gespräch nach und machte sich ein paar Notizen. Es war nicht viel, was er gehört hatte. Und doch hatte er das Gefühl, das Opfer und sein Umfeld jetzt besser zu kennen. Tom kam immer mehr zu der Überzeugung, dass sie in diesem Fall mit ihren Überlegungen in ganz neue Richtungen gehen mussten. Zuviel heile Welt. Da steckte mehr dahinter.

„Verflixt“, sagte Rick. „Triboro ist voll. Soll ich Notbeleuchtung einschalten?“

„Ja, ich hab’ noch einiges im Büro zu tun.“

Mit grell flackerndem weißem Licht und ein paar röhrenden Hupgeräuschen schlängelte sich Rick durch die langen Reihen der Fahrzeuge vor den Mautstellen der Brücke in Richtung FDR Drive.

*

Tom stutzte, als er durch den Großraum auf sein Büro zusteuerte. Irgendetwas musste passiert sein. Die Tür zu Howard Stokes Büro stand weit offen. Alle hatten sich dort versammelt. Stokes, wie immer in Jeans und Sweatshirt und sein Kernteam für diesen Fall: Zwei Frauen und drei Männer, außerdem Stuart Campbell vom 114. Revier und

Cathy. Sie starrten auf den Bildschirm auf Stokes' Schreibtisch. Selbst sein Boss war da. Dieser winkte Tom heran und deutete mit gestrecktem Arm auf den Bildschirm.

„Lies das!"

Die anderen machten etwas Platz, damit Tom sehen konnte, was dort stand. Es war eine E-Mail vom Interpol-Büro in New York bei den Vereinten Nationen. Sie war bereits entschlüsselt. Tom traute seinen Augen nicht, was dort stand:

„Auf Ihre Anfrage teilen wir Ihnen mit, dass das Bordell ‚Rodnik' in Berlin im Zusammenhang mit einem Doppelmord steht. Es besteht der Verdacht, dass es eine Verbindung zu dem von Ihnen berichteten Mordfall in Queens gibt. Das weitere Vorgehen muss kurzfristig zwischen Interpol, NYPD und der Polizei in Berlin abgestimmt werden."

Tom verschlug es fast die Sprache. Das war eine Bombe! Keiner sagte etwas. Stokes und seine Leute schauten Tom fragend an.

„Ich werde gleich den *Commissioner* informieren", brach Toms Chef als Erster das Schweigen. „Und Sie setzen sich mit dem FBI in Verbindung", wandte er sich an Tom, „die müssen jetzt mit ins Boot."

Tom nickte und verließ den Raum. Klar, das FBI musste eingeschaltet werden. Bis jetzt hatte Tom darauf verzichtet, die Bundespolizei einzubeziehen. Kompetenzgerangel und Abstimmungsbürokratie standen einer effizienten Ermittlung bisweilen im Wege. Hier handelte es sich jetzt aber um einen grenzüberschreitenden Fall und vermutlich um organisiertes Verbrechen. Und beides fiel in den Verantwortungsbereich des FBI.

Tom drehte sich noch einmal um.

„Howard, komm' bitte gleich mal in mein Büro."

Nachdem Howard Stokes von Tom zum Teamleiter für diesen Fall ernannt worden war, hatte er dafür gesorgt, dass er ein Büro in unmittelbarer Nähe seines eigenen Büros bekam. Zwischen ihren beiden Räumen befand sich nur der große Konferenzraum, der insbesondere in der ersten Phase der Ermittlungen häufiger Treffpunkt aller Beteiligten war.

Howards Team saß im Großraum. Alle Einzelzimmer waren vom Großraum durch Glaswände getrennt. Das erleichterte die Kommunikation. Bei Bedarf konnte durch vertikale Jalousien Diskretion hergestellt werden.

„Kannst du mir etwas mehr erzählen? Wie kommen die auf einen Zusammenhang unseres Falls mit Geschehnissen in Berlin?"

Howard Stokes hatte sich in Toms Büro auf den Absatz vor der breiten Fensterfront gehockt, die Beine von sich gestreckt, die Füße überschlagen. Mit den Armen nach hinten abgestützt, verriet seine Haltung Lockerheit und Selbstbewusstsein. Tom mochte ihn und vertraute ihm hundertprozentig.

„Als wir nach *Rodnik* fragten, haben wir natürlich über den Hintergrund unserer Recherche berichtet. Außerdem hatten wir um Unterstützung bei der Ermittlung der Tatwaffe gebeten. Die haben sich dann mit der Berliner Polizei kurzgeschlossen und sind auf die Parallelen gestoßen."

„Dies wird Staub aufwirbeln, auf beiden Seiten des Atlantiks. Das FBI wird hier kräftig mitmischen wollen. Ich ruf dort gleich an." Tom drückte eine Taste auf seiner Telefonanlage.

„Cathy? Gib mir das FBI. Nein, nicht in *D.C.*, hier am Federal Plaza. Den stellvertretenden Direktor von der New York Division. Es ist eine Frau, Janette heißt sie, glaube ich. Janocek – oder so ähnlich. Danke."

27.

Tschikladze, Marja Sophia Tschikladze stand in ihrem Pass. Das war ihr richtiger Name. Charmaine war nur ihr Künstlername. Sie lag auf dem Bauch im Badezimmer. Unter ihrem Kopf, der auf der linken Seite lag, eine große Blutlache. Reiner Winkler und Rita sahen gleich, dass es die Frau aus dem *Rodnik* war. Sie war zwar noch nicht in Arbeitskleidung, aber sie erkannten sie an dem großen Ring an der rechten Hand und an ihrer dunklen Hautfarbe. Die rechte Augenhöhle war bedeckt von einer schwarzen Blutkruste.

„Vermutliche Todesursache Schuss in den Hinterkopf. Beide Augen wurden offensichtlich ausgestochen", erklärte ein etwas dicklicher, jüngerer Polizeiarzt.

„Zeitpunkt des Todes?" fragte Winkler und zeigte sich nicht sonderlich überrascht von der Auskunft.

„Vor etwa zwei Stunden – oder drei."

Winkler verließ das Badezimmer und ging auf eine Gruppe von Polizisten und Sanitätern zu.

„Wer hat dies entdeckt?"

„Ein älterer Mann, der – wie meistens – am Spätvormittag kam, um ihren Hund auszuführen. Er klingelte ein paar Mal. Der Hund bellte wild und ohne aufzuhören. Als niemand öffnete, ging er ins Haus. Die Tür war unverschlossen. Der Hund führte ihn zum Badezimmer. Als er die Frau auf dem Boden sah und das Blut, hatte er sofort von seinem Handy 110 angerufen", erklärte der Polizist, der offensichtlich das Kommando hier hatte. „Keine Einbruchsspuren", fügte er hinzu

„Wo ist der Mann jetzt?"

„Er hat den Hund mit zu sich genommen, wir haben Namen und Adresse."

Winkler nickte. Er drehte sich um und ging auf die andere Seite des Wohnzimmers. Er öffnete die Tür zur Terrasse, die in einen kleinen Garten führte. Das Haus stand in einer ruhigen Straße in Berlin-Dahlem. Die Sträucher und Bäume hatten jetzt ihr volles, sattes Grün entfaltet Dies täuschte ein wenig über die Ungepflegtheit des Gartens hinweg. Keine Blumenbeete und das Gras ungemäht.

Rita war ihm gefolgt.

„Kein Einbruch. Keine Spuren – bisher. Hier hat man sich – sehr professionell – einer wichtigen Zeugin entledigt", sagte Reiner Winkler nachdenklich und setzte sich auf einen Gartenstuhl, der auf der Terrasse stand. Er hätte sich jetzt gerne eine Zigarette angezündet. Aber er hatte damit vor fünf Jahren aufgehört und wollte auf keinen Fall rückfällig werden.

„Versuch' Zeugen aufzutreiben, Nachbarn, Passanten, Handwerker oder Lieferanten, die hier morgens zu tun hatten", wandte er sich an Rita.

„Es ist zwar eine ruhige Wohnstraße, aber ich kann mir nicht vorstellen, dass am helllichten Tag keiner etwas gesehen hat."

Winkler erhob sich.

„Ich fahre zurück ins Präsidium. Du kümmerst dich hier um mögliche Zeugen. Wir sehen uns später im Büro. Und – lass die Presse noch ein bisschen warten."

Sie gingen von der Terrasse zurück ins Haus. Winkler wollte noch einmal einen Blick auf den Tatort werfen. Zwei Beamte von der Spurensicherung in ihren weißen Schutzanzügen mit ihren Spezialkoffern machten dort ihre Arbeit. Ihre Berichte würde er heute Abend oder morgen früh auf seinem Schreibtisch haben. Für ihn gab es hier im Moment nicht mehr viel zu tun.

Als er das Haus verlassen wollte, hörte er ein schepperndes Geräusch, das aus dem Schlafzimmer kam. Er ging die paar Schritte zurück und sah auf dem Nachttisch ein Handy, das sich vibrierend über das etwas altmodische, mit einer Glasplatte bedeckte Möbelstück bewegte. Er griff danach, bevor es auf den Boden fallen konnte, und drückte die grüne Taste, meldete sich aber nicht.

„Hallo? Charmaine? Hallo! Hallo!" Winkler drückte die rote Taste. Es war die Stimme von Olga Karanowa. Ihre rauchige Stimme und ihr russischer Akzent waren unverkennbar. Charmaine war nicht zur Frühschicht erschienen und Olga wollte offensichtlich hören, warum. Es war inzwischen fast drei Uhr. Winkler hatte keinen Grund, die Chefin vom *Rodnik* darüber zu informieren, was passiert war. Sie würde es früh genug erfahren.

Die Vernehmung der Damen im *Rodnik* würde jetzt nicht einfacher werden. Aus Angst würde keine etwas sagen wollen. Er musste seinen Leuten noch ein paar Instruktionen mit auf den Weg geben. Es war ganz wichtig, die Frauen davon zu überzeugen, dass die Gefahr für sie geringer werden würde, wenn sie voll mit der Polizei kooperierten. Nur so könnten der oder die Täter schnellstmöglich gefasst werden. Man konnte ihnen auch sagen, dass das *Rodnik* jetzt rund um die Uhr diskret bewacht werden würde. Winkler hatte dies gleich nach dem ersten anonymen Anruf veranlasst. Allerdings war ein individueller Personenschutz für jede der 16 Frauen – einschließlich Olga und Irina – nicht möglich.

Reiner Winkler hatte Hunger. Es war inzwischen drei Uhr. Die Kantine im Präsidium hatte jetzt geschlossen. Er würde zu *Bulent*, einem Döner in der Dudenstraße, gehen.

Der hatte immer frisches warmes Fladenbrot mit köstlichem Rindfleisch und Lamm. Er musste die Fahrbereitschaft anrufen, um ihn abzuholen. In der Eile waren sie mit einem Wagen gekommen, den Rita selber gesteuert hatte. Sie würde den Wagen auch wieder zurückfahren.

„Hier Winkler, bitte einen Wagen nach Dahlem. Hüttenweg Ecke Clay-Allee. Sofort, bitte."

*

Er hatte sich den Eingang seiner E-Mails in den letzten paar Stunden nicht angesehen. Natürlich hätte er dies auf seinem *Blackberry* tun können, mit dem man ihn jetzt ausgestattet hatte. Aber er hatte sich immer noch nicht daran gewöhnt, seine Mails laufend zu kontrollieren, wo immer er ging oder stand. Es bereitete ihm vor allem Unbehagen, die Mails auf dem Handy zu beantworten. Entweder die Tastatur war zu klein oder seine Finger zu breit. Er bewunderte die jungen Leute, die ihr Handy mit beiden Händen hielten und ihre Daumen darauf in Windeseile herumtanzen ließen – und das auch noch im Gehen. Sie bewegten sich dann zwar meistens etwas erratisch auf dem Bürgersteig und stießen auch manchmal mit entgegenkommenden Passanten zusammen, aber dies schien ein geringer Preis für die *Instant*-Kommunikation zu sein.

Eine Mail fiel Reiner Winkler sofort ins Auge. Sie war verschlüsselt. Sie war vom BKA in Wiesbaden in seiner Eigenschaft als Vertretung von Interpol in Deutschland. Mittels eines Codes ließ sich die kurze Mitteilung in wenigen Sekunden entschlüsseln. Ihr Inhalt gab Winkler gleich mehrere Adrenalinstöße.

Die New Yorker Polizei berichtete uns von einem Mordfall, bei dem der oder die Täter möglicherweise eine Verbindung zu einem Lokal in Berlin gehabt haben könnten. Der Name des Lokals ist RODNIK in 10997 Berlin, Lübbener Straße. Es handelt sich offenbar um ein Bordell. Weitere Einzelheiten zu dem Mordfall liegen uns vor. Sollten Sie über sachdienliche Hinweise verfügen, bitten wir um sofortige Rückmeldung.

Winkler war nicht so leicht aus der Fassung zu bringen. Aber dies haute ihn um. Viele Gedanken schossen ihm gleichzeitig durch den Kopf. Dies entwickelte sich zu einem großen Ding. Zu einem internationalen Fall. Die New Yorker Kollegen hatten offensichtlich keine Ahnung, in was für ein Wespennest sie mit ihrer Anfrage gestochen hatten. Die New Yorker würden vermutlich vom Stuhl fallen, wenn sie erfuhren, was hier passiert war. Sie waren möglicherweise mitten drin in einem vielschichtigen transatlantischen Mordkomplott.

Er musste gleich mit Wiesbaden sprechen. Winkler ärgerte sich ein wenig über sich selbst, dass er nicht schon längst von sich aus das BKA informiert hatte.

Dann fiel sein Blick auf eine zweite Mail aus Wiesbaden. Unverschlüsselt. Direkt vom Bundeskriminalamt, diesmal nicht als Vertreter von Interpol:

Aufgrund der augenscheinlichen Zusammenhänge der Mordfälle in New York und Berlin hat uns die New Yorker Polizei gebeten, einen direkten Kontakt zu den für den Berliner Fall Verantwortlichen herzustellen. Wir haben den New Yorker Kollegen Ihre Kontaktdaten aufgegeben. Ansprechpartner in New York ist der stellvertretende Chef des Detektivbüros in New York Tom Hockney. Hockney will am Montag, 9. Juni 2008 nach Berlin kommen und würde Sie gerne am Dienstag, 10. Juni morgens aufsuchen. Wir bitten um Terminbestätigung.

Winkler bestätigte den Termin sofort. Er war sehr daran interessiert, Einzelheiten von dem Mordfall in New York zu erfahren. Er hatte sich schon häufiger mit grenzüberschreitenden Fällen befassen müssen, aber diese betrafen fast ausschließlich östliche Nachbarländer. Dies war jedoch der erste Fall, der direkt mit einem Verbrechen in den USA. zusammenhing. Eine neue Erfahrung für ihn. Er würde wahrscheinlich sein Englisch praktizieren müssen. Das war gar nicht so schlecht. In der Schule hatte er zwar als erste Fremdsprache Russisch, wovon allerdings nicht viel übriggeblieben war, aber auf der HWR mussten sie auch Englisch belegen, und Winkler hatte sich da mit viel Ehrgeiz reingehängt.

Sie wollten auch immer schon mal eine USA.-Reise machen, aber Annette wollte Katrin nicht für so lange bei ihren Eltern lassen, und zum Mitnehmen war sie noch zu klein.

Reiner Winkler und seinen Kollegen standen aufregende Tage bevor.

28.

Es war wohl das beste Hotel in der Stadt. Auf jeden Fall war es das bekannteste. Es hatte Charakter – und zweifellos Geschichte. Er kam nicht so häufig nach Berlin, aber wenn er in die alte und neue Hauptstadt seines Heimatlandes reiste, wollte Thomas Kirsten im *Adlon* wohnen. Er hatte dort immer noch das aufregende Gefühl, an der Schnittstelle zwischen Ost und West zu sein, obwohl diese längst der Vergangenheit angehörte.

Heute war Berlin vielmehr ein europäisches Zentrum, wo Ost und West, unterschiedliche Menschen und Kulturen friedlich aufeinandertrafen.

Vielleicht war es auch die Erinnerung an frühere Jahre, als die Mauer noch stand und er mit seiner Frau und Tochter von der hölzernen Aussichtstribüne auf das Brandenburger Tor und in den Ostsektor schauten. Sie haben damals geweint. Jetzt erinnerten nur noch die vielen Touristen, die sich mit Männern, die sich als Angehörige der Roten Armee oder der Militärs der westlichen Alliierten verkleidet hatten, fotografieren ließen, an diese Zeit.

Kirsten war bereits seit Anfang der Woche in Deutschland. Zuerst in Frankfurt, wo er sich regelmäßig zwei- oder dreimal im Jahr mit seinen wichtigsten Investoren traf – und mit alten Kollegen aus seiner Zeit bei der *Dresdner.* Das war über 25 Jahre her und die meisten waren inzwischen pensioniert. In Deutschland war ja spätestens mit 65 Jahren Schluss, in den letzten Jahren sogar viel früher. In Amerika gab es eigentlich keine Altersgrenze, schon gar nicht in den Chefetagen.

Zwei Tage später war er dann weiter nach Hamburg geflogen, um Bärbel, seine Ex-Frau, zu besuchen und seine Tochter Lena. Mit Bärbel hatte er inzwischen ein gutes freundschaftliches Verhältnis. Und Lena hatte ihn vor drei Jahren mit der Geburt von Vanessa zum Großvater gemacht.

Bärbel war nach ihrer Trennung und der anschließenden Scheidung mit Lena nach Deutschland zurückgekehrt, und zwar nach Hamburg, wo sie geheiratet und viele Jahre gewohnt hatten. Außerdem lebte Bärbels Mutter noch in Hamburg. Thomas, von seinem schlechten Gewissen geplagt, hatte ihnen damals eine Wohnung in Hamburg-Harvestehude gekauft. Bärbel konnte mit dem sogenannten Ehegattenunterhalt, den sie monatlich von Thomas erhielt, auch ohne Arbeit gut leben. Aber als Lena älter wurde, wollte sie unbedingt in ihren alten Beruf als Journalistin zurück. Sie fand dann auch einen guten Job bei der ZEIT, der ihr viel Spaß machte.

Lena war verheiratet mit Bernd Metzler, einem Oberarzt der Chirurgie im Universitätskrankenhaus in Hamburg-Eppendorf. Die drei wohnten in einer großen Altbauwohnung in der Haynstraße.

Sein Hamburg-Besuch war für Thomas immer ein besonderer Höhepunkt. Obwohl er im Hotel wohnte, meistens im *Atlantic,* verbrachte er fast die ganze Zeit mit seiner Familie. Mit Vanessa hatte er besonders viel Spaß. Die Kleine stellte ihrem Opa aus Amerika so viele Fragen, die für Thomas nicht immer ganz leicht erschöpfend und kindverständlich zu beantworten waren. Von dem Thema, was er denn so den ganzen Tag machte in New York, bis zu der Frage, warum er denn nicht mit Oma zusammenwohnt. Thomas wurde es jedes Mal bewusst, dass er in New York eigentlich keine Familie hatte. Manchmal vermisste er dies.

Berlin war seine Endstation vor seiner Rückkehr nach New York. Er hatte extra etwas mehr Zeit eingeplant. Nur für morgen, Montag, hatte er eine längere Besprechung mit Vertretern eines großen Familienvermögens geplant. Am späten Nachmittag stand dann noch ein Treffen mit dem Vorstand einer Versicherung auf dem Programm. Ansonsten war er frei.

Thomas war immer begierig, so viele Informationen wie möglich über seine alte Heimat aufzunehmen. Er deckte sich bei seinen Besuchen regelmäßig mit diversen Tageszeitungen und Wochenmagazinen ein und surfte in seinem Hotelzimmer durch die Fernsehkanäle auf der Suche nach Nachrichten- und Magazinsendungen.

In der letzten Zeit hatte er eine interessante Beobachtung gemacht. Als er vor 25 Jahren nach Amerika ging, erschien es ihm in der Tat wie ein Transfer von der alten in die Neue Welt. Er wird nie vergessen, wie er in der ersten Woche von seinem Chef zu einem Drink in *Windows on the World* im 107. Stock des World Trade Center eingeladen wurde. Da hatte er das Gefühl, buchstäblich auf dem Gipfel im Mittelpunkt der Neuen Welt zu stehen. Dieses Gefühl hatte sich in den letzten Jahren immer mehr abgeschwächt. Heute hatte sich dieser Eindruck nahezu ins Gegenteil verkehrt. Er sah Deutschland jetzt als ein sehr modernes, fortschrittliches Land, politisch, wirtschaftlich, technologisch und gesellschaftlich. Und – ohne Frage – auch kulturell. Natürlich war er immer wieder froh, zurück in Manhattan zu sein; er liebte diese Stadt. Aber wenn er in *Kennedy* oder *Newark* landete, wusste er: Ich bin zurück im alten, auf einigen Gebieten etwas zurückgebliebenen, wenngleich liebgewonnenen Amerika.

In einigen Bereichen konnte man die USA sogar als ein Schwellenland bezeichnen, zum Beispiel bei der Infrastruktur oder beim Umweltschutz.

Und politisch gab es auch Enttäuschungen. Thomas Kirsten wird nie vergessen, wie vor nunmehr über fünf Jahren seine Vorstellung von den USA als dem Musterland der Demokratie einen herben Dämpfer erhalten hatte, als eine Antikriegsdemonstration, an der sich gleichzeitig Millionen Menschen in der ganzen Welt beteiligten, in New York mit fadenscheinigen Gründen untersagt wurde.

Aber vielleicht würde sich Vieles bald ändern. In der vergangenen Woche hatte Obama die Mehrheit der Delegierten, die für seine Nominierung als Präsidentschaftskandidat erforderlich war, erreicht, und Hillary Clinton hatte ihre Niederlage eingeräumt – allerdings erst einige Tage später. Die Hoffnungen der Mehrheit der Amerikaner richtete sich jetzt auf einen neuen Geist in der Politik, einen fundamentalen Wechsel nach der bedrückenden Ära Bush. Thomas hatte keinen Zweifel, dass Obama das Rennen gegen McCain gewinnen würde.

Mit dem letzten *Spiegel* in der Hand setzte er sich auf die Hotelterrasse und bestellte sich einen Cappuccino. Morgen oder übermorgen würde er Tom treffen. Der hatte ihn noch zwei Tage vor seiner Abreise angerufen:

„Du wirst es nicht glauben, Thomas, ich komme auf deinen Vorschlag zurück. Wir treffen uns in Deutschland. Wann fliegst du?“

„Donnerwetter, das ist eine Überraschung, was ist passiert? Ich fliege Sonntagabend.“

„Es ist viel passiert. Erzähl ich dir später. Hängt mit dem Bordell in Berlin zusammen. Die Karte war offensichtlich ein Volltreffer. So schnell kann ich hier nicht weg. Ich denke, ich komme eine Woche später.“

„Das trifft sich glänzend. Dann bin ich nämlich auch in Berlin. Und ich bin sehr darauf gespannt, was du mir zu erzählen hast."

Thomas war schon immer von der Arbeit seines Freundes fasziniert gewesen. Aber dieser Fall interessierte ihn ganz besonders. Von Anfang an hatte er das Gefühl, dass es sich hier um ein Verbrechen einer besonderen Dimension handelte. Hier ging es um ein raffiniertes Komplott, um professionell organisierte Kriminalität. Die neueste Entwicklung schien sein Gefühl zu bestätigen.

Thomas genoss die warme Sonne und das Fluidum um ihn herum. Er bestellte sich noch einen Cappuccino. Schade, Tom war nicht im *Adlon* gebucht. Budgetbewusst hatte die NYPD für ihn ein Zimmer im Hilton Berlin am Gendarmenmarkt gebucht. Das war gottseidank nicht sehr weit vom *Adlon* entfernt. Vielleicht konnte Thomas seinen Freund begleiten, nicht zuletzt um als Dolmetscher zu fungieren.

Er winkte den Ober zu sich.

„Können sie mir bitte die ‚Berliner Morgenpost' besorgen?" Thomas drückte ihm einen Fünfeuroschein in die Hand. Er wollte sehen, was in den nächsten Tagen auf dem Programm der Berliner Philharmoniker und der Staatsoper Unter den Linden stand. Vielleicht konnte er seinen Freund mit Karten für diese traditionsreichen Institutionen überraschen. Wahrscheinlich hätte er dies auch mit seinem Blackberry recherchieren können, aber Thomas mochte Zeitungen einfach.

*

„Sugar, Milk?" fragte er seinen Kollegen aus New York und reichte ihm einen Becher heißen Kaffee. Winkler wunderte sich über sich selbst, wie gut die Kommunikation bisher geklappt hatte. Er war in der Lage, Tom Hockney in Englisch langsam und mit einfachen Worten den Stand der Ermittlungen zu erläutern. Rita kam ihm hin und wieder mit ihren Englischkenntnissen zur Hilfe.

„Both! Danke." Tom konnte kein Deutsch, aber „danke" und „bitte" hatte er gelernt. Und manchmal brachte er an der richtigen Stelle – aber auch mal an der falschen – ein kräftiges „genau!" an. Das Wort hatte er so oft gehört, wenn Nina mit Deutschland telefonierte. Es stand aber auch für alle Fälle ein Dolmetscher bereit, ein jüngerer Typ, der an der HWR Berlin Englisch unterrichtete und schon häufiger für die Berliner Polizei gearbeitet hatte.

Rita und Winkler hatten schnell begriffen, dass es sich bei dem New Yorker Polizisten um einen umgänglichen professionellen Kollegen handelte, der geduldig zuhörte, nur hin- und wieder höflich gezielte Fragen stellte, die der Analyse und Eingrenzung des Sachverhalts dienten. Ansonsten hielt sich Tom im Hintergrund. Mit einem Besserwisser vom großen Bruder jenseits des Atlantiks hätten die deutschen Polizisten allerdings auch ein Problem gehabt.

Sie saßen jetzt schon fast drei Stunden zusammen. Tom fühlte sich trotz Jetlag ziemlich gut. Er hatte zwar auf dem Flieger kaum geschlafen, aber als er gestern gegen Mittag in sein Hotel kam, hatte er sich sofort aufs Ohr gelegt und dreieinhalb Stunden fest geschlafen. Nur der Anruf von Thomas hatte ihn geweckt. Sie waren dann zusammen in einen Vodafone-Laden in der Friedrichstraße gegangen, um Tom ein deutsches Handy mit entsprechendem Minutenguthaben zu besorgen. Er hätte zwar sein amerikanisches Handy benutzen können, aber das wäre recht umständlich und teuer gewesen. Die deutschen Anrufer hätten immer die US-Nummer wählen müssen mit allen Vorwahlnummern und Tom hätte ständig Anrufe aus den USA bekommen von Leuten, die nicht wussten, dass er in Europa war. Jede Minute hätte dann mindestens einen Dollar gekostet. Am einfachsten wäre es gewesen, einen deutschen Chip in sein US-Telefon einzusetzen, aber die amerikanischen Handys waren für den überseeischen Gebrauch gesperrt. *God knows why*. Thomas hatte schon seit einigen Jahren zwei Telefone, ein amerikanisches und ein deutsches, mit unterschiedlichen Nummern, die auch beide auf seiner Visitenkarte standen. Die Europäer, die ihn in New York besuchten, hatten diese Probleme nicht. Telekommunikation gehörte zu den Gebieten, auf denen nach Thomas' Ansicht Amerika Europa hinterherhinkte. Fünfzig Meilen *Upstate* New York, zum Beispiel, war Sendepause. Kein Handyempfang mehr.

Nach einem anschließenden Abendessen im historischen *Borchardt*, in der Nähe vom Gendarmenmarkt, brachte Thomas seinen Freund zurück in sein Hotel. Zu einem Drink im *Adlon* konnte er Tom nicht mehr überreden.

*

„Ich glaube, wir haben Tom alles, was wir ermittelt haben, erzählt. Was meinst du, Rita. Haben wir etwas vergessen?" Reiner Winkler schaute sie an. Sie schüttelte den Kopf.

„Es ist zwar nicht besonders viel, aber ihr kennt jetzt auch alle unsere Ermittlungen", sagte Tom.

„Lasst uns mal zusammenfassen, was wir haben.“ Winkler ging zu dem Flipchart, das an der seinem Schreibtisch gegenüberliegenden Wand stand, und nahm einen Filzschreiber zur Hand. Jetzt waren auch Kommissar Scharfe und ein Polizeimeister, der ebenfalls für diesen Fall abgestellt war, dazu gekommen.

„Was wissen wir? Vor drei Wochen wurde in New York gegen 20.30 Uhr ein Taxifahrer erschossen. Von hinten in den Kopf mit einer russischen MSP. Seine beiden Augen waren ausgestochen. Es war kein Raubmord. Das Opfer war als ausgesprochen umgänglich bekannt und schien keine Feinde zu haben. Richtig, Tom?“ Tom nickte und ergänzte: „Es gibt nur vage Zeugenaussagen über ein Fluchtauto. Fingerabdrücke und DNA-Spuren haben bisher zu nichts geführt.“

„Dies muss noch mit unseren Daten abgeglichen werden.“ Winkler nahm einen roten Filzstift und schrieb an den Rand der Flipchart *DNA-Vergleich.*

„Gut eine Woche später werden in Berlin zwei Männer auf die gleiche Weise ermordet, und zwar mit der gleichen Waffe – nicht derselben, wie die Kollegen in Wiesbaden festgestellt haben. Es kommt zwar immer noch vor, dass Handwaffen in Flugzeuge geschmuggelt werden, aber unser – beziehungsweise unsere – Mörder waren offensichtlich Profis und wären ein solches Risiko nicht eingegangen.“

Winkler machte eine kurze Pause, ging zu seinem Schreibtisch und nahm einen Schluck Wasser aus einem Plastikbecher.

„In Berlin und in New York führt die Spur in ein von Russen geführtes Bordell hier in Berlin. Eine Zeugin wird erschossen, ebenfalls mit einer MSP und der gleichen Verstümmelung. Wir wissen jetzt, dass die Waffe dieselbe war, mit der die beiden Männer in Berlin getötet wurden. Von der Ermordeten stammt eine Personenbeschreibung von zwei Männern, wahrscheinlich Russen, die wir als dringend tatverdächtig ansehen müssen."

Reiner Winkler hatte stichwortartig die bekannten Fakten auf das Chart geschrieben; offene, noch zu prüfende Punkte mit Rot an den Rand. Zuletzt in Großbuchstaben *MOTIV* mit einem Frage- und einem Ausrufungs-zeichen, dick unterstrichen.

„Ich denke, wir können davon ausgehen, dass die Morde von russischen Gangstern ausgeführt worden sind, die einer internationalen kriminellen Vereinigung angehören", meldete sich Tom zu Wort. Er machte eine kurze Pause für den Dolmetscher zu übersetzen und fuhr fort:

„Es ist wahrscheinlich, dass sich der oder die Täter jetzt in Berlin befinden. Das heißt, nicht mehr in New York. Wenn sie sich nicht schon abgesetzt haben. Ihr müsst also Eure Fahndungsbemühungen verstärken. Und wir müssen deren Komplizen in New York finden, denn ich bin sicher, dass sie dort Hilfe hatten. Ich möchte sogar nicht ausschließen, dass dieser Komplott seinen Ursprung in New York hat." Die anderen sahen ihren amerikanischen Kollegen an, als warteten sie auf eine Erläuterung seiner zuletzt geäußerten Vermutung.

„Alles deutet darauf hin, dass es sich um eine Auftragstat handelt", sprach Rita aus, was die anderen auch schon gedacht hatten. „Wir müssen herausfinden, welchen Zusammenhang es gibt zwischen den beiden deutschen Opfern, die erst vor kurzem in New York waren, und dem Taxifahrer."

„Und welchen Grund der oder die Auftraggeber hatten, diese Personen zu liquidieren", ergänzte Winkler.

„Wir müssen ermitteln, was die beiden Deutschen in New York gemacht haben, mit wem sie Kontakt hatten und so weiter. Und Ihr müsst ihre Aktivitäten hier in Berlin nach ihrer Rückkehr aus New York recherchieren." Tom zeigte auf das Chart, und Winkler griff zum roten Filzstift.

„Die Berliner Opfer kommen beide aus dem Osten. Sie haben früher beide für das MfS gearbeitet", erläuterte Winkler. Der Übersetzer benutzte den Ausdruck STASI, der Amerikanern geläufiger war.

„Das kann eine Bedeutung haben", fuhr er fort. „Ebenso wichtig scheint mir allerdings der Umstand, dass die beiden sich plötzlich intensiv mit Kunst befasst haben."

„Nun, wir befinden uns weltweit in einer Finanzkrise und die beiden wären nicht die Ersten, die ihr Heil als gewiefte Anleger im recht krisenfesten Kunstmarkt suchen wollten", versuchte Tom eine plausible Erklärung für das neue Interessengebiet der beiden zu finden. „Vor ein paar Tagen wurde bei Christie's in New York ein Bild des nicht gerade weltbekannten Mexikaners Rufino Tomayo für 7,2 Millionen Dollar versteigert." Die anderen schauten ihren New Yorker Kollegen etwas überrascht an. Der *Cop* interessierte sich offensichtlich für den Kunstmarkt.

„Sie mögen recht haben. Bei den beiden glaube ich aber nicht an eine Geldanlage. Soweit wir wissen, hatten die nicht das nötige Kapital, um in diesem Markt tätig zu werden."

„Es sei denn, jemand anderes gibt Ihnen das Geld", schaltete sich Rita ein, „zum Beispiel jemand aus New York, in dessen Auftrag sie handelten."

„Wie dem auch sei, wir werden dem auf jeden Fall nachgehen. Ich schlage vor, wir statten den Galerien, zu denen die beiden Kontakt hatten, einen Besuch ab. Tom, Sie kommen mit – wenn Sie wollen."

29.

Fulvio Turri stand in goldener Schreibschrift, ziemlich klein, an der Glastür. Die Tür stand offen. Reiner Winkler, Rita und Tom Hockney mischten sich unter die paar Besucher. Der Dolmetscher war auch mitgekommen. Die Galerie sah neu aus. Der Ausstellungsraum erstreckte sich vom Eingang über die ganze Tiefe des Gebäudes bis zu einem Innenhof. Die Glasfront zur Straße sowie das Glasdach auf der Hofseite ließen reichlich Tageslicht in den Raum. Zusätzlich beleuchteten zahlreiche an der Decke befestigte Strahler die Exponate an den weißen Wänden. Im vorderen Teil des Raumes hingen Bilder verschiedener Maler. Der mittlere und hintere Teil war ausschließlich einem Maler vorbehalten. Sein Name war Klaus Gerlach, wie der ausliegenden Biografie des Künstlers zu entnehmen war; aus Chemnitz.

Rechts vom Eingang stand ein kleiner Schreibtisch aus Glas und Chrom; darauf ein weißer Laptop. Davor stand ein Mann im Gespräch mit einer attraktiven jungen Dame. Sie trug einen cremefarbenen Hosenanzug, der gut zu ihren langen schwarzen Haaren kontrastierte. Auf einem Clipboard machte sie sich Notizen, während der Mann redete. Er war ein mittelgroßer Typ circa Anfang Fünfzig. Drahtige Figur, gebräunt, dunkle, teilweise ergraute kurze Haare. Er trug einen schwarzen, eng geschnittenen Anzug aus edlem Tuch. Und dazu ein schwarzes T-Shirt. Ein silberner Ring blinkte am kleinen Finger der linken Hand. Am rechten Handgelenk ein silbernes Armband. Dies musste der Galeriebesitzer sein.

„Herr Turri?“

„Ja?“

„Mein Name ist Winkler. Dies sind meine Kollegen. Wir sind von der Kriminalpolizei. Wir möchten gerne mit Ihnen sprechen."

Fulvio Turri hob seine Augenbrauen und blickte von einem zum anderen. Sein anfängliches Erstaunen wich schnell einer routinierten Geschäftsmäßigkeit. Zu der jungen Dame, die offensichtlich seine Assistentin war, machte er eine nonchalante, wegwerfende Handbewegung, um anzuzeigen, dass ihr Gespräch unterbrochen war.

„Nicht hier. Folgen Sie mir bitte." Mit kleinen, schnellen Schritten durchquerte er die Hälfte des Raumes, öffnete eine Schiebetür und bat die Polizisten in einen kleinen Hinterraum. Eine weiße Zweiercouch aus Leder und zwei dazu passende Sessel waren eine Fortsetzung des Designs des Ausstellungsraums. An den Wänden zahlreiche Fotos von Vernissagen, bei denen Turri mit Künstlern und prominenten Besuchern posierte.

Reiner Winkler stellt kurz die anderen vor.

„Und dies ist ein Kollege aus New York, der im Moment bei uns in Berlin hospitiert."

Der Galeriebesitzer musterte Tom neugierig.

„Ich war vor ein paar Monaten in New York. Wir haben eine Partnerschaft mit einer Galerie in Chelsea." Turris Small Talk verriet ein wenig Eitelkeit und sollte seine Weltläufigkeit zeigen. Dann aber ganz geschäftsmäßig:

„Was kann ich für Sie tun, meine Herren?" Wer einen schweren südeuropäischen Akzent erwartet hatte, sah sich getäuscht. Turri sprach das kesse Berlinerisch – wenngleich das etwas gepflegtere, und ein wenig affektiert. Offensichtlich Ältere-Generation-Deutsch-Italiener.

„Erinnern Sie sich an diese beiden Männer?" Rita zog die Fotos aus einem Umschlag und reichte sie Winkler. Sein Büro hatte inzwischen bessere Fotos von beiden besorgen können. Die Passfotos waren einfach zu alt und von schlechter Qualität.

Fulvio Turri spitzte seinen Mund. Warum trägt er eigentlich keinen Ohrring?, dachte Rita und nickte.

„Ja, die waren vor ein paar Tagen hier. Wollten groß ins Geschäft. Was ist mit ihnen?"

„Die wurden vor zwei Wochen erschossen aufgefunden. Sie haben bestimmt von dem Doppelmord gehört."

Er machte große Augen.

„Ja. Aber ich habe das nicht in Verbindung mit meinen Besuchern gebracht. Das ist ja ganz schrecklich. Das erklärt auch, warum die beiden nicht wiedergekommen sind, wie verabredet." Seine Miene zeigte Besorgtheit, verriet aber keine besondere Anteilnahme.

„Was genau wollten die beiden?"

„Der eine von beiden war zweimal hier. Er wollte wissen, ob der Chemnitzer Maler Klaus Gerlach, dessen Arbeiten ich zurzeit zeige, gutes ‚Marktpotenzial', wie er es nannte, hätte. Und wie groß sein Portfolio sei. Er wollte auch wissen, ob ich noch andere junge talentierte Künstler unter Vertrag hätte. Die beiden waren bestimmt keine Experten. Ich hatte eher den Eindruck, dass sie an Masse und nicht an Klasse interessiert waren."

„Wieso das?" fragte Rita nach einer kurzen Pause, in der der Dolmetscher für Tom Hockney übersetzte.

„Sie fragten, ob man das gesamte Portfolio von Gerlach kaufen könne und ob wir auch die Verschiffung machen. Sie würden im Auftrag eines Kunsthändlers in den USA handeln, der offensichtlich auf einen neuen Baselitz, Richter oder Neo Rauch spekulierte."

„Und?" bohrte Winkler.

„Ich fand das Anliegen ausgesprochen unprofessionell und war zurückhaltend. Ich habe zwar nichts dagegen, möglichst viele Bilder meiner Künstler zu verkaufen, aber ich muss auch auf meinen Ruf als seriöser Galerist achten. Ich muss langfristig denken." Dabei machte Fulvio Turri ein Gesicht, als würde er vor einer Ethikkommission stehen.

„Haben die beiden etwas Näheres über ihren Geschäftspartner in den USA gesagt?"

„Nein." Und nach einer kurzen Pause. „Wir sind so verblieben, dass ich über ihr Angebot nachdenken würde. Sie wollten in ein paar Tagen wiederkommen – aber das sagte ich ja schon."

„Okay, wenn Ihnen noch etwas einfällt, rufen Sie mich oder meine Kollegin, Frau Kowalke, an." Dabei reichte Winkler ihm seine Visitenkarte und öffnete die Schiebetür. Auch die anderen machten Anstalten zu gehen. Fulvio Turri begleitete die vier zum Ausgang.

„Übrigens, als die beiden die Galerie verlassen hatten, habe ich ihnen nachgeschaut und gesehen, wie sie ein paar Häuser weiter in der Galerie *Sander+Haidt* verschwanden. Meine Kollegen dort vertreten auch junge deutsche Künstler."

„Danke." Rita war die einzige, die sich noch einmal umdrehte und sich höflich für die Auskunft bedankte.

*

Obwohl bereits nach 18 Uhr, war es draußen immer noch sehr warm. Im Hotel war es hingegen angenehm kühl. Rita hatte Tom vor seinem Hotel am Gendarmenmarkt abgesetzt. Er hatte eine Nachricht. Ein rotes Lämpchen an seinem Telefon zeigte dies an. Sie war von Thomas:

„Hallo Tom, ich hoffe, du hattest einen guten Tag im sommerlichen Berlin und ihr seid der Lösung des Falls nähergekommen. Ich bin gespannt, was du mir zu erzählen hast. Für Donnerstag habe ich Karten für die *Berliner Philharmoniker.* Ruf mich an, wenn du mit mir zu Abend essen möchtest. Ciao."

Tom war müde. Er hatte den Jetlag noch nicht überwunden. Außerdem war er nicht in bester Stimmung. Seine deutschen Kollegen hatten sich zwar alle Mühe gegeben, ihn umfassend zu briefen und in die Ermittlungen einzubeziehen. Er hatte aber das Gefühl, dass sie heute keinen Schritt weitergekommen waren. Es war klar, dass es sich bei dem oder den Mördern von New York und Berlin um dieselben Personen oder zumindest um Komplizen handelte. Und es gab auch kaum noch Zweifel, dass die Taten im Auftrag ausgeführt worden waren. Aber welche Verbindung gab es zwischen den Opfern? Die beiden Deutschen haben den New Yorker Taxifahrer wahrscheinlich nie in ihrem Leben gesehen oder nicht einmal von seiner Existenz gewusst – und umgekehrt. Die Opfer mussten aber – unabhängig voneinander – eine Beziehung zu dem Auftraggeber der Morde haben. Bei diesem Gedanken verharrte er. Sie mussten die jüngere und ältere Vergangenheit der Opfer noch mehr ergründen!

Tom hatte seinen Anzug ausgezogen. In Hemd und Boxershorts legte er sich aufs Bett. Er schaltete den Fernseher an. Fast ausschließlich deutschsprachige Sender. Aber auch CNN – aus London –, BBC und CNBC. George W. Bush war heute in Berlin gelandet. Auf seiner europäischen Abschiedstour war er von Angela Merkel am Flughafen empfangen worden. Soweit er es mitbekommen konnte, waren die beiden dann gleich weiter zum Schloss

Meseberg, dem Gästehaus der deutschen Bundesregierung außerhalb Berlins, gefahren. Bush hatte sich in den letzten Jahren in Europa doch sehr unbeliebt gemacht. Vielleicht wollte man ihm ersparen, bei einem Besuch in der Stadt diese Abneigung zu spüren zu bekommen.

Tom würde seinen Freund anrufen und ihm sagen, dass er heute im Hotel bleiben und früh schlafen gehen würde. Er wollte sich einen Salat und ein Sandwich beim Zimmerservice bestellen und E-Mails beantworten. Vor allem aber wollte er Nina anrufen. Die müsste jetzt beim Mittagessen sein.

*

Es hatte sich deutlich abgekühlt. Die Hitze der letzten Tage hatte in seinem Büro eine etwas stickige Luft hinterlassen. Reiner Winkler öffnete die Fenster. Auf seinem Schreibtisch fand er den Bericht seines Kollegen Scharfe. Der hatte die Exfrau von Werner Rehbein aufgespürt und befragt. Im Wesentlichen bestätigte sie die Aussagen von Helga Servatzki. Die beiden Männer waren schon früher bei der Stasi befreundet gewesen und haben Vieles zusammen gemacht – beruflich wie privat. Auch bei Auslandseinsätzen seien sie zusammen aufgetreten. Christa Wernicke – so hieß sie jetzt – vermutete, dass jeder von ihnen wohl den Auftrag hatte, auf den anderen aufzupassen.

Bei ihren Auslandseinsätzen handelte es sich überwiegend um die Überprüfung von Mitarbeitern der diplomatischen Vertretungen der DDR, unter anderem in Afrika. Auf die Frage, ob sie sich vorstellen könne, dass ihr Exmann in ein Bordell gehen würde, hatte sie ohne Zögern „durchaus“ geantwortet. Schon früher, bei Dienstreisen nach Angola oder Mosambik, hätte es Hinweise auf Kontakte zu Prostituierten gegeben. Hier wich die Information etwas ab von der Aussage der Servatzki. Was ihr Ex-Mann in den letzten Jahren gemacht hat, wüsste sie allerdings nicht. Sie hätten kaum Kontakt.

*

„Guten Morgen!“, sagte Tom, als er in Reiner Winklers Büro trat. Die Begrüßung auf Deutsch war ihm gut gelungen.

„Hello!“ Winkler bedeutete Tom mit einer Handbewegung, sich zu setzen. Er wollte nur schnell Scharfes Bericht zu Ende lesen.

Tom setzte sich, stand aber gleich wieder auf, als sein deutsches Handy klingelte. Es war Thomas.

„Hat *Detective* Hockney gut geschlafen?“ meldete sich sein Freund gut gelaunt.

„Wie ein Baby. Was gibt's?“

„Es ist wegen morgen. Ich rufe so früh an, weil ich den ganzen Tag mit Klienten unterwegs bin. Warum kommst du nicht gegen sechs – oder meinetwegen auch etwas früher – ins *Adlon*. Wir nehmen einen Drink, essen vielleicht noch eine Kleinigkeit und gehen dann von hier zur Philharmonie. Scheint übrigens ziemlich spannend zu werden: „Erster Aufzug aus Siegfried“, eine konzertante Voraufführung der Berliner Philharmoniker für ihr Gastspiel in Aix-en-Provence. Mit Ben Heppner als Siegfried.“

„Thomas, du bist ein Ass! Darauf freue ich mich. Vielen Dank.“

„Nicht der Rede wert. Du weißt ja, ich bin ein Musik-Aficionado. Übrigens, wir hätten heute Abend auch in *Fidelio* gehen können. Staatsoper. Die wird aber zurzeit renoviert. Daher finden die Aufführungen im Schillertheater statt. Ich glaube, wir können uns dies schenken."

„Ja. Ich bin außerdem verabredet. Meine deutschen Kollegen wollen heute Abend mit mir essen gehen. In ein typisches Alt-Berliner Lokal. Wir sehen uns dann morgen im *Adlon.* Bye-bye."

„Kaffee?" wandte sich Winkler an Tom, als dieser sein Handy wieder in der Hosentasche verschwinden ließ.

„Nein, danke. Was Neues?"

„Nicht viel. Dies ist der Bericht von einer Befragung der Exfrau eines der Opfer." Er schob Tom drei Seiten rüber.

„Sorry, es ist in Deutsch. Der Übersetzer kommt erst gegen Mittag. Ich kann dir aber kurz den Inhalt erzählen." Winkler wollte das Papier wieder an sich nehmen, wurde aber von Tom gebremst.

„Was steht hier?" Tom zeigte auf eine Stelle auf der zweiten Seite. Er hatte nur kurz geblättert. Er konnte es zwar nicht lesen, aber sein Blick war an einem Wort hängengeblieben, das ihm bekannt vorkam, obwohl die Schreibweise eine andere war als die, die er kannte: *Mosambik.*

„Dies ist die Antwort der Frau auf die Frage, ob sie es für möglich hielte, dass ihr damaliger Mann in ein Bordell geht. Sie bejahte die Frage mit Hinweis auf frühere Stasi-Dienstreisen unter anderem nach Angola und Mosambik, bei denen es vermutlich zu Kontakten mit Prostituierten gekommen sei."

„Wow!" entfuhr es Tom. Mehrere Glocken klingelten gleichzeitig in seinem Kopf und er spürte, wie sein Adrenalinspiegel nach oben schnellte.

„Mosambik! Das könnte die Verbindung sein!"

Reiner Winkler schaute ihn verständnislos an.

„Reiner, du wirst es nicht glauben. Ich denke, wir sind einen wichtigen Schritt weiter. Der ermordete Taxifahrer in New York stammt aus Mosambik. Das kann Zufall sein, glaube ich aber nicht. Lass' noch einmal nachfragen, wann die Stasi-Typen in Mosambik waren."

„Donnerwetter, das ist ein Hammer", ließ sich jetzt auch Winkler aus der Ruhe bringen. Er griff zum Telefon.

„Günther, du musst noch einmal mit der Exfrau von dem Rehbein sprechen. Wir müssen wissen, wann die Typen in Mosambik waren. Okay? Ja, sofort."

30.

Es gab Neuigkeiten. Stokes war während Toms Abwesenheit nicht untätig gewesen. Jede Information stand auf einem separaten Blatt Papier. Cathy hatte die Blätter chronologisch geordnet.

Tom fühlte sich gut heute Morgen. Er war am frühen Sonnabendnachmittag in *Kennedy* gelandet. Rick hatte ihn abgeholt und dank des moderaten Wochenendverkehrs war er schon nach anderthalb Stunden zu Hause.

Nach dem Rückflug von Osten nach Westen hatte er kaum Probleme mit dem Jetlag. Er ging zur gewohnten Stunde schlafen, wachte dann zwar ein, zwei Stunden früher auf als sonst, konnte sich dann aber voll in den normalen Tagesablauf einfädeln.

Dabei wäre der Sonntag beinahe zu einem vollen Arbeitstag geworden. Sie hatten gerade auf der Terrasse gefrühstückt, als Toms Handy klingelte. Es war Eddy Gonzales, ein Kollege, der Wochenenddienst hatte:

„Die haben heute früh in Queens in einem Auto einen etwa 35-jährigen Mann indischer Herkunft gefunden. Erschossen. Kopfschuss."

Tom schluckte. Das konnte doch nicht sein. Gerade schien etwas Licht in das Dunkel zu kommen und dann dies!

„Wo war das?"

„An der Kreuzung Linden Boulevard und Guy R. Brewer Boulevard."

Das war zwar auch in Queens, aber eine ganze Ecke weg von dem Tatort des Taximordes.

„Versuchen Sie, soviel Einzelheiten wie möglich herauszufinden und rufen Sie mich wieder an. Inzwischen rufe ich ein, zwei Leute aus unserer Abteilung zu Hause an, die Sie unterstützen werden."

Er dachte kurz nach. Dies musste nicht zwangsläufig etwas mit ihrem Fall zu tun haben. Er würde aber auf jeden Fall für Verstärkung sorgen.

Eddy meldete sich bereits nach einer dreiviertel Stunde wieder.

„Es sieht so aus, als ob wir es hier mit einem Familiendrama zu tun haben. Die Lebensgefährtin des Opfers wird zurzeit verhört."

„Okay, der Kollege David Tennenbaum wird in etwa einer Stunde ins Präsidium kommen. Und möglicherweise auch Eric Weiner. Ich konnte ihn nicht erreichen, habe aber eine Nachricht hinterlassen. Vielen Dank. Ich bin morgen früh im Büro. Legen Sie Ihren Bericht auf Cathys Schreibtisch."

Tom war in gewisser Weise erleichtert. Natürlich war dies wieder ein sehr trauriger Fall. Ein Fall, wie er leider in New York häufiger vorkommt. Ein Tötungsdelikt mit meistens dramatischem häuslich-familiären Hintergrund, bei dem zerrüttete menschliche Beziehungen eine Rolle spielten. Er würde Tennenbaum diesen Fall übergeben. Er und die Spezialeinheit mussten sich ganz auf den Taximord konzentrieren.

Für seinen Berlinbesuch konnte er alles in allem ein positives Resümee ziehen. Tom hatte jetzt einen guten Überblick über den gesamten Fall. Er kannte seine Kollegen in Berlin nun, und sie konnten jederzeit auf dem kurzen Dienstweg miteinander kommunizieren. Dies würde die weiteren Ermittlungen ohne Frage erleichtern.

Sie hatten es mit internationaler Bandenkriminalität zu tun, bei der hinter den Tätern ein oder mehrere Auftraggeber standen. Bezeichnend waren die Rigorosität und

Brutalität, mit der die Morde ausgeführt worden waren. An der Parallelität zwischen Berlin und in New York gab es keine Zweifel. Das große Rätsel war das Motiv. Wenn sie den Hintermännern auf die Spur kämen, wäre ein Motiv höchstwahrscheinlich erkennbar. Sie mussten mit dem FBI und auch der Abteilung Bandenkriminalität eng zusammenarbeiten. Und der Polizeipräsident, der Commissioner, musste auf den neuesten Stand gebracht werden.

Die letzten beiden Tage in Berlin hatte Tom überwiegend damit verbracht, sein Büro in New York per E-Mail mit den neuen Informationen zu versorgen. Außerdem hatte er an seinem Bericht für den Leiter des Detective Bureaus sowie einer Kurzversion für den Commissioner gearbeitet.

Das Konzert in der Berliner Philharmonie war ein echter musikalischer Glanzpunkt gewesen. Tom war seinem Freund sehr dankbar, dass er dies arrangiert hatte. Simon Rattle kam zwar ziemlich regelmäßig mit den Philharmonikern in die Carnegie Hall, aber dieses Weltklasse-Orchester in seiner gewohnten Umgebung, gewissermaßen in einem Heimspiel zu erleben, war etwas ganz Besonderes. Und Wagner einmal nicht über fünf Stunden zu genießen, sondern als selektive Kostprobe aus dem *Ring,* war ein spezielles Vergnügen. Ben Heppner als Siegfried natürlich herausragend. Der Beifall wollte kein Ende nehmen.

Anschließend hatten sie noch bei einem Drink in der Hotelbar vom *Adlon* zusammengesessen. Sie ließen das Konzert noch einmal Revue passieren. Thomas kam dann aber doch schnell auf Toms Fall zu sprechen.

„Die Spur mit Mosambik finde ich ganz heiß. Ich bin mit dir einer Meinung, dass dies nicht purer Zufall ist. Hier kann der Schlüssel zur Lösung liegen. Wenn man dieser Spur konsequent nachgeht, findet sich möglicherweise ein Motiv."

Sein Freund war ganz fasziniert von diesem Fall, und Tom musste ihm versprechen, ihn über die weiteren Ermittlungen auf dem Laufenden zu halten.

Dann verabschiedeten sie sich. Thomas flog am nächsten Tag zurück, Tom einen Tag später.

Am Freitag, nach einem letzten Treffen mit seinen Berliner Kollegen, hatte Tom sich noch einen künstlerischen Leckerbissen gegönnt: Es gab eine Ausstellung von Alexander Radtschenko im Martin-Gropius-Bau, die er unbedingt sehen wollte. Vor zehn Jahren hatte das MOMA eine größere Anzahl der Werke dieses russischen Malers des Konstruktivismus, einschließlich seiner Arbeiten als Designer und Fotograf, gezeigt, die ihn fasziniert hatten.

Er blätterte die Notizen auf seinem Schreibtisch durch. Tom suchte nach einer Information, auf die er gespannt war. Und fand sie: Die Kopie einer E-Mail von der Berliner Kriminalpolizei. Sie war vom Freitagabend der letzten Woche, also nachdem sich Tom bereits von seinen Berliner Kollegen verabschiedet hatte.

Nach Aussagen von Frau Servatzki und Frau Wernicke (geschiedene Rehbein) waren ihre Ehemänner im Auftrag der Stasi im April des Jahres 1986 für circa eine Woche in Maputo, Mosambik. An ein genaues Datum kann sich keine von beiden erinnern.

Howard Stokes hatte mit einer Büroklammer eine eigene Aktennotiz zu diesem Punkt an der Berliner E-Mail-Kopie befestigt. Tom hatte noch von Berlin aus Stokes gebeten zu eruieren, wann Saidi Calhoun in Mosambik gelebt hat. In der Aktennotiz teilte Stokes seinem Chef mit, dass nach Angaben von Elvira Lopez Saidi Calhoun seit seiner Geburt 1963 immer mit seinen Eltern in Maputo gewohnt hat. Bis zu seinem Asylantrag in Amerika 1988. Aber so ganz genau wusste sie es nicht.

Das Timing stimmte also. Zufall? Daran glaubte Tom jetzt weniger denn je. Wo aber ist der Zusammenhang? Tom wusste, die Antwort auf diese Frage würde sie auf die Spur der Mörder und ihrer Hintermänner führen.

Er blätterte weiter. Donnerwetter! Jetzt kommen wir voran, ging es ihm durch den Kopf. So war es manchmal. Eine Zeitlang glaubt man, festzustecken. Keine neuen Erkenntnisse, keine Aufschlüsse über Zusammenhänge. Und dann fügt sich plötzlich ein Teil des Puzzles zu einem anderen, auch wenn sich noch kein Gesamtbild ergibt.

Was er las, war ein echter Hammer und hob seine Stimmung gewaltig.

„Cathy!“ rief er durch die offene Tür, „bring mir bitte einen Kaffee – und einen von diesen Rosinencookies!“

Während seiner Abwesenheit hatte sich die Sondereinheit unter Howard Stokes mit dem Organized Crime Control Bureau (O.C.C.B.), der Abteilung für Bandenkriminalität, kurzgeschlossen. Gemeinsam mit den Kollegen vom FBI hatten sie einen Volltreffer gelandet. Für die Fingerabdrücke von der Tür des Taxis und von der Plexiglastrennwand im Wagen hatte sich eine Übereinstimmung mit der Datenbank der Abteilung ergeben. Weiß der Henker, warum Interpol Fehlanzeige gemeldet hatte. DNA-Spuren hatten sowieso nichts gebracht. Dies war nicht verwunderlich, da Schweißspuren oder Haare und ein benutztes Papiertaschentuch von einer Vielzahl von Passagieren stammen konnten. Bei den Fingerabdrücken waren sich die Experten jedoch ziemlich einig, dass man die frischesten ausgesondert hatte. Sie gehörten zu einem notorischen Straftäter, der wegen Gewaltverbrechen – von Einbruch bis Mord – in verschiedenen Ländern gesucht wurde, unter anderem in Polen, Russland, Österreich und in den USA. Sein Name war Igorij Balitow. Aber er trug auch andere Namen und reiste mit wechselnden Pässen, wie der Bericht ausführte. Er war selbst in einschlägigen Gangsterkreisen gefürchtet. Dort hatte man ihm den Beinamen *Glaso* gegeben. Nach dem russischen Wort für Auge, *Glas*, hieß es in dem Report; ein Hinweis auf das grausige Markenzeichen seiner Morde. Die Beschreibung in seinem Profil – auch ein Bild war dabei – passte auf einen der beiden Russen in dem Berliner Fall, den einsneunzig Großen mit den langen blonden Haaren.

„Danke, Cathy!" sagte Tom als sie einen Becher mit dampfendem Kaffee auf seinen Schreibtisch stellte. Dazu eine Untertasse mit zwei seiner Lieblingskekse.

„Wir machen Fortschritte, Cathy, ruf mal diese Nummer in Berlin an", dabei hielt er ihr die Karte von Hauptkommissar Reiner Winkler hin. Vor die Telefonnummer hatte er 011 gekritzelt und die Null vor der 49 ausgestrichen.

„Wenn er nicht da ist, frag' nach Rita."

*

Die New Yorker Komplizen des Killers konnten nur im einschlägigen professionellen Verbrechermilieu zu finden sein. Die *Organized Crime Unit,* Abteilung für Bandenkriminalität, wusste, wo sie ansetzen musste. Seit vielen Jahren wurden bestimmte Gruppen regelmäßig beobachtet und überprüft, wie zum Beispiel die Italo-Amerikanische Gang seinerzeit um den legendären John Gotti, Boss der Gambino-Gangsterfamilie, die ihre Aktivitäten vom Ozone Park in Queens aus betrieb.

Oder die lateinamerikanischen Drogensyndikate.

In diesem Fall musste man das Augenmerk auf die russische Mafia richten, ein Syndikat aus Russland und der Ukraine, die auch von Brighton Beach in Brooklyn aus agierte.

Dann war da die *Bratwa* (Bruderschaft), die sogenannte Ismailowskaja-Gang, die auch in New York operierte. Diese Organisation hatte ein paar hundert aktive Mitglieder, war sehr straff organisiert und spezialisiert auf *Murder-for-hire* und Erpressung. Hier musste man auf den Busch klopfen. Viel Arbeit für das FBI und die *Organized Crime Unit*.

Toms Sondereinheit hatte sich auch die Passagierlisten aller Flüge am Tattag von JFK nach Europa ab 22 Uhr geben lassen. Aber wonach sollte man suchen? Allein die Anzahl der Namen machte dieses Unterfangen fast unmöglich. Jeden Tag gab es von JFK allein nach Europa über 100 Flüge mit mehr als 20.000 Passagieren. Die Abflüge waren überwiegend abends. Die Namen gaben keine Anhaltspunkte. Sie spiegelten nicht nur den *Melting Pot* Amerika, sondern auch die ethnische Vielfalt Europas von Portugal bis zum Ural wider. Die Kollegen hatten gehofft, eine Namensgleichheit zu entdecken bei einem Passagier, der am selben Tag angekommen und wieder abgereist war. Fehlanzeige. Die Profis hatten offensichtlich Mittel und Wege gefunden, dieses Indiz zu vermeiden.

Den Bericht von Tennenbaum überflog er nur kurz und legte ihn beiseite. Den Fall überließ er seinem Kollegen.

Eine andere Notiz aber erregte seine Aufmerksamkeit. Ein Mitarbeiter seiner Spezialeinheit hatte sich die

Aufzeichnungen der Gespräche von Saidi Calhouns Handy angesehen und analysiert. Überwiegend waren es Telefonate mit seiner Frau, mit seiner Taxifirma, ein paar Gespräche mit seinem Sohn Roy und ein paar Freunden. Dann diverse Anrufe bei chinesischen, griechischen, italienischen und einem afghanischen Restaurant, die alle Essen außerhaus lieferten. Eine Nummer ließ ihn total perplex: Sie stand in der Spalte „Ausgehende Gespräche". Dahinter stand *Engelhard Capital LLC.* Dreimal wurde telefoniert: Am 3. Mai um 14.17 Uhr, am 5. Mai um 10.23 Uhr und am 6. Mai um 16.12 Uhr. Tom starrte ungläubig auf diesen Eintrag und machte ein dickes Kreuz an den Rand. Dann wählte er die Nummer.

„Engelhard Capital, Mister Bergstraessers Büro. Dies ist Jennifer."

Tom drückte die „End call"-Taste. Es war also kein Irrtum – und es war offensichtlich die Durchwahlnummer von dem Partner seines Freundes. Er musste Thomas gleich anrufen.

31.

Sie hatten sich zwölf Tage nicht gesehen. Thomas freute sich auf Christina. Er wollte mit ihr so schnell wie möglich ins Wochenende in die Hamptons. Er ließ sich daher mit der Limousine von JFK gleich ins Büro fahren, um sich auf den neuesten Stand zu bringen und einiges aufzuarbeiten. So konnten sie gleich am nächsten Tag rausfahren.

Am Freitagnachmittag waren die Straßen nach Manhattan und aus der Stadt raus natürlich verstopft. Es ging nur sehr langsam vorwärts. Thomas nutzte die Zeit, um im Auto einige Telefonate zu erledigen. Außerdem hatte Rick, der Fahrer, *The Financial Times, The Wall Street Journal* und die letzte Ausgabe von *Barrons* auf den Rücksitz gelegt. Rick McCrary war Ire. Der Limousinenservice, den sie seit vielen Jahren nutzten, bemühte sich, bei bestimmten Personen immer dieselben Fahrer zu beschäftigen. Das sollte zur Kundenbindung beitragen. Die meisten Fahrer waren russischer Herkunft beziehungsweise stammten aus verschiedenen ehemaligen Sowjetrepubliken. Die sprachen alle Russisch und – je nachdem, wie lange sie in Amerika waren – ganz leidlich Englisch. Mit dem schweren osteuropäischen Akzent allerdings. Der Fahrer seines Partners, Lars, zum Beispiel, war Ukrainer. Es spielte zwar keine große Rolle, aber Thomas bevorzugte den Iren. Den konnte er – fast – immer verstehen. Denn von seinem Russisch aus der Schulzeit in Dresden war kaum etwas übriggeblieben.

Er blätterte durch die *Financial Times.* Die wirtschaftliche Lage war dramatisch. Sie steckten mitten in einer Rezession, die einige mit der Weltwirtschaftskrise Anfang der 30er-Jahre verglichen, was Thomas jedoch für übertrieben hielt. Aber es gab in der Tat kein Wirtschaftswachstum mehr. Der Anstieg des Bruttosozialprodukts würde in diesem Jahr negativ ausfallen. Das hatte es seit 26 Jahren nicht gegeben, wenn man von dem kurzfristigen Einbruch 1991 absieht. Die Subprime-Krise, verursacht durch die amerikanischen Banken, war dramatisch. Laut *Wall Street Journal* würden die Zwangsversteigerungen von Immobilien in diesem Jahr die Rekordzahl von 3 Millionen erreichen. Das waren 80 Prozent mehr als im Vorjahr. Gegenüber 2006 lag die Steigerung sogar bei über 200 Prozent. Die Regierung hatte zwar einen Rettungsfonds von 900 Milliarden bereitgestellt, die Hälfte davon ging aber gleich an die notleidenden Hypothekenriesen Fannie Mae und Freddie Mac.

Sein Handy meldete sich. „Christina“ sah er auf dem Display.

„Hallo Liebling! Wie geht es meiner New Yorker Rechtsanwältin am Freitagnachmittag?“

„Fantastisch! Mit der Vorfreude auf unser Wiedersehen nach über anderthalb Wochen kein Wunder. Oder? Wo bist du jetzt?“

„Ich bin vor einer Dreiviertelstunde gelandet. Bin jetzt im Wagen auf dem Weg ins Büro. Muss sein. In dieser Zeit passiert einfach zu viel in einer Woche.“ Für einige Sekunden war es still am anderen Ende. Thomas konnte sich die Enttäuschung in Christinas Gesicht ausmalen.

„Okay, ich mach’ dir einen Vorschlag: Ich werde für etwa drei Stunden im Büro sein. Dann treffen wir uns zu einem frühen Dinner im *L’Absinthe,* sagen wir um sieben. Anschließend gehe ich bei mir früh ins Bett. Allein. Und morgen fahren wir rechtzeitig in die Hamptons. Dort haben wir dann alle Zeit dieser Welt nur für uns und können uns gegenseitig verwöhnen. Machst du bitte die Reservierung im *L'Absinthe*?"

Sie waren jetzt bei der Triboro Bridge. Christina schien versöhnt. Das hatten sie gemein. Wenn einer sich über den anderen ärgerte oder sie sich gar einmal stritten, was ganz selten vorkam, hielt dies nicht lange an. Der Ärger war immer schnell verflogen, und nach kurzer Zeit wussten sie gar nicht mehr, worum es gegangen war.

*

Jeff Cohan wartete schon auf ihn.

„*Welcome back!* Wie war's?"

Thomas antwortete nicht gleich. Er zog sein Jackett aus und hängte es über eine Stuhllehne. Er warf einen Blick auf seinen Schreibtisch. Da lagen diverse Poststapel. Eine Flasche *Pellegrino* und ein Glas standen daneben.

„Okay, unsere deutschen Kunden mögen uns, halten sich aber mit Neuanlagen zurück. Selbst unsere interessantesten Projekte hat keinen hinter dem Ofen hervorlocken können. Bis auf weiteres keine Neuinvestitionen. Die halten vorläufig lieber *Cash*. Wir können froh sein, dass bisher kein Anleger, ob institutionell oder privat, Kapital abgezogen hat. Die haben nach wie vor großes Vertrauen zu uns. Obwohl drüben natürlich jeder die Schuld für die Krise den Banken an der Wall Street zuschiebt."

„Ja, bei den Banken sieht es ziemlich schlimm aus. Die Gewinne an der Wall Street haben sich im letzten Jahr halbiert, und die Quartalsergebnisse Ende dieses Monats werden bei einigen mit tiefroter Tinte geschrieben werden. Aber nicht nur die Banken sind betroffen; der ganze

Finanzsektor. A.I.G. scheint sehr ernste Liquiditätsprobleme zu haben. Die Aktie ist abgestürzt, und der Vorstandsvorsitzende, Martin Sullivan, musste seinen Stuhl räumen. Der Neue ist Robert Willumstad. Kennst du den?“

„Nee. Nicht persönlich. Ich glaub', der war früher bei der Citigroup. Soweit ich mich erinnere, haben wir nur eine kleine A.I.G.-Position. Oder?“

„Ja, die wir abstoßen sollten – mit Verlust, bevor die weiter absacken. Ebenso Lehman Brothers. Da wird auch über Milliardenverluste spekuliert. Richard Fuld verbreitet allerdings weiter moderaten Optimismus. Gut, das muss er.“

„Okay, raus aus Banken. Ich gehe gleich mal zu den Tradern und spreche mit ihnen, sind die noch da? Nach Börsenschluss am Freitag?“

„Es sind noch alle an Bord.“

Das ist Amerika, dachte Thomas. Freitagnachmittag, nach vier Uhr, strahlender Sonnenschein, 28 Grad im Schatten. Alle an Bord. Das sieht in Frankfurt oder Berlin ganz anders aus. Und trotzdem hielt sich immer noch die Mär vom „fleißigen Deutschen“.

Lars Bergstraesser war allerdings nicht da. Er machte sich in letzter Zeit rar.

„Übrigens, hast du das mitbekommen?“, wechselte Jeff das Thema. „Tim Russert ist tot. Herzschlag. Freitag. Er war erst 58.“

„Das ist bitter. Ein großer Verlust!“ Thomas war in der Tat geschockt. Russert war vier Jahre jünger als er. Er mochte den Moderator von NBCs *Meet the Press* sehr. Ein scharfer, aber immer fairer und immer erstklassig vorbereiteter Interviewer. Und für seine eigenwillige Berichterstattung bei Präsidentschaftswahlen war er berühmt:

„Florida, Florida, Florida!“ Thomas hatte ihn bei Veranstaltungen, bei denen er den Festvortrag hielt, persönlich kennengelernt.

Er erhob sich, ein wenig nachdenklich, und begleitete seinen CFO zur Tür.

„Jeff, ruf bitte Trevis Mohan von CALO Solutions an und sag' ihm, dass wir von der Finanzierungsrunde zum gegenwärtigen Zeitpunkt dringend abraten. Er wird dies verstehen.“

Thomas ging rüber zum *Trading Room*.

*

Das Wochenende war super. Sie hatten Einiges nachzuholen. Sie fuhren richtig aufeinander ab. Die Erotik wurde natürlich durch das warme Sommerwetter und die spärliche Bekleidung gefördert. Thomas lief nur in Schwimmshorts und T-Shirt herum, während Christina sich meistens mit einem seidenen Pareo, um die Hüften geknotet, begnügte. Sie liebten sich im Haus, auf den dicken Polsterliegen am Swimmingpool und im Pool selbst. Selten hatte Thomas so viel Übereinstimmung erlebt. Es war simpel, wie selbstverständlich. Ohne großes verbales oder sonstiges Brimborium.

Sonnabendabend gingen sie ins *Oakland's.* Dies war zwar kein Super-Restaurant, ein Lokal mit einer Marina, wie man es an Amerikas Küsten eigentlich überall trifft. Aber man saß draußen, direkt am Wasser und konnte den Sonnenuntergang über der *Shinnecock Bay* erleben. Gleich daneben lag der Fischereihafen, und sie konnten Fisch essen vom Fang desselben Tages.

„Was meinst du, sollen wir Lars Bergstraesser und Frau morgen zum Lunch bitten?“, fragte Thomas und nahm eine der Austern von dem großen Teller in der Mitte des Tisches, den sie als Vorspeise für zwei bestellt hatten. „Ich sehe in letzter Zeit wenig von ihm. Immerhin ist er mein Partner, Senior Partner muss ich wohl sagen.“

„Meinetwegen, aber du weißt, ihn mag ich nicht so gerne. Irgendwie fühle ich mich in seiner Gegenwart unwohl. Der zieht dich mit seinen Augen aus. Das machen allerdings viele Männer. Aber da ist noch etwas anderes, ich kann dieses Gefühl nicht genau beschreiben. Etwas, was mich irgendwie irritiert. Yvonne finde ich dagegen sehr nett. Ich frage mich manchmal, ob sie die Frauengeschichten ihres Mannes kennt.“

„Kaum, Lars ist ausgesprochen geschickt, Dinge zu verbergen, die nicht jeder wissen soll.“

Thomas teilte Christinas Empfindungen im Hinblick auf Lars Bergstraesser nicht. Sein Verhältnis zu ihm war neutral. Er bewunderte sein unternehmerisches Potenzial. Er hatte sich als vergleichsweise kleiner Investmentbanker im Kreise der Großen an der Wall Street etabliert und sich einen guten Ruf erworben. Thomas wusste zwar von seinen Eskapaden mit Frauen, aber das Privatleben seines Partners interessierte ihn nicht sonderlich. Er schätzte es, dass Bergstraesser ihm – zumindest in den letzten Jahren – in fast allen Dingen völlig freie Hand ließ.

„Die Zeiten sind nicht gerade rosig, und wir müssen einige Einschränkungen machen. Da sollte ich mit meinem Partner vielleicht etwas enger zusammenrücken und die nächsten Strategieschritte mit ihm abstimmen. Ich rufe ihn nachher einmal an. Vielleicht haben die ja auch etwas anderes vor.“

„Meinetwegen. Ich verdrücke mich dann mit Yvonne an den Strand.“

Die Kellnerin räumte die Platte mit den leeren Austernschalen ab und klappte einen kleinen Tisch neben ihnen auf, auf den ein junger Mann einen dampfenden Teller mit einem gegrillten Loup de Mer stellte, den die Kellnerin geschickt zerteilte und auf zwei Teller verteilte. Ein anderer Kellner nahm die Flasche Sancerre aus dem Eiskübel und schenkte den beiden die halbleeren Gläser wieder nach. Sofort bildeten sich an der Außenseite der Gläser Wassertropfen, als der eiskalte Wein auf die warme, etwas schwere Sommerluft hier draußen auf der Terrasse traf.

Um diese Jahreszeit würde es sich später am Abend angenehm abkühlen. Im Juli und August ist dies kaum noch der Fall. Dann ist man drinnen, im klimatisierten Dining-Room, besser aufgehoben. Allerdings mochten beide die Air Condition in den amerikanischen Restaurants, in den Kinos und in den öffentlichen Transportmitteln nicht. Es war meistens so kalt, dass man gut daran tat, im Hochsommer immer einen Pullover dabei zu haben. Dagegen war es im Winter fast überall viel zu warm. Welch eine Energieverschwendung! Thomas erinnerte sich an eine große Investorenkonferenz in New York, bei der Bill Clinton als *Key Note Speaker* engagiert war. Der Ex-Präsident machte unter anderem das fehlende Energiesparbewusstsein der Amerikaner zum Thema: „Wenn wir überall Thermostate einführen würden(!), könnten wir drei große Kohlekraftwerke dicht machen.“ Diese Aussage hatte Thomas nicht vergessen; sie beschrieb recht anschaulich die Einstellung der Amerikaner zum Energiesparen. Und sie machte auch deutlich, wie rückschrittlich das Land im Hinblick auf manche Alltagstechnologien war.

Die Sonne hatte jetzt fast den Horizont über der Bay erreicht. Sie würde in wenigen Minuten verschwinden. Nur ein paar Wolkenschleier verdeckten das orangene Rund. Jetzt waren die Tage am längsten. Und doch ging hier die Sonne bereits gegen neun Uhr unter. Ganz anders in Berlin in der letzten Woche, als Thomas um halb elf abends fast noch bei Tageslicht in einem Café *Unter den Linden* saß.

„Liebling, was gibt es Neues bei dir? Wie hast du es ohne mich ausgehalten? Hast du viel gearbeitet?“

„Ich habe es überlebt, wie du siehst. Und es gab tatsächlich etwas Neues. Ich habe in der letzten Woche eine Pause vom *Corporate Law* gemacht. Einer unserer Partner brauchte Unterstützung in einem Unterhaltsfall. Das war eine interessante Abwechselung.“

„Unterhalt? Für Kinder?“

„Nein, Ehegattenunterhalt. Eine junge Frau, die als Achtzehnjährige aus einem kleinen albanischen Dorf nach Connecticut gekommen war, um einen um 26 Jahre älteren Albaner, inzwischen erfolgreicher Bauunternehmer und amerikanischer Staatsbürger, zu heiraten. Sie war diesem Mann bereits als Dreizehnjährige von ihren Eltern gegen Zahlung einer stattlichen Geldsumme versprochen worden. Die Eltern mussten dabei garantieren, dass ihre Tochter als Jungfrau zu ihm kommt.“

„Und das hat nicht funktioniert, oder?“

„Am Anfang schon. Sie war Jungfrau und sie heirateten, wohnten in einem großen Haus in Greenwich in Connecticut. Er kaufte ihr einen BMW Cabrio und war auch sonst sehr großzügig. Das Problem war, dass sie ihn nicht liebte. Sex mit ihm empfand sie als physische und seelische Qual. Sie freundete sich mit einer Nachbarin an, von der sie viel über das gesellschaftliche Leben einer amerikanischen Frau lernte. Sie lernte – gegen den Willen ihres Mannes – Englisch und entwickelte sich aufgrund ihrer Intelligenz und Aufgeschlossenheit zu einer selbständigen, modernen jungen Frau."

Die Kellnerin schickte sich an, den beiden den Rest des Loup de Mer nachzulegen.

„Hat sie ihren Mann verlassen?"

„Ja, aber nicht einfach so. Sie hat gejobbt – gegen den Willen ihres Mannes – und alles Geld gespart mit eigenem Bankkonto und so. Sie hat sich eine kleine billige Wohnung gemietet und ihrem Mann gesagt, dass sie sich scheiden lassen möchte. Der hat das zunächst nicht ernst genommen. Aber nach vielem Hin und Her konnte diese junge Frau ihn davon überzeugen, dass ihre Ehe nie funktionieren würde und es daher für beide besser wäre, sich zu trennen. Aus Naivität und ein wenig schlechtem Gewissen – ihre Eltern in Albanien hatten schließlich gutes Geld für sie erhalten – hat sie vor Gericht keinerlei finanzielle Forderungen an ihren vermögenden Mann gestellt. Mit ihrer Unterschrift hatte sie auf alles verzichtet. Sie wollte nur frei sein.

Sie war sehr attraktiv, intelligent und sprachbegabt. Ihr Englisch war inzwischen perfekt, und als Teenager hatte sie Italienisch und Französisch gelernt. Sie glaubte daher, dass sie ihren Weg auch ohne finanzielle Unterstützung machen würde. Eine Rückkehr nach Albanien, wo ihre Eltern wenig Verständnis für ihr Verhalten hatten, kam für sie unter keinen Umständen in Frage."

„Eine amerikanische Frau hätte dem Mann das Fell über die Ohren gezogen."

„Ja, eine lateinamerikanische übrigens auch", sagte Christina und lächelte dabei vielsagend. „Nun, jetzt sind wir am Zuge. Die junge Frau musste erfahren, dass es selbst für eine gutaussehende, intelligente Frau ohne Ausbildung auch in Amerika nicht so leicht ist, ihren Lebensunterhalt zu verdienen. Wir werden den Scheidungsprozess noch einmal aufrollen. Die Chancen stehen nicht schlecht."

„Ein interessanter Fall! Er zeigt, dass wir es auch heute noch in einem Teil Europas mit kulturellen Verwerfungen zu tun haben, die ihre Ausstrahlung auf unsere ach so liberale Gesellschaft hier haben können."

Christina schätzte es, dass ihr Freund ein echtes Interesse an ihrer Arbeit zeigte, selbst wenn ihre Projekte selten die ganz große Welt betrafen.

Thomas' Telefon vibrierte in der Brusttasche seines kurzärmeligen weißen Hemdes. Normalerweise schaltete er es ab, wenn er mit Christina privat zusammen war. Diesmal hatte er es vergessen. Es war Lars Bergstraesser. Er war ihm zuvorgekommen.

„Hallo Lars, kann ich gleich zurückrufen? Wir sitzen hier im *Oakland's* beim Dinner. Habe den Mund voll. Ich melde mich in etwa zwanzig Minuten. Okay? Bis gleich." Er legte das Telefon neben sich auf den Tisch. Obwohl Lars Bergstraesser die Firma vor zwanzig Jahren gekauft hatte und sie ihm auch heute noch mehrheitlich gehörte, hatte Thomas ihn nie als Chef betrachtet, sondern als gleichberechtigten Partner. In der letzten Zeit hatte man eher den Eindruck, dass die „Seniorität" bei Thomas lag. Er hatte ihm auch zu verstehen gegeben, dass er abends spät und am Wochenende nur in Ausnahmefällen erreicht werden möchte.

„Mister Bergstraesser muss einen wichtigen Grund haben, um mich am Samstagabend um diese Zeit anzurufen." Mit seiner Gabel pickte er zwei glasierte Babykarotten auf. Christina antwortete nicht, schaute ihn kauend an und nickte.

Ein Sportfischerboot machte noch so spät an der Marina fest, eines dieser Boote mit den hohen Aufbauten, an denen chromblitzende Halterungen für diverse Angelruten befestigt waren. Vier Männer unterhielten sich laut und waren offensichtlich bester Laune. Zwei von ihnen gingen von Bord und lösten die Ketten von dem Flaschenzug, der an dem Querbalken des auf der Marina errichteten stählernen Gestells befestigt war, das aussah wie ein Galgen. Sie hatten augenscheinlich einen Rekordfang gemacht und wollten Länge und Gewicht der Beute sogleich feststellen und registrieren lassen. Es war ein Marlin, ein Schwertfisch von beträchtlichem Ausmaß. Der Traum eines jeden Sportfischers.

Auf ein Dessert hatten sie beide verzichtet. Sie begnügten sich mit einem doppelten Espresso. Er hätte jetzt gerne eine gute Zigarre geraucht. Seit er das Zigarettenrauchen aufgegeben hatte, überfiel ihn dieses Verlangen in gewissen Abständen und in bestimmten Situationen. Dies war natürlich in amerikanischen Restaurants, auch unter freiem Himmel, völlig ausgeschlossen. Und Thomas gelang es auch meistens recht schnell, sein Bedürfnis zu vergessen.

„Entschuldige mich bitte für einen Moment, ich ruf' mal kurz Lars zurück", sagte Thomas und ging ein paar Holzstufen herunter auf einen langen Anlegesteg, wo man ihn nicht hören konnte. Er hasste es, wenn Gäste in Restaurants telefonierten und alle an den Nebentischen die Neuigkeiten von wildfremden Menschen mit anhören mussten.

„Was gibt's, Partner?"

„Bist du am Montagmorgen im Büro? Ich möchte einige Dinge mit dir besprechen. Personelle und persönliche."

„Ja, ich bin da. Übrigens, Christina und ich würden uns freuen, wenn ihr morgen zu uns zum Lunch kommen würdet. Wir legen zwei Hummer und ein paar Shrimps auf den Grill. Was haltet ihr davon?“

„Morgen passt es bei uns nicht, leider. Ich bekomme morgen Vormittag Besuch aus New York, und Yvonne möchte rechtzeitig zurück in die City, um sich auf die Arbeit am Montag in der Kanzlei vorzubereiten. Bestell’ Christina einen besonderen Gruß von mir. Wir holen dies in Kürze nach.“

„Schade“, sagte Thomas, nicht ganz ehrlich, „wir sehen uns dann Montag.“

Er ging langsam den Steg zurück zur Restaurantterrasse, vorbei an kleineren und großen Motoryachten. Hier von Krise keine Spur.

Christina saß nicht am Tisch. Er gab der Kellnerin ein Zeichen, ihm die Rechnung zu bringen. Thomas sah, wie seine Freundin gerade aus dem Restaurantgebäude kam. Lächelnd und mit frischem Lippenstift.

„Du hast Glück, Darling. Unsere Freunde haben keine Zeit morgen. Aber Lars lässt einen ganz besonderen Gruß an dich ausrichten“.

„Da bin ich aber total entzückt!“

Nachdem er gezahlt hatte, gingen sie zum Parkplatz. Die Marina war jetzt erleuchtet und auch aus den meisten Booten schien mehr oder weniger Licht, und hier und da drangen Gesprächsfetzen und Musik herüber. Der Duft von gegrilltem Fisch und Fleisch mischte sich mit dem muffigen Geruch von rohen Fischresten und Diesel, den der Wind von den kommerziellen Fischerbooten nebenan herübertrug. Von einem kleinen Fischlokal nicht weit entfernt ertönte Live-Musik.

„Der Fischladen auf der anderen Seite der Ponquogue-Brücke hat wahrscheinlich jetzt geschlossen. Wenn du Hummer willst, lasst uns morgen früh rüberfahren“, sagte Christina als sie die Autotür schloss, die ihr Thomas aufgehalten hatte.

32.

„Good morning, Mr. Kirsten!“ Rick hielt die rechte hintere Tür des Lincoln Towncar auf, als Thomas aus seinem Haus kam.

„Hi!“ Mit seinem Laptop und ein paar Zeitungen unter dem Arm rutschte Thomas auf die hintere Sitzbank. Er hätte auch zu Fuß gehen können, wie er es manchmal tat, solange es noch nicht zu heiß war. Aber heute hatte er es eilig. Und es war schon spät. Er hatte eine Reihe von Besprechungen angesetzt, unter anderen mit seinem Partner, sowie einen Lunch- und einen Dinner-Termin. Freitagnachmittag hatte er im Büro nur das Wichtigste erledigen können.

Sie waren Sonntagabend spät nach Manhattan zurückgefahren. Nach einem sexuell ziemlich aktiven Wochenende schlief jeder in seinem Apartment.

„Mr. Hockney hat schon zweimal angerufen“, empfing ihn Jennifer. „Er möchte Sie dringend sprechen.“

Für seinen Freund Tom war er eigentlich immer erreichbar. Aber heute Morgen hatte er eine Reihe von Dingen auf dem Zettel mit eigentlich höherer Priorität. Andererseits musste Tom einen triftigen Grund haben, ihn am Montagmorgen wiederholt anzurufen.

„Verbinden Sie mich bitte mit ihm.“

„Hallo, Thomas. Vielen Dank für den Rückruf. Tut mir leid, dass ich dich gleich am Montagmorgen überfalle. Ich kann mir denken, dass du nach deiner Reise eine Menge Arbeit vorgefunden hast. Aber ich habe etwas ganz Merkwürdiges vorgefunden, als ich heute an meinen Schreibtisch kam, was ich dir unbedingt erzählen muss. Meine

Spezialeinheit hat die Telefonlisten von Saidi Calhoun durchforstet."

„Telefonlisten von wem?"

„Saidi Calhoun, dem ermordeten Taxifahrer. Und du wirst es nicht glauben, eine Liste enthält auch die Telefonnummer von Engelhard Capital. Dreimal hat er bei Euch angerufen. Anfang Mai."

„Das gibt es doch nicht! Das ist möglicherweise ein Computerfehler. Tom, ich muss jetzt in eine Besprechung. Prüf' das bitte noch einmal genau. Ich melde mich später bei dir." Thomas wollte darüber jetzt nicht lange nachdenken. Es ging jetzt um wichtige Personalentscheidungen. Aber er war doch etwas irritiert, und irgendwie hatte er ein seltsames Gefühl, als er seinen Laptop nahm und rüber zum Konferenzraum ging.

*

„Jennifer, bestellen Sie mir bitte vom Deli ein Pastramisandwich und einen Caesar Salad." Er hatte heute keine Zeit, zum Lunch zu gehen. Und auch keine Lust. Er zerbrach sich den Kopf über Toms Anruf heute Morgen. Es konnte sich um einen Irrtum handeln. Aber er kannte seinen Freund. Tom würde ihn nicht mit einer solch brisanten Information konfrontieren, wenn er sie nicht gründlich verifiziert hätte. Toms Durchwahl hatte er gespeichert.

„Hallo?"

„Ich bin's, Thomas. Hast du die Anruflist noch einmal gescheckt?"

„Ja, es gibt keinen Zweifel. Der erste Anruf ist vom 3. Mai, 14.17 Uhr; er dauerte 43 Sekunden. Gleich danach wurde noch einmal angerufen, aber nur für zwei Sekunden. Der Angerufene legte offensichtlich sofort auf." Thomas machte sich auf einem Schreibblock Notizen. „Und wann waren die anderen Anrufe?"

„Am 5. Mai um 10.23 Uhr und am 6. Mai um 16.12 Uhr, jeweils zwischen zwei und drei Minuten."

„Okay, Tom, ich check das hier bei uns und melde mich wieder bei dir."

Thomas legte auf und lehnte sich nachdenklich zurück. Er schaute auf seinen Schreibblock, auf dem er sich die Daten und Zeiten notiert hatte und griff zu seinem Tischkalender. Der erste Anruf erfolgte an einem Samstag. Ein Gespräch war offensichtlich zustande gekommen, wenn auch nur sehr kurz. Der Anruf musste weitergeleitet worden sein. Wenn die Telefone von Engelhard nicht besetzt sind – wie am Wochenende – bietet ihr Telefonsystem die Möglichkeit der Weiterleitung, entweder durch Eingabe einer persönlichen Durchwahlnummer oder der vier ersten

Buchstaben des Namens des gewünschten Gesprächsteilnehmers. Dies beschränkte sich allerdings auf die wichtigsten Führungspersonen, insgesamt sechs, und zwar Lars Bergstraesser, Thomas, Jeff Cohen, den Leiter des Tradings und dessen Stellvertreter sowie den Leiter der IT-Abteilung. Thomas würde feststellen, ob von denen einer an dem Samstag einen geschäftlichen Anruf erhalten hatte. Im Moment waren sie vermutlich alle zum Lunch.

Was war mit den anderen beiden Anrufen? Er drückte die Schnelltaste für das Sekretariat.

„Jennifer, wann kamen diese merkwürdigen Anrufe für Mister Bergstraesser, von denen Sie mir berichtet hatten?“

„Warten Sie.“ Sie hatte offenbar Lunch auch für sich kommen lassen und schien gerade zu kauen. „Es war Montag in der letzten Woche und einen Tag später noch einmal, am Dienstag“, sagte sie nach einer kurzen Pause.

„Können Sie sich an die Zeit erinnern?“

„Nicht genau. Aber am Montag war es morgens und am Tag darauf nachmittags.“

„Danke, Jennifer.“

Es waren also die „Bettelanrufe“, wie Bergstraesser sie nannte. Und sie kamen von diesem Taxifahrer, dem New Yorker Opfer in diesem transatlantischen Mordfall. Kaum zu glauben. Ausgerechnet Bergstraesser. Merkwürdig! Dieser Fall wurde immer mysteriöser. Er musste mit Tom sprechen. Und mit Lars.

Tom war nicht da. Thomas sprach auf seine Mailbox und bat um Rückruf. Mit Lars wollte er erst nach seinem Gespräch mit Tom reden. Vielleicht ergaben sich noch weitere Aspekte.

33.

„Tom, Berlin am Telefon, kann ich durchstellen?“ Tom war zwar gerade dabei, alle Informationen noch einmal Stück für Stück zu sichten, Schlussfolgerungen zu ziehen und Lücken zu finden. Dabei wollte er nicht gestört werden. Aber für Berlin war er immer zu sprechen.

„Okay, Cathy, stell’ durch.“ Es war Reiner Winkler.

„Hallo Reiner, wie geht’s?“

„Gut, du wolltest mich sprechen?“ Winkler sprach langsam und war trotz seines unverkennbar deutschen Akzents gut zu verstehen.

„Ja, zunächst vielen Dank für die Information in Sachen Mosambik. Das New Yorker Opfer lebte in der Tat 1986 in Maputo. Es gibt also eine zeitliche Übereinstimmung. Wir haben aber noch etwas Anderes, Spektakuläres. Halt dich fest, wir haben einen der Täter identifiziert.“

„Was? Das ist ja unglaublich!“

„Unsere Spezialeinheit für organisiertes Verbrechen hat zusammen mit dem FBI Fingerabdrücke von dem Taxi mit ihrer Datenbank abgeglichen und einen Volltreffer gelandet. Keine Ahnung, warum Interpol Fehlanzeige gemeldet hatte. Einzelheiten kann ich dir am Telefon nicht geben. Ich schicke dir eine Kopie unserer verschlüsselten E-Mail an Interpol. Dann habt ihr alle Details.“

„Glückwunsch, gute Arbeit. Das wird uns bestimmt bei der Fahndung helfen. An unseren Flughäfen haben wir die Kontrollen natürlich verschärft. An den Landesgrenzen ist es für uns allerdings nicht leichter geworden seit wir in der Europäischen Union keine Kontrollen mehr haben. Wir arbeiten aber mit den polnischen Kollegen sehr gut zusammen. Und die passen an der Grenze zu Russland gut auf."

„Wenn es nicht schon zu spät ist", schränkte Tom ein. „Vielleicht sind die schon längst über alle Berge."

„Wir melden uns, sobald wir hier weiterkommen."

Nach einer kurzen Pause schob Winkler noch etwas hinterher. „Tom, ein Detail, das dich vielleicht interessieren wird. Bei unseren Verhören der Damen im *Rodnik* haben wir auch die Visitenkarte, die ihr im Taxi gefunden habt, gezeigt und gefragt, was die drei Buchstaben auf der Rückseite der Karte bedeuten könnten. Du weißt, da stand mit der Hand geschrieben der Großbuchstabe H, der kleine Buchstabe e und der Großbuchstabe M. Eine der Russinnen meinte, dass es sich um kyrillische Buchstaben handeln könnte. Auch die Handschrift sei eher russisch."

„Und was bedeutet das?"

„Wenn es sich um eine Abkürzung handelt, beginnt das russische Wort mit ‚nem', wobei das klein geschriebene e wie ‚je' ausgesprochen wird. Und da gibt es verschiedene, zum Beispiel ‚njemnogo' oder ‚njemnoschko' für ‚wenig' oder ‚ein wenig'. Aber auch ‚njemetzko' für ‚Deutscher'. Letzteres scheint mir etwas plausibler, obwohl die Karte bei Euch in New York gefunden wurde."

„Interessant! Im Moment habe ich keine Erklärung dafür. Aber wir nehmen dies in unsere Ermittlungsdatei mit auf. Vielen Dank, Reiner. Gibt es sonst etwas?"

„Nein, abgesehen vom Riesenerfolg eurer Celine Dion am Wochenende hier in der Waldbühne. Ich war da, mit meiner Frau."

„Nicht ‚unsere', sie ist Kanadierin", sagte Thomas etwas genervt ob dieser Nebensächlichkeit. „Okay, Reiner, wir sprechen wieder. Bye, bye."

Tom machte sich ein paar Notizen. Er wollte mit seinem Freund über diese neue Information sprechen.

Tom hatte gerade aufgelegt, als sein Telefon wieder klingelte. Auf dem Display erschien *Thomas.* Sein Freund hatte seine Durchwahl.

„Hi, Tom, ich musste dir dies gleich mitteilen: Ich habe mit meinen Kollegen gesprochen. Keiner kommt für die Anrufe am Samstag in Frage. Sie waren allein für meinen Partner Lars bestimmt. Merkwürdigerweise hat er mir aber von den beiden Telefonaten am Samstag, den 3. Mai, nichts erzählt, obwohl wir das Thema Anrufe erörtert hatten. Ich werde ihn darauf ansprechen."

„Vielen Dank, Thomas, für die Information. Aber sprich ihn bitte im Moment nicht darauf an. Zumindest noch nicht." Er erläuterte seinen Wunsch nicht weiter. Vielmehr fuhr er nach einer kurzen Pause fort: „Ich habe auch noch etwas. Eine Kleinigkeit, von der ich noch nicht ganz weiß, ob sie wichtig ist oder nicht. Du erinnerst dich an die Visitenkarte von dem Russenpuff in Berlin. Auf der Rückseite waren von Hand die Buchstaben H, e und M geschrieben. Unsere Berliner Kollegen haben jetzt recherchiert, dass dies auch kyrillische Buchstaben sein könnten. Dann wäre der erste Buchstabe ein N und es könnte sich um die Abkürzung eines russischen Wortes handeln, das übersetzt ‚Deutscher' heißt. Vielleicht sollten wir hier einmal einige Kreativitätsübungen anstellen – nicht zuletzt im Hinblick auf die Telefonate an deinen Partner. Die Frage ist, ob er in irgendeiner Weise in Gefahr ist."

Thomas sagte eine Weile gar nichts. Er dachte nach.

„Tom, lasst uns hierüber einen Moment reflektieren. Ich sehe Lars heute, wenn er, wie angekündigt, ins Büro kommt und spreche mit ihm."

„Okay, aber nicht über die Anrufe vom Samstag."

34.

„Ich komm' gerade vom Heliport. Yvonne ist gestern schon zurückgefahren“, begrüßte Lars Bergstraesser seinen Partner. Er setzte sich in die Mitte der schwarzen Ledercouch, beide Arme über der Lehne ausgebreitet. Mit einer Handbewegung bedeutete er Thomas, auf einem der Sessel Platz zu nehmen. Er war leicht sonnengebräunt und machte einen entspannten Eindruck. Dadurch wurde sein ansonsten so strenges Aussehen etwas abgemildert. „Wie war's in Deutschland?“

„Sehr interessant. Wie immer. Die bekommen die Krise jetzt natürlich auch zu spüren. Speziell die Banken. Unsere Kunden honorieren es sehr, dass wir die Finger von den faulen Finanzprodukten gelassen haben. Sie sind allerdings zurzeit auch nicht bereit, uns neue Mittel zur Verfügung zu stellen. Die warten ab und bleiben lieber in Cash – und im Euro; bei dem derzeitigen Kurs auch kein Wunder.“

„Ja, das überrascht mich nicht. Ich fürchte, es wird noch eine Weile dauern, bis die Wirtschaft wieder Fuß fasst. Bis dahin kann es eher noch die eine oder andere böse Überraschung geben.“

„Ich stimme dir zu. CALO Solutions habe ich übrigens bis auf weiteres auf Eis gelegt.“

„Gut. Und was gibt es sonst aus Deutschland zu berichten?“ Lars war immer sehr daran interessiert, von seinem Partner etwas über Deutschland zu hören, wenn er von dort zurückkam. Thomas verstand nicht, warum Bergstraesser selber nie nach Deutschland reiste, obwohl er regelmäßig Einladungen von Geschäftspartnern und transatlantischen Vereinigungen erhielt.

„Nun, die Lebensqualität ist nach wie vor auf einem hohen Niveau und in Berlin brummt der Bär. Du solltest dich wirklich einmal selbst von der Entwicklung drüben überzeugen."

„Thomas, du kennst mich. Ich bin hier ziemlich bodenständig. New York und die Hamptons bieten mir alles, was ich brauche. Und der Rest von Amerika, einschließlich Südamerika ist auch nicht gerade wenig."

Wenn ihm dieses Thema unangenehm war, so ließ er es sich nicht anmerken. Thomas wusste, dass sein Partner Kontakte in Chile hatte, die er auch in größeren Abständen aufsuchte. Und auch in Venezuela. Aber darüber sprach er nicht. Das wäre in den einschlägigen Kreisen an der Wall Street auch nicht *politically correct* gewesen.

„Ich wollte zwei Punkte mit dir besprechen. Zunächst deine Liste der Mitarbeiter, von denen wir uns trennen wollen. Grundsätzlich stimme ich dir zu, dass wir in den Serviceabteilungen einsparen können. Wir sollten die Option zum Outsourcen einiger Tätigkeiten nutzen. Mit einer Ausnahme bin ich auch mit der Namensliste einverstanden."

„Wen meinst du?"

„Jack Kohler. Er ist zwar kein Überflieger, aber ich habe hundertprozentiges Vertrauen zu ihm, und er ist fast von Anfang an dabei."

Thomas war nicht sonderlich überrascht. Jack Kohler war der zweite Mann in der Personalabteilung, sehr fleißig und loyal. Und Thomas wusste, dass Kohler bei Bergstraesser einen Stein im Brett hatte. Aber sie brauchten dort keine Doppelspitze. Jack Kohler hatte es in all den Jahren verstanden, sich bei Bergstraesser ins rechte Licht zu setzten. Er war es, der den Seniorpartner regelmäßig mit Informationen über einzelne Mitarbeiter versorgte. Bergstraesser mochte das.

„Gut, die Liste ist noch nicht endgültig, und wir müssen uns noch über die Modalitäten einigen. Ich schlage vor, wir schalten hierfür eine Personalberatungsagentur ein, bevor wir uns selber den Kopf übermäßig zerbrechen."

„Einverstanden. So können wir auch das Risiko von rechtlichen Einsprüchen begrenzen."

„Du hattest aber noch einen weiteren Punkt."

„Ja, etwas in eigener Sache." Bergstraesser lächelte. „Im nächsten Jahr werde ich 65, und ich habe beschlossen, mich in absehbarer Zeit aus dem aktiven Geschäft zurückzuziehen."

Thomas traute seinen Ohren nicht.

„Du spinnst! Du meinst das nicht im Ernst!"

„Doch, doch. Ich habe mir das gut überlegt. Man muss auch ernten können. Und es ist nicht verkehrt, auf dem Höhepunkt seiner Karriere abzutreten."

„Unsinn, in Amerika zieht sich keiner mit 65 zurück und denk an all deine Ämter und Mitgliedschaften. Außerdem könnte dies in dieser Zeit nach außen hin ein negatives Signal setzen."

Thomas war echt geschockt. Er dachte keinen Augenblick an die möglicherweise attraktiven Auswirkungen dieser Entscheidung für ihn persönlich.

„Das werde ich nach und nach auslaufen lassen. Einiges erledigt sich von selbst, wenn man nicht mehr vor Ort ist."

„Willst du New York verlassen?"

„Ja, ich liebäugele mit einem Anwesen in Chile. Einer *Residencia.*"

„Und was sagt Yvonne dazu?"

„Wir haben darüber in den letzten Tagen in Watermill ausführlich gesprochen. Sie dachte zunächst – wie du – ich spinne. Aber man muss manchmal im Leben einen Schnitt machen, und für Yvonne bedeutet dies auch ein neues Kapitel, weniger Stress, neue Menschen und möglicherweise neue, aber weniger Arbeit."

Thomas konnte seinen Partner nicht verstehen. Bergstraesser stand mitten im Leben. Er war in den New Yorker Finanzkreisen anerkannt und hatte auch nie irgendwelche Ermüdungserscheinungen gezeigt. Es musste besondere Gründe für seinen Entschluss geben. Thomas dachte an die Anrufe. Gibt es einen Zusammenhang? Fühlte sich Lars bedroht und wollte fliehen?

„Du siehst mich geschockt, Lars. Gibt es irgendetwas, das du mir nicht erzählen möchtest? Was zu deiner Entscheidung beigetragen hat? Vielleicht eine Bedrohung?" Thomas hatte den Eindruck, dass sich bei dieser Frage für einen kurzen Moment ein leichter Schatten über das Gesicht seines Partners legte und sich seine Sonnenbräune um eine Spur abschwächte.

„Keineswegs!" Er hatte sich wieder voll unter Kontrolle. „Mach' dir darüber keine Gedanken. Ich habe mir dies gut überlegt. Du bist übrigens außer Yvonne der Einzige, mit dem ich hierüber gesprochen habe. Dies bleibt selbstverständlich bis auf weiteres streng vertraulich. Ich werde morgen mit Bob Ziegler sprechen. Er soll uns sagen, wie wir diese Veränderung bei Engelhard und zwischen uns beiden am besten strukturieren können. Er soll mal etwas entwerfen."

Bergstraesser meinte es offensichtlich ernst. Trotzdem machte Thomas noch einmal einen Versuch.

„Hat dies vielleicht etwas mit den Bettelanrufen zu tun, die du erhalten hast?" Wieder glaubte Thomas, eine ganz kurze Veränderung in dem Gesichtsausdruck seines Partners zu beobachten.

„Nein, das hat damit nichts zu tun. Obwohl man natürlich in meiner Position für bestimmte Leute Teil einer Zielgruppe ist. Dies hört dann meistens auf, wenn man aus dem Blickfeld verschwindet."

Thomas hatte sich eigentlich vorgenommen, seinen Partner mit der Information zu konfrontieren, dass die Bettelanrufe von dem ermordeten Taxifahrer stammten. Aber intuitiv tat er es nicht. Bergstraesser hatte ihm auch nicht gesagt, dass er zuerst in den Hamptons angerufen worden war. Er hätte also wissen müssen, wer ihn angerufen hat. Vielleicht aber auch nicht, wenn der Anrufer sich nicht zu erkennen gegeben hatte und die Nachprüfung der Telefonnummer Bergstraesser unwichtig erschien.

Sein Partner verschwieg ihm etwas. Das war augenscheinlich. Thomas überlegte kurz. Er hielt es für besser, die Unterhaltung jetzt zu beenden und sich über das weitere Vorgehen mit Tom abzustimmen.

„Vielleicht überlegst du dir dies noch einmal. Ich stehe für Gespräche jederzeit zur Verfügung. Ich muss jetzt los zu einem Termin in die Pine Street."

Er erhob sich und wollte Bergstraessers Büro gerade verlassen, als dieser ihn noch einmal ansprach: „Übrigens, was macht dein Freund Tom? Ist er mit seinem Taximord weitergekommen?" Thomas wunderte sich etwas über diesen Anflug von Small Talk.

„Ich glaube, er ist ziemlich unter Druck. Soweit ich weiß, sind die noch nicht sehr viel weitergekommen."

„Bestell' ihm schöne Grüße von mir. Vielleicht können wir uns in den Hamptons demnächst einmal zu einem Drink treffen."

„Gute Idee“, murmelte Thomas und ging raus. Er konnte nicht mehr sehen, wie sich sein Partner mit einem diabolischen Grinsen von der Couch erhob und zu seinem Schreibtisch ging.

Verflixt, dachte Thomas und guckte auf seine Uhr, das Spiel hatte bereits vor einer halben Stunde begonnen.

35.

Die Klimaanlage bestand aus zwei großen Ungetümen von Apparaten, die unter der Decke hingen; eines neben der Bar, das andere weiter hinten im Restaurant. Die Dinger pusteten geräuschvoll kalte Luft in die Gegend, die sich ständig mit der Wärme mischte, die durch die zur Straße offene Front des Restaurants eindrang.

Manchmal kamen sie hierher, um eine Paella zu essen, dazu eine gute Flasche Rioja.

Das *Euzkadi* war ein baskisches Lokal, aber wie viele New Yorker Lokale keineswegs ethnisch „reinrassig". Baskisch-spanische Elemente mischten sich mit brasilianischen und anderen lateinamerikanischen.

Wenn sie gingen, dann immer dienstags. Dienstag war Live-Musik. Dann spielten Arturo, Raffael und Christoban Flamenco und andere spanische Folklore. Mit ihren Gitarren heizten sie die Stimmung so sehr an, dass es manchmal keinen auf den Stuhl hielt und sich die Mehrzahl der Gäste um die Musiker herum versammelte und flamencorhythmisch klatschte – was jedoch nicht immer jedem gut gelang.

Euzkadi lag im East Village in der 4. Straße zwischen der zweiten und der dritten Avenue. Es kamen überwiegend junge Menschen aus der ganzen Welt dort hin. Unter den Gästen waren Schriftsteller, Maler, Schauspieler, Tänzer, Philosophen, aber auch Rechtsanwälte, Physiker und – wie Thomas – Banker.

Es war immer gerammelt voll. Wenn sie von zu Hause den Limousinenservice in Anspruch nahmen, stiegen sie schon immer an der Ecke Third Avenue aus. Es musste nicht jeder gleich sehen, dass sie eigentlich zum New

Yorker Establishment gehörten. Hier herrschte eine sehr lockere, ungezwungene Atmosphäre. Jeder quatschte mit jedem. Und Christina genoss es, sich dort mit anderen auf Spanisch unterhalten zu können. Bisweilen konnte sie sogar interessante Neuigkeiten aus ihrer Heimat erfahren von Menschen, die erst vor kurzem aus Ecuador nach New York gekommen waren.

Manchmal drängten die Mädchen und Frauen ausgelassen auf die kleine Fläche vor der Bar und tanzten Salsa oder Flamenco – oder was sie dafür hielten. Christina, ohne jede Hemmung, machte häufig mit. Frauen sind da viel spontaner als Männer, dachte Thomas. Speziell jene mit latinischer Herkunft.

Es kam auch vor, dass der eine oder andere weibliche Gast sang. Ohne große Abstimmung von Arturo perfekt begleitet. Arturo wurde in New York *El Spirito Gitane,* genannt. Dabei kam er eigentlich aus Chicago, hatte aber etliche Jahre in Andalusien verbracht und war mit seinen langen schwarzen Haaren und deutlichem Übergewicht seiner Musik ähnlich geworden.

Thomas musste immer wieder staunen, welche Fülle an Talenten es in dieser Stadt gab. Wunderschöne Stimmen, faszinierende Maler, Dichter, begabte Tänzer. Und doch: Keiner konnte seinen Lebensunterhalt damit bestreiten.

Da sie zu dem kleineren Teil der Gäste gehörten, die am nächsten Tag arbeiten mussten, wollten sie kurz nach Mitternacht aufbrechen.

In seiner Zeit *vor* Christina war Thomas manchmal bis zum Schluss geblieben. Mit Arturo und dem einen oder anderen Stammgast gingen sie dann noch weiter. Entweder ins *Marja,* ein arabisches Lokal, in dem bis in die frühen Morgenstunden Musik gemacht wurde und in dem

Bauchtänzerinnen auftraten, oder in eine russische Kellerbar zwei Straßen weiter.

Wenn Arturo Hunger hatte, was meistens der Fall war, ging es ins *Veselka*, ein ukrainisches Restaurant, das jeden Tag 24 Stunden geöffnet hatte. Hier traf man Künstler, Schriftsteller, Schauspieler, Hippies und Studenten, und die Speisekarte mit Kohlrouladen, Kielbasa, Borschtsch, Kartoffelpfannkuchen und Blintzes ließ nicht nur europäische Herzen höher schlagen.

„Dies ist auf Rechnung des Hauses." Borja, der Manager des *Euzkadi* stellte ihnen zwei Gläser Champagner oder vielmehr Schaumwein, der hier aber genauso genannt wird, vor die Nase. Er tat dies manchmal, insbesondere wenn er sich zwischendurch mit Thomas über Politik oder – wie diesmal – über die gerade laufende Europameisterschaft im Fußball unterhalten konnte. Er kam aus Montenegro, und da sich sein Heimatland nicht für das Turnier qualifiziert hatte, drückte er Kroatien die Daumen.

„Danke." Sie würden also noch ein wenig bleiben.

Es kam, wie es kommen musste. Sie blieben, bis die Musiker ihre Gitarren verstauten und aufbrachen. Arturo überredete sie noch auf einen Drink im *Anything Café,* der russischen Kellerbar mit dem etwas blöden Namen. Christina murmelte etwas von „verrückt" und „morgen arbeiten", wollte aber kein Spielverderber sein. Sie hatte sich aber auch nicht gelangweilt. Mit einer Gruppe am Nebentisch hatte sich eine lebhafte Diskussion über die gerade in Kalifornien erfolgte Legalisierung der gleichgeschlechtlichen Eheschließung entfacht.

Arturo kannte viele Lokale, die noch spät geöffnet hatten. Er war überall beliebt. Zum einen, weil er ein toller Musiker war, der sich nicht lange nötigen ließ, um zu seiner Gitarre zu greifen und zu spielen, ohne dafür einen

Dollar zu bekommen. Zum anderen, weil er ein sehr freundliches Gemüt hatte. Die Frauen, insbesondere jene, die sangen, liebten ihn. Er war der ideale Begleiter, der sich auf jede Tonlage und jede Art von Musik einstellen konnte, sei es spanisch, persisch oder Soul und Blues.

Sie wurden von Natascha begrüßt. Die sang hier zweimal die Woche, russische Lieder, aber auch populäre Schlager. Mit Mikrophon. Begleitet wurde sie von einem Keyboarder. Natascha war groß und schlank mit langen blonden Haaren. Sie hatte die typisch tiefliegenden, eng beieinander stehenden Augen vieler Menschen slawischen Ursprungs, die dem Gesicht immer etwas einen Ausdruck von Weltschmerz gaben. Thomas kannte sie von früher. Sie setzte sich zu ihnen an den Tisch.

„Natascha, ich habe eine Frage. Hast du mal ein Stück Papier und einen Schreiber?“ fiel Thomas nach der üblichen Begrüßungsumarmung mit Küsschen auf die Wange mit der Tür ins Haus. Er wollte den Gedanken, den er hatte, nicht vergessen. Ohne zu fragen, warum, stand sie auf, ging zur Bar und kam mit einem kleinen Bestellblock und einem Kugelschreiber zurück. Thomas schrieb drei Buchstaben auf den Block: ein großes H, ein kleines e und ein großes M.

„Was fällt dir ein, wenn du diese Buchstaben siehst?“

„H, e, M – Hem. Was soll mir dabei einfallen?“

„Okay, ich frage dich als Russin.“

„Du meinst, wenn ich dies russisch lese?“

„Ja.“

„Dann heißt es Njem. Das ‚e‘ wird wie ‚je‘ gesprochen.

„Fällt dir dazu ein russisches Wort ein mit der ersten Silbe ‚Njem‘?“

„Du fällst mir ein, Thomas. Njemetzki! Deutscher!“ lachte sie.

„Danke. Test bestanden!“ lachte auch Thomas. Natascha und die anderen, die ihr Gespräch verfolgt hatten, schauten ihn verständnislos an.

„Sorry guys, ich kann Euch dies nicht weiter erläutern. Nicht jetzt. Vielleicht später.“

Sie blieben nicht lange. Nur für zwei Songs von Natascha.

Sie genossen die frische Luft, als sie die vier Stufen von der Kellerbar hinauf auf die Straße gingen.

„Darling, hast du was dagegen, wenn wir die *Subway* nehmen?“

„Wieso das?“

„Manchmal muss ich auch unterirdisch die Stadt atmen, du weißt, was ich meine.“

Abgesehen davon, dass man bisweilen zur Rushhour von Midtown zur *Wall Street* und umgekehrt schneller mit der *Subway* als mit dem Auto ist, so dass selbst Firmenchefs und altehrwürdige Rechtsanwälte dieses öffentliche Verkehrsmittel benutzten, ist es auch sehr interessant und aufschlussreich, die New Yorker *Subway* zu benutzen. Insbesondere zu später Nachtstunde. Dann sieht man die Frauen und Männer der verschiedensten ethnischen Provenienz, die – total übermüdet – von ihren zweiten oder dritten Jobs nach Hause fuhren oder auf dem Wege zu einem Nachtjob waren. Dann die vielen jungen Menschen aus Mexico, den Philippinen, Bangladesch, Ghana, dem Sudan oder Weißrussland, die am Tage arbeiten und abends zur Schule gehen, um Englisch und Mathematik zu lernen. Oder Kurse in kaufmännischer Buchführung oder zum Erlernen eines technischen Berufs besuchten. Obwohl ihnen die Augen fast zufielen, saßen sie da, mit ihren Schulbüchern auf dem Schoß. Sie wussten, um in dieser Stadt bestehen zu können, mussten sie lernen. Sie wollten nicht immer nur Sushi, Pizza oder Sandwiches austragen oder Zettel mit der Werbung für eine neue Friseurkette verteilen. Sie wollten eine Stufe weiter höher erklimmen und mehr Geld verdienen. So ist dieses Land groß und stark geworden. Diese Menschen wollten etwas erreichen, etwas bewegen. Sie wollten hart arbeiten. Menschen, die sich nicht damit begnügten, irgendwo in ihren Heimatländern in der Sonne zu sitzen, mit einem Zahnstocher im Mund und von Eltern oder Großeltern mühsam ausgehalten zu werden oder der Willkür eines repressiven, diktatorischen Systems ausgeliefert zu sein.

Thomas brauchte diesen Anschauungsunterricht von Zeit zu Zeit, gewissermaßen als positiven und erfrischenden Ausgleich für seine gelegentlichen Enttäuschungen und Frustrationen in diesem Land. Vielleicht ist das auch ein Beweggrund für Michael Bloomberg, dem Bürgermeister der Stadt und Milliardär, der angeblich täglich mit der *Subway* von seinem Haus in der Upper East Side zur City Hall im Süden von Manhattan fährt. Vielleicht tut er dies aber auch nur zur Imagepflege.

„Meinetwegen." Sie kannte ihren Sozialkapitalisten. „Wenn du mir versprichst, heute bei mir zu schlafen." Diese Bedingung zu erfüllen, würde Thomas keine zu große Überwindung kosten.

36.

Es waren mehr Deutsche in der Sportkneipe, als Thomas gedacht hatte. Michael Ballack hatte gerade mit einem Freistoß das 1:0 gegen Österreich erzielt. Riesengejohle. Er war mit zwei seiner Trainees, die sie jedes Jahr für ein paar Monate beschäftigten, in diese Sportbar, nur ein paar Straßen von ihrem Büro entfernt, gekommen, um diese Originalübertragung aus Wien zu sehen. Einer der Trainees kam aus Darmstadt, der andere – bezeichnenderweise – aus Graz.

Fußball hatte in den USA keine große Anhängerschaft. Diese war zwar in den letzten Jahren durch den Erfolg der Nationalmannschaften, insbesondere der Frauen, gewachsen. Aber nach wie vor war das Interesse primär auf Baseball, Basketball und American Football gerichtet. Trotzdem konnte man in den vielen Sportpubs in New York hin und wieder auf einem der vielen Bildschirme auch Fußball sehen, insbesondere Spiele der englischen *Premier League.*

Jetzt war es etwas anderes. In Österreich und der Schweiz fand gerade die Fußball-Europameisterschaft statt. Da gab es in diesem *Melting Pot of People* genug Fans aus fast allen Ländern in Europa. Und auch die zahlreichen Latinos und Asiaten in dieser Stadt verfolgten dieses Sportereignis mit Interesse. Einige trugen sogar Trikots in den Farben der von ihnen favorisierten Nation und mit der Rückennummer und dem Namen ihres Lieblingsspielers.

Thomas interessierte sich für Sport, insbesondere für Fußball, Tennis und Golf, Sportarten, die er selber betrieb oder früher ausgeübt hatte. Wenn er durch den Central

Park ging und auf den Wiesen die bunt zusammengewürfelten Gruppen Fußball spielen sah, dann juckte es ihn bisweilen mitzukicken. Man hätte ihn vielleicht sogar mitspielen lassen; Alter spielte in New York keine Rolle. Aber für einen 62-jährigen Investmentbanker wäre das doch wohl nicht so angesagt gewesen.

Außer seinem Meeting mit Lars Bergstraesser hatte er heute für den Nachmittag keine Termine geplant. Er wollte das Spiel sehen. Dieser Pub hatte drei Großbildschirme und diverse kleinere. Das Spiel war in groß zu sehen. Sie tranken Bier und aßen Pizza, die man in dieser Bar bestellen konnte, aber von einer Pizzeria nebenan geliefert wurde.

Das Spiel war aus. Zufriedene Gesichter bei den einen, Enttäuschung bei den anderen. Seine Trainees wollten noch etwas bleiben. Sie fachsimpelten gerade mit einem jungen Paar aus Kroatien, deren Mannschaft auch gewonnen hatte, 1:0 gegen Polen.

Thomas gab ihnen für den Rest des Tages frei.

Er musste zurück ins Büro. Eine Menge Arbeit wartete auf ihn. Und diese seltsamen Anrufe an seinen Partner von einem Taxifahrer, der nicht mehr lebte, beschäftigten ihn mehr, als er wollte. Er musste seine Gedanken ordnen. Waren die Telefonate mehr als nur Bettelanrufe? Wurde Lars bedroht? Hatte seine Entscheidung, sich aus dem Geschäft zurückzuziehen, damit etwas zu tun? Für einen Ruhestand auf einer *Hacienda* in Chile war er eigentlich noch zu fit und aktiv.

Was wusste er von seinem Partner? Als er vor 19 Jahren zu ihm stieß, hatte Lars Bergstraesser sich gerade mit Engelhard Capital etabliert und war auf der Suche nach Fachleuten mit den für Finanzaktivitäten in den USA erforderlichen Bank- und Tradinglizenzen, die er selber nicht hatte. Von seiner Vita wusste er nur, dass er aus Thüringen kam. Man konnte dies hin und wieder noch an seiner Aussprache hören, die manche für ein dezentes Sächsisch hielten. Von seiner Kurzbiographie wusste er auch, dass Bergstraesser an der Bergakademie Freiberg Bergbau studiert hatte. Bei dem Projekt einer Kupfermine in Angola, so konnte man lesen, hatte er sich dann in den Westen abgesetzt und landete schließlich in den USA. Er kam als kinderloser Witwer in die Staaten, hieß es unter *privat* in seinem *C. V.*

Der Kauf einer bestehenden Firma – wenn man das nötige Kleingeld dafür hatte – war der beste und leichteste Weg, sich in den Vereinigten Staaten zu etablieren. Dann erledigen sich auch Immigrationsprobleme recht schnell. Thomas kannte keine exakten Zahlen, aber der Kauf von Engelhard Capital musste Bergstraesser bestimmt einen dreistelligen Millionenbetrag gekostet haben. Sein Partner musste also mit einem beachtlichen Kapital im Rücken in dieses Land gekommen sein. Es war zu bewundern, wie schnell sich Bergstraesser, der Bergingenieur, in den Finanzsektor hineingefunden hatte und bald zu einem respektierten Mitspieler an der Wall Street avancierte. Seine Ausbildung kam ihm allerdings bei Finanzierungen von Rohstofffirmen, die in Scharen von Vancouver an die Wall Street pilgerten, sehr zustatten.

Er hatte Charisma. Ohne Zweifel. Seine direkte, manchmal ruppige Art trug ihm zwar nicht sehr viele Sympathien ein, und er hatte auch kaum persönliche Freunde, aber er verstand es, die Menschen davon zu überzeugen, dass es für sie von Vorteil sei, mit ihm Geschäfte zu machen. Er war ein Aufreißer. Und die meisten sind in all den Jahren vor der Krise auch nicht von Engelhard Capital enttäuscht worden, dies allerdings nicht zuletzt dank der professionellen und umsichtigen Führung der Firma durch Thomas Kirsten.

Thomas wusste auch von Bergstraessers etwas bizarren Frauengeschichten. Sein Partner hatte eine Vorliebe für ganz junge Mädchen, vorzugsweise afro-amerikanische, aber auch süd- und mittelamerikanische sowie Mädchen aus einigen Ländern der ehemaligen Sowjetunion. Von Jennifer, die am Anfang auch etwas mit Bergstraesser gehabt hatte, wusste er, dass er die Mädchen im *Peninsula* absteigen ließ und sie dann dort aufsuchte. Die Nobelherberge lag nur fünf Minuten von ihrem Büro entfernt. Thomas fand dies zwar überhaupt nicht in Ordnung, aber ignorierte diese Schwäche seines Partners, solange sie nicht mit den Interessen der Firma kollidierte. Und er konnte sicher sein, dass Lars Bergstraesser für das *Procurement* eine Agentur beschäftigte, die hundertprozentige Diskretion garantierte. Insofern gab es auch keine Probleme mit Yvonne.

Aufgrund seiner Vita gab es eigentlich keine Ansatzpunkte für eine Bedrohung seines Partners, obwohl die sexuellen Präferenzen schon manchem Prominenten zum Verhängnis geworden waren.

Aber was hat ein New Yorker Taxifahrer damit zu tun, der vor 20 Jahren aus Afrika in die USA immigriert war? Wahrscheinlich gar nichts. Außerdem war der tot und konnte keine Bedrohung mehr darstellen.

Thomas beschloss, sich hierüber zunächst nicht weiter den Kopf zu zerbrechen. Der Gedanke an das Ausscheiden seines Partners ließ ihn allerdings nicht los. Diese Entscheidung kam wie aus heiterem Himmel und die Begründung war nicht sehr überzeugend. Da musste mehr dahinterstecken. Etwas, von dem Thomas nichts wusste.

37.

Rita stutzte. Sie hatte sich noch einmal alle Aufzeichnungen ihrer Interviews mit den Damen aus dem *Rodnik* angesehen. Zusammen mit einem Kollegen hatte sie in den letzten Tagen etwa 11 Frauen verhört. Eine nach der anderen. Das war ziemlich zeitaufwendig. Die Frauen hatten unterschiedliche Arbeitszeiten und standen nicht immer zur Verfügung. Außerdem hatte Winkler der Chefin versprochen, die Verhöre so diskret wie möglich zu führen, ohne den Geschäftsbetrieb zu stören. Da mussten sie schon manchmal etwas jonglieren. An einigen Tagen mussten sie zwei- oder dreimal zwischen dem Präsidium und dem *Rodnik* pendeln. Einige der Frauen sprachen auch nur sehr wenig Deutsch; dann mussten Kolleginnen oder Olga aushelfen.

Die Fragen konzentrierten sich natürlich auf die beiden Russen. Von dem großen Blonden wussten sie jetzt einen Namen. Die Kollegen in New York hatten ihnen auch ein Foto und Fingerabdrücke übermittelt. Ein Vergleich mit den Fingerabdrücken von dem Mordauto ließ keinen Zweifel, dass es sich bei dem Täter in New York und Berlin um ein und dieselbe Person handelte. Es konnte sich aber keine der Frauen daran erinnern, diesen Typ, außer an dem Mordabend, schon früher gesehen zu haben. Und die Beschreibung des anderen konnte auf viele passen, die ins *Rodnik* kamen: Mittlere Größe, Fastglatze, muskulös, russischsprechend.

Rita stutzte bei dem Wort „Cargohose" in den Aufzeichnungen. Eine der *Rodnik*-Mitarbeiterinnen – eine Deutsche, die sich Katy nannte – hatte ausgesagt, dass sie einen regelmäßigen Kunden hatte, auf den diese

Beschreibung zutreffen würde. Sie hatte sich darüber lustig gemacht, dass er immer die gleiche Cargohose trug. Dies war zwar eine weitverbreitete Freizeitbekleidung bei sportlichen Typen, und es war auch nichts Besonderes, dass Männer Kleidung, die sie mochten, immer wieder trugen, aber da einer der beiden Verdächtigen von der inzwischen ermordeten Charmaine mit einem solchen Kleidungsstück beschrieben worden war, wollte Rita da noch einmal nachfassen. Sie griff zum Telefon.

„Frau Karanowa, wir möchten noch einmal mit Katy sprechen. Ist sie da?“ Rita konnte sich den genervten Ausdruck in Olgas Gesicht vorstellen.

„Kinder, ihr wart doch nun schon so oft hier. Irgendwann ist aber auch Schluss.“ Dann etwas kooperativer: „Ja, sie ist hier. Im Moment ist sie allerdings beschäftigt. Aber in einer Viertelstunde ist sie wieder frei. Wenn sie gleich kommen, schicke ich sie gegenüber ins Café. Aber bitte, fassen sie sich kurz. Wir brauchen heute jeden Mann – jede Frau, meine ich – an Bord.“

Sie saß in der linken Ecke des Cafés auf der roten Sitzbank, vor sich einen dampfenden *Latte.* Rita setzte sich ihr gegenüber. Sie war alleine gekommen.

„Erzählen Sie mir mehr von dem Russen mit der Glatze und der Cargohose.“ Als Katy einen Schluck von ihrem *Latte* nahm, roch Rita, dass es sich um einen *Caffè coretto* handelte, wie die Italiener einen Kaffee nennen, der mit einem kräftigen Schuss Grappa – hier wahrscheinlich Weinbrand – etwas herzhafter zubereitet worden war.

„Was wollen sie wissen. Der kam häufiger. Er nannte sich Jewgenij. Eine Freundin von mir, die in Wilmersdorf arbeitet, hatte ihn zu uns geschickt. Er wollte immer nur anal. Hat sich nicht lumpen lassen. Er hatte immer ein

Bündel Geld in einer der Seitentaschen seiner Cargohose."

„Wo arbeitet ihre Freundin und wie heißt sie?"

„Fragen sie nach Kerstin, *Salon Prestige* in Wilmersdorf, Straße weiß ich nicht."

„Vielen Dank, Katy. Sobald wir ein Foto von diesem Jewgenij haben, komme ich noch einmal auf sie zu. Und seien sie vorsichtig. Wenn der Typ der ist, den wir suchen, ist er gefährlich. Meine Telefonnummer hatte ich Ihnen, glaube ich, beim letzten Mal schon gegeben. Rufen sie mich an, wenn ihnen etwas verdächtig erscheint."

Rita erhob sich. Sie hatte nichts bestellt und wollte so schnell wie möglich wieder ins Präsidium. Sie wusste, das *Rodnik* hatte sicherlich mehr als einen kurzgeschorenen, russischsprechenden Kunden, und möglicherweise auch in Cargohosen. Aber sie musste diese Spur weiterverfolgen.

*

Kerstin aus dem Edelpuff in Wilmersdorf kannte Jewgenij seit einiger Zeit. Er war Kunde bei ihr. Als sie die Nase voll von seinen ständigen Sonderwünschen hatte, reichte sie ihn weiter zu ihrer Freundin im *Rodnik,* die damit offenbar keine Probleme hatte. Sie wusste auch seinen vollen Namen und seine Adresse. Er hieß Jewgenij Gritschin und stammte aus Jaroslawl. Gritschin bewohnte ein Zimmer in einer Wohnung in der Pestalozzistraße in Charlottenburg. Da war er natürlich nicht mehr, und seine Wirtin wusste von nichts, lediglich dass er selten zuhause war, nie Besuch und seine Miete immer pünktlich in bar bezahlt hatte. Eine Durchsuchung seines Zimmers führte die Polizei schließlich auf eine Adresse in Frankfurt an der

Oder. Ein Abholschein einer chemischen Reinigung. Manchmal braucht die Polizei auch etwas Glück. Es dauerte keine 24 Stunden und Jewgenij Gritschin konnte an der Grenze zu Polen verhaftet werden.

Die Abteilung von Reiner Winkler feierte dies als einen ersten konkreten Erfolg in diesem Fall. Der Berliner Senat und das Büro des Regierenden Bürgermeisters hatten schon mehrfach dringende Anfragen an den Polizeipräsidenten gerichtet. Auch die Ermittlungen der Kollegen von der Organisierten Kriminalität (LKA 4) und von der Grenzüberschreitenden Kriminalität (LKA 2) hatten bisher zu keinen nennenswerten Ergebnissen geführt.

Die Identifizierung von *Glaso,* des vermutlichen Haupttäters, konnte die Politiker nicht sonderlich beschwichtigen, da sie auf dringendes Anraten der Polizei damit nicht an die Öffentlichkeit treten konnten, um die Fahndung nicht zu gefährden. Und das ist es ja, was die Politiker wollen: An die Öffentlichkeit.

Nun konnten sie wenigstens einen vorzeigbaren Teilerfolg melden.

Gritschin kam ins Untersuchungsgefängnis in Moabit, wo er erkennungsdienstlich erfasst wurde, einschließlich Fingerabdrücke und DNA-Proben. In dem Mercedes, in dem die beiden Opfer gefunden wurden, war genug Material sichergestellt worden, um die Täter zu überführen.

Reiner Winkler und seine Kollegen vom LKA 4 und LKA 2 führten in den nächsten zwei Tagen lange Verhöre. Jewgenij Gritschin wurde von zwei Zeuginnen im *Rodnik* als einer der beiden Männer identifiziert, die am Vorabend des Mordes mit den Opfern in der Bar des Bordells waren. Auch Katy erkannte ihn wieder. Die Polizei wollte vor allem herausfinden, wo der andere Täter abgeblieben ist und wer der Auftraggeber für die Mordtat war. Dies gestaltete sich sehr mühevoll. Zunächst schwieg der Russe beharrlich. Es war offensichtlich, dass er weniger Angst vor der Polizei hatte als vor Maßnahmen seiner Komplizen. Erst als ein Angehöriger der russischen Botschaft und ein von der Botschaft bestellter Rechtsanwalt mit ihm gesprochen hatten, gab er spärlich Auskunft. Er trug jetzt Jeans und ein hellblaues T-Shirt. Sein Alter gab er mit 37 und seinen Beruf mit Kfz-Mechaniker an. Er wohnte seit zwei Jahren in Berlin ohne feste Arbeit. Zeitweilig hielt er sich bei seiner deutschen Freundin in Frankfurt an der Oder auf. Das war fast schon fast alles, was sie aus ihm herausbekamen.

Etwas frustriert schickte Reiner Winkler zwei Tage später eine E-Mail an die New Yorker Kollegen und an Interpol:

Wir haben einen der Täter festgenommen. Es handelt sich um einen Russen, namens Jewgenij Gritschin. Nach unseren Informationen hat er bisher kein Strafregister. Angeblich war er von Igorij Balitow, alias „Glaso“, erst vor einigen Wochen angeheuert worden, um ihm bei einem Job behilflich zu sein. Er hatte geglaubt, dass sie die beiden Deutschen erpressen wollten. Gewundert hätte er sich allerdings über die üppige Vorauszahlung von Euro 8.000, die Balitow ihm gegeben hatte, mit dem Hinweis, keine weiteren Fragen zu stellen. Von der Mordtat sei er völlig überrascht und geschockt gewesen. Balitow habe ihn mit der Waffe gezwungen, ihm beim Verbergen der Leichen im Auto zu helfen. Danach sei Balitow verschwunden. Angeblich hat Gritschin keine Ahnung, wo Balitow sich jetzt aufhält. Von einem Auftraggeber sei ihm nichts bekannt. Schließlich konnten wir noch aus ihm heraus-

bekommen, dass Bolitow vor der Tat noch zweimal telefoniert hat, außer Hörweite allerdings. Wir werden Gritschin weiter verhören.

Für die Polizeipressestelle formulierte er eine abgespeckte Version.

„Dieser Gritschin hat uns bisher auch nicht viel weitergebracht. Die Frage ist, ob er tatsächlich nicht mehr weiß oder ob er uns etwas vormacht. Und *Glaso* ist wahrscheinlich längst über alle Berge“, sagte Rita. Die Enttäuschung in ihrer Stimme war nicht zu überhören. Winkler stand auf und hockte sich auf die Vorderkante seines Schreibtisches.

„Wenn Igorij Balitow, alias *Glaso,* der gleiche Täter wie in New York ist – und die letzten Ergebnisse aus dem Labor sprechen dafür – haben wir es in der Tat mit einem Vollprofi zu tun. Um eine solche Tat transkontinental gewissermaßen in einem Tagesausflug zu erledigen, bedarf es einer gehörigen Portion Abgebrühtheit.“

„Hat sich Wiesbaden schon zurückgemeldet?“ wollte Rita wissen. „Die wollten doch Interpol in Moskau einschalten und die Fahndung auf Russland ausdehnen.

„Nee, noch nicht.“ Winkler machte ein nachdenkliches Gesicht. „Wenn wir *Glaso* nicht haben, kommen wir auch nicht an den Auftraggeber. Es sei denn, die Amis kommen da weiter.“ Den letzten Satz sagte er leise und mehr zu sich selbst.

„Guckst du heute Abend Fußball? Portugal gegen Deutschland“, wechselte Rita unvermittelt das Thema.

„Natürlich, wer tut das nicht. Es geht immerhin um den Einzug ins Halbfinale!“

„Wir wollen diesmal mit ein paar Freunden zu der Großleinwand am Brandenburger Tor. Einfach aus Gag. Da soll immer der Bär los sein. Wollt ihr mitkommen?“

„Nein, Annette hasst diese Menschenansammlungen. Außerdem habe ich noch eine Menge zu tun. Ich werde wahrscheinlich gerade beim Anpfiff zu Hause sein.“

38.

Die konzertanten Opernaufführungen der Metropolitan Opera im Central Park gehörten zu den beliebtesten Sommerereignissen in New York. In jedem Jahr strömten an einem Juniabend etwa dreißig- bis vierzigtausend Menschen zum Great Lawn und breiteten ihre Decken aus, auf die sie ihr mehr oder weniger opulentes Picknick postierten. Bier und Wein konnten hier im Freien offen – normalerweise in Amerika verboten – ungestraft konsumiert werden.

Wenn es ihr Zeitplan zuließ, waren Thomas und Christina immer dabei. Sie trafen sich dort meistens mit Nina und Tom, anderen Freunden und auch Kollegen aus dem Büro. Jeder brachte etwas mit. Natürlich war es in erster Linie ein Musikereignis, gratis, gewissermaßen als Dankeschön der Met an die Menschen der Stadt. Und dank zahlreicher riesiger Präzisionslautsprecher war auch die Widergabe der Musik von recht guter Qualität.

Aber es war auch ein gesellschaftliches Happening. Die Menschen sprachen miteinander, tauschten Sandwiches gegen Gemüsedips und Sancerre gegen Cabernet. Ein buntes Völkergemisch mit – wie immer bei klassischer Musik – starkem asiatischen Anteil.

In diesem Jahr war es anders. Seit Peter Gelb das Ruder bei der Metropolitan Opera vor zwei Jahren übernommen hatte, gab es diese Konzerte in der bisherigen Form nicht mehr. Anstelle der Aufführungen im Central Park und in den Parks von zwei weiteren Stadtbezirken gab es jetzt ein Mega-Event auf der Long Meadow im Prospect Park in Brooklyn. Peter Gelb hatte für diese Veranstaltung das

Sänger-Ehepaar Angela Georghiu und Roberto Alagno engagiert. Man rechnete mit etwa 150.000 Menschen.

„Geht ihr Freitag zum Prospect Park?“ wollte Nina wissen. Sie hatte Christina in ihrer Kanzlei angerufen, um sich zu vergewissern. Die Männer hatten bisher nichts gesagt.

„Ich weiß nicht. Ich habe noch nicht mit Thomas darüber gesprochen. Ich denke eher nicht. Es wird eine Mammutveranstaltung und logistisch etwas umständlich für uns. Es wäre schade, wenn wir in Zukunft diese Aufführungen gewissermaßen vor unserer Haustür nicht mehr hätten.“

„Ja, der Gelb krempelt einiges um. Viele werden enttäuscht sein. Andererseits muss man anerkennen, dass neue Konzepte entwickelt werden. Die Originalübertragung von Met-Opern in die Kinos auf der ganzen Welt, zum Beispiel, ist schon eine tolle Idee. Meine Freunde in Deutschland sind ganz begeistert. Wir werden Freitag aber auf keinen Fall gehen. Tom ist derzeit so stark unter Druck. Er wird vermutlich auch am Wochenende arbeiten.“

„Vielleicht schaffen wir es ja in der nächsten Woche zu den New York Philharmonic. Die spielen wieder im Central Park. Übrigens, Nina, wenn Tom arbeiten muss, kannst du am Wochenende gerne mit Cynthia zu uns nach Quogue kommen.“

„Danke. Ich weiß. Das ist sehr lieb von Euch. Aber ich bin lieber in der Nähe von Tom, gerade jetzt, wo er ziemlich im Stress ist.“

„Okay, bestell’ ihm herzliche Grüße, und wir drücken ihm die Daumen, dass er bald den Durchbruch in diesem verrückten Fall schafft.“

„Das hoffe ich auch, danke, ich werde es bestellen. Wir sprechen wieder. Ciao.“

Nachdenklich legte Nina auf. Ja, es musste bald etwas erfolgen. Tom gelang es zwar, sich nichts anmerken zu lassen, aber Nina spürte, wie angespannt er war. Zum ersten Mal in ihrer Ehe hatte sie das Gefühl, dass Tom in seiner Rolle als Ehemann und Vater nicht ganz bei der Sache war. Sein Privatleben stand derzeit hinter seiner Arbeit zurück. Die Presse hatte sich schon kritisch mit der Arbeit der Polizei in diesem Fall auseinandergesetzt, und das wiederum rief die Politiker auf den Plan.

Eines Tages, wenn alles vorbei war, wollte sie einen Artikel hierüber schreiben, der bei den deutschen Lesern sicher auf großes Interesse stoßen würde – nicht zuletzt wegen der Verbindung zu den Morden in Berlin. Derzeit waren ihr die Hände natürlich gebunden. Alles war *top secret.*

Sie ging hinauf in ihr kleines Büro, das sie sich in einem der Gästezimmer eingerichtet hatte. In einer knappen Stunde musste sie Cynthia von der Vorschule abholen.

39.

„Wir haben was, Tom." Howard Stokes kam durch Toms offene Bürotür und legte ein Stück Papier auf seinen Schreibtisch. „Du erinnerst dich, der eine Zeuge am Tatort, der Chinese, hatte ausgesagt, einen schwarzen SUV gesehen zu haben. Wir haben noch einmal die Anwohner in der Straße befragt. Ein Rentner, der nach eigenem Bekunden viel am Fenster hängt, hat die Aussage des Chinesen bestätigt. Ein schwarzer SUV."

„Davon gibt es eine ganze Menge. Fast jeder Hersteller hat einen SUV im Programm und – ich weiß zwar nicht warum – die meisten sind schwarz", schränkte Tom ein.

„Wir haben dem Mann Bilder der verschiedener Marken gezeigt, und er hat sich ziemlich sicher für einen GMC Yukon entschieden."

„Auch davon gibt es Tausende in unserem Umkreis." Tom war ungern demotivierend, aber seine Leute mussten schon etwas konkreter recherchieren.

„Ich bin noch nicht fertig. Der Typ hatte natürlich keine Nummer erkennen können. Wir haben ihm aber Abbildungen der unterschiedlichen Nummernschilder von den einzelnen Bundesstaaten gezeigt, die ja recht verschieden aussehen. Es blieben vier übrig, eines davon war New Jersey."

„Gut, dann habt ihr ja jetzt reichlich zu tun." Und nach einer kurzen Pause, Stokes war schon im Begriff, das Büro zu verlassen, „Howard, ich weiß, du und dein Team leisten gute Arbeit. Aber du musst mich auch verstehen: Wir müssen unbedingt einen Zahn zulegen. Die Tat liegt jetzt einen Monat zurück. Und der Druck auf uns wächst. Von allen Seiten. Von den Politikern, der Presse und der

Bevölkerung.“ Howard Stokes nickte und wollte gerade gehen, als Alan Ridge dazu kam.

„Tom, wir haben einen Tipp erhalten. Ich möchte, dass Sie mitkommen. Und sie auch“, dabei schaute er Stokes an. „Wir fahren nach Brighton Beach.“ Alan Ridge war Special Agent-in-Charge (SAC) und gehörte zu dem Team, das das FBI zur Unterstützung der New Yorker Polizei für diesen Fall abgestellt hatte. „Wir wollen Arkadij Stolischnikow einen Besuch abstatten.“

„Wer ist das?“

„Wir haben einen Hinweis aus der Brighton-Beach-Szene erhalten. Der Mann ist Unternehmer. Import, Export. Er ist außerdem an einer Großwäscherei und einem Car-Service beteiligt, hauptsächlich Limousinen mit Chauffeur, Stretchlimousinen, SUVs und Kleinbusse. Wir haben bei unseren Kontakten in den einschlägigen Kreisen etwas auf den Busch geklopft. Dabei fiel mehrfach sein Name, wenn es um die Frage ging, wer bei internationaler Gewaltkriminalität die Hände im Spiel haben könnte.“

Toms Abteilung stützte sich natürlich auch auf Informationen aus dem Milieu. Aber sie gingen da sehr vorsichtig vor. Das FBI war da etwas aggressiver.

Brighton Beach gehörte zum Stadtteil Brooklyn. Am Atlantik gelegen, bildete es eine eigene Community, die überwiegend von russischen und ukrainischen Immigranten bewohnt war. Die Beschriftung der Geschäfte und die großflächige Werbung an den Häuserwänden war fast ausschließlich in Russisch. Brighton Beach wurde auch „Little Odessa“ genannt, da viele aus der ukrainischen Hafenstadt Odessa am Schwarzen Meer stammten.

Sie nahmen das neutrale Auto der FBI-Leute.

Der Verkehr auf dem Ocean Parkway floss überraschend gut. Es war noch keine Rush-Hour, und in weniger als einer halben Stunde waren sie dort. Die Firma von Arkadij Stolischnikow lag gegenüber der Brighton Beach Library in der Nähe vom Riegelman Boardwalk. Der Strand von Coney Island war nur wenige Gehminuten entfernt.

Arsto Trading, Inc. stand an der Frontseite eines zweigeschossigen Gebäudes. Rechts von dem Haus führte eine Zufahrt zu einem großflächigen Hof, auf dem diverse Fahrzeuge abgestellt waren. Ein Schild zeigte an, dass sich der Eingang auf der Rückseite des Hauses befand.

Durch eine Glastür kamen sie in eine Lobby, die mit modernen schwarzen Ledersesseln und einer Couch ausgestattet war. Das Gebäude war angenehm klimatisiert. Vor der Stirnwand, an der Uhren mit den Zeiten in den verschiedenen Kontinenten und Zeitzonen angebracht waren, saß an einem Glastisch eine blonde junge Dame, stark geschminkt, schwarzer, enger Rock und rosa Bluse, die sich eng über der beachtlichen Oberweite der Trägerin spannte. Vor sich einen Laptop.

„Kann ich ihnen behilflich sein?"

Die drei zeigten ihre Ausweise.

„Wir möchten zu Mr. Stolischnikow", sagte Ridge knapp.

Wenn die Blonde über den Besuch von zwei Detektiven und einem FBI-Mann überrascht war, so ließ sie es sich nicht anmerken. Sie schaute Ridge mit hochgezogenen Augenbrauen an.

„Das geht im Moment nicht. Mr. Stolischnikow ist in einer Besprechung."

„Es ist dringend. Wo finden wir ihn?"

„Es tut mir leid, Sie müssen …"

„Okay, wir finden uns schon zurecht“, unterbrach sie Tom und steuerte auf eine breite Treppe zu, die von der Lobby zum ersten Stock führte. Die beiden anderen folgten ihm.

„Erster Stock rechts!“ rief ihnen die Empfangsdame in einer etwas verspäteten Kooperation schnippisch hinterher und beugte sich über ihren Laptop. Vermutlich warnte sie jetzt ihren Boss per Mausklick.

Oben rechts standen sie vor einer breiten weißen Tür. Davor wieder eine schwarze Ledergarnitur. Auf dem Sofa saß ein Mann im dunklen Anzug mit der Zeitschrift *Gun World* in der Hand. Als er die Polizisten sah, erhob er sich, legte seine Lektüre auf den kleinen Tisch vor der Couch und stellte sich vor die Tür. Es war ein Zweimetermann, etwas übergewichtig, blass mit kurzen dunkelblonden Haaren.

„Die Herren haben sich vermutlich verlaufen“, sagte er mit einer recht hellen Stimme, die zu seiner imposanten Gestalt merkwürdig kontrastierte; höflich, mit steinernem Gesicht, in gutem Englisch, aber mit deutlich osteuropäischem Akzent.

„Wir sind von der Polizei.“ Diesmal zeigte nur Alan Ridge seinen Ausweis, auf dem mit großen Buchstaben „FBI“ stand. Obwohl einen halben Kopf kleiner, schob er, den Ausweis noch in der linken Hand, mit seinem rechten Arm den Bodyguard beiseite und öffnete die Tür.

„Good afternoon, Mr. Stolischnikow. Mein Name ist Ridge vom FBI. Dies sind meine Kollegen vom Detective Bureau der New Yorker Polizei.“

Die Warnung vom Empfang war offensichtlich etwas zu spät gekommen. Die Polizisten hatten Arkadij Stolischnikow doch noch überrascht. Eine junge Dame, die die Zwillingsschwester von der Blonden in der Eingangshalle hätte sein können, kam gerade hinter seinem Schreibtisch hervor, straffte ihren Minirock und nestelte an einem Knopf ihrer lindgrünen Bluse. Stolischnikow hatte seinen monumentalen Schreibtischstuhl zum Fenster hinter ihm gedreht und wandte den Besuchern so für einige Sekunden den Rücken zu. Vermutlich musste auch er seine Kleidung erst einmal richten.

„Gutes Benehmen der Behörden scheint auch der Vergangenheit anzugehören, meine Herren“, sagte er ein wenig schroff. Sie hatten natürlich nicht angeklopft. Dann versöhnlicher: „Aber was verschafft mir die Ehre?“ Und zu der jungen Dame, die sein Büro gerade verlassen wollte: „Wir machen nachher weiter.“ Was er damit meinte, war nicht ganz klar.

Arkadij Stolischnikow war etwas übergewichtig, sah aber gut aus. Er war etwa Ende fünfzig, dunkle, glatt nach hinten gekämmte Haare, gut geschnittenes Gesicht, leicht gebräunt. Seine hellen, graugrünen Augen blickten forschend. Und kalt.

„Wir sind dabei, den Mord an dem Taxifahrer von vor zirka einem Monat in Queens weiter aufzuklären. Wir haben den Mörder zwar identifiziert, es gibt aber noch eine Reihe von Fragen zu den Umständen dieser Tat.“

„Und warum, in aller Welt, kommen sie da zu mir?“

„Unsere Ermittlungen haben ergeben, dass der Täter Unterstützung aus dem Umfeld russisch/ukrainischer Verbrecherorganisationen erhalten hat, und wir haben Hinweise erhalten, dass Sie möglicherweise über Informationen verfügen, die für uns hilfreich sein könnten.“ Tom wunderte sich ein wenig über die förmliche Ausdrucksweise seines Kollegen vom FBI.

„Wie kommen Sie denn darauf? Ich Verbindungen zu Gangsterorganisationen? Da hat Ihnen jemand einen Bären aufgebunden."

„Sagen wir mal so: Sie sind eine bedeutende Persönlichkeit hier in der russisch-ukrainischen Community, Sie kennen die wichtigen Leute, viele arbeiten für Sie. Sie haben internationale Verbindungen, reisen nach Übersee. Sie hören, was so läuft, auch Illegales."

„Richtig, ich bin hier seit über zwanzig Jahren im Geschäft. Ich habe Arbeitsplätze geschaffen und zahle Steuern – und nicht zu knapp. Meine Geschäftspartner sitzen überwiegend in den Ländern der ehemaligen Sowjetunion. Wir verdienen gutes Geld. Das führt natürlich dazu, dass einige meiner Landsleute um meine Freundschaft buhlen. Es bringt aber auch mit sich, dass einige uns unseren Erfolg neiden und gerne daran partizipieren würden – auf illegale Weise", fügte er nach einer kurzen Pause hinzu. „Sie haben den Typen vor meiner Tür gesehen. Der gibt mir ein bisschen Sicherheit – wenigstens bilde ich mir dies ein."

„Kennen Sie Igorij Balitow oder *Glaso*, wie er auch genannt wird, oder haben Sie seinen Namen schon einmal gehört?" ließ Tom unvermittelt einen Versuchsballon los. Stolischnikow stutzte. Tom hatte den Eindruck, dass sein Gesicht für eine Sekunde erstarrte. Er kniff seine Augen zusammen und legte seine Stirn in Falten.

„Nein, nie gehört." Er breitete seine Arme aus und legte seine Hände auf den Schreibtisch, eine Geste, die Gelassenheit und zugleich Kooperationsbereitschaft demonstrieren sollte.

„Mr. Stolischnikow, unterhalten Sie auch Geschäftsverbindungen nach Berlin?" machte Tom einen weiteren

Versuch. Der Mann antwortete nicht gleich und machte ein wichtiges Gesicht.

„Ja, wir importieren hin und wieder Autos der Luxusmarken Mercedes, BMW und Audi, die von Spezialisten in Berlin getunt werden."

„Von Landsleuten von Ihnen?"

„Ich glaube, es arbeiten dort auch Russen. Aber was soll das?"

„Okay, Mr. Stolischnikow, Sie wissen jetzt, worum es geht. Vielleicht brauchen Sie etwas Zeit zum Nachdenken. Wir melden uns wieder", beendete Alan Ridge das Gespräch. „Nicht nötig, wir finden alleine raus", fügte er hinzu, als der Russe Anstalten machte, Sie nach draußen zu begleiten.

Der große Türsteher saß wieder auf der Couch mit seiner Lektüre vor der Nase. Sie gingen die breite Treppe hinunter, vorbei an der Blondine, die nicht einmal von ihrem Laptop aufblickte, über den Hof zurück zu ihrem Wagen.

„Moment", sagte plötzlich Howard Stokes, der die ganze Zeit nur zugehört hatte. Unter den verschiedenen Autotypen, die auf dem Hof standen, hatte Stokes eine Entdeckung gemacht. „Ich komm' gleich nach." Er drehte sich um, verschwand hinter der Glastür und steuerte auf die Blondine zu.

„Wem gehört der schwarze SUV dort, der in der zweiten Reihe?"

„Der gehört zu unserem Verleih."

„Danke." Burschikos tippte er mit zwei Fingern zum Gruß an seine Schläfe und ging wieder nach draußen.

Mit seinem Handy machte er schnell ein paar Bilder von dem Wagen und eilte den anderen hinterher.

Es war ein GMC Yukon mit einem Nummernschild aus New Jersey.

40.

Die Hostess hinter dem Stehpult begrüßte sie freundlich. Sie war attraktiv, etwa Anfang dreißig, schwarze Haare zu einer Hochfrisur gesteckt. In ihrem grauen, eng anliegenden Kleid und den hohen Absätzen wirkte sie ein wenig zu elegant für das eher legere Ambiente dieser „Edel-Pizzeria“.

„Auf welchen Namen wurde reserviert?“

„Wir haben keine Reservierung. Haben Sie Platz für vier Personen?“ Es war schon weit nach zehn Uhr und immer noch voll. Aber man sah auch zwei oder drei freie Tische. Die Hostess schaute auf ihre Uhr und blätterte mit geschäftlich wichtiger Miene in dem Reservierungsbuch. Das schien aber reine Show zu sein.

„Ja, Sie haben Glück. Es ist gerade etwas frei geworden. Wenn Sie mir bitte folgen möchten.“ Sie nahm vier große Speisekarten von einem Stapel und führte die beiden Paare zu einem Tisch in der Mitte des Restaurants.

Sie hatten sich ganz kurzfristig entschlossen, zu dem Konzert der New York Philharmonic im Central Park zu gehen. Daher hatten sie auch auf ein Picknick auf dem Great Lawn verzichtet und in der VIP-Zone direkt vor der Bühne Platz genommen. Thomas war mit *Engelhard Capital* ein sogenannter „Supporting Patron“ der Philharmonic und hatte als solcher eine Reihe von Privilegien. Dazu gehörte auch das Anrecht auf VIP-Plätze für Sonderkonzerte des Orchesters. Das Programm war mit Schostakowitsch und Mendelsohn, wie immer bei diesen Konzerten, so gewählt, dass ein breites Publikum angesprochen wurde. Und der Gastdirigent Bramwell Tovey hatte noch eine Überraschung parat. Als Zugabe konnten die 60.000 abstimmen zwischen Rimski-Korsakows *Hummelflug* und Jimi Hendrix' *Purple Haze* durch Eingabe an ihrem Handy entweder *Bee* oder *Haze*. Die Mehrheit textete *Haze*.

Jetzt hatten sie Hunger.

„Schön, dass du dich im letzten Moment doch noch frei machen konntest. Ich glaube, du hast es nicht bereut", wandte sich Thomas an seinen Freund.

„Nein, dieser Abend war eine willkommene Unterbrechung. Unser Fall hat sich doch zu einer mittelgroßen Herausforderung für alle Beteiligten entwickelt."

„Gibt es denn Fortschritte?" Nina und Christina unterhielten sich und studierten die Pizza-Karte. Thomas konnte daher seine Neugier befriedigen, ohne zu unhöflich zu sein.

„Ja. Ich glaube, das habe ich dir noch gar nicht erzählt. Ist auch noch nicht für die Öffentlichkeit bestimmt. Wir kennen den Täter, zumindest deuten alle Indizien auf diesen Täter hin. Es handelt sich um einen Killer. International bekannt als Gewaltverbrecher. Ist aber spurlos verschwunden; nach Meinung der Berliner Polizei im ‚großen russischen Reich'."

„Ich nehme die ‚Pepperoni' und einen kleinen gemischten Salat vorweg", sagte Thomas als Christina, die Karte in der Hand, ihn fragend anschaute. Die Amerikaner, die im Übrigen fest davon überzeugt waren, dass Pizza eine amerikanische Erfindung sei, nannten das „Pepperoni", was anderenorts als Pizza „Salami" bekannt war. Okay, sollten die Damen diesmal bestellen.

„Und ich die ‚Margherita', vorweg die Calamari", gab auch Tom seinen Wunsch kund. Thomas tippte auf einen Rotwein aus Apulien, als Christina ihm die Weinkarte unter die Nase hielt.

„Das ist aber doch ein beachtlicher Ermittlungserfolg“, lobte er seinen Freund.

„Das stimmt. Aber wir kennen weder die hiesigen Komplizen des Killers und schon gar nicht den Auftraggeber und das Motiv. Was die Komplizen anbelangt, haben wir möglicherweise eine Spur, die wir aber noch verifizieren müssen.“

Tom wandte sich jetzt den Damen zu.

„Wie hat Euch das Konzert gefallen?“ Die Frage war eigentlich überflüssig und diente mehr dazu, sie in die Unterhaltung einzubeziehen. Ihre Reaktionen während des Konzerts und gleich danach hatten bereits eine überzeugende Antwort gegeben.

„Jimi Hendrix' *Purple Haze* von einem Symphonieorchester gespielt war schon ein besonderes Highlight. Ich muss noch mal nachsehen, wer das Arrangement dazu gemacht hat.“ Ninas Augen leuchteten vor Begeisterung.

„Thomas, hast du eigentlich Lars Bergstraesser noch einmal auf die Telefonate angesprochen?“ kam Tom auf ihr Gesprächsthema zurück.

„Nein, noch nicht.“ Er konnte seinem Freund nicht von seinem instinktiven Gefühl berichten, das ihn davon abgehalten hatte, bei Lars nachzubohren. Dann hätte er ihm von Bergstraessers Absicht auszusteigen, erzählen müssen. Und das konnte er nicht. Er hatte seinem Partner versprochen, bis auf weiteres hierüber Stillschweigen zu bewahren.

„Der lässt Euch übrigens grüßen. In einem Anflug von Geselligkeit stellte er sogar ein gemeinsames Treffen demnächst in den Hamptons in Aussicht.“

„Darauf kann ich verzichten“, murmelte Christina.

„Heh, Darling, c'mon. Ich gebe ja zu, dass Lars manchmal recht merkwürdig ist und nicht einer, den man spontan freundschaftlich oder gar liebevoll umarmen möchte. Aber er war sehr erfolgreich in seinem Leben, und viele respektieren ihn dafür – wenn sie ihn auch nicht lieben. Ich weiß, er hat wenige Freunde und gewöhnt sich ungern an neue Menschen in seiner Umgebung." Er legte seine Hand in einer beschwichtigenden Geste auf die seiner Freundin. Dann wandte er sich wieder Tom zu.

„Vor ein paar Tagen war er übrigens stinksauer, als unser Limousinenservice seinen Fahrer, den er sieben Jahre gehabt hatte, austauschte. Die hatten Vadim woanders eingesetzt oder hatten ihn gefeuert, ich weiß nicht genau. Bergstraesser hatte sich sofort beschwert und auf Wiedereinsetzung von Vadim bestanden. Nachdem er persönlich dort angerufen hatte, beruhigte er sich dann aber erstaunlicherweise recht schnell und akzeptierte den Wechsel."

„Wie heißt die Firma?", wollte Tom wissen.

„Die heißen Arka Limo Service, in Brooklyn. Ich nutze die auch."

„Hm", machte Tom. Dann machte sich der herrliche Duft von frischer Holzofen-Pizza breit. Zwei junge Mädchen servierten die Bestellung.

41.

Tom hatte dies schon unzählige Male gesehen. Aber der Anblick eines getöteten Menschen war für ihn immer wieder bedrückend. Und traurig, ganz gleich, ob es sich um ein unschuldiges Opfer oder um einen Kriminellen handelte. Ein Leben wurde so abrupt beendet. Tom musste jedes Mal an die verzweifelten Familienangehörigen und Freunde denken, denen man die Nachricht von dem schmerzlichen Verlust überbringen musste.

Der Mann lag auf dem Rücken, die Beine noch auf dem Seitenstreifen neben der Fahrbahn, Kopf und Körper auf der leicht ansteigenden Böschung. Er war offensichtlich erschossen worden. Sein Kinn lag auf der Brust, und man konnte die Verletzung an seiner Stirn deutlich sehen. Sie war groß. Das ließ darauf schließen, dass er von hinten erschossen wurde. Es war auch ziemlich offensichtlich, dass der Mann nicht an dieser Stelle getötet worden ist. Sein dunkler Anzug war schmutzig und wies Schleifspuren auf. Vermutlich war die Leiche aus einem fahrenden Auto geworfen worden; dies musste in der Nacht beziehungsweise in den frühen Morgenstunden geschehen sein. Denn der L.I.E (Long Island Expressway) ist immer bis weit nach Mitternacht stark befahren, und jemand hätte etwas sehen müssen. Sie wären dann früher benachrichtigt worden.

Als heute Morgen die Meldung kam, dass man auf der nach Osten führenden Seite des Long Island Expressway kurz vor der Ausfahrt 27, wo es zum Highway 295 geht, eine männliche Leiche gefunden hatte, wollte er gleich Detective Tennenbaum und Eric Wiener zum Tatort schicken. Er griff schon zum Telefon, als sein Blick auf den

Namen des Opfers fiel. Er stutzte: *Vadim Schewschtschenko.* Bei russischen Namen war er in den letzten fünf Wochen hellhörig worden. Und den Namen *Vadim* hatte er erst gestern gehört. In einem Zusammenhang, den er sich gut gemerkt hatte. Natürlich konnte das Zufall sein. *Vadim* war schließlich kein so ganz seltener Name. Immerhin, er legte den Hörer wieder auf. Er würde sich selber darum kümmern. Er rief zuerst seinen Fahrer Rick und dann Howard Stokes an. Der musste mitkommen.

Die Identität des Opfers war schnell ermittelt. Papiere und Geld waren unversehrt in den Taschen seines Anzugs. Das Opfer war 43 Jahre alt, ledig, geboren in Lemberg, in der Ukraine, und als Fahrer bei einer Limo-Firma beschäftigt. Tom brauchte die Polizisten, die zuerst am Tatort waren und bereits die Basisdaten recherchiert hatten, gar nicht erst zu fragen. Er glaubte, den Namen der Firma zu kennen.

Tom wollte schnell zurück ins Präsidium. Er musste mit seinem Boss und mit Alan Ridge vom FBI sprechen.

Der morgendliche Berufsverkehr auf dem L.I.E in Richtung Manhattan war jetzt in vollem Gange. Heute würde es warm werden. Bereits jetzt, knapp vier Stunden nach Sonnenaufgang, waren es 24 Grad Celsius. Obwohl Rick die Blinkanlage ihres zivilen Polizeifahrzeugs und die Sirene „röhrender Hirsch“ eingeschaltet hatte, kamen sie nur langsam voran. Auf den vier Fahrspuren bewegte sich der Verkehr Stoßstange an Stoßstange nur schrittweise, und die Bereitschaft der Autofahrer, das Polizeifahrzeug durchzulassen, scheiterte meistens an dem Mangel an Ausweichmöglichkeiten.

Tom musste seine Gedanken ordnen. Er ließ sich so schnell nicht aus der Fassung bringen. Aber dieser Fall weitete sich aus. Er hatte keinen Zweifel, dass diese Tat mit den anderen Morden im Zusammenhang steht. Der Polizeipräsident und auch der Bürgermeister mussten umgehend gebrieft werden. Sie werden vor die Presse treten wollen.

„Howard, du schnappst dir einen deiner Leute und rückst dem Stolischnikow auf die Pelle. Versuch' zu erfahren, was er über das Opfer weiß, warum er gefeuert wurde und wann er ihn zuletzt gesehen hat. Aber seid vorsichtig. Wenn ihr den Eindruck habt, dass Fluchtgefahr besteht, bringt ihn zum Verhör ins Präsidium. Vielleicht nimmst du noch einen weiteren Mann aus deinem Team mit."

„Und wenn er sich inzwischen aus dem Staub gemacht hat?"

„Dann veranlass' sofort eine Fahndung nach ihm."

Die Dinge schienen zu eskalieren. Und doch hatte Tom das unbestimmte Gefühl, dass sie bald Licht im Tunnel sehen würden. Einige Vorkommnisse mussten nur richtig gedeutet werden. Da waren die Anrufe bei dem Partner seines Freundes; jetzt die Ermordung seines Fahrers, der für eine Firma gearbeitet hat, die einem zwielichtigen russischen Unternehmer gehört. Auf dessen Grundstück hatten sie einen SUV entdeckt, der vermutlich am Tatort des Taximordes gesehen worden war.

Tom musste mit Bergstraesser reden. Zuvor aber wollte er Thomas anrufen.

„Du wirst es morgen in der Zeitung lesen oder heute Abend in den New Yorker Nachrichten hören: Der Fahrer deines Partners, Vadim, ist erschossen worden." Sein Freund schwieg einige Sekunden.

„Das gibt es doch nicht!"

„Ja, seine Leiche wurde heute Morgen am Long Island Expressway gefunden." Er machte eine kurze Pause. „Ein Tatbestand mehr, der irgendwie etwas mit Bergstraesser zu tun hat. Ich glaube, es lässt sich nicht vermeiden, dass wir uns einmal mit ihm unterhalten. Ich wollte aber vorher mit dir sprechen."

„Lars ist im Moment nicht im Büro, er wird von dieser Nachricht sehr betroffen sein."

„Vielleicht", unterbrach ihn Tom kurz. Vielleicht auch nicht, dachte er.

„Schließlich hat Vadim sieben Jahre für Lars gearbeitet. Er mochte ihn. Deshalb war er auch anfangs so aufgebracht, als man ihm von heute auf morgen einen anderen Fahrer schickte."

Thomas gingen viele Gedanken durch den Kopf. Sollte er Tom jetzt von den Ausstiegsplänen seines Partners erzählen? Nein, er hatte Lars Diskretion versprochen. Und im Moment gab es noch keinen Grund, dieses Versprechen zu brechen. Was sollte Bergstraesser mit dem tragischen Ende seines Ex-Chauffeurs zu tun haben?

„Erwartest du Bergstraesser heute noch im Büro?" wollte Tom wissen.

„Ich weiß nicht, ob er noch kommt. Aber morgen ist er bestimmt da. Er hat eine Verabredung mit unserem Rechtsanwalt."

„Okay, wir kommen dann morgen einfach mal vorbei. Bitte, sag' ihm nichts vorher."

„Mein lieber Tom, wie stellst du dir das vor? Lars und ich sind seit 19 Jahren Partner. Wir sind zwar keine dicken Freunde, haben aber immer vertrauensvoll zusammengearbeitet. Wir haben geschäftlich keine Geheimnisse voreinander."

„Dies ist nicht geschäftlich. Bitte, tu' mir den Gefallen. Es ist sehr wichtig, dass wir ihn überraschen. Dieser Fall ist sehr ernst."

„Du weißt, das ist nicht mein Stil“, brummelte Thomas ins Telefon. „Ich sag’ dir, wenn sich diese Sache um Lars in Wohlgefallen auflöst, schuldest du mir mindestens ein Dinner im *Four Seasons.*“

„Danke, Thomas.“ Bevor er auflegte, schob er noch nach: „Vielleicht sollte ich auch mit seiner Assistentin sprechen. Wie war noch ihr Name?“

„Jennifer.“

42.

Sein *Bloomberg* erinnerte ihn an die dramatische Situation, in der sich die amerikanische Wirtschaft befand. Aus dem Finanzsektor kam eine Krisenmeldung nach der anderen und die Rezession hatte das Land nun bereits seit sieben Monaten fest im Griff. Der Dow-Jones-Index, der sich erstaunlicherweise bis vor kurzem auf einem ansehnlichen Niveau gehalten hatte, war jetzt deutlich unter die 12.000-Marke gesunken. Der Ölpreis war auf einem Allzeit-Hoch und das Konsumervertrauen lag auf dem tiefsten Stand seit 16 Jahren. Thomas war froh, dass sie in den letzten Wochen in ihren Kundenportfolios die Bargeldpositionen übergewichtet hatten. Soweit es ihre europäischen Kunden betraf, war der schwache Dollar natürlich ein zusätzlicher Negativfaktor. Thomas hatte seine Trader angewiesen, sich bei Aktien auf solide Dividendenpapiere zu konzentrieren. Ihre Personalkosten hatten sie inzwischen um 17 Prozent gesenkt. Allerdings waren ihre Ausgaben für Rechtsanwälte und Wirtschaftsprüfer in den letzten zwölf Monaten drastisch gestiegen. Das *Compliance*, das komplexe Regelwerk für die Finanzbranche und die vielfältigen Kontrollen erforderten immer mehr Arbeit. Ironischerweise hatte dies nicht die spekulativen Machenschaften der Immobilienmogule und der Großbanken mit ihren verheerenden Auswirkungen auf die Weltwirtschaft verhindern können.

Die „Top-News“ auf seinem Bildschirm brachten auch immer das Neueste vom Sport. Heute spielte Deutschland gegen die Türkei. In Deutschland musste der Teufel los sein. Die Sonntagsausgabe der *New York Times* hatte am letzten Wochenende in ihrem Reiseteil eine Beilage über

Berlin unter dem Titel „The Big Canvas“ – die große Leinwand – gebracht. Auf den Plätzen der deutschen Großstädte würden heute Deutsche und Türken vereint auf riesigen Bildschirmen das Spiel ihrer Mannschaften verfolgen. Eine große multikulturelle Fußballparty. Seine Trainees waren schon weg, zu der Sportkneipe vom letzten Mal.

Aber Thomas stand der Sinn in diesem Moment nicht nach Fußball. Seine Gedanken wanderten in eine andere Richtung. Er kannte Tom. Der würde nicht ohne triftigen Grund einen angesehenen Wall Street-Banker in einem delikaten Mordfall verhören wollen. Tom hatte nicht zuletzt deswegen bei der Polizei eine steile Karriere gemacht, weil er neben dem normalen Rüstzeug über außergewöhnliche Kombinationsfähigkeiten verfügte – und über Intuition.

Thomas' starkes Interesse an der Arbeit seines Freundes hatte dazu geführt, dass sie oft über komplizierte Fälle diskutierten. Und er konnte sich nicht daran erinnern, dass Tom mit seinem Gespür für Menschen und ihre Handlungen jemals daneben gelegen hätte. Gut, die Polizei wurde auch in Psychologie ausgebildet, aber Thomas war davon überzeugt, dass seinem Freund zugutekam, dass er ursprünglich in einer ganz anderen Disziplin seine Sporen verdient hatte. Er musste dabei an einen bekannten und erfolgreichen Industrieboss in London denken, der von Haus aus Altphilologe war. Manchmal ist es von Vorteil, wenn das Denken nicht nur von *einer* Fachrichtung gesteuert wird.

Sein Partner war zwar kein Verdächtiger in diesem Fall, aber – wie die Polizei es nannte – *a person of interest.* Zweifellos wurde Thomas' Loyalität zu seinem Partner jetzt auf eine ernste Probe gestellt. Er musste sich eingestehen, dass diese Loyalität nicht mehr ganz unerschütterlich war – seit Bergstraesser ihm von seiner Absicht erzählt hatte, sich in den Ruhestand nach Südamerika zu verabschieden. Das war total untypisch für Lars, der seinen unternehmerischen Erfolg und die Beachtung seiner Person in dieser Stadt immer in vollen Zügen zu genießen schien.

Das Telefon brummte. Es war Jennifer.

„Ich habe Mrs. Bergstraesser in der Leitung. Sie wollte mit ihrem Mann sprechen. Der ist aber nicht da. Sie möchte jetzt mit Ihnen sprechen."

Thomas war überrascht. Yvonne rief ganz selten an und wenn, dann nur, um mit Lars zu sprechen. Er hatte in all den Jahren nur ein paar Mal mit ihr telefoniert, zuletzt als es um ein Geschenk zu Lars' 60. Geburtstag ging.

„Okay, stellen Sie sie durch." Merkwürdig, er hatte gerade an sie gedacht.

„Hallo, Yvonne. Wie geht es dir? Was verschafft mir die Ehre? Bist du in der Kanzlei?" Er kannte ihr Büro. Es lag nur einen Häuserblock von Engelhard Capital entfernt in einem modernen Skyscraper an der Ecke Madison und 57. Straße. Und wie bei den großen Anwaltsfirmen üblich, war es geräumig und feudal. Vor ein paar Jahren hatte sie versucht, mit Engelhard ins Geschäft zu kommen. Thomas hatte aber abgewunken, nicht nur, weil sie zu teuer waren, sondern vor allem wegen eines möglichen Interessenkonflikts.

„Ja, ich wollte eigentlich Lars sprechen. Aber ich höre, er ist nicht da. Ich weiß nicht, wo er ist. Und Jennifer hat offensichtlich auch keine Ahnung. Das ist auch der Grund, warum ich dich sprechen wollte."

Selbst bei Eheleuten musste nicht jeder wissen, was der andere zu jedem Zeitpunkt macht, dachte Thomas, insbesondere wenn beide anspruchsvollen beruflichen Tätigkeiten nachgehen. Er sagte aber nichts.

„Thomas, was läuft? Mein lieber Mann gibt mir in letzter Zeit einige Rätsel auf. Er ist unterwegs, und keiner weiß wo. Er trifft sich mit merkwürdigen Leuten, die nicht nach seinen üblichen Geschäftspartnern aussehen."

„Yvonne, du weißt, unser Geschäft erfordert rege Kontakte zu diversen Leuten, und wir Partner gehen mit unserer Zeit sehr flexible um. Wir haben keine Präsenzliste mit An- und Abmeldung. Außerdem sind wir meistens auf unserem Blackberry zu erreichen."

„Sein Telefon ist häufig abgeschaltet. Übrigens, hat er dir von seinen Südamerika-Plänen erzählt?"

„Ja, das hat mich in der Tat umgeworfen! Ich werde weiter versuchen, ihn davon abzubringen. Ich habe aber das Gefühl, dass er fest entschlossen ist, seinen Wall-Street-Hut an den Nagel zu hängen."

„Ich bin außer mir. Ich will nicht aus New York weg. Und von meinem Job. Kannst du mir einen triftigen Grund nennen? Natürlich geht die Wirtschaft durch eine dramatische Phase. Bei uns ist auch das eine oder andere Geschäft weggebrochen. Aber soweit ich weiß, ist Engelhard Capital besser aufgestellt als die Großen und viele andere in Eurer Branche."

„Das stimmt. Aber Yvonne, manchmal geht es eben nicht nur ums Geschäft. Es ereignen sich auch Dinge, die einen veranlassen, sein Leben neu zu überdenken. Ich bin überhaupt nicht begeistert von seinen Plänen. Du weißt sicher von den Anrufen, die Lars erhalten hat. Ich habe mir schon Sorgen gemacht, ob er vielleicht erpresst oder bedroht wird." Thomas war vorsichtig mit dem, was er sagte und gab sich Mühe, möglichst harmlos zu klingen.

„Das habe ich zuerst auch gedacht, aber Lars weist das weit von sich und meint, dass er damit gut fertig werden würde.“

Natürlich erwähnte Thomas kein Wort darüber, dass die Polizei morgen mit Bergstraesser sprechen wollte.

„Thomas, wenn Lars Ernst macht mit seinen Plänen, trenne ich mich von ihm. Auch aus anderen Gründen. Das klingt dramatisch, aber ich habe darüber nachgedacht. Und ich meine, was ich sage.“

Sie musste ziemlich verzweifelt sein, dachte Thomas, dass sie sich in dieser Weise und in einer solch privaten Angelegenheit dem Geschäftspartner ihres Mannes offenbarte.

„Hast du ihm das gesagt?“

„Nein, noch nicht so deutlich. Aber er weiß, dass ich nicht von New York weg will.“

„Yvonne, lass’ mich noch einmal mit ihm reden. Wenn du irgendwelche Probleme hast oder wenn es neue Entwicklungen gibt, ruf’ mich an. Okay? Vielleicht am besten auf dem Handy. Die Nummer hast du ja.“

Mit den beiden konnte es kritisch werden, dachte Thomas, als er aufgelegt hatte. Vielleicht wusste sie ja auch inzwischen etwas von den Mädchengeschichten.

43.

Es war kühl im Sitzungszimmer. Die Männer behielten ihr Jackett an, und die zwei Damen, eine Polizistin und Cathy, die bei Außentemperaturen von 29 Grad Celsius ärmellos beziehungsweise schulterfrei ins Präsidium gekommen waren, hatten sich ein Sweatshirt übergezogen. Tom hatte Howard Stokes' Team sowie weitere FBI-Leute um Alan Ridge zu einer Bestandsaufnahme zusammengerufen. Einige hatten sich einen Plastikbecher mit Kaffee mitgebracht, andere Wasser aus den großen Wasserbehältern im Korridor.

„Morgen wollen der Bürgermeister und der Commissioner vor der Presse über den Stand der Ermittlungen in unserem Fall berichten. Ich möchte daher mit Ihnen zusammen erörtern, wo wir zurzeit stehen. Ich möchte sicherstellen, dass wir nichts vergessen oder übersehen haben. Howard, fang du an."

Stokes erhob sich und ging nach vorn. Er hatte eine Flipchart vorbereitet, um seine Ausführungen visuell zu unterstützen.

„Im Abstand von neun Tagen wurden drei Männer erschossen und zum Teil verstümmelt. Einer hier in Queens, die anderen beiden viertausend Meilen östlich in Berlin, in Deutschland. Das Spektakuläre an diesem Fall ist, dass die Morde von ein und derselben Person begangen wurden, und zwar mit der gleichen – wohlgemerkt, nicht derselben – russischen MSP, der kleinen, geräuschlosen Handwaffe, die keine Patronenhülsen auswirft. Darauf deuten zumindest die Indizien hin. Die beiden deutschen Opfer waren Anfang Mai für ein paar Tage in New York."

„Haben wir inzwischen eine Ahnung, was die beiden hier gemacht haben?“ unterbrach ihn Alan Ridge.

„Nein, die Befragungen der Familienangehörigen durch die Berliner Polizei hat diesbezüglich nichts ergeben. Angeblich hatte es sich um eine rein private Touristenreise gehandelt. Es gibt auch keinen Hinweis darauf, dass sich die Opfer auf beiden Seiten des Atlantiks gekannt haben. Es gibt allerdings eine Verbindung: Die Deutschen, beide ehemalige Mitarbeiter der Stasi, waren im Jahre 1986 dienstlich in Maputo, in Mosambik. Das war zu einer Zeit, als das New Yorker Opfer noch als junger Mann in Maputo lebte.“

Obwohl er die Einzelheiten natürlich alle kannte, hörte Tom aufmerksam zu. Aus Erfahrung wusste er, dass man Zusammenhänge umso eher erkennen konnte, je fester man bestimmte Fakten gedanklich abgespeichert hatte, die sich dann bei der richtigen Gelegenheit sofort abrufen ließen. In diesem Moment hatte er das Gefühl, an einem solchen Punkt angekommen zu sein: Bekannte Fakten mit neuen Überlegungen zu verbinden. Das Stichwort war Maputo, Mosambik. Intuitiv festigte sich bei Tom der Gedanke, dass dieses Stichwort wichtig war. Er wusste im Moment nur noch nicht wieso.

„In Berlin hat es einen weiteren Mord gegeben, allem Anschein nach durch denselben Täter und auf gleiche Weise. Das Opfer war eine Prostituierte, die der Berliner Polizei bereits zuvor eine Beschreibung des des Doppelmords verdächtigten Täters gegeben hatte und offensichtlich eine wichtige Zeugin gewesen wäre.“

„Den Täter haben wir, wie Sie wissen, identifizieren können“, meldete sich Alan Ridge mit wichtiger Miene. Er wollte offensichtlich den sachdienlichen Beitrag des FBI etwas herausstreichen. „Es handelt sich um einen internationalen Killer, einen Schwerverbrecher aus Russland. Leider scheint er den Berliner Kollegen entwischt zu sein. Seinen Komplizen in Berlin hingegen haben sie geschnappt.“

„Die Erwartung, aus dem einen Hinweis auf den oder die Komplizen des Killers hier in New York zu erhalten, haben sich leider nicht erfüllt“, nahm Stokes den Faden auf. „Allerdings habt ihr“, er schaute dabei zu den drei FBI-Leuten am Tisch, „uns auf eine Spur in Brighton Beach geführt, von der wir glaubten, dass sie uns weiterbringt. Leider haben wir Herrn Stolischnikow gestern nicht angetroffen, auch seinen Bodyguard nicht. Seine Leute wissen angeblich nicht, wo die sind. Wir haben aber den SUV auf dem Hof, den GMC Yukon aus New Jersey, sichergestellt. Er wird zurzeit erkennungsdienstlich behandelt.“

„Wann rechnet ihr mit Ergebnissen?“

„Morgen Nachmittag.“

„Ich bin davon überzeugt, dass das Verschwinden von Stolischnikow und seinem Aufpasser etwas mit dem letzten Mord am Long Island Expressway zu tun hat. Das Opfer war sieben Jahre lang der Fahrer von Lars Bergstraesser, dem Senior Partner von Engelhard Capital, der Wall Street-Firma.“ Tom hielt den letzten Hinweis für erforderlich, da nicht alle Anwesenden bisher den Namen Bergstraesser im Zusammenhang mit diesem Fall gehört hatten.

„Übrigens, ich werde mich heute Nachmittag mit Bergstraesser unterhalten. Howard wird mich begleiten. Wir haben einen Überraschungsbesuch geplant.“ Und nach einer kurzen Pause: „Alan, ich glaube, es ist besser, wenn das FBI im Moment noch im Hintergrund bleibt. Ich kenne Bergstraesser flüchtig und möchte das Gespräch zunächst auf informeller Basis führen." Alan Ridge nickte. Einmal mehr zeigte sich, dass das hohe Ansehen, das Tom Hockney in Polizeikreisen genoss, das in diesem Fall zuständige FBI dazu bewegen konnte, vorübergehend nicht auf seiner Führungsrolle zu bestehen

Plötzlich ging die Tür zum Sitzungszimmer auf. Ein junger Sergeant kam rein und gab, ohne ein Wort zu sagen, Stokes ein Stück Papier. Grußlos verschwand er wieder. Stokes überflog das Schreiben. „Es sieht so aus, als ob die Waffe, mit der der Limo-Fahrer erschossen wurde, dieselbe ist wie die vom Taximord." Er schob das Papier zu Tom rüber, der nicht sonderlich überrascht schien und dem Papier im Moment keine weitere Aufmerksamkeit schenkte.

Als Tom etwas später wieder in seinem Büro war, schrieb er ein Wort auf einen leeren Block, der vor ihm auf dem Schreibtisch lag: *Mosambik* und unterstrich es. Darunter schrieb er „2 Deutsche" und in Klammern dahinter „Berlin", darunter „Taxifahrer" und in Klammern „Queens". Bei der nächsten Zeile überlegte er einige Sekunden. Dann schrieb er „Bergstraesser" mit einem Fragezeichen dahinter. Schließlich malte Tom einen Kreis um die drei Zeilen, die er unter der Überschrift *Mosambik* geschrieben hatte, den er wieder mit einem großen Fragezeichen versah.

Es schien verrückt. Was sollte ein angesehener Wall Street Banker mit diesem Fall zu tun haben? Tom hatte sich natürlich die Biografie von Bergstraesser angesehen, die nicht nur im Internet, sondern auch in anderen Publikationen zu finden war. Daraus ließ sich nichts Auffälliges ableiten. Allerdings war die Biografie verhältnismäßig dünn. Geboren in Ostdeutschland, und zwar in

Gera, einer Stadt in Thüringen. Ausbildung als Bergingenieur, leitende Position im Braunkohlebergbau, Auslandseinsatz als technischer Berater, Flucht in die USA, Erwerb der Engelhard Capital. Erwähnt wurden außerdem einige seiner Aufsichtsratsmandate sowie seine Mitgliedschaften in Gremien und Organisationen.

Privat war wenig zu erfahren, lediglich, dass er verwitwet war und jetzt wiederverheiratet ist. Von Kindern, was in Amerika gerne erwähnt wird, war nicht die Rede.

Bei den Auslandseinsätzen erweckte ein „unter anderem im Kupferbergbau in Angola“ Toms Interesse. Das war zwar nicht Mosambik, aber der Kontinent stimmte.

Bevor er sich mit Howard Stokes auf den Weg nach Midtown zu Engelhard Capital machte, gab er Eddy Gonzales den Auftrag, eine Anfrage an Interpol in Mosambik zu richten, ob sich in den 80er-Jahren in Maputo ein Deutscher mit dem Namen Lars Bergstraesser aufgehalten hatte. Er selber wollte noch einmal mit der Witwe von Saidi Calhoun sprechen. Möglicherweise gab es noch das eine oder andere Detail aus der Zeit, als ihr Mann in Maputo lebte. Etwas, was sie bisher für nicht so wichtig gehalten hatte, der Polizei zu erzählen.

44.

„Hallo, Sie wollen sicherlich zu Thomas“, begrüßte Bergstraesser die beiden, als sie plötzlich in der Tür standen, gefolgt von Jennifer, die beide Arme ausstreckte mit den Handflächen nach oben, als ob sie sagen wollte: „Sorry, ich habe die nicht reingelassen.“ „Ich weiß gar nicht, ob er da ist. Jennifer, schauen Sie mal?“

„Mr. Bergstraesser, wir möchten zu Ihnen. Dies ist mein Kollege, Detective Stokes“, sagte Tom.

Bergstraesser zog seine Augenbrauen zusammen und schien für einen Augenblick verblüfft. Dann zeigte er aber mit einer Armbewegung auf die Sitzgruppe in seinem Büro und lud die beiden ein, Platz zu nehmen.

„Es ist schon eine Weile her, dass wir uns zuletzt gesehen haben“, wandte er sich an Tom. „Aber durch Thomas höre ich bisweilen von Ihnen. Erst kürzlich hatte ich angeregt, dass wir uns vielleicht an dem langen Fourth-of-July-Wochenende in den Hamptons auf einen Drink treffen könnten. Aber dazu vielleicht später. Was führt Sie zu uns? Ich glaube nicht, dass das New York Police Department seine Pensionskasse auf Engelhard Capital übertragen möchte.“ Wenn er nervös war, so ließ er es sich zumindest nicht anmerken.

„Keine schlechte Idee“, Tom lächelte verbindlich. „Nein“, setzte er geschäftsmäßig fort. „Wir arbeiten immer noch an dem Taximord, der sich vor sechs Wochen in Queens ereignet hat.“

„Ja, Thomas hat mir davon erzählt. Aber was können wir dabei für Sie tun?“ Bergstraesser gab sich jovial und etwas amüsiert, so schien es. Und Tom registrierte, dass der Banker von „wir“ sprach, als ob es sich um eine geschäftliche Angelegenheit handeln würde.

„Wir haben ermittelt, dass das Opfer zwei Wochen vor seinem Tod bei Ihnen angerufen hat, und zwar drei Mal. Das erste Mal am Sonnabend, den 3. Mai und dann jeweils einmal am darauffolgenden Montag und Dienstag. An dem Sonnabend hat er sogar zweimal angerufen, das zweite Mal ist jedoch kein Gespräch zustande gekommen.“

Bergstraesser machte große Augen und zog die Stirn in Falten.

„Meine Herren, bei allem Respekt vor Ihren Ermittlungen, und ich gehe einmal davon aus, dass Sie Ihre Schularbeiten gemacht haben, aber ich weiß überhaupt nicht, wovon Sie reden. Ich erhalte täglich viele Anrufe, bisweilen auch unerwünschte. Letztere stellt meine Assistentin meistens überhaupt nicht zu mir durch, schon gar nicht, wenn sich der Anrufer nicht zu erkennen gibt. Woher soll ich wissen, dass einer dieser Anrufe von Ihrem Mordopfer gekommen ist?“ Er ging zu seinem Schreibtisch, nahm seinen Tischkalender und blätterte rückwärts.

„An dem Sonnabend war ich übrigens in meinem Haus in Watermill, und Montag und Dienstag war ich nicht im Büro. Ich erinnere mich allerdings, dass Jennifer, meine Assistentin, mir von einem Anrufer mit fremdländischem Akzent berichtet hatte, der mich dringend sprechen wollte. Das kommt hin und wieder vor. Es handelt sich meistens um Bettelanrufe, denen ich keine große Bedeutung beimesse.“

„Und erinnern Sie sich an das Telefonat am Sonnabend?“

„Nein, aber wir erhalten auch am Wochenende diverse Anrufe. Unser Management ist über unser zentrales Telefonsystem auch am Wochenende erreichbar.“

„Gut, nun wissen Sie, wer angerufen hat. Haben Sie eine Erklärung dafür?“

Bergstraesser schüttelte den Kopf. „Was ich schon sagte: Es gibt Menschen, die rufen vermögende Leute an, erzählen eine rührende Geschichte und bitten um eine ‚Spende‘.“

„Solche Typen würden es aber nicht bei einer Person belassen. Die würden eine ganze Reihe von Geldleuten anrufen. Das war aber hier nicht der Fall.“ Tom beobachtete Bergstraesser. Der zeigte aber keine besondere Regung und zuckte nur mit den Schultern.

„Irgendwann und irgendwo müssen solche Typen ja einmal anfangen.“

„Mr. Bergstraesser, kannten Sie Saidi Calhoun?“ Tom fixierte seinen Gesprächspartner.

„Nein!“ kam die Antwort. Für Toms Empfinden etwas zu schnell und zu laut. Außerdem: Der Name des Opfers ging zwar vor sechs Wochen durch alle Medien, aber für jemanden, der mit diesem Fall überhaupt nichts zu tun hat, war die sofortige Wiedererkennung des Namens ganz erstaunlich.

„Ihr Fahrer von dem Limousinenservice, den Sie nutzen, ist erschossen aufgefunden worden“, wechselte Howard Stokes abrupt das Thema. „Sie kannten Vadim Schewtschenko seit sieben Jahren. Was wissen Sie über ihn?“

„Ich muss mich entschuldigen. Ich habe Ihnen gar nichts angeboten. Kaffee oder Tee? Wasser?“ Er griff bereits zum Telefon, das neben seinem Sessel auf einem Beistelltisch stand. Beide Polizisten schüttelten den Kopf.

„Nun, Sie können sich vorstellen, dass mich die Nachricht von Vadims Tod sehr getroffen hat. In sieben Jahren gewöhnt man sich an einen Menschen, mit dem man fast täglich zusammenkommt. Und er war ein exzellenter Fahrer. Wir hatten zwar kein persönliches Verhältnis zueinander, aber ich schätzte seine Zuverlässigkeit und Diskretion."

„Man hatte Vadim einige Tage vorher entlassen. Wissen Sie warum?" wollte Stokes wissen.

„Keine Ahnung. Ich war darüber sehr aufgebracht und habe mich bei der Firma beschwert. Man sagte mir, es hätte interne Probleme gegeben, die nichts mit seiner Arbeit für mich zu tun gehabt hätten. Man bot mir verschiedene Fahrer auf Probe an und würde es dann mir überlassen, für wen ich mich entscheide."

„Gab es in letzter Zeit irgendetwas Auffälliges an Vadims Benehmen?"

„Nein. Natürlich hatte er seine russischen und ukrainischen Buddies, mit denen er vermutlich das eine oder andere Geschäft besprach, vielleicht auch nicht immer ganz legal. Die Jungs wollen hier, wie alle, Geld machen, und als Limo-Fahrer sind die Möglichkeiten dazu eher begrenzt."

„Mr. Bergstraesser, fühlen Sie sich bedroht?" wollte Tom ziemlich unvermittelt wissen. Der Banker lachte etwas künstlich.

„Nicht mehr und nicht weniger als andere Menschen in etwas exponierter Position. Man trifft gewisse Vorsorge, versteht sich. Dieses Gebäude wird zum Beispiel von einer renommierten Sicherheitsfirma betreut. Ebenso wie das Apartmenthaus in der Park Avenue, wo ich wohne. Und in Watermill haben wir Einiges in die Technik investiert. Aber", er lachte wieder etwas gezwungen und zeigte mit ausgestreckten Armen auf die beiden Polizisten, „solange die New Yorker Polizei an meiner Sicherheit interessiert ist, mache ich mir keine Sorgen."

Jennifer kam rein.

„Mr. Bergstraesser, Bob Ziegler ist da.“

„Okay, danke. Unser Anwalt“, erläuterte er seinen Besuchern. „Ich meine auch, wir sind soweit durch, oder?“ In diesem Fall wäre es eigentlich nicht seine Entscheidung gewesen, das Gespräch zu beenden, aber er war es so gewohnt.

„Ja, das wäre es für heute. Bleiben Sie bitte in den nächsten Tagen für uns erreichbar. Sie haben keine Reisepläne, denke ich?“ Tom schaute sein Gegenüber fragend an.

„Oh, das klingt ja richtig offiziell. Nein, abgesehen von unseren Trips in die Hamptons ist im Moment nichts geplant.“ Und nach einer kurzen Pause mit Blick auf Tom: „Vielleicht sehen wir uns dort ja am nächsten Wochenende, ich spreche das mit Thomas ab.“ Sie erhoben sich, und Bergstraesser geleitete die beiden zur Tür.

„Kennen Sie Arkadij Stolischnikow?“ fragte Howard Stokes unvermittelt, schon im Gehen.

„Wer soll das sein?“ Bergstraesser zog seine Augenbrauen zusammen. Er schien jetzt ungeduldig.

„Dem gehört unter anderen die Firma *Arka Limo Service*, die Firma, die Sie für Ihren Fahrdienst engagiert haben und bei der Vadim Schewtschenko angestellt war.“

„Aha. Nein, kenne ich nicht.“ Tom sah Bergstraesser einige Sekunden lang an. Dessen Miene verriet aber nichts über den Wahrheitsgehalt seiner Antwort.

Sie gingen in Richtung Aufzug. Bergstraesser stand noch in seiner offenen Bürotür und wollte gerade seinen Anwalt Bob Ziegler begrüßen, als sich Tom noch einmal umdrehte und drei Schritte zurück auf Bergstraesser zu ging.

„Mr. Bergstraesser, waren Sie schon einmal in Mosambik?“ Tom täuschte sich nicht. Der Mann wurde blass, fing sich aber wieder und quälte sich zu einem süßsauren Lächeln.

„Um Himmels Willen, was soll denn diese Frage? Die Antwort ist nein! Und jetzt entschuldigen Sie mich bitte.“

Howard Stokes drückte den Abwärts-Knopf und schaute Tom vielsagend an.

Rick wartete auf sie direkt vor dem Gebäude. Mit laufendem Motor. Es war immer noch heiß und er hatte die Klimaanlage auf volle Touren geschaltet.

„Wollten wir nicht auch mit Jennifer, seiner Assistentin, sprechen?“ fragte Stokes, als sie im Wagen saßen.

„Ja, das müssen wir. Aber besser vielleicht nicht im Büro, wenn Bergstraesser da ist. Howard, mach’ du das. Was weiß sie über die Anrufe von Saidi Calhoun. Und sind ihr in letzter Zeit andere Dinge an ihrem Chef oder in seinem Umfeld aufgefallen. Okay?“

Stokes nickte.

Tom holte sein Handy aus der Hosentasche.

„Cathy? Erkundige dich bitte nach den Arbeitszeiten von Elvira Calhoun. Ich möchte noch einmal mit ihr sprechen. Wir sind in etwa zehn Minuten im Büro.“

Das war ziemlich optimistisch. Rick hatte sich zwar bereits in den Verkehr auf der Fifth Avenue nach Süden eingefädelt, aber um diese Zeit ging es nur langsam voran. Tom ließ Sirene und Lichtsignale nur in dringenden Fällen anschalten, wenn Zeit wirklich kritisch war. Andere Kollegen sahen das nicht so eng. Da wurde schon mal mit Blaulicht und Sirene zu einem privaten Termin gerast. Die hatten sich dafür aber auch schon Maßregelungen und sogar Abmahnungen eingehandelt.

*

Als Tom am nächsten Morgen ins Präsidium kam, wurde er bereits vor seinem Büro von Eddy Gonzales abgefangen.

„Unsere Anfrage an Interpol in Maputo war Fehlanzeige. Ein Lars Bergstraesser ist dort nicht bekannt." Eddy hatte ein Stück Papier in der Hand. „Die MRP, das ist die Mozambique Republic Police, deren Criminal Investigation Department die Aufgaben von Interpol wahrnimmt, räumt allerdings ein, dass die Daten aus den 80er Jahren lückenhaft sind. Es gibt heute auch kaum noch Mitarbeiter aus der Zeit. Mosambik ist erst Ende 1989 Mitglied von Interpol geworden, und das Interpol National Central Bureau – NCB – ist damals praktisch bei null angefangen."

„Danke, Eddy. Ich komme darauf wieder zurück."

Tom war enttäuscht, aber vielleicht müssen wir denen in Maputo ein wenig auf die Sprünge helfen, dachte er bei sich. Mehr Informationen. Ein Name allein reicht nicht.

Als Eddy gegangen war, erschien Cathy in seiner offenen Bürotür.

„Haben Sie einen Moment?"

„Was gibt es?"

„Elvira Lopez de Calhoun hat in dieser Woche Spätschicht. Sie verlässt das Krankenhaus gegen 21.30 Uhr."

„Schick' ihr eine Textmessage, dass ich sie heute nach der Arbeit Ecke 75. Straße und Lexington treffen möchte. In der Bar *Eats* an der Ecke, gegenüber dem Restaurant *Orsey.*" Das war nur zwei Straßen von ihrer Arbeitsstelle, dem Lenox Hill Hospital, entfernt.

Es würde heute wieder spät werden. Er musste Nina anrufen.

45.

Er hatte es gestern nicht geschafft, sich das Spiel anzusehen. Aber Deutschland war jetzt im Endspiel. Am Sonntag gegen Spanien, das gegen die Russen gewonnen hatte. Das wollte er sich nicht entgehen lassen. Thomas würde das Match voraussichtlich in Quogue verfolgen, zusammen mit Christina. Als Südamerikanerin war sie natürlich auch fußballinteressiert.

Im Moment hatten jedoch andere Dinge Priorität.

Der Dow Jones Industrial Index war um 358 Punkte gefallen. Das war ein massiver Einbruch. Thomas schaute auf seinen *Bloomberg.* Alle Aktienindizes waren in diesem Jahr bereits um mehr als 12 Prozent gesunken. Der Markt spiegelte die Sorge um die Banken wider. Für die Citigroup wurden riesige Verluste vorausgesagt. Die Aktie war gestern um über 6 Prozent gefallen. Bank of America sogar um fast 7 Prozent, nachdem sie die Entlassung von 7.500 Mitarbeitern bekanntgegeben hatte. Den Negativrekord mit einem Minus von über 8 Prozent erzielte Lehman Brothers. Ein Ölpreis von 140 Dollar pro Fass sowie der schwache Dollar waren weitere Indikatoren für die dramatische Situation, in der sich das Land befand.

Und es waren nicht nur die Banken. Die Aktie von General Motors war auf den tiefsten Punkt in 34 Jahren abgestürzt. Thomas musste sich mit seinen Tradern zusammensetzen und die Kundenportfolios durchforsten. Es sah nicht so aus, als ob sich die Märkte kurzfristig erholen würden. Sie mussten raus aus einigen Positionen, insbesondere aus Finanzwerten. Sie würden für ihre Kunden Verluste realisieren müssen, bevor es noch weiter nach unten ging. Einige seiner Trader – insbesondere die jüngeren – wollten jetzt bei bestimmten Positionen *short* gehen, aber das war Thomas zu spekulativ, und er untersagte ihnen diese Strategie.

Und dann war da die Sache mit Lars. Der schien ernsthaft in Schwierigkeiten zu sein. Thomas hatte allerdings noch keine klare Vorstellung, welcher Art diese Schwierigkeiten sein konnten. Auf jeden Fall kam dies zum denkbar ungünstigsten Zeitpunkt. Aber manchmal kommen solche Dinge eben zusammen. Thomas hatte sich gestern, als Tom bei Bergstraesser war, absichtlich nicht sehen lassen. Er wollte auf keinen Fall bei seinem Partner den Eindruck erwecken, dass er durch seinen Freund vorab über dessen Besuch bei ihm informiert worden war. Erst am Abend, als Lars nach Hause gehen wollte, sah er ihn auf dem Korridor.

„Dein Freund, der Polizist, war heute bei mir. Es ging um die Anrufe, über die wir gesprochen hatten. Die haben ermittelt, dass sie von dem erschossenen Taxifahrer stammten. Das ist in der Tat ein erstaunlicher Zufall.“ Er ging langsam zum Aufzug. „Dein Freund scheint ziemlich unter Druck zu sein. Er klammert sich an einige abstruse Ideen und stellt dabei merkwürdige Fragen. Hoffentlich verrennt er sich nicht dabei.“

Der letzte Satz klang etwas wie eine Drohung, als ob er sagen wollte: „Hoffentlich riskiert er dabei nicht seinen Hals.“

Thomas ging nicht weiter darauf ein und sagte nur: „Der Junge muss auch seinen Job machen, um den er manchmal nicht zu beneiden ist.“ Jovial schob er nach: „Fahrt ihr zum Wochenende raus?“

„Ja, vielleicht bleib’ ich bis zum Feiertag.“

Heute in einer Woche war Independence Day und viele Amerikaner, nicht gerade urlaubsverwöhnt, würden sich ein langes Wochenende machen.

„Okay, viel Spaß und grüß' Yvonne." Thomas wunderte sich über sich selbst, wie normal er mit Lars sprach, obwohl ihm in den letzten 48 Stunden ernste Zweifel an der Integrität seines Partners gekommen waren. Er wollte aber den Schein der Arglosigkeit so lange wie möglich aufrechterhalten.

*

Es war schon nach 19 Uhr. Tom hatte die Mädchen bereits nach Hause geschickt. Sein Telefon ging.

„Hallo, mein Lieber, du bist also noch da", meldete sich Thomas.

„Hi. Ja, ich habe später noch einen dienstlichen Termin. Was gibt's?"

„Wie ist das Gespräch mit Bergstraesser gelaufen?"

„Nichts Konkretes. Der verharmlost alles. Wir haben ihm allerdings ein paar Fragen gestellt, auf die er augenscheinlich nicht vorbereitet war. Seine Antworten haben mich nicht überzeugt. Mein Gefühl, dass mit deinem Partner etwas nicht stimmt, hat sich eher verstärkt. Wir werden auf jeden Fall am Ball bleiben."

„Habt ihr auch mit Jennifer gesprochen?"

„Noch nicht. Kommt noch. Aber nicht in eurem Büro, beziehungsweise nicht, wenn Bergstraesser da ist."

„Lars wird voraussichtlich in der nächsten Woche nicht in der Stadt sein. Der wird wohl bis zum Fourth-of-July-Wochenende in Watermill sein."

„Gut. Mein Kollege, *Detective* Stokes, wird sich dann bei ihr melden."

Am anderen Ende war es für einen Moment still.

„Thomas, bist du noch da?“

„Ja. Tom, ich denke, ich sollte dir etwas sagen, was ich dir bisher verschwiegen habe. Bergstraesser hatte mich gebeten, darüber mit niemandem zu reden. Aus Loyalität zu meinem Partner habe ich das auch nicht getan. Aber wie die Dinge jetzt stehen, meine ich, dich einweihen zu müssen.“

„Das hört sich ja spannend an. Schieß los.“

„Lars hat mir vor ein paar Tagen mitgeteilt, dass er sich aus dem aktiven Geschäft zurückziehen will. Er hat vor, nach Chile zu gehen. Er hat dort gute Verbindungen und lässt offensichtlich bereits nach einer adäquaten *Residencia* suchen.“

„Donnerwetter! Das ist in der Tat eine spektakuläre Neuigkeit! Thomas, ich danke dir für diese Information. Dies ist möglicherweise eine neue Variante für unsere Arbeit. Wir müssen uns darauf einstellen.“ Tom überlegte. Sollte er Bergstraesser beschatten lassen? Dafür hatten sie eigentlich nicht genug konkrete Anhaltspunkte. Er musste mit seinem Boss darüber reden. Und mit dem FBI.

„Thomas, ich glaube, wie sich die Dinge jetzt darstellen, werden wir beide uns über die weiteren Schritte auf dem Laufenden halten müssen. Es kann sein, dass ich auf deine Unterstützung zurückkommen muss. Wahrscheinlich mehr als dir lieb ist.“

„Du weißt, dass du im Ernstfall immer auf mich zählen kannst.“ Allein der Gedanke, dass er an der Aufklärung dieser mysteriösen Mordfälle mitwirken könnte, ließ seinen Adrenalinspiegel steigen. Seine Schwäche für die Arbeit seines Freundes kam hier deutlich zum Vorschein.

Auf der anderen Seite beschlich ihn das beklemmende Gefühl, sich vermutlich an Aktionen beteiligen zu müssen, die sich gegen seinen Partner richten. Er konnte sich noch nicht mit dem Gedanken anfreunden, dass Lars Bergstraesser in irgendeiner Weise etwas mit den Mordfällen zu tun haben könnte

„Übrigens, wollt ihr am Wochenende rauskommen?“

„Nein, Thomas. Vielen Dank. Ich habe einiges am Wochenende zu tun. Und meine beiden Damen wollen mich auch mal wieder bei Tageslicht zu Gesicht bekommen. Vielleicht nächste Woche, am Independence Day.“

46.

Obwohl es schon fast neun und bereits dunkel war, hatte es sich kaum abgekühlt. Die Hitze lastete noch immer wie eine Glocke über der Stadt. Tom hatte sein Jackett ausgezogen und den Schlips abgenommen, als er die paar Schritte zur Subway-Station City Hall ging.

Er nahm die 6 zur 77. Straße. Die Bahn war voll. Die New Yorker Rushhour dauerte regelmäßig bis etwa zehn Uhr abends. Und es war kalt. Man bekam immer einen kleinen Schock, wenn man im Sommer von der Bruthitze der meisten Bahnhöfe in die klimatisierten, fast tiefgekühlten Züge stieg.

Tom zog sein Jackett wieder an und entfaltete seine fast noch ungelesene Zeitung, so gut dies in der Fülle im Stehen möglich war.

Eine Überschrift hatte am Morgen seine Aufmerksamkeit erregt. Er hatte aber den ganzen Tag keine Zeit gefunden, den Artikel zu lesen. Was er jetzt las, trug nicht dazu bei, seine Stimmung zu heben. Mit einer 5 zu 4 Entscheidung hatte der Oberste Gerichtshof das Recht der Bürger auf den uneingeschränkten privaten Besitz von Waffen bestätigt. Es war nicht zu fassen. Tom war, wie fast alle Amerikaner, stolz auf sein Land. Aber es gab einige Dinge, für die er überhaupt kein Verständnis hatte. Nicht als Bürger und schon gar nicht als Polizist. Er war davon überzeugt, dass es weniger Opfer von Gewaltverbrechen mit Todesfolge gäbe, wenn der Besitz von Schusswaffen stärker reguliert werden würde. Den Hinweis auf die amerikanische Verfassung, die grundsätzlich jedem Bürger das Recht auf Waffenbesitz zubilligte, ließ er nicht gelten. Das ist 220 Jahre her in einem komplett anderen Umfeld. Und die Zeit ist nicht stehen geblieben.

Seine Lektüre hatte den Vorteil, dass er nicht 12 Stationen lang einfach in die Gegend gucken oder andere Leute anstarren musste. Manche Fahrgäste hatten Stöpsel in den Ohren oder Kopfhörer aufgesetzt und spielten mit ihren mobilen Geräten. Telefonieren konnte man in der Subway allerdings nicht. So weit war man technisch noch nicht in New York, was nicht unbedingt von allen Menschen bedauert wurde.

Tom kannte die Gegend etwas. Er hatte einmal am nahegelegenen Hunter College ein Semester im Rahmen eines Psychologieseminars über Techniken und Erfahrungen der Polizei bei Verhören referiert. Aus der Zeit kannte er auch das eine oder andere Restaurant in der Nachbarschaft. Das Lenox Hill Hospital lag in der 77. Straße, ein paar Schritte von der Lexington Avenue entfernt. Zwei Straßen weiter, an der Ecke 75. Straße, lag das kleine Restaurant *Eats,* an dessen Bar er manchmal nach dem Seminar mit einigen Studenten die Diskussion fortgesetzt hatte. Über dem Eingang zum Restaurant las man – etwas prätentiös – *Oysters Burgers Martinis.* Hier war er mit Elvira Lopez de Calhoun verabredet.

Sie sah sehr viel besser aus als das letzte Mal, als er mit ihr gesprochen hatte. Ihre schwarzen Haare waren in einem Pferdeschwanz zusammengebunden und kontrastierten recht hübsch zu dem frisch gestärkten lindgrünen Krankenhausanzug, den sie immer noch trug. Tom bedeutete ihr, sich neben ihn zu setzen.

„Wie geht es, Elvira?“ Er zeigte auf sein Bier als Frage, was sie trinken möchte.

„Diet Coke. Danke, ganz gut.“ Sie war ernst, schien aber über den ersten großen Schmerz hinaus zu sein.

„Meine Arbeit und natürlich die Kinder halten mich aufrecht. Die Kinder leiden noch immer sehr, insbesondere Roy. Er war so stolz auf seinen Vater."

„Und wie kommen sie mit allem zurecht? Brauchen Sie Hilfe?" Tom wusste natürlich, dass die Polizei selbst keine großen Möglichkeiten der Unterstützung hatte, abgesehen von der Hilfe durch Polizeipsychologen gleich nach einem brutalen Verbrechen. Aber vielleicht konnte er bei anderen Behörden vermitteln.

„Vielen Dank. Ich komme ganz gut zurecht. Ich konnte die Anzahl meiner Wochenstunden im Krankenhaus reduzieren. Die waren da sehr verständnisvoll. Und zuhause hilft mir meine Schwester, die aus Puerto Rico gekommen ist und noch eine Weile bleibt." Sie machte eine Pause und nippte an ihrer Cola. „Aber was können Sie mir berichten? Haben Sie den Täter?"

„Wie sie wahrscheinlich aus der Presse wissen, glauben wir, den Täter identifiziert zu haben. Er ist aber noch flüchtig. In Europa. Es gibt Komplizen und Hintermänner, denen wir auf der Spur sind. Dazu brauchen wir jede Hilfe." Tom konnte verstehen, dass die Frau die Motive für diese brutale und augenscheinlich sinnlose Tat wissen wollte. Die Hinterbliebenen konnten so leichter das Traumatische hinter sich lassen und nach vorne schauen. *Closure* nannte man das hier. Aber er konnte nicht mehr sagen als das, was durch die Presse bekannt war.

„Elvira, sie haben uns von ihrem Mann erzählt, dass er aus Mosambik stammt. Sie haben uns auch gesagt, dass er nie viel über seine Jugend in Maputo geredet hat mit der Begründung, dass die Erinnerungen daran zu schmerzhaft seien. Kennen sie dazu irgendwelche Einzelheiten? Umstände, Arbeit, Personen, Familie?"

„Nein. Nur, dass seine Schwester, die er sehr liebte, auf tragische Weise ums Leben gekommen ist."

„Als was hat er in Maputo gearbeitet?"

„Er arbeitete schon recht früh als Chauffeur. Bei einer Botschaft, wenn ich mich richtig erinnere", sie lächelte etwas, als ob sie sich freute, dass ihr dies wieder eingefallen war. „Aber er hasste seinen Chef. Hat aber nie gesagt, warum."

„Wissen sie vielleicht auch, um welche Botschaft es sich gehandelt hat? Ich meine, welche Nationalität?"

„Deutsch oder schweizerisch. Ich weiß es nicht genau. Es ist so lange her. Er hatte darüber eigentlich nur kurz vor unserer Hochzeit gesprochen. Danach nie mehr. Ich glaube, er wollte die Erinnerungen an diese Zeit komplett auslöschen."

Deutsch, fuhr es Tom durch den Kopf, und er musste eine gewisse Erregung unterdrücken.

„Elvira, jede Einzelheit hilft uns weiter. Wenn Ihnen noch etwas einfällt, wissen Sie, wie Sie mich erreichen können. Ich will Sie aber jetzt nicht weiter aufhalten."

Er zahlte, und sie gingen gemeinsam zur Subway. Sie fuhren noch ein kurzes Stück zusammen mit der Bahn. Sie musste an der 59. Straße in den Zug nach Queens umsteigen. Tom fuhr weiter zum Grand Central. Von dort nahm er heute den Zug der Metro-North. Er hatte Rick schon vor ein paar Stunden nach Hause geschickt. Nina würde ihn vom Bahnhof in Stamford mit ihrem Auto abholen.

Morgen war Samstag. Aber er musste gleich früh Howard Stokes anrufen. Vielleicht konnte er ihn heute Abend noch erwischen. Der musste eine Mail an Interpol in Maputo schicken. Mit Bild.

*

Die Sondereinheit von Howard Stokes hatte am Wochenende gearbeitet. Tom war in Stamford geblieben. Er hatte aber laufend mit seinen Kollegen in Manhattan telefoniert. Die übrige Zeit verbrachte er mit Nina und Cynthia im Garten. Nina hatte Cynthia ein aufblasbares Planschbecken gekauft, in dem sie mit dem größten Vergnügen herumtollte. Tom und Nina hatten beschlossen, sich im nächsten Jahr einen richtigen Swimmingpool bauen zu lassen. Der Sommer dauerte fast vier Monate, und ein Pool gehörte in ihrer Nachbarschaft fast zum Standard. Zuvor musste Cynthia allerdings richtig Schwimmen lernen.

Es gab spektakuläre Neuigkeiten. In dem GMC Yukon aus Brighton Beach hatte man am Lenkrad einen Fingerabdruck sichergestellt, der mit einem Abdruck an dem Türgriff des Mordtaxis übereinstimmte. Es handelte sich nicht um den Fingerabdruck des Killers. Damit hatten sie jetzt aber das Fahrzeug des Täters und einen Hinweis auf seine Komplizen. Die Spur führte direkt zu Arkadij Stolischnikow. Der war allerdings spurlos verschwunden. Sie hatten jetzt einen Haftbefehl, aber eine Großfahndung hatte noch nichts gebracht. Die Polizei und das FBI hatten auch ohne Mühe vom District Attorney die staatsanwaltliche Genehmigung zur Durchsuchung der Büroräume der *Arsto Trading, Inc.* sowie von Stolischnikows Privatwohnung in Long Island City erhalten.

„In seinem Tresor in der Firma, den unsere Spezialisten öffnen mussten – seine Tussi kannte die Kombination angeblich nicht – haben wir 150.000 Dollar gefunden sowie diverse Papiere über Geschäfte mit Russland, der Ukraine, Weißrussland und Bulgarien. Unsere Experten, zusammen mit den Übersetzern, werten dies zurzeit aus." Stokes hatte sich leger auf die Kante von Toms Schreibtisch gehockt.

„Das ist eine Menge Holz", sagte Tom. „Wahrscheinlich das Salär für seinen Dienst am Kunden. Aber warum hat er so viel Kohle zurückgelassen, als er abhaute?"

„Das haben wir uns natürlich auch gefragt." Stokes stellte sich aufrecht und ging ein paar Schritte. „In seiner Wohnung haben wir nichts gefunden, obwohl es dort auch einen Tresor gab. Der war aber leer. Möglicherweise hatte er dort auch Geld aufbewahrt, das er mitgenommen hat. Er musste bestimmt in großer Eile handeln und wollte es nicht riskieren, noch einmal in die Firma zu gehen."

„Und was ist mit Vadim Schewtschenkow?"

„Bei dem waren wir auch. Der muss ebenfalls in letzter Zeit zu Geld gekommen sein. Wir haben in seiner Wohnung in Queens in einer Cornflakespackung 15 Riesen gefunden. Wir haben auch seine Freundin ausfindig gemacht, die aus Usbekistan stammt. Der hat er vor kurzem eine Armbanduhr von Cartier geschenkt."

„Good job, Howard!" Tom nickte seinem Kollegen anerkennend zu. „Jetzt müssen wir, beziehungsweise unsere Kollegen drüben, die Täter nur noch schnappen. Vor allem den Auftraggeber." Tom lächelte dabei etwas gequält. Als ob dies ein Spaziergang wäre.

Howard verließ Toms Büro.

„Ist die Anfrage an Maputo raus?" rief Tom ihm noch hinterher. Der zeigte nur mit dem Daumen nach oben.

Dort liegt der Schlüssel, dachte Tom. Ganz sicher.

47.

Deutschland hatte verloren. Er ärgerte sich etwas. Er hätte es der Nationalmannschaft seines Heimatlandes gewünscht, einmal wieder eine Trophäe in den Händen zu halten. Aber die Spanier hatten den Sieg verdient. Das musste man neidlos anerkennen. Die deutschen Medien, die Thomas nach einem Sportwochenende immer online studierte, waren auch einhellig der Meinung, dass Spanien die bessere Mannschaft war. Christina hatte den Kickern der Iberischen Halbinsel sowieso die Daumen gehalten. Die sprachliche und kulturelle Verwandtschaft kam bei ihr bei solchen Anlässen immer zum Vorschein.

Sie hatten am Wochenende natürlich auch über Bergstraesser gesprochen und über Toms Verdacht bezüglich seiner Verwicklung in die Mordfälle. Christina geriet völlig aus dem Häuschen. Sie triumphierte, ohne allerdings den Ernst der Anschuldigung richtig zu erfassen.

„Wer so raffiniert und dauerhaft seine Frau betrügt und belügt, überschreitet auch auf anderen Gebieten die Grenzen der Legalität", gab sie – etwas kategorisch – ihrer Abneigung gegenüber Lars Bergstraesser Ausdruck. „Du weißt, ich hatte schon immer ein schlechtes Gefühl bei deinem Partner, wenn auch aus anderen Gründen."

Thomas musste sie beschwichtigen. „Es ist noch überhaupt nichts bewiesen. Lasst uns keine voreiligen Schlüsse ziehen."

„So oder so, es sieht so aus, dass du den Laden in Zukunft allein managen wirst, nicht wahr?"

„Ich weiß gar nicht, ob ich bei der derzeitigen Finanz- und Wirtschaftskrise so scharf darauf sein sollte. Ich werde Lars auf keinen Fall aus seiner Verantwortung als

Prinzipal entlassen. Bob Ziegler bastelt zurzeit an einer Lösung. Ich habe volles Vertrauen zu ihm."

„Du weißt, mein Schatz, wenn es da Probleme gibt, Cartwright Lechter & Dornfeld stehen immer zu Diensten."

Thomas hatte eine lange To-Do-Liste. Dies war eine kurze Woche. Am Freitag, dem 4. Juli, war Independence Day. Da waren die Börsen geschlossen, und wie in fast allen Firmen wurde auch bei Engelhard Capital an dem Tag nicht gearbeitet.

Die Auffassung von einigen Ökonomen, dass das Schlimmste im Sommer überstanden sei, teilte Thomas nicht. Er schaute zwar immer optimistisch nach vorn, verlor aber selten seinen Sinn für die Realität. Es gab kein Wachstum mehr, die Wirtschaftsleistung ging vielmehr zurück. Die Banken, insbesondere diejenigen, die ein riesiges Rad bei den Subprime-Hypotheken-Anleihen gedreht hatten, mussten enorme Verluste einräumen, und der industrielle Aktienindex war in den ersten sechs Monaten des Jahres um 14,4 Prozent gesunken. Die Arbeitslosenrate stieg von Monat zu Monat, und Autoverkäufe lagen auf dem tiefsten Stand der letzten zehn Jahre.

Dies war in der Tat eine sehr kritische Situation und eine Wende war nach Einschätzung von Thomas noch nicht in Sicht. Ein neuer Präsident würde im nächsten Jahr alle Hände voll zu tun haben, um die Auswirkungen der Finanzkrise abzumildern und die Wirtschaft wieder auf Kurs zu bringen. Dies würde nach allen Umfragen Obama sein. Hillary Rodham Clinton übte nun den Schulterschluss und war mit ihrem Konkurrenten aus den Vorwahlen bereits am letzten Wochenende gemeinsam aufgetreten. Gegen dieses starke Team hatte McCain nur eine Außenseiterchance. Da war sich Thomas mit vielen Kollegen und Freunden ziemlich einig. Aber zu beneiden waren die, die im nächsten Jahr das Ruder in Washington übernehmen würden, angesichts der massiven Probleme nicht.

Die Krise hatte jetzt auch Europa erreicht. Siemens hatte angekündigt, weltweit 17.000 Arbeitsplätze abzubauen. Die Europäische Zentralbank hatte den Zinssatz um einen viertel Prozentpunkt erhöht, um einer Inflationstendenz entgegenzuwirken, die durch den Anstieg der Energie- und Lebensmittelpreise ausgelöst worden war. Thomas hatte seine Zweifel, ob diese Entscheidung von Monsieur Trichet die richtige Maßnahme in dieser Situation war. Deutschland hielt sich in diesem globalen Wirtschaftseinbruch erstaunlich gut, abgesehen vom Finanzsektor. Die Arbeitslosenrate war auf den tiefsten Stand seit 1992 gesunken.

Thomas wollte in dieser Woche einige seiner Großanleger in Europa, insbesondere in Deutschland und in Österreich, persönlich anrufen. Er wollte ihnen seine Einschätzung der Lage darlegen und ihnen gleichzeitig seine Strategie erläutern, wie sie durch diese Phase mit möglichst geringen Blessuren hindurch kommen würden. Er musste auf jeden Fall verhindern, dass Kapital in größerem Umfang abgezogen wurde.

Sein Telefon schrillte.

„Mrs. Bergstraesser“, meldete Jennifer. Thomas hatte die häuslichen Probleme seines Partners schon fast vergessen.

„Hallo Yvonne. Wo bist du jetzt?“

„Ich bin in der Kanzlei.“

„Das lobe ich mir! Der Mann ist in den Hamptons und die Frau arbeitet. Habt ihr Euch inzwischen arrangiert?“ fragte er und gab seiner Stimme einen zuversichtlichen Klang.

„Nein. Wir kommen nicht auf einen Nenner. Lars wird immer merkwürdiger. Er will plötzlich so schnell wie möglich weg. Und was wollte die Polizei letzte Woche von ihm? Er hat mir nur gesagt, dass dies mit den Anrufen zu tun hatte. Weißt du Einzelheiten? Thomas, ich weiß nicht mehr, was ich von meinem Mann halten soll. Ich habe richtig etwas Angst." Es entstand eine Pause. Was sollte er ihr sagen?

„Mir hat er auch nicht viel mehr erzählt. Bist du am Fourth-of-July-Wochenende in den Hamptons?"

„Nein, ich habe mich entschlossen, für ein paar Tage zu meinen Eltern nach Boston zu fahren. Die sehen mich ohnehin viel zu wenig. Sie sind ja auch nicht mehr die Jüngsten und freuen sich natürlich, wenn ich komme."

„Dann lässt du Lars am Wochenende ganz allein?"

„Ja, ich brauche etwas Abstand. Ich werde ein paar Tage mit meinen Eltern in deren Wochenendhaus auf Martha's Vineyard verbringen. Ich dachte, ich sollte euch darüber informieren, so dass ihr nicht überrascht seid, wenn ich nicht dabei bin. Grüß Christina von mir. Ich bin gespannt, was Lars euch erzählen wird."

Thomas war etwas ratlos. Einerseits konnte er sie verstehen. Andererseits schien es ihm eine Überreaktion von ihr. Sie wusste ja wahrscheinlich weniger als er. Bergstraesser hatte ihr offensichtlich nichts davon erzählt, dass die Anrufe von dem ermordeten Taxifahrer stammten. Und dass Lars sich nach Südamerika in den Ruhestand verabschieden wollte, war eigentlich kein Grund, ihn zu verlassen – sei es auch nur für ein paar Tage. Insofern kam ihm ihr Verhalten etwas merkwürdig vor. Vielleicht wusste sie aber doch mehr als er.

„Ja, ich denke wir werden an dem langen Wochenende Gelegenheit haben, ausführlich miteinander zu reden.

Aber du weißt ja, wie Lars ist. Bei Themen, die ihm unangenehm sind, schaltet er auf stumm. Wir sprechen in der nächsten Woche wieder miteinander. Vielleicht sind dann inzwischen einige Unstimmigkeiten ausgeräumt."

„Oder es hat sich alles erledigt. Und ...", sie machte eine kurze Pause – „Thomas, pass auf dich auf. Sei vorsichtig!"

Er wusste nicht recht, was er mit dieser Bemerkung anfangen sollte. „Oder es hat sich alles erledigt"? Und was sollte die Warnung? Wovor? Meinte sie dies geschäftlich, etwa dass Bergstraesser seinen Ausstieg in einer für Thomas unvorteilhaften Weise regeln wollte? Oder meinte sie etwas anderes? Wie auch immer, er musste sich jetzt um die Firma und seine Kunden kümmern. Er wünschte Yvonne noch ein paar schöne Tage auf Cape Cod und legte auf. Er drückte die Taste fürs Sekretariat.

„Jennifer, verbinden Sie mich bitte mit Herrn Jenniger vom Atlantic Wachstumsfonds in Frankfurt."

48.

Tom traute seinen Ohren nicht. Howard Stokes war gerade von seinem Treffen mit Jennifer Kouric zurückgekommen und berichtete.

„Die beiden wollten ihr zweifellos eine Botschaft an Bergstraesser mitgeben. Laut Jennifer klang es wie eine Drohung."

„Inwiefern?"

„Nicht nur, was sie sagten, sondern wie sie es sagten. Mit einer gewissen Eindringlichkeit und – so Jennifer – herausfordernder Miene."

„Wann und wo war das?"

„Sie war mit ihrer Freundin im *Carlyle,* Anfang Mai. An einem Freitag. Du weißt, dort trifft man bisweilen auch nicht mehr ganz so junge Singles, die einen ‚niveauvollen' Partner suchen."

„Und es gibt keinen Zweifel, dass es sich um die beiden Deutschen handelte, die in Berlin ermordet worden sind?"

„Nein. Ich bin mir da ganz sicher. Nicht nur, dass sich die Beschreibung der Beiden und ihr Interesse für Kunst mit den Aufzeichnungen der Berliner Polizei, deckt, sie haben sich auch mit ihrem vollen richtigen Namen vorgestellt."

„Mit Nachnamen?"

„Ja, Jennifer hatte sich die Nachnahmen allerdings nicht genau merken können, nur in etwa. Aber als ich sie ihr nannte – Rehbein und Servatzki –, konnte sie die Namen bestätigen. Jennifer und ihrer Freundin war es aufgefallen, dass sich die Männer mit ihrem Vor- und Nachnamen vorstellten, weil dies in Amerika in einer informellen Situation wie dieser eigentlich nicht üblich ist."

„Und was schließt du daraus?“

„Nun, ich denke, die beiden wollten sicher gehen, dass Bergstraesser genau erfährt, von wem die Botschaft kommt. Jennifer war auch stutzig geworden, dass der eine Bergstraessers Namen nannte, obwohl sie ihn vorher nicht erwähnt hatte.“

„Ja, die waren gut vorbereitet und gingen ziemlich zielstrebig vor.“

„Was sie mit ihrem Leben bezahlen mussten, scheint mir“, resümierte Stokes trocken.

Dies war eine sensationelle Entwicklung! Tom war sich darüber im Klaren, dass dieser Fall noch mehr Staub aufwirbeln und für Schlagzeilen sorgen würde, wenn sich die Schlussfolgerungen, die sich ihnen jetzt aufdrängten, bewahrheiteten.

Aber noch fehlte das letzte Glied in der Kette der Ermittlungen: Die eindeutige Verbindung zwischen den Verbrechen in New York und in Berlin. Was hat ein New Yorker zugewanderter Taxifahrer mit zwei Berliner ehemaligen Stasi-Angehörigen zu tun. Es gab keinerlei Hinweis, dass sich diese Männer kannten. Aber es musste einen gemeinsamen Nenner geben. Dieser war wahrscheinlich Mosambik. Vor zwanzig Jahren waren sie zu einem bestimmten Zeitpunkt alle in Maputo gewesen. Vielleicht hatten die zwei Deutschen und Saidi Calhoun unabhängig voneinander eine Verbindung zu einem Dritten. Tom wagte noch nicht, diesen Gedanken weiter zu spinnen und diesem Dritten ein Gesicht und einen Namen zu geben. Zu ungeheuerlich wäre das Ergebnis.

„Howard, haben wir schon eine Reaktion aus Maputo auf unsere letzte Anfrage?“

„Nein. Die scheinen nicht ganz so gut organisiert zu sein. Trotz unserer präzisen Anfrage mit genauer

Personenbeschreibung und Bild wird die Antwort wohl nicht so schnell kommen. Ein, zwei Tage müssen wir uns, denke ich, noch gedulden."

Tom wusste, die Antwort aus Maputo war außerordentlich kritisch. Je nachdem, wie sie ausfallen würde, konnte sie sofort zu einer Reihe von administrativen und polizeilichen Aktionen von großer Tragweite führen.

Tom hatte noch nichts zu Mittag gegessen. Er fühlte förmlich die Leere in seinem Magen. Die Zuspitzung der Situation verstärkte sein allgemeines Unwohlsein. Aber ihm war auch nicht danach, etwas beim Deli um die Ecke zu bestellen. Er wollte raus.

„Howard, ich geh' mal schnell was essen. Kommst du mit oder hast du schon?" Stokes machte mit seinem erhobenen Zeigefinger eine Hin- und Herbewegung, die andeuten sollte, dass er nicht mitkommen würde.

„Ich bin in etwa einer halben Stunde zurück. Ruf' bitte in Berlin an und erzähl' ihnen, was wir jetzt über die beiden Deutschen in New York wissen. Das bringt die zwar auch nicht viel weiter, aber ich denke, wir sollten sie fairerweise auf dem gleichen Informationsstand halten."

„Und was ist mit dem Boss? Und dem Commissioner?"

„Ich spreche nachher mit ihm. Der Commissioner muss noch warten. Ich möchte erst ganz sicher sein. Aber das ist dann Sache vom Boss."

Draußen war es jetzt richtig heiß, mit hoher Luftfeuchtigkeit. Typisch für Anfang Juli. Gelegentliche Gewitter sorgten kaum für Abkühlung.

Tom hatte den Mitarbeitern in seiner Abteilung erlaubt, im Sommer kurzärmelige Oberhemden mit offenem Kragen zu tragen. Die Sommerbekleidung der uniformierten Kollegen bestand schon seit eh und je aus ganz leichtem Material und Hemden mit kurzen Ärmeln.

Er überquerte Centre Street und ging durch den City Hall Park in Richtung Broadway, vorbei an der Bronzestatue von Horace Greely, dem Gründer der *New York Tribune.*

Mit einem großen gemischten Salat, gegrillten Hühnchenstreifen darüber und einem Eistee setzte sich Tom an die schmale Theke vor der breiten Fensterfront von *Andy's Deli* und überlegte die weitere Strategie.

Vor seiner Nase, auf dem Broadway, eine dieser Verkehrsadern, die sich vom Norden Manhattans bis an die Südspitze der Insel erstreckten, schoben sich die gelben Taxis und die Lieferwagen langsam voran, und auf den Gehwegen bewegte sich eine bunte Menschenmenge in beide Richtungen.

Das Leben war längst wieder in den *Financial District* zurückgekehrt und – wie es schien – pulsierte stärker als je zuvor. Die Zeiten mit dem jahrelangen Brandgeruch nach der Tragödie vom 11. September und der kommerziellen Lähmung waren Vergangenheit, aber für die, die dabei waren, immer gegenwärtig, wenn man in dieser Gegend war.

Dieser Fall war in der Tat spektakulär. Und brisant. Alles deutete darauf hin, dass ein angesehener Wall Street-Banker hinter einer Reihe von eiskalten und brutalen Morden auf zwei Kontinenten steckte. Tom konnte jetzt auch die Buchstaben auf der Rückseite der Visitenkarte von dem Berliner Bordell, die sie in dem Mordtaxi gefunden hatten, richtig einordnen. Die deutschen Kollegen hatten darauf hingewiesen, dass dies höchstwahrscheinlich die kyrillischen Anfangsbuchstaben von einem russischen Wort waren, das „Deutscher" hieß. Der Killer wusste also, von wem der Auftrag kam – und das Geld. Von einem Deutschen. Nur das Motiv war noch etwas diffus. Aber der Nebel würde sich hoffentlich in den nächsten 48 Stunden lichten.

Ihm gingen jetzt viele Dinge durch den Kopf. Und plötzlich hatte Tom es eilig. Er verzichtete auf einen Cappuccino und ging schnurstracks zurück zum Präsidium. Er musste mit seinem Boss reden. Und er wollte sofort veranlassen, dass Bergstraesser überwacht wurde. Das nahm er auf seine Kappe.

Tom konnte nicht riskieren, dass der Banker sich aus dem Staub macht. Die Möglichkeiten dazu hätte er. Mit viel Geld und seinen offensichtlich engen Kontakten zur russisch-ukrainischen Gangsterszene ließ sich fast alles bewerkstelligen.

Bergstraesser konnte zwar nicht wissen, wie sehr sich die Ermittlungen in den letzten Tagen auf ihn konzentriert hatten. Und Jennifer hatten sie darauf eingeschworen, ihrem Chef kein Wort davon zu erzählen, dass die Polizei sie aufgesucht hatte. Insofern konnte er eigentlich keinen Verdacht schöpfen. Es war aber nicht auszuschließen, dass das Gespräch mit der Polizei in der letzten Woche in seinem Büro ihm ein Alarmzeichen gegeben hatte.

Zur Durchsuchung seiner Park Avenue-Wohnung und seines Anwesens in Watermill brauchten sie die Genehmigung vom District Attorney (Staatsanwaltschaft). Einen Haftbefehl zu erhalten, würde nicht ganz so leicht sein. Da mussten schon sehr handfeste Gründe vorliegen. Und auf die warteten Tom und seine Leute noch.

Tom entschloss sich zu einer Doppelstrategie. Er würde alles für eine durchgreifende Polizeiaktion vorbereiten. Gleichzeitig wollte er Thomas bitten, seinen Partner freundschaftlich hinzuhalten mit der vorgetäuschten Aussicht auf ein Zusammentreffen bei einem Drink am Independence Day in den Hamptons. Er musste dieses Vorgehen allerdings mit dem FBI abstimmen, das häufig eher dazu neigt, die Brechstange rauszuholen und alle Aktionen an sich zu reißen. Es war sicherlich von Vorteil, dass Tom Hockney einen makellosen Ruf als erstklassiger Polizist mit intelligentem Urteilsvermögen hatte. Das FBI war bereit, sich etwas zurückzunehmen und auf ihn zu hören.

Er drückte die Schnellwahltaste für Thomas auf seinem Handy.

„Hi, ich bin es, Tom."

„Hallo, Tom, ich bin gerade in einer Besprechung, kann ich gleich zurückrufen?"

„Okay, es ist ziemlich dringend. Ruf' mich bitte in den nächsten zwanzig Minuten an. Vielleicht können wir uns später irgendwo treffen."

Thomas hatte verstanden. Es musste sehr wichtig sein. Daher wollte er die Besprechung mit seinen Abteilungschefs, die er im großen Sitzungszimmer versammelt hatte, zügig beenden. Nach einem knappen Resümee und individueller Aufgabenverteilung löste er die Sitzung auf. Zurück in seinem Büro rief er Tom sofort zurück.

„Was gibt's. Du hörtest dich etwas gestresst an."

„Die Lage spitzt sich zu. Ich würde gerne mit dir sprechen. Aber nicht am Telefon. Wie sieht es mit deiner Zeit aus?"

„Ich könnte dich so gegen sieben treffen." Thomas überlegte einen Moment. „Wir wär's im Harvard Club? Da sind wir etwas ungestörter als anderswo. Vierundvierzigste und Fifth. Und vergiss nicht Jackett und Schlips. Die haben einen Dresscode."

49.

Der Harvard Club war nur eine Viertelstunde zu Fuß von seinem Büro entfernt. Es war Feierabend, und auf den breiten Bürgersteigen schoben sich die Menschen um diese Zeit Schulter an Schulter aneinander vorbei. Er ging die Sechste Avenue entlang, da *The Fifth* zusätzlich von Touristen verstopft war.

Man geht viel zu Fuß in Manhattan. Und es macht Spaß, da man immer etwas Interessantes sieht; seien es die Menschen, die Schaufenster oder die riesigen Bildschirme, die sich über ganze Häuserfronten erstreckten und auf denen die neuesten Nachrichten, die Börsenkurse oder aufregende Werbung zu sehen waren. Die Stadt inspirierte jeden Tag aufs Neue.

Thomas war Mitglied im Harvard Club, obwohl er sein Examen nicht an dieser Eliteuniversität gemacht hatte. Aber die Dresdner hatte ihn damals als Teil seiner Managementausbildung zu einem siebenwöchigen Sommerkurs nach Cambridge geschickt, womit er ein Kriterium zur Aufnahme in diesen New Yorker Business Club erfüllte.

Tom war noch nicht da. Er ließ sich in einem der Clubsessel im Foyer nieder, griff zum vor ihm auf dem Mahagonitisch liegenden *Wall Street Journal* und blätterte durch die letzten Seiten, zu deren Lektüre er am Morgen nicht gekommen war.

Thomas liebte diese Business Clubs in New York. Ob Harvard, Princeton, Yale oder der University Club – alle waren in architektonisch beeindruckenden Gebäuden aus dem Ende des 19. Jahrhunderts untergebracht. Mit ihren gediegenen holzgetäfelten Räumen und dem antiken Interieur verbreiteten sie diesen besonderen Charme einer vergangenen Epoche. Sie erinnerten ihn immer an Europa, zum Beispiel an den Anglo-German-Club in Hamburg und natürlich an die traditionsreichen Business Clubs in London an der Pall Mall und in Belgravia. Die Clubgebäude bildeten einen angenehmen Kontrast zu der modernen, wenngleich bestechenden Architektur der neuen Skyscraper aus Stahl und Glas.

Die Mitglieder dieser Clubs, ihre Geschäftspartner und Freunde konnten dort auch übernachten, und der Komfort brauchte einen Vergleich mit den exklusiven Hotels der Stadt nicht zu scheuen.

„Lasst uns rüber zum Grill Room gehen", sagte Thomas als sein Freund auf ihn zusteuerte. In Jackett und mit Krawatte war Tom draußen offensichtlich ins Schwitzen gekommen und schien jetzt froh, sich wieder in klimatisierten Räumen zu befinden.

Thomas bestellte sich das kleine Filet Mignon und ein Glas kalifornischen Merlot. Tom entschied sich für den „Edel"-Hamburger und ein Heineken.

„Halt' dich fest!" Er schaute nach rechts und links, um sich zu vergewissern, dass niemand ihn hören konnte und senkte seine Stimme. „Dein Partner ist vermutlich der mysteriöse Drahtzieher hinter den Morden in Queens und in Berlin."

Thomas spürte, wie das Blut aus seinem Kopf wich. Ihm wurde fast übel, und er nahm einen Schluck Wasser aus einem der beiden Gläser, die unaufgefordert auf den Tisch gestellt worden waren. Er konnte es einfach nicht glauben. Seit neunzehn Jahren arbeitete er eng mit einem Mann zusammen, der von der Polizei jetzt eines Kapitalverbrechens verdächtigt wurde. Er wusste, dass Tom eine solche Behauptung nicht aufstellen würde, wenn er nicht ganz handfeste Gründe dafür hatte.

„Wie sicher bist du dir?“

„Neunzig Prozent. In den nächsten 48 Stunden hoffe ich, eine Bestätigung zu erhalten, die jeden Zweifel beseitigt. Aber lass’ dir erklären.“ Tom lockerte seine Krawatte ein wenig und öffnete den obersten Knopf seines Hemdes. Er beugte sich etwas vor und sprach leise, obwohl die nächsten Gäste etwa zehn Meter entfernt saßen.

„Howard Stokes hat mit Eurer Jennifer gesprochen. Sie wollte zunächst nicht raus mit der Sprache, aber nachdem Stokes ihr eindringlich die Konsequenzen vor Augen geführt hatte, die ein Verschweigen gegenüber der Polizei von wichtigen Informationen für sie bringen könnte, erzählte sie eine Story, die bei uns auf einen Schlag eine Reihe von großen Fragezeichen auslöschte.“

Ihre Bestellung war gekommen. Thomas war in den letzten Jahren bemüht, nur noch selten rotes Fleisch zu essen. Aber bei dem Duft von frisch gegrilltem Rind setzten sich seine Speicheldrüsen immer noch unweigerlich in Bewegung.

Er hatte sich wieder gefangen und hörte sich Toms Bericht von der Begegnung mit den beiden Deutschen im *Carlyle* aufmerksam an.

„Es handelt sich also um Erpressung, bei der die Erpresser brutal aus dem Weg geräumt wurden“, brachte Thomas den Fall auf eine simple Formel.

„Ja. Und höchstwahrscheinlich liegen die Dinge ähnlich bei dem ermordeten Taxifahrer, obwohl es mir etwas schwerfällt, in Saidi Calhoun einen Erpresser zu sehen.“

„Habt ihr eine Ahnung, womit Bergstraesser von Calhoun erpresst wurde?“

„Nein, noch nicht. Aber wir vermuten, dass die Antwort auf diese Frage in Mosambik zu finden ist. Wir erwarten kurzfristig eine Nachricht von dort."

„Wie stellst du dir das weitere Vorgehen vor?"

„Das hängt nicht nur von mir ab. Mein Boss und das FBI entscheiden hier natürlich mit. Mein Plan ist, zunächst keine großen Wellen zu machen. Bergstraesser darf auch keinen Verdacht schöpfen, dass wir ihm so dicht auf den Fersen sind. Du könntest uns dabei helfen."

„Was meinst du damit?"

„Ich habe gedacht, dass du mit ihm für Freitag, am Independence Day, ein Treffen in seinem Haus verabredest. Sagen wir gegen sechs Uhr abends, zum Cocktail. Du kannst ja erwähnen, dass Nina und ich eventuell mitkommen."

„Und dann?"

„Nun, bis dahin haben wir – so hoffe ich – den letzten Beweis aus Mosambik. Dann kriegen wir auch den Haftbefehl. Ich würde ihn gerne ohne großes Aufsehen festnehmen. Du musst ihn nur in den nächsten zwei Tagen in Sicherheit wiegen."

Thomas war nicht wohl bei dem Gedanken, dass er dazu beitragen würde, seinen Partner hinter Schloss und Riegel zu bringen. Seltsamerweise dachte er nicht an die Gefahren, die mit dieser Mission verbunden sein konnten. Das lag sicherlich daran, dass er sich Lars Bergstraesser nur schwer gewalttätig vorstellen konnte; nach all den Jahren der Partnerschaft. Das ist wie bei Gewalttaten im häuslichen Bereich; keiner glaubt, dass der Vater oder Ehemann den eigenen Kindern oder der Ehefrau etwas antun könnte. Der Gedanke, dass Bergstraesser sich nicht die Hände selber schmutzig machen würde, sondern dafür hochbezahlte Handlanger beschäftigte, kam ihm erstaunlicherweise nicht. Das hatte sicherlich etwas mit seinem natürlichen Optimismus und seiner Arglosigkeit zu tun.

„Und wann kommst du dazu?“

„Das hängt von der Situation ab. Wenn alles ruhig verläuft, werden wir kurz nach Euch dazustoßen. Für entsprechende Rückendeckung durch Polizei und FBI ist natürlich gesorgt. In einigem Abstand und möglichst unauffällig, versteht sich. Wir werden die Logistik vor Ort in den nächsten achtundvierzig Stunden noch genauer erkunden.“

Es war jetzt etwas voller geworden. Um diese Zeit sah man auch mehr Damen als zur Mittagszeit. Mittags war Business. Abends eher Entspannung mit Ehefrau oder Freunden.

Thomas dachte an Christina. Was würde sie zu der Aktion am Independence Day sagen? Er wusste, sie respektierte seine Schwäche für die Tätigkeit seines engsten Freundes. Aber sie freute sich natürlich auch auf ein langes, entspannendes Wochenende mit ihm in Quogue. Der Tapetenwechsel, die frische Luft und das Wasser waren belebend und hatten jedes Mal eine erstaunliche Wirkung auf ihre Libido.

Er wollte jetzt schnell nach Hause. Er unterschrieb seine Rechnung.

„Okay. Tom, ich denke, wir sprechen morgen wieder miteinander. Halt’ mich auf dem Laufenden.“

Um diese Zeit war es nicht mehr ganz so heiß, obwohl die Steinmassen der Wolkenkratzer die Wärme speicherten, so dass es sich auch nachts kaum abkühlte. Sie gingen zusammen die paar Schritte zur Fifth Avenue. Thomas stoppte ein Taxi. Tom, der in die andere Richtung zum Grand Central musste, hielt ihn am Ärmel fest.

„Hast du eigentlich noch deinen Revolver?“

„Was soll das denn? Ja. Der ist in Quogue. Aber mach' es nicht spannender als es ist." Er tippte mit dem Zeigefinger zum Gruß an die Stirn und verschwand im klimatisierten *Yellow Cab.* Er spürte wieder, wie sein Adrenalinspiegel stieg.

50.

Auf Ihre Anfrage vom 26.06.08 und 30.06.08 teilen wir Ihnen mit, dass wir nach umfangreichen Recherchen ermittelt haben, dass im Jahre 1986 ein Deutscher in Maputo gelebt hatte, auf den ihre Beschreibung passt und der mit großer Wahrscheinlichkeit mit der Person auf dem Bild, das sie uns zur Verfügung gestellt hatten, identisch ist. Der Name Lars Bergstraesser ist jedoch nicht aktenkundig. Es könnte sich um den ostdeutschen Diplomaten Gerd Kutschinski, geboren 12.08.44, der seit 1980 als Wirtschaftsattaché an der damaligen Botschaft der DDR in Maputo tätig war, handeln. Kutschinski wurde 1986 des Mordes an einem jungen Mädchen aus Maputo verdächtigt. Das Mädchen war zu dem Zeitpunkt schwanger. Er entzog sich der Festnahme durch Flucht und galt seitdem als verschollen. Die Akte wurde geschlossen, als die DDR-Behörden unsere Regierung 1988 darüber informiert hatten, dass die Ehefrau von Kutschinski ihn für tot hatte erklären lassen.

Mozambique Republic Police
Inspector General'

„Wow!“ entfuhr es Stokes, der Tom über die Schulter geguckt hatte. Außerdem standen Alan Ridge und zwei wietere FBI-Leute um ihn herum. „Unser Freund agiert also nicht nur im Hintergrund als Fädenzieher, sondern legt auch selbst Hand an.“

„Die Kollegen in Afrika haben sich richtig Mühe gegeben. Howard, bedank' dich freundlich. Frag' aber gleichzeitig nach dem Namen des Mädchens, das damals ermordet wurde.“ Diese Information hatte ihm gefehlt. Sie war ihm wichtig.

Stokes verschwand. Ebenso die beiden FBI-Leute. Alan Ridge blieb.

„Lasst uns kurz den Einsatzplan abstimmen, und dann rufen wir alle im Seminarraum zusammen.“

„Ja, der Boss muss dazu kommen, und der Commissioner muss informiert werden.“ Tom griff zum Hörer und bedeutete seinem FBI-Kollegen mit erhobener Hand, sich einen Moment zu gedulden.

*

„Das ist ja irre!“ Reiner Winkler hatte aufmerksam zugehört, ohne Tom zu unterbrechen. Er hatte auf Lautsprecher geschaltet, damit Rita zuhören konnte. Sie verstand jedoch nicht alles, obwohl Tom sich um einfache Wortwahl bemühte und langsam sprach. Er hatte seinen deutschen Berufskollegen in knappen Worten über den letzten Stand der New Yorker Ermittlungen in Sachen Bergstraesser informiert. Von Howard Stokes waren sie bereits über die Kontaktaufnahme der beiden deutschen Mordopfer zu Bergstraesser in New York informiert worden.

„Dann wird es bei euch ja in den nächsten zwei Tagen hoch hergehen.“

„Ja, ich möchte die Sache allerdings auf kleiner Flamme kochen. Anschließend wird noch genug Staub aufgewirbelt werden. Und, Reiner, behaltet diese Information bis auf weiteres für Euch. Nichts an die Öffentlichkeit. Auf keinen Fall! Wir müssen damit warten, bis alles vorbei ist.“

„Wir konzentrieren uns hier im Moment ganz auf die Fahndung nach Igorij Balitow – oder *Glaso*, wie er auch genannt wird. Wir sind mit Interpol, Moskau und Kiew in engem Kontakt. Wie du weißt, haben sich Euer District Attorney und Euer FBI da auch mit eingeschaltet. Die Fahndung ist international."

„Ich weiß. Ich fürchte aber, dass wir da nicht so schnell weiterkommen. Mir geht es im Moment um den Mann, der hinter allem steckt."

„Das verstehe ich. Ich gehe davon aus, dass ihr uns weiterhin voll informiert haltet. Wir müssen die Morde hier in Berlin natürlich auch vollständig aufklären."

„Klar, das machen wir auf dem kurzen Dienstweg. Da ist aber natürlich auch die Schiene über Interpol."

„Der direkte Weg ist mir lieber, danke. Übrigens, habt ihr nicht morgen Euren Nationalfeiertag?" wechselte Winkler das Thema.

„Ja, ich fürchte, für uns wird das ein ereignisreicher Arbeitstag. *High Noon* bei Feuerwerk." Tom war nicht sicher, ob sein deutscher Kollege den Sarkasmus und den Doppelsinn seiner letzten Bemerkung verstanden hatte.

„Hier in Berlin wird auch gefeiert. Die US-Botschaft eröffnet ihre neue Residenz am Pariser Platz, gleich neben dem Brandenburger Tor. Dort, wo sie vor dem Krieg war. Am Wochenende gibt's ein Open-Air-Festival, ein *Amerikafest.*"

„*Great!* Okay, ich muss los. Es gibt hier eine Menge zu tun. Schönes Wochenende! Wir sprechen wieder."

Tom hatte jetzt keine Zeit für Small Talk. Er wusste von Nina, dass die Berliner ein ganz besonderes Verhältnis zu Amerika und zu allem, was amerikanisch war, hatten. Das hatte Geschichte und ging zurück auf die Zeit der Blockade mit den Rosinenbombern, später auf den Kennedy-Spruch „Ich bin ein Berliner" nach dem Mauerbau und schließlich auf Ronald Reagans Forderung an die

Sowjetunion: „*Mr. Gorbatschow, tear down this wall!*“ An dieser Sympathie hatten auch die letzten frustrierenden Jahre der Bush-Administration nicht viel geändert.

Aber im Moment stand Tom nicht der Sinn nach transatlantischen Sentimentalitäten. Eine Reihe von Aktionen musste vorbereitet werden. Und er musste mit einigen entscheidenden Leuten sprechen.

51.

Viele Menschen hatten die Stadt schon verlassen, um das lange Wochenende an den Stränden von Long Island oder New Jersey zu verbringen. Andere waren von den umliegenden Regionen nach New York gekommen, um bei den Feierlichkeiten anlässlich des Independence Day dabei zu sein.

Vor allem das traditionelle Macy's-Feuerwerk wollten Hunderttausende *live* miterleben. Jedes Jahr wurde dieses spektakuläre Schauspiel von NBC im Fernsehen übertragen. Der Sender hatte es in diesem Jahr erreicht, dass das Feuerwerk von Manhattan nach Brooklyn verlegt wurde, damit die Kameras mehr von der New Yorker Skyline einfangen konnten.

Tom hatte diese logistische Variante mit Genugtuung zur Kenntnis genommen. Sie bedeutete, dass alle Seitenstraßen östlich der First Avenue, die in den Vorjahren am *Fourth of July* für den Verkehr gesperrt waren, jetzt befahren werden konnten. Dies würde den geplanten Polizeieinsatz zweifellos erleichtern.

Tom hatte gestern den ganzen Tag damit verbracht, die Aktivitäten für Freitag vorzubereiten und zu koordinieren. Sie hatten jetzt einen Durchsuchungsbefehl für Bergstraessers Duplex-Maisonette-Apartment an der Park Avenue sowie für sein Anwesen in Watermill. Der District Attorney hatte auch nicht gezögert, den Haftbefehl für Bergstraesser auszustellen, als die Polizei mit den Informationen aus Maputo den Verdacht, dass er hinter den Morden steckte, erhärten konnte. Die letzte Meldung aus Mosambik, die sie gestern erhalten hatten, beseitigte nahezu alle Zweifel:

Bei dem Mordopfer aus dem Jahre 1986 handelt es sich um die damals fast 18-jährige Micaela Calhoun, Tochter von Antonio Calhoun und Rehema Membe. Name des Bruders: Saidi Calhoun. Keiner der Genannten wohnt heute noch in Maputo.

Mozambique Republic Police
Inspector General

Howard Stokes war smart. Er hatte offensichtlich bei seiner letzten Anfrage auch um Angaben zu den Familienmitgliedern gebeten. Und das war genau das, was Tom noch gefehlt hatte.

Über das Motiv für diese brutalen Morde gab es nun keinen Zweifel mehr. Tom glaubte jetzt, ein fast vollständiges Bild zu haben. Sowohl die beiden deutschen Ex-Stasi-Leute als auch Saidi Calhoun konnten Bergstraesser, alias Kutschinski, mit der Aufdeckung seiner wahren Identität erpressen. Dass dies etwa zur gleichen Zeit geschah, war purer Zufall. Aber für Bergstraesser bot sich hier die Gelegenheit, sich der Gefahr von zwei Seiten mit einem Schlag zu entledigen. Die Deutschen, dachte Tom, hätte er sich vielleicht mit viel Geld vom Hals schaffen können, aber Saidi Calhoun hatte zusätzliche Beweggründe: Rache. Vergeltung. Auch, wenn dies über zwanzig Jahre zurücklag.

Obwohl Engelhard Capital keiner der großen Player an der Wall Street war, würde dies in den Finanzkreisen wie eine Bombe einschlagen. Bergstraesser war bei vielen Prominenten in der Stadt bekannt, vom Bürgermeister bis zu den Kunstgrößen. Durch zahlreiche Spenden an namhafte Institutionen hatte er sich den Ruf eines generösen Mäzens erworben. Und seine Aktivitäten in politischen und transatlantischen Vereinigungen hatten zu einem seriösen Image beigetragen. Sein manchmal bulliges Auftreten und seine Direktheit wurden bisweilen belächelt, aber überwiegend als teutonische *Diversity* akzeptiert. Und jetzt würde herauskommen: Er war ein ganz gemeiner Verbrecher, der eine andere Identität angenommen hatte. Ein Mörder.

Die Diskrepanz in der Namensidentität machte Tom im Moment kein allzu großes Kopfzerbrechen. Das war in Kriminalfällen keine Seltenheit. Man würde dies später klären. Jetzt ging es erst einmal darum, den Mann ohne großes Risiko hinter Schloss und Riegel zu bringen. Er war ohne Zweifel gefährlich und konnte sich mit seinen Verbindungen zum organisierten Verbrechen und mit viel Geld Schutz und Flucht erkaufen.

52.

Seine Garage war zwei Häuserblöcke entfernt. Thomas hatte bereits gestern angerufen, und darum gebeten, dass ihm sein Wagen um zwei Uhr vor die Tür gebracht wird. Selbst die teuersten Apartments in Manhattan mit Preisschildern in zweistelliger Millionenhöhe hatten meistens keine Garagenstellplätze für ihre Besitzer. Und am Straßenrand war Dauerparken nirgendwo erlaubt. Wer sich den Luxus eines Autos in Manhattan leistete, musste sich mit Tiefgaragen begnügen, die hoffnungslos überfüllt waren. Und teuer. Feste, individuelle Stellplätze gab es nicht. Wenn man das Auto benutzen wollte, musste man lange vorher anrufen, damit die Garagenleute es gewissermaßen herausschaufeln konnten. Dazu mussten sie häufig zahlreiche andere Autos bewegen. Die Garagenbetreiber beschäftigten meistens junge Latinos, die auf kleinstem Raum die verrücktesten Manöver vollführen konnten. Dank ihrer Herkunft waren sie auch mit Handschaltungen, wie bei Thomas' Auto, vertraut. Trotzdem sah man in Manhattan immer wieder Autos der teuren deutschen Edelmarken mit abgestoßenen Stoßstangen, zerkratzten Seitenspiegeln und kleinen Dellen an allen Seiten.

Für täglich nutzte Thomas den Limousinenservice, aber fürs Wochenende wollte er auf das eigene Auto nicht verzichten. Er fuhr jetzt einen ML 350. Es gab zwar auch gute amerikanische SUVs, aber bei dem katastrophalen Zustand vieler amerikanischer Straßen, vor allem in der Stadt, wollte er kein Risiko eingehen. In den Hamptons benutzten sie den BMW Cabrio von Christina, der ständig in ihrer Garage in Quogue stand.

Es war fast schon zu spät. Freitags oder – wie heute, Donnerstag – vor Feiertagen nahm der Verkehr in Richtung Long Island bereits gegen Mittag dramatisch zu.

Christina stand schon draußen. Sie war heute nicht in der Kanzlei gewesen. In ihren schwarzen Shorts, einem cremefarbenen seidenen T-Shirt und raffinierten Römersandalen sah sie umwerfend aus. Ihre langen schwarzen Haare hatte sie zu einem Pferdeschwanz gebunden, den sie durch die hintere Öffnung der Yankee-Baseball-Kappe gezogen hatte. „Classy-casual" nannten die Amis diesen Stil.

Sie hatte nur eine Strandtasche dabei. Alles andere hatten sie in den Schränken in Long Island. Christina brachte lediglich ein paar Leckereien aus ihrem bevorzugten Delikatessengeschäft in Manhattan mit, die sie dort nicht kaufen konnte.

„Morgen sind wir also bei Lars und Yvonne?" sagte Christina, während sie sich im Stop-and-go auf der Second Avenue in Richtung Queensboro Bridge bewegten. Dabei schaute sie Thomas – nicht sehr begeistert – fragend von der Seite an. Thomas antwortete nicht gleich. Er konzentrierte sich gerade auf die Einordnung auf die Spur zur Queensboro Bridge, bei der sich immer zahlreiche Fahrzeuge von allen Seiten reinmogelten.

„Ja, aber unser Besuch in Watermill hat diesmal eine ganz besondere Note." Er musste sich eingestehen, dass dies eine ziemlich verharmlosende Umschreibung der für den nächsten Tag geplanten Aktion war. Er hatte aber noch keine Gelegenheit gehabt, seine Freundin über die Entwicklung in den letzten zwei Tagen zu informieren. Erst vor zwei Stunden hatte ihn Tom über die letzte Recherche in Maputo gebrieft.

„Okay, für mich hat ein Zusammentreffen mit deinem Partner immer eine besondere Note, wenn du weißt, was ich meine. Aber jetzt, wo wir vermuten, dass er außer seinen Mädchengeschichten noch weiteren Dreck am Stecken hat, ist die Begegnung wirklich delikat."

„Es geht nicht mehr nur um Vermutungen, Darling. Lars Bergstraesser oder wie er wirklich heißt, ist ein gefährlicher Verbrecher. Ein Mörder."

Als Thomas endgültig zu dieser Erkenntnis gekommen war, brach für ihn gewissermaßen eine Welt zusammen. Wie konnte man sich in einem Menschen so täuschen. Immer wieder hatte er gehofft, dass sich die Verdachtsmomente gegen seinen Partner über 19 Jahre irgendwie in Wohlgefallen auflösen. Aber Stück für Stück war die Wahrheit an den Tag gekommen bis es keinen Zweifel mehr gab.

In knappen Worten brachte er Christina auf den neuesten Stand. Es verschlug ihr fast die Sprache, und sie schaute mit weit aufgerissenen Augen vor sich auf die Straße. Sie waren jetzt auf dem Long Island Expressway. Thomas ordnete sich nach rechts ein, um gleich auf den Grand Central Parkway abzubiegen. Dort waren keine Lkws erlaubt, und man kam schneller voran.

„Und was sollen w i r da? Das ist doch Sache der Polizei und des FBI."

„Tom hat einen Plan. Er fürchtet, dass Bergstraesser bei einer großangelegten Polizeiaktion Wind bekommt und Gegenmaßnahmen trifft, die ihm die Flucht ermöglichen."

„Und wir sind Teil dieses Plans? Seid ihr beide verrückt?" Sie packte Thomas bei der Schulter und schüttelte ihn. Er nahm seine rechte Hand vom Lenkrad und wehrte ihre leichte Attacke ab. Bei dem verkehrsbedingten geringen Tempo konnte er das Auto bequem mit der Linken steuern.

„Beruhige dich, mein Liebling. Es ist alles gut vorbereitet und für ausreichend Schutz gesorgt."

„Sollen wir als Lockvögel dienen? Wie kannst du mir eine solche Mission zumuten? Deine Begeisterung für Kriminalfälle geht hier etwas zu weit, meinst du nicht auch? Und was ist mit Yvonne?"

„Die ist gar nicht da. Sie verbringt das Wochenende mit ihren Eltern in Cape Cod, auf Martha's Vineyard."

„Das ist ja reizend! Und das sagst du mir erst jetzt?"

„Die haben im Moment eine echte Krise. Seit Lars verkündet hat, nach Südamerika zu gehen."

„Thomas, ich komme nicht mit. Und ich möchte, dass du auch nicht gehst. Bist du noch bei Trost? Das ist viel zu gefährlich!"

Thomas antwortete nicht. Hier auf dem Grand Central Parkway lief der Verkehr jetzt ganz gut. Und die Strecke war attraktiver als der L.I.E. Hügelig und abwechslungsreich, mit viel Grün auf beiden Seiten.

„Lasst uns später darüber sprechen", beendete Thomas das Thema.

Zumindest vorläufig.

Sie brauchten über zwei Stunden, eine halbe Stunde länger als sonst. Den Rest des Tages widmeten sie sich ganz der Entspannung. Die vergangenen Tage waren ziemlich aufregend gewesen und der morgige Tag konnte turbulent werden.

Hier am Meer war es nicht ganz so heiß wie in der Stadt, aber das Thermometer stand auch hier immer noch bei 29 Grad Celsius. Die Temperatur des Pools lag etwas darunter und bot eine angenehme Erfrischung.

Sie hatten Nachholbedarf. Sowohl was ihren literarischen Konsum anbelangte als auch im Hinblick auf Sex. Beide hatten die letzten Tage in ihren eigenen Wohnungen übernachtet und genug mit sich selbst zu tun gehabt. Obwohl für beide die Sexualität wichtig war, rückte sie in die zweite Reihe, wenn eine Vielzahl von Ereignissen und Herausforderungen zeitlich und mental von ihnen Besitz ergriffen. Manche Menschen hatten damit kein Problem. Die wollten und konnten immer. Thomas musste dabei an einen Ausspruch seines Vaters denken, der gelegentlich zur Derbheit neigte, was seine Mutter immer auf die Palme brachte: „Doof fickt gut."

Im Schatten eines der großen Bäume in ihrem Garten blätterte sich Thomas zunächst durch einen Stapel Zeitungen und Magazine, bevor er zu einem Buch griff, das er sich schon vor zwei Wochen gekauft, aber noch keine Zeit gefunden hatte zu lesen. Ein New York Times Bestseller im Bereich *Fiction:* „Fearless Fourteen" von Janet Evanovich. Keine anspruchsvolle Literatur, aber ein spannender Kriminalroman, eine Strandlektüre, für die er ein besonderes Faible hatte. Das war heute gerade das Richtige für ihn. Wie immer las er parallel ein Sachbuch; im Moment von einem amerikanischen Historiker über die Hintergründe des Mauerbaus in Berlin 1961. Aber nicht heute.

Christina, die kalte Getränke und einen ihrer fabelhaften mediterranen Salate nach draußen gebracht hatte, ließ sich auf der Liege neben Thomas nieder, ebenfalls mit einem Buch in der Hand. Sie war etwas wählerischer: „The Shack" von William P. Young, ebenfalls ein NYT-Bestseller, aus dem Bereich Belletristik.

Das Thema auf der Herfahrt im Auto hatte bisher keiner von ihnen wieder angesprochen. Beide waren klug genug, bei kontroversen Themen etwas Zeit verstreichen zu lassen, bevor man den Faden wieder aufnimmt – mit mehr Sachlichkeit und weniger Emotionen.

„Ich gehe in die Sonne. Die ist jetzt nicht mehr so stark“, sagte Christina nach einer ganzen Weile. Sie stand auf und zog die Liege hinter sich her zu einem Platz auf dem Rasen, wo die Sonne nicht durch Bäume verdeckt war. Sie schien zu erwarten, dass Thomas ihr folgt. Der war jedoch in seine Lektüre vertieft und rührte sich nicht. Daher versuchte sie es mit „Liebling, kannst du mir den Rücken einreiben?“

„Gleich, ich möchte nur das Kapitel zu Ende lesen.“

Coppertone, eine Sonnenlotion, die seit mindestens zwanzig Jahren den gleichen Duft hatte. Thomas mochte den Duft. Mit ihm verbanden sich Erinnerungen an Episoden aus der Vergangenheit. Florida, Kalifornien, Karibik. Mit festem Druck verrieb er die Lotion auf Christinas braune Schultern und Rücken. Gleichzeitig massierte er dabei ihre Hals- und Schultermuskel. Er wusste nur zu gut, wie sehr sie dies genoss. Auch ihm bereitete diese Gefälligkeit Vergnügen, desto mehr, je stärker seine Hände Druck ausübten. Sie war topless, und er konnte der Versuchung nicht widerstehen, von hinten ihre Brüste zu berühren. Sie seufzte lustvoll und er beugte sich vor, um sie anzuschauen.

Es war eine so wunderbare Entspannung. Alles fiel von ihnen ab. Anschließend vergnügten sie sich im Pool. Thomas spielte das Meerungeheuer, das sein Opfer in die Tiefe zog. Christina bettelte um ihr Leben. Thomas wechselte die Rolle und war jetzt der starke Retter, der sie aus den Fängen des Ungeheuers befreite – um sie dann schließlich von seinen Armen im hohen Bogen wieder ins Wasser plumpsen zu lassen.

Sie waren früh aufgestanden, um am Strand zu joggen. Barfuß. Der frühe Morgen war im Hochsommer für Thomas die schönste Tageszeit. Es war noch nicht so heiß, und das Licht ließ alles in den kräftigsten Farben erscheinen. Sie hatten Niedrigwasser, ideal zum Joggen auf dem festen Grund, den das ablaufende Wasser hinterlassen hatte.

Gestern Abend waren sie mit Christinas Cabrio nach Southampton gefahren und hatten im *Main 75* gegessen. Bei einem Glas Wein, Schmorfleisch nach Toskana-Art mit Polenta und Porcini hatten sie dann auch in guter Stimmung über ihren Auftritt am nächsten Tag in Watermill geredet. Thomas konnte Christina davon überzeugen, dass ihre gemeinsame Rolle wichtig war und dass Tom mit seinen Leuten für ihre Sicherheit garantierte.

Meistens gingen sie nach dem Laufen zurück ins Haus, unter die Dusche und zum Frühstück auf dem Deck. Aber heute ging so gut wie kein Wind und bei nur mäßiger Brandung, *low tide* und warmer Luft bedurfte es keiner vorherigen Abstimmung und beide stürzten sich wie auf ein Kommando in die Fluten.

Das Wohlgefühl, dass sie beide seit gestern Nachmittag hatten – nach dem Stress in der Stadt – war sicherlich nicht ganz unbeteiligt an dieser Spontanaktion.

Nachmittags kamen Nina und Tom mit Cynthia. Das Hausmädchen von Christina und Thomas, Conchita, war jetzt auch da. Sie sollte auf Cynthia aufpassen, wenn ihre Eltern nach Watermill fuhren.

„Hola, Conchita, como estas?" begrüßte Nina Conchita, die als Puerto-Ricanerin eigentlich recht gut Englisch sprach. Aber eine gebildete Deutsche versucht sich eben gerne in fremden Sprachen.

„Muy bien, gracias."

„Du kennst Cynthia ja schon. Ich bin sicher, dass Ihr Euch gut verstehen werdet. Wir kommen auch nicht so spät zurück."

Conchita streckte Cynthia ihre Hand entgegen.

„Komm, ich zeig dir etwas; du kannst mir in der Küche helfen."

Die meisten Latinos konnten sehr liebevoll mit Kindern umgehen. Und diese spürten das. Cynthia fasste auch sofort Vertrauen, ergriff Conchitas Hand und folgte ihr ins Haus.

Inzwischen hatte Tom seinen Freund beiseite genommen.

„Wie hat Christina den geplanten Besuch in Watermill aufgenommen?"

„Ich musste alle meine Überzeugungskraft aufbringen, damit sie überhaupt mitkommt. Schließlich konnte ich ihren Widerstand durch den Hinweis auf dich und deine Mannschaft brechen. Und was ist mit Nina?"

„Die glaubt, sie wird lediglich Zeuge einer routinemäßigen Festnahme."

„Wenn alles gut läuft, liegt sie damit wahrscheinlich gar nicht so falsch", gab Thomas einem verhaltenen Optimismus Ausdruck.

„Ja. Also du und Christina fahren hier um halb sechs los. Nina und ich kommen zwanzig Minuten später. Gib mir ein Zeichen, wenn alles okay ist. Am besten, du hast meine Handynummer auf *speed dial.* Wenn du sie drückst, weiß ich Bescheid. Und macht Euch keine Sorgen. Die FBI-Leute und mein Team stehen bereit. Außerdem wartet eine Spezialtruppe der S.W.A.T. in einem Mannschaftswagen in der Nähe.

„Und wo soll ich meine Kanone verstecken? Bei der Hitze kann ich bei einem informellen Treffen am *Fourth of July* kein Jackett anziehen."

„Daran habe ich gedacht. Du weißt, dies ist wirklich nur für den äußersten Notfall, mit dem ich nicht rechne. Ich habe dir aber ein Wadenhalfter mitgebracht. Wo hast du die Waffe?"

„In unserem Schlafzimmer."

„Okay, wir treffen uns dort in zwei Minuten, ich gehe nur schnell zum Auto.

53.

Ein paar Wolken waren aufgekommen. Einige waren dick und dunkel. Es war schwül. Später würde es wohl noch ein Gewitter geben.

Der Montauk Highway war immer noch stark befahren. Viele waren auf dem Weg zu einem Barbecue bei Freunden und Verwandten oder zu einer öffentlichen patriotischen Feier mit Nationalhymne und lokalem Feuerwerk.

Sie hatten Thomas' SUV genommen. Bei einem richtigen sommerlichen Wolkenbruch konnten erhebliche Wassermassen herunterkommen, so dass einige Straßen in wenigen Minuten überschwemmt waren. Da war man in einem größeren Fahrzeug mit Vierradantrieb besser aufgehoben.

Die Fahrt hatte länger gedauert als sonst. Sie waren jetzt bei der kleinen Ortschaft Cobb angelangt. Gleich würden sie in Watermill sein.

Als sie die Mill Road überquerten, sah Thomas am rechten Straßenrand zwei schwarze SUV, beides Chrysler Suburban mit dunkel getönten Fensterscheiben. Sie standen auf einer kleinen Haltebucht vor einem Feldweg. Beim Vorbeifahren sah Thomas, dass Fahrer- und Beifahrersitz besetzt waren. Er bemerkte auch die für zivile Polizeifahrzeuge typischen kleinen weißen Leuchten zu beiden Seiten der Nummernschilder.

„Die gehören bestimmt zu Tom", sagte Thomas.

„Das ist aber eine ganze Ecke von Bergstraessers Haus entfernt", entgegnete Christina, ein wenig vorwurfsvoll.

„Das FBI ist näher am Haus postiert“, beruhigte Thomas seine Freundin. Dies war mehr eine Vermutung. Einzelheiten des Einsatzes kannte er nicht.

Sie bogen jetzt ab in die David Lane, deren Verlängerung die Crescent Avenue war, an deren äußersten Ende das Haus von Bergstraesser lag. Direkt an der Mecox Bay.

Sein Wochenenddomizil glich eher einem Herrenhaus. Es war von einer über zwei Meter hohen dichten Hecke umgeben. Das Tor zur Auffahrt war fast so hoch wie die Hecke. Es war, wie Thomas von diversen vorangegangenen Besuchen wusste, aus Stahl, wirkte aber durch eine holzimitierende Struktur und den weißen Anstrich gar nicht so gewaltig.

Thomas musste aussteigen, um den Knopf für Lautsprecher- und Videoanlage an der Säule neben dem Tor zu drücken.

„Ich bin’s, Thomas. Und Christine.“

„Hello, kommt rein!“ Es war die Stimme von Lars.

Das schwere Tor versenkte sich unter einem leisen Summton langsam in die Erde.

Die breite Auffahrt war lang und stieg ein wenig an. Sie schlängelte sich durch hohe Büsche und Bäume. Im Rückspiegel sah Thomas, wie sich das Tor wieder schloss.

Vor dem Garagenhaus neben dem imposanten zweistöckigen Herrenhaus standen zwei schwarze SUVs. Das größere von beiden, ein Cadillac Escalade, gehörte Bergstraesser, erkannte Thomas. Der daneben stehende Land Rover musste einem Besucher gehören. Mit New Jersey Kennzeichen. Beide Wagen standen in Fahrtrichtung zur Straße. Das war ungewöhnlich. Die Wagen mussten – gewissermaßen abfahrbereit – in diese Richtung rangiert worden sein.

Bergstraesser kam durch eine Glastür aus dem Haus auf die vordere schmale Terrasse und ging die paar Stufen einer breiten Steintreppe hinunter, um Christina und Thomas zu begrüßen. Trotz der Wärme trug er einen dunkelblauen Blazer zu einer hellgrauen Hose. Sein weißes halboffenes Oberhemd legte einen Teil seiner angegrauten Brusthaare frei.

„Die schwarzen SUVs scheinen sich hier zum Independence Day ein Stelldichein zu geben“, scherzte Thomas und blickte über die Schulter zu den beiden Autos vor der Garage und zu seinem eigenen. Er vergaß in dem Moment, dass Bergstraesser von den beiden Autos, die sie am Montauk Highway gesehen hatten, ja nichts wusste. Sein Partner reagierte aber nicht auf diese Bemerkung. Er wandte sich vielmehr Christina mit einem einladenden Lächeln zu, soweit sein kantiges, etwas brutal wirkendes Gesicht dies zuließ.

„Ich freue mich, Christina, dich auch einmal wieder zu sehen. Kommt, wir gehen nach hinten auf die Terrasse.“

„Tom und Nina kommen in ein paar Minuten nach“, verkündete Thomas. „Sie waren noch von Cynthia aufgehalten worden, die bei uns schläft. Conchita macht den Babysitter.“

Lars Bergstraesser antwortete darauf nicht und ging voraus durch den klimatisierten Wohnbereich, der sich über die gesamte Breite des Hauses erstreckte, nach hinten auf die breite Terrasse. Christina und Thomas folgten ihm.

Die Sonne war jetzt fast ganz von Wolken überdeckt, und eine leichte Brise sorgte für etwas Abkühlung. Unter riesigen Sonnenschirmen standen einige Korbsessel mit bunten Kissen. Dazu die passenden Beistelltischchen. An einer aus Meeressteinen gebauten Bar konnte man sich mit alkoholischen und alkoholfreien Getränken bedienen. Im Kühler stand eine geöffnete Flasche *Moët & Chandon.* Auf einem Tisch daneben gab es eine Auswahl von Oliven, Nüssen, Crabcakes, Garnelen und kleinen Steaks.

Bergstraesser schien ganz alleine zu sein. Normalerweise beschäftigte er auch bei kleineren Anlässen Leute, die Getränke und Horsd'œuvre anboten. Diesmal war Selbstbedienung. Ansonsten nichts Auffälliges.

Aber wem gehörte der Land Rover? Thomas überlegte für einen kurzen Moment. Dann drückte er in seiner Hosentasche die 1, auf die er Toms Handynummer gelegt hatte, zum verabredeten Zeichen, dass es nichts Ungewöhnliches gab. Er hätte Tom gerne über den Land Rover mit New Jersey Kennzeichen informiert, aber das wäre zu auffällig gewesen. Selbst wenn er nur getextet hätte.

„Schade, dass Yvonne nicht da ist", sagte Christina und bemühte sich, ihrer Stimme einen beiläufigen Klang zu geben.

„Ja, die ist bei ihren Eltern. Sie war lange nicht dort." Wenn Bergstraesser Verdacht geschöpft hatte, dann ließ er sich das nicht anmerken. „Bedient euch!" Dabei wies er mit ausgestrecktem Arm auf die Getränke und das *Fingerfood*.

Die ersten vier Takte von Beethovens „Ode an die Freude" aus der Neunten ertönten. Dieser Jingle, ausgelöst durch den Klingelknopf am Eingangstor, war typisch für Bergstraesser. Ein bisschen „reicher Spießer".

Das mussten Tom und Nina sein. Die Sprechanlage konnte an verschiedenen Stellen des Hauses und auf der Terrasse bedient werden.

„Tom Hockney und Nina", meldete sich der Polizist.

„Herzlich willkommen zum Independence Day, Chief Detective", sprach Bergstraesser mit einem mokanten

Lächeln ins Mikrofon und drückte dabei die Taste zum Öffnen des Stahltores. Bei früheren Anlässen hatte Thomas seinen Partner zum Öffnen des Tores auch mit einer kleinen Fernbedienung hantieren sehen. Möglicherweise reagierte das System auf einen Code, dachte er.

„Macht es Euch bequem. Ich gehe mal kurz nach vorn." Bergstraesser verschwand im Haus, um die Neuankömmlinge an der Frontseite seines Anwesens zu empfangen.

„Mir ist etwas mulmig", raunte Christina Thomas leise zu.

„Mach' dir keine Sorgen, Tom ist jetzt da, und seine Leute sind in der Nähe. Möchtest du?" Dabei hielt er ihr die Platte mit den Garnelen vor die Nase.

„Nee, keinen Appetit. Bin zu nervös." Thomas hingegen schob sich genüsslich eines der Schalentiere in den Mund und spülte mit einem Schluck Moët nach.

„Na, habt ihr Euer Töchterchen ohne Probleme Conchitas Obhut überlassen können?" Thomas bemühte sich um Lockerheit.

„Ja, Conchita versteht es prächtig, mit Kindern umzugehen und hat immer neue Spiele parat. Cynthia schien sogar ganz froh zu sein, als wir gingen."

Die beiden waren ein hübsches Paar. Nina war fast so groß wie Tom. Sie trug eine ärmellose fliederfarbene Leinenbluse und enganliegende dreiviertellange schwarze Hosen. In ihrem Garten in Connecticut hatte sie sich eine leichte Bräune zugelegt, die ihr gut stand. Tom sah in seinem altrosa Polohemd und den khakifarbenen Jeans aus, als wollte er zum Golfspielen. Ganz zivil und harmlos. Thomas wusste, sein Freund hätte auch nicht in Shorts kommen können. Bei dem Gedanken fühlte er sein Wadenhalfter.

Tom kam nicht gleich zur Sache. Er übte sich vielmehr in Smalltalk, lobte den parkartigen Garten sowie den makellosen Zustand der Blumenbeete rings um den Swimmingpool, der etwas tiefer in einer Mulde lag. Der Pool war nicht rechteckig wie das 25-Meter-Becken bei Thomas, sondern nierenförmig geschwungen und erstreckte sich fast über die ganze Breite des Rasens. An der einen Seite lief das Wasser über drei Kaskaden in den Pool. Wie ein Wasserfall.

Bergstraesser und Tom standen jetzt an der Bar. Christina war aufgestanden, um sich bei dem Fingerfood zu bedienen. Nina hatte sich zu Thomas gesetzt.

Plötzlich ertönte ein Piepton aus Richtung Sprechanlage. Es hörte sich an wie das Warnsignal bei einem zurücksetzenden Lkw. Bergstraesser schien etwas irritiert und eilte gleich zu der Anlage. Etwas hektisch drückte er mehrfach eine Taste, ohne dass der Signalton verstummte.

„Etwas stimmt nicht mit dem Tor", sagte er und runzelte die Stirn.

Das war das Stichwort für Tom. Er war Bergstraesser zur Sprechanlage gefolgt.

„Wir haben den Mechanismus mit Stahlkeilen blockiert, damit wir ungehindert rein- und rauskommen können. Herr Bergstraesser, ich muss Sie bitten, mit uns zu kommen. Sie sind festgenommen. Sie stehen im Verdacht, an einer Reihe von Morden maßgeblich beteiligt gewesen zu sein."

Noch während er dem Verhafteten seine *Miranda Rights* (die Standardformel über die Rechte des Verhafteten) herunterrasselte, kamen aus dem Gebüsch an der linken Hausseite Howard Stokes, Eddy Gonzales sowie zwei uniformierte Sergeanten, alle mit gezogenem Revolver. Keiner hatte sie kommen gehört. Ihren *Suburban* mussten sie auf der Auffahrt auf halber Strecke stehen gelassen haben.

„Arkadij, Idi sjuda! Bujstra!“, rief Bergstraesser laut, und in Sekundenschnelle standen zwei Männer auf der Terrasse, der eine etwas korpulent, mit einem Revolver in der Hand, der andere, ein großer Kräftiger, mit einer Maschinenpistole. Die mussten sich die ganze Zeit hinter den schweren Couchen in der Nähe der Terrassentür versteckt gehabt haben.

„Keine Bewegung!“ donnerte Tom über die Terrasse. Er hatte sie sofort erkannt: Stolischnikow und sein Bodyguard. Tom hatte jetzt auch seinen Revolver in der Hand. Aber es war schon zu spät. Mit einem Tempo, das man ihm bei seinem massigen Körper nicht zugetraut hätte, war Stolischnikow mit zwei schnellen Schritten an der Seite von Christina, ergriff mit einer Hand ihren Arm und hielt mit der anderen den Revolver an ihre Schläfe. Der Große richtete seine Schnellfeuerwaffe auf die vier Polizisten, die ihrerseits mit ihren Revolvern auf die beiden Männer zielten.

Christina war erstarrt. Mit weit aufgerissenen Augen schaute sie zu Thomas rüber. Der war sofort aufgesprungen und wurde nur mit einer energischen Handbewegung von Tom davon abgehalten, seiner Freundin zur Hilfe zu kommen und sich auf den Russen zu stürzen. Thomas explodierte fast. Er war total von der kriminellen Energie seines Partners überrascht. Gleichzeitig machte er sich die größten Vorwürfe, die Lage unterschätzt und seine Freundin in diese lebensgefährliche Situation gebracht zu haben. Aber er musste cool bleiben und durfte jetzt nichts Unüberlegtes tun. Bergstraessers Russen sahen aus, als ob sie nicht zögern würden, von ihrer Waffe Gebrauch zu machen, falls es die Situation erforderte.

Nina war auf dem Korbsessel sitzen geblieben. Sie war leichenblass und in sich zusammengesunken. Eine Olive war ihr aus der Hand gefallen.

„Meine Herren, keiner sollte hier den Helden spielen. Wir werden uns jetzt entfernen und Christina mitnehmen. Keiner wird uns folgen. Wenn doch, kann ich für das Wohl deiner Freundin nicht garantieren.“ Dabei schaute Bergstraesser zu Thomas. Dann zu Tom mit einem ironischen Lächeln:

„Herr Chief Inspector, Sie haben doch nicht im Ernst geglaubt, dass mir der Stand ihrer Ermittlungen entgangen ist. Seit ihrem Besuch in meinem Büro habe ich mich auf diesen Moment vorbereitet.“

„Sie haben keine Chance, Bergstraesser – oder wie Sie auch heißen mögen. Das FBI ist an der Straße, und ein Spezialteam wartet auf den Einsatz.“

„Die Verantwortung für das Leben dieser Frau liegt ganz bei ihnen. Sagen sie das ihren Kollegen.“

Tom überlegte für wenige Sekunden. Er sah seinen Freund an, dann Christina. Ihre sommerliche Bräune war einer grauen Blässe gewichen. Stolischnikow hielt jetzt seinen Revolver noch einen Zentimeter näher an ihren Kopf. Tom senkte seine Pistole und gab Howard Stokes ein Zeichen, das Gleiche zu tun.

„Okay, sie kommen nicht weit. Sie verschlimmern ihre Situation nur. Wir haben Scharfschützen postiert.“ Tom hielt seine Pistole immer noch in der rechten Hand. Mit der linken holte er sein Telefon aus der Hosentasche und gab ein paar kurze Befehle.

Bergstraesser ging mit schnellen Schritten ins Haus, dicht gefolgt von Stolischnikow mit Christina am Arm, den Revolver jetzt in ihre Hüfte gebohrt. Bergstraesser sprach in sein Telefon. Auf Russisch. Der Große stand noch auf der Terrasse mit seiner MP im Anschlag. Er schaute ein paarmal über seine Schulter, um sich zu vergewissern, dass Bergstraesser und Stolischnikow die andere Seite des Hauses und die Wagen vor dem Garagenhaus erreicht hatten. Er blieb noch für ein paar Sekunden stehen, drehte sich dann um und folgte den anderen im Laufschritt. Dabei hielt er seine Waffe in Hüfthöhe.

„Bleib' hier!", rief Tom seinem Freund zu, als dieser dem Russen hinterherlaufen wollte. Seinen Leuten gab er ein Zeichen, zu ihm zu kommen. Er hatte jetzt ein Funkgerät in der Hand.

„Sie haben eine Geisel. Ein Cadillac Escalade und ein Land Rover. Beide schwarz. Der Hubschrauber soll uns laufend ihre Position melden."

Sie hörten jetzt die aufheulenden Motoren der SUVs, als sie mit Vollgas und kreischenden Reifen davonrasten. Sofort liefen alle durchs Haus nach vorn.

„Nina, du fährst mit Thomas zurück nach Quogue", sagte Tom. „Ich lass' Euch ..."

„Kommt überhaupt nicht in Frage", protestierte Thomas. Ich komme selbstverständlich mit Euch. Es geht schließlich um Christina!"

Tom hätte die Mittel gehabt, seinen Freund daran zu hindern, mit ihnen die Verfolgung aufzunehmen. Nach den Regeln hätte er dies auch tun müssen. Aber er wusste, was in Thomas vorging. Außerdem hatte er ihn in diese gefährliche Situation gebracht. Er konnte jetzt auch nicht lange diskutieren.

„Okay, du kommst mit mir", und zu einem der Sergeanten gewandt: „Hol' mal eine Weste aus meinem Wagen."

„Sie fahren auf dem Montauk Highway nach Osten", kam es aus dem Hubschrauber, durch dem Lärm seiner

Motoren kaum zu verstehen. Tom hatte sein Gerät jetzt auf Lautsprecher gestellt. „Es sieht so aus, als wollten sie zum Airport East Hampton“, schnarrte es weiter.

„Okay, wir fahren jetzt hinterher, und ihr folgt uns“, befahl Tom jetzt und zeigte auf Howard Stokes und Eddy Gonzales. „Und Sie nehmen den Wagen von Mister Kirsten und fahren meine Frau nach Quogue“, wandte er sich an den Sergeanten. Thomas warf ihm wortlos die Autoschlüssel zu.

„Im ersten Wagen, dem Cadillac Escalade sind zwei Männer und eine Frau“, meldete sich der Hubschrauber wieder. „Einer der Männer sitzt mit der Frau hinten. In kurzem Abstand der Land Rover, in dem wir nur einen Mann erkennen können.“

Tom drückte eine Taste auf seinem Funkgerät. Seine *Glock 79* hatte er sich inzwischen in seinen Hosenbund gesteckt.

„Alan, ihr könnt jetzt los. Haltet etwa eine Meile Abstand, mit anderen Fahrzeugen dazwischen. Ziel scheint Airport East Hampton zu sein. Wir fahren jetzt auch los.“

Das FBI stand mit zwei Fahrzeugen bereit und das S.W.A.T.-Team mit einem weiteren.

„Schusswaffen nur im äußersten Notfall benutzen“, gab Tom seinem Kollegen vom FBI noch mit auf den Weg. „Die Unversehrtheit der Geisel hat erste Priorität.“ Er wechselte vom Funkgerät zum Telefon. „Okay, sagt mir Bescheid, wenn Ihr durch seid.“ Dann wandte er sich Howard Stokes und Thomas zu: „In diesem Moment wird gerade Bergstraessers Apartment in der Park Avenue durchsucht.“ Er drehte sich um und ging zum Auto. „Wir müssen jetzt los!“

Tom und Thomas stiegen in den *Suburban*, der direkt vor dem Haus stand. Der Sergeant, den er zu dem Auto geschickt hatte, um eine schusssichere Weste zu holen, stand daneben, in einer Hand die Weste, mit der anderen hielt er die Fahrertür auf.

„Sie kommen mit uns“, sagte Tom. Dabei nahm er ihm die Weste aus der Hand

Die anderen liefen die Auffahrt runter zu ihrem Wagen, den sie auf halbem Wege stehen gelassen hatten.

„Zieh' das Ding an.“ Tom gab Thomas die schusssichere Weste.

„Mit Christina in deren Hand wird es wohl kaum zum Schusswechsel kommen. Aber sicher ist sicher. Ich riskiere ohnehin schon Kopf und Kragen, dass ich dich mitgenommen habe.“

Thomas zog die Weste etwas umständlich über sein Polohemd, sagte aber nichts. Seine Gedanken waren bei Christina. Die Sorge um sie schnürte ihm fast die Kehle zu, und sein Schuldgefühl bereitete ihm beinahe physische Schmerzen.

Die Wolken hatten sich jetzt zu einer dunklen Decke zusammengezogen, und in der Ferne hörte man Donner grollen. Einzelne dicke Regentropfen fielen bereits gegen die Windschutzscheibe. Gleich würde es wie aus Eimern schütten. Meistens hört es zu dieser Jahreszeit aber auch schnell wieder auf, und die Grillpartys konnten nach kurzer Unterbrechung weitergehen.

„Sie sind jetzt nach links in die Hedges Road abgebogen, die direkt zum Airport East Hampton führt“, kam es vom Hubschrauber. „Zirka anderthalb Kilometer dahinter das FBI.“

„Von dort kommen sie nicht weit“, sagte Tom, mehr zu sich selbst. Er überlegte. Sie hatten dort vermutlich einen Hubschrauber. Mit der Geisel in ihrer Gewalt konnten sie vielleicht sogar entkommen. Aber wohin?

Als könnte er die Gedanken seines Freundes lesen, sagte Thomas

„Vielleicht nehmen sie einen Hubschrauber von hier zum Gabreski Airport in Westhampton. Dort können große Jets starten und landen."

Im Sommer gab es täglich Jet-Verbindungen von New York nach Westhampton. Vor ein paar Jahren, erinnerte sich Thomas, landete dort sogar *Airforce One,* als Alec Baldwin und seine damalige Frau Kim Basinger in ihrem Haus in den Hamptons eine Wahlparty für Bill Clinton gegeben hatten.

„Nicht schlecht für einen Investmentbanker! Das werden wir gleich checken." Tom, dessen Funkgerät jetzt an einem Riemen über seiner Brust hing, damit er beide Hände für das Lenkrad frei hatte, sprach die Kollegen im Hubschrauber an.

„Fragt mal beim Gabreski Control Tower an, ob ein Privatjet um Starterlaubnis gebeten hat mit einem Ziel außerhalb der Vereinigten Staaten."

Der Regen prasselte jetzt gegen die Windschutzscheibe und sie konnten nicht viel weiter sehen als bis zu den Rücklichtern des vor ihnen fahrenden Autos, obwohl sich die Scheibenwischer mit höchster Geschwindigkeit bewegten. NYPD und FBI hatten für diese Aktion bewusst auf Lichtzeichen und Sirene verzichtet. Man wollte Bergstraesser und seine Komplizen überraschen. Dies war allerdings nicht ganz gelungen. Die waren offensichtlich vorbereitet gewesen. Wodurch oder durch wen musste später noch ermittelt werden. Jetzt ging es darum, die Geisel zu befreien und die Gangster dingfest zu machen. Und sie mussten behutsam vorgehen, um das Leben von Christina nicht in Gefahr zu bringen.

„Der Tower auf dem Gabreski Airport hat bestätigt, dass auf dem Rollfeld ein Gulfstream-Jet steht. Von der Firma Apollojets. Die haben für heute Abend einen Start nach Managua in Nicaragua angemeldet.“

„Keine Starterlaubnis! Auf gar keinen Fall!“ Tom beugte sich etwas nach vorn, um bei dem Regen besser sehen zu können. „Sag’ denen, dass die NYPD oder FBI-Leute in zirka dreißig Minuten nach Westhampton kommen.“

„Langsam, Tom. Ich glaube, an der nächsten Ecke müssen wir links abbiegen“, sagte Thomas. Seine Lippen waren zu einem Doppelstrich zusammengepresst.

„Ja, hier ist es. Hedges Road.“ Das Hinweisschild am Straßenrand mit dem kleinen Flugzeugsymbol war kaum zu erkennen. Tom schaute in den Rückspiegel, um sich zu vergewissern, dass Howard und Eddy hinter ihnen waren.

Thomas war angespannt. Er hatte in seinem Leben schon Gefahren kennengelernt, bei denen sein Mut auf die Probe gestellt wurde. Sei es bei der Verhinderung eines Autodiebstahls, bei einem dramatischen Unwetter in den Bergen oder bei einer geglückten Notlandung in Nizza. Aber immer war nur er selbst betroffen. Dies war anders. Ein Mensch war in großer Gefahr. Ein Mensch, den er liebte und der durch seine Schuld in diese Lage geraten war. Christina war in den letzten Jahren ein Teil von ihm geworden. Er musste sich zwingen, seine Emotionen im Zaum zu halten. Er musste cool bleiben. Eine unüberlegte Handlung konnte fatale Folgen haben. Thomas löste seinen Revolver aus der Halterung an seiner Wade und steckte ihn in seinen Hosenbund.

Nach einer kurzen Fahrt durch einen dichten Eichenwald gelangten sie an eine Lichtung. Die FBI-Leute vor ihnen hatten angehalten. Ihr SUV stand am Rand einer weiten Grasfläche, hinter der das Flugfeld lag. Die beiden

Polizeifahrzeuge hielten ebenfalls an. Es hatte jetzt fast aufgehört zu regnen. Tom stieg aus und sprach kurz mit Alan Ridge.

„Siehst du den roten Hubschrauber da hinten?“ Der FBI-Mann gab Tom ein Fernglas. „Es ist ein Robinson R44, Raven II. Der wartet auf Bergstraesser. Da bin ich sicher.“ Tom schaute nur kurz durch das Glas. Das knallrote Fluggerät war zirka eine dreiviertel Meile von der Stelle entfernt, wo sie standen. Er nahm sein Funkgerät zur Hand und informierte seine Leute.

„Das FBI bleibt hier stehen. Sie haben einen Scharfschützen bei sich. Zwei weitere sind auf dem Dach des Flughafengebäudes postiert. Wir fahren dort hin.“

Tom stieg ein und die beiden *Suburbans* der NYPD setzten sich wieder in Bewegung. Sie bogen links ab in die Daniels Hole Road, an der sich der Eingang zum Airport East Hampton befand.

Vor dem weißen Flachbau standen drei schwarze SUVs dicht nebeneinander: Bergstraessers *Cadillac Escalade,* der *Land Rover* und ein *Honda Pilot,* den sie vorher noch nicht gesehen hatten, der aber offensichtlich zu Bergstraessers Gang gehörte. Die Wagen waren leer. Am äußersten Ende des Parkplatzes vom Airport stand noch ein Wagen. Mit laufendem Motor. Es handelte sich um einen Lincoln Navigator. Groß und schwarz, viel Blech. Mit einem Nummernschild aus Maryland. Die bei SUV üblichen getönten Scheiben schienen bei diesem Fahrzeug noch dunkler zu sein. Durch die Windschutzscheibe konnte man zwei Männer erkennen. Tom schenkte dem Wagen in der Eile aber keine besondere Aufmerksamkeit. Er hielt ihn für einen dieser luxuriöseren Abholservices für in Kürze ankommende Passagiere. Die Fahrer ließen bei der Wärme natürlich den Motor laufen, damit ihre Kunden in einen klimatisierten Wagen steigen konnten.

Tom und Howard stoppten so, dass die drei Wagen blockiert waren und rannten ins Gebäude. Die anderen Polizisten und Thomas hinterher. Am Ausgang zum Flugfeld auf der anderen Seite des Gebäudes lag ein Mann auf dem Boden. Sein weißes Sporthemd war voller Blut. Ein zweiter kniete neben ihm. Die beiden waren Mitarbeiter des Airports, wie an den um ihren Hals hängenden Dienstausweisen zu erkennen war. Der Eine war offensichtlich von Bergstraesser oder seinen Russen angeschossen worden war. Die Polizisten stoppten kurz.

„Ich habe schon 911 gerufen“, rief der Mann, der sich um den Verletzten kümmerte und zeigte in Richtung der flüchtenden Gangster. Daraufhin rannten die Polizisten weiter.

Der Regen hatte jetzt ganz aufgehört. Im Westen wurde es bereits heller, und zögerlich zeigte sich auch wieder die Sonne zwischen den Wolkenresten. Das Flugfeld glitzerte noch nass und hier und da stiegen kleine Verdunstungswölkchen auf.

Der *Robinson R44* stand am nordöstlichen Ende des Flugfeldes. Bergstraesser war mit einem Teil seiner Leute bereits weit weg und hatte den Hubschrauber schon fast erreicht. Ein ganzes Stück dahinter folgte Stolischnikow mit Christina am Arm. Thomas konnte sehen, dass man seiner Freundin die Hände vor ihrem Körper mit *Duct Tape* zusammengebunden hatte. Tom und Thomas hatten die beiden fast erreicht. Da ertönte ein Schuss. Bergstraesser war stehen geblieben und hatte einen Warnschuss in die Luft gefeuert.

„Halt! Keinen Schritt weiter“, schrie Bergstraesser. „Thomas, wenn du Christina unversehrt wiedersehen möchtest, sag' deinem Freund, dass er und seine Leute sich nicht rühren sollen, bis wir verschwunden sind. Glaub' mir, Stolischnikow macht Ernst. Es wäre nicht das erste Mal."

„Bergstraesser!" schaltete sich Tom jetzt ein. Er hatte sich von dem Sergeanten die Flüstertüte geben lassen. Der Hubschrauber machte einen Höllenlärm. „Sie haben keine Chance! Das Flugfeld ist umstellt, und wir haben Scharfschützen postiert. Vom Gabreski Airport kommen sie auch nicht weg."

„Das werden wir ja sehen. Sie schätzen die Lage falsch ein. Wenn sie sich uns in den Weg stellen, wird die Geisel getötet. Ich glaube nicht, dass sie das riskieren wollen." Bergstraesser sprach mit lauter und fester Stimme, die Selbstsicherheit und Entschlossenheit verriet. Thomas hatte diese Eigenschaft bei seinem Partner immer geschätzt und glaubte, dass sie mit ein Grund für seinen frühen geschäftlichen Erfolg war. Aber auch prominente Kriminelle zeichnen sich häufig durch Charisma und besondere Führungsmerkmale aus.

Inzwischen hatte Stolischnikow, mit Christina fest am Arm, Bergstraesser erreicht. Er hielt seine Waffe an ihren Hals. Bergstraesser hatte einen Revolver auf Thomas und die Polizisten gerichtet. Hinter ihnen stand der Große mit seinem Schnellfeuergewehr im Anschlag. Auch Toms Leute sowie Thomas richteten ihre Waffen auf Bergstraesser und seine Russen. Aber es war klar, sie durften das Leben der Geisel nicht aufs Spiel setzen. Daher durfte keiner schießen. Tom hoffte nur, dass sein Freund keine Dummheiten machen würde. Im äußersten Fall mussten sie die Gangster entkommen lassen und darauf bauen, dass sie Christina freilassen, sobald sie sich in Sicherheit wähnten. Das konnte auch außerhalb der Landesgrenzen sein.

Bergstraesser und Stolischnikow, mit der Geisel im harten Griff, bewegten sich langsam rückwärtsgehend auf den roten Hubschrauber zu, dessen Rotorblätter jetzt auf volle Touren zu kommen schienen. Vor dem Einstieg standen zwei Männer mit Schnellfeuergewehren im Anschlag. Die mussten mit dem Honda Pilot dazugestoßen sein.

Thomas Nerven waren aufs Äußerste angespannt. Christina sagte kein Wort. Offensichtlich stand sie unter Schock. Ihr Gesicht war ausdruckslos. Vielleicht war es aber ihre Klugheit, ihre Entführer nicht zu provozieren. Er bewunderte ihre Haltung. Was konnte er nur tun? Seine Hilflosigkeit trieb ihn fast zur Verzweiflung.

Plötzlich kam mit großer Geschwindigkeit und quietschenden Reifen ein Fahrzeug hinter dem Hubschrauber hervor. Bei dem Rotorenlärm hatte bis zu diesem Moment keiner etwas bemerkt. Der Lincoln Navigator mit Maryland-Kennzeichnen raste direkt auf die Gruppe Bergstraesser/ Stolischnikow/ Christina zu, machte im letzten Moment eine Vollbremsung, so dass der Wagen sich um 90 Grad drehte und seitlich zu der Gruppe stehenblieb. In Sekundenschnelle gab der Wagen wieder Vollgas und raste in die Richtung, aus der er gekommen war. Bergstraesser lag am Boden. Stolischnikow, total überrascht, wandte sich für den Bruchteil einer Sekunde von Christina ab und schaute völlig konsterniert auf seinen am Boden liegenden Auftraggeber. Das war der Moment für die Scharfschützen auf dem Dach des Flughafengebäudes. Stolischnikow fiel lautlos zu Boden. Sein Bodyguard und die zwei Typen vor dem Hubschrauber feuerten mit ihren MPs dem Lincoln Navigator hinterher.

Howard und Eddy hatten die Situation blitzschnell erkannt. Sie stürzten sich auf Christina und legten sich mit ihr flach auf den Boden. Thomas hechtete sich mit einem gewaltigen Sprung dazu und bedeckte Christina seitlich mit seinem Körper.

Dann war es auf einmal ganz still. Die drei Gangster mit ihren Automatikwaffen lagen jetzt auch auf dem Boden. Die Scharfschützen waren kein Risiko eingegangen und hatten ganze Arbeit geleistet. Lediglich der Hubschrauberpilot, ein kleiner drahtiger Typ, ergab sich mit erhobenen Händen nachdem er die Maschine abgestellt hatte. Toms Sergeanten legten ihm Handschellen an und führten ihn ab.

Die Polizisten und Thomas standen auf. Sie halfen Christina auf die Beine. Sie zitterte am ganzen Körper. Eddy schnitt mit einem Messer das *Duct Tape* durch. Christina rieb sich die Handgelenke. Thomas nahm sie in den Arm, und eine Weile sagte keiner etwas. Nur Tom war zu hören, als er eine kurze Lageschilderung und ein paar Anweisungen in sein Funkgerät sprach.

„Wie kannst du mir jemals verzeihen!“ murmelte Thomas ihr ins Ohr.

Den Arm um sie gelegt, führte er sie mit langsamen Schritten in Richtung Flughafengebäude.

Howard und Eddy inspizierten die leblos am Boden liegenden Männer.

Als erstes gingen sie zu Bergstraesser. Tom kam dazu und beugte sich zu ihm runter. Der Verbrecher lag auf der Seite, seine Pistole noch in der Hand. Kopfschuss. Ein kleiner Einschuss an der linken Schläfe. Ein wenig Blut rinselte über seine Wange. Tom richtete sich auf. Mit nachdenklichem Gesicht.

„Dies kommt mir bekannt vor. Wir haben keinen Schuss gehört, und ich bin ziemlich sicher, dass die Spurensicherung keine Patronenhülse finden wird."

Inzwischen waren auch die FBI-Leute da.

„Alan, ich denke, wir hatten Besuch aus Langley. Du weißt, was ich meine. Wir werden eine Menge zu erklären haben."

„Okay, wir müssen uns etwas einfallen lassen."

Mit Blauweißrotlicht und ohrenbetäubenden Sirenen kamen drei Ambulanzwagen angerast.

*

Die Wolken hatten sich jetzt vollständig verzogen. Mit etwas erhöhter Geschwindigkeit fuhr der Lincoln Navigator in Richtung Westen, allerdings nicht so schnell, dass es aufgefallen wäre. Einen Stopp durch die Verkehrspolizei wollten sie auf keinen Fall riskieren. Sie hatten jetzt den Sunrise Highway erreicht. Es wurde langsam dunkel. Hier und da war das Knallen lokaler Feuerwerke zu hören. Sie trugen immer noch ihre dunklen Sonnenbrillen. Außerdem hatten sie die Blenden gegen die untergehende Sonne heruntergeklappt.

„*Mission accomplished*, Befehl ausgeführt!" sagte der auf dem Beifahrersitz. Schmunzelnd schaute er auf die kleine Pistole, die er auf der flachen Hand in seinem Schoß hielt.

„Das kleine Ding ist wirklich erstaunlich. Kein Ton. Und hier ist die Hülse." Dabei fummelte er mit seinen Fingern eine leere Patronenhülse aus dem Magazin und steckte sie in seine Hemdtasche.

In der Nähe einer Häusergruppe am Straßenrand schossen ein paar Raketen in die Luft, deren bunten

Feuerregen man jetzt in der Dämmerung schon gut erkennen konnte. Der Geruch von verbranntem Schwarzpulver drang durch die Lüftung in das Wageninnere.

„Happy Independence Day!“ sagte der am Steuer, klappte die Sonnenblende hoch und beschleunigte etwas.

Bis Langley waren es noch gut vier Stunden.

54.

Es gibt nur ganz wenige Anlässe, die Christina und Thomas im Sommer davon abhielten, das Wochenende in den Hamptons zu verbringen. Das Lincoln Center Festival gehörte dazu. Und in diesem Jahr gab es ein besonderes Highlight: Die Aufführung von Bernd Alois Zimmermanns Oper „Die Soldaten“ in der *Park Avenue Armory*.

Das kulturelle Sommerfestival in New York bietet Aufführungen, die man hier sonst nicht oder nur ganz selten zu sehen bekommt. Thomas bedauerte es manchmal, dass das New Yorker Kulturangebot, wenngleich auf höchstem Niveau, eher konservativ war. Die Museen bildeten da allerdings eine Ausnahme. Aber avantgardistisches Theater fand – wenn überhaupt – eigentlich nur an kleinen Häusern *Off-Off-Broadway* statt. Oder an der Brooklyn Academy of Music, an der zum Beispiel Pina Bausch, eine Alumna der berühmten Juilliard School in New York, mit ihrem Wupperthaler Tanztheater immer wieder frenetisch gefeiert wurde. Zeitgenössisches Theater und mutige Inszenierungen werden im Sommer, wenn die großen Bühnen in Manhattan pausieren, regelmäßig von anderen Kontinenten in die Metropole an der Ostküste importiert.

Sie hatten die Karten schon vor einigen Wochen besorgt. Auch für Nina und Tom. Jetzt saßen sie alle an der Theke in der geräumigen offenen Küche von Thomas’ Apartment, das nur ein paar Minuten zu Fuß von der *Armory* entfernt war. Christina hatte eine Platte mit leckeren Sandwichen kommen lassen, damit sie sich vor der erwartungsgemäß anspruchsvollen Aufführung stärken konnten.

Alle hatten diesem Ereignis mit großen Erwartungen entgegengesehen. Aber die Stimmung war jetzt gedämpft. Zu sehr lagen ihnen noch die dramatischen Geschehnisse von vor einer Woche in den Gliedern. Insbesondere Christina schien noch einigermaßen mitgenommen. In der Kanzlei hatte sie sich für drei Tage krankgemeldet. Ihre Wut auf Thomas war allerdings bald abgeebbt. Sie hatten lange und kontrovers über alles gesprochen. Am Ende hatten sie festgestellt, dass ihre Beziehung doch so krisenfest war, dass auch eine extreme Situation mit falschen Einschätzungen des Einen zulasten des Anderen ihr Verhältnis zueinander nicht erschüttern konnte.

Auch Tom machte nicht den frischesten Eindruck. Er sah übermüdet aus.

„Du hast sicherlich eine heiße Woche hinter dir", wandte sich Thomas an seinen Freund.

„Ich kann nicht klagen. Und die Wochen davor waren auch nicht gerade ein Erholungsurlaub", sagte Tom und lächelte dabei etwas gequält. „Aber so etwas wie in den letzten Tagen ist mir in meiner bisherigen Karriere noch nicht vorgekommen. Die Drähte zwischen Washington und uns haben geglüht."

„Ich habe meinen Mann in der letzten Woche kaum zu Gesicht bekommen", ergänzte Nina.

„Nach dem, was ich gelesen habe, erleben wir heute ein Mammutevent", wechselte Christina das Thema. Heute wollte sie sich nicht an das letzte Wochenende erinnern. „Einhundertzehn Musiker der Bochumer Symphoniker!"

„Außerdem eine Jazz-Combo und vierzig Sänger, Schauspieler und Tänzer. Ich bin sehr gespannt", fügte Thomas hinzu. Dabei nahm er sich ein Pastramisandwich und ermunterte seine Gäste zuzulangen. Wein, Bier und Wasser standen zur Selbstbedienung auf der Theke.

„Ein ‚Gesamtkunstwerk' also."

„Das ist übrigens ein Wort, das vom Deutschen ins Englische so unverändert übernommen worden ist", sagte Nina, die als Journalistin und Philologin solchen Sprachbesonderheiten mehr Aufmerksamkeit schenkte als andere.

„Zimmermann spricht vom ‚pluralistischen Theater'." Tom, der einstige Kunstgeschichtler, hatte sich trotz seiner erhöhten Arbeitsbelastung in den letzten Tagen offenbar noch etwas vorbereitet.

„Tom, wir wissen, du befindest dich in einer kniffligen Situation und kannst wahrscheinlich nicht viel sagen. Aber wir sind doch einigermaßen erstaunt, um nicht zu sagen, geschockt, von dem, was wir in der Zeitung gelesen beziehungsweise im Fernsehen gesehen haben. Das ist doch von der Realität, wie wir sie erlebt haben, so weit entfernt wie von hier zum Mond."

Alle schauten auf Tom. Auch Christina, die sich gerade an einer Focaccia mit Mozzarella, Tomate und Basilikum delektierte.

Die Ereignisse vom Independence Day waren mit einiger Verspätung in einer gemeinsamen Pressekonferenz von NYPD, FBI, dem Bürgermeister und dem Governor von New York am letzten Sonntag, d.h. 36 Stunden nach der Schießerei auf dem Airport von East Hampton, so dargestellt worden, dass der bekannte Wall Street Banker, Lars Bergstraesser, seit geraumer Zeit von einer russisch-ukrainischen Verbrecherorganisation wegen angeblich sexueller Beziehungen zu Minderjährigen erpresst wurde und bei dem Versuch, sich ins Ausland abzusetzen, von den Gangstern getötet worden ist. Dabei sei es auch zu einer Geiselnahme gekommen. Die Sicherheitskräfte hätten die Geisel jedoch unversehrt befreien können. Vier der schwerbewaffneten Gangster seien bei einem Schusswechsel von Scharfschützen der Polizei erschossen worden, um das Leben der Geisel und der Einsatzkräfte zu schützen.

„Bitte, erwartet keine weiteren Details von mir. Aber glaubt mir, ich – und natürlich alle meine Leute – sind auch einigermaßen frustriert. Die Untersuchung – oder sollte ich sagen die Story – ist aber noch nicht abgeschlossen."

„Das kann ich mir denken", sagte Thomas, der von seinem Freund in diesen Fall von Anfang an einbezogen worden war. „Wie passen zum Beispiel die Morde hier und in Berlin zu der Story?"

„Okay, da muss noch nachgearbeitet werden." Und mit einem ironischen Lächeln fügte Tom hinzu: „Saidi Calhoun könnte zum Beispiel Bergstraesser separat erpresst haben, vielleicht ebenfalls mit den Mädchengeschichten, ist dabei den Russen in die Quere gekommen und musste beseitigt werden. Und Vadim Schewtschenkow – so könnte man es darstellen – wurde zum Verhängnis, dass er nicht zum harten Kern der Bande gehörte und vielleicht geplaudert hätte. Die wollten jedes Risiko vermeiden."

„'Und wenn sie nicht gestorben sind, dann leben sie noch heute'", deklamierte Thomas. „Und was ist mit den Berliner Morden?"

„Lass mich in Ruhe! Aber deiner Fantasie sind keine Grenzen gesetzt. Wie wäre es hiermit: Die beiden Deutschen wollten groß ins Kunstgeschäft einsteigen und hatten dabei Bergstraesser im Auge. Vielleicht hatten auch sie ein Druckmittel gegen ihn und kamen der Bande dabei ebenfalls ins Gehege. Die Gangster wollten exklusiv absahnen. Was weiß ich!" Tom streckte beide Arme aus mit den Handflächen nach oben als Zeichen der Resignation.

„Mir tut nur Yvonne leid. Es muss ganz furchtbar für sie sein“, sagte Christina.

„Für die kam der Schock schon etwas früher. Ihre Abwesenheit in Watermill kam nicht ganz von ungefähr. Sie war über die Machenschaften ihres Mannes ein paar Tage zuvor aufgeklärt worden“, erläuterte Tom. Und nach einer kurzen Pause: „Allerdings nicht von uns.“

Die drei sahen ihn fragend an. Tom wollte und konnte dies aber jetzt nicht vertiefen. Daher kam er schnell auf einen anderen Punkt.

„Über den Tresor in der Park Avenue ist auch nichts an die Presse gegangen. Bevor wir seinen Inhalt noch genau unter die Lupe nehmen konnten, wurde er von höchster Stelle konfisziert. Zwei Typen mit der entsprechenden richterlichen Genehmigung haben das Zeug einfach abgeholt. Außer Bargeld, ein paar Goldbarren und Bankdokumente von Institutionen in der ganzen Welt, hatten meine Leute und die Kollegen vom FBI auch eine M9 Beretta sowie einige DVDs gefunden; Pornografie mit Minderjährigen.“

Tom schaute auf seine Uhr und erhob sich. Dabei griff er sich noch eine Olive von der fast geleerten Platte. Für einen Moment dachte er daran, dass er in der nächsten Woche seine Berliner Kollegen briefen musste. Dieser Gedanke bereitete ihm erhebliches Unbehagen. Er musste sich sehr gut überlegen, wie er ihnen diese Story am besten verkaufen konnte.

„Ja, wir müssen los“, sagte Nina und legte ihren Arm um ihren Mann.

„Noch einen Moment. Wir brauchen nur fünf Minuten dorthin. Weißt du schon, was aus Bergstraessers – oder Kutschinskis, wie auch immer – Vermögen wird?“ wollte Thomas wissen.

„Keine Ahnung. Aber da wird es noch eine Menge Hick-Hack zwischen Yvonne, ihren Anwälten und ‚Onkel Sam' geben. Du hast ja vermutlich mit Engelhard Capital auch noch Einiges am Hals. Und ein paar Anwälte werden sich wieder eine goldene Nase verdienen." Tom schaute seinen Freund ein wenig mitleidig an.

„Darüber zerbreche ich mir in diesem Moment nicht den Kopf." Thomas war ziemlich gelassen. Es gab klare Vereinbarungen für den Fall, dass einer der beiden Partner stirbt, deren Zweck es war, den Fortbestand der Firma nicht zu gefährden. „Jetzt bin ich vielmehr sehr gespannt darauf, was uns heute Abend erwartet."

Sie kannten die *Park Avenue Armory* von früheren Veranstaltungen und den großen Kunstmessen, aber was sich ihnen jetzt bot, war atemberaubend. In der Halle, die mit einer Größe wie ein Fußballplatz und einer 25 Meter hohen Decke eher an einen Bahnhof aus dem 19. Jahrhundert erinnerte, war in der Mitte eine zirka 70 Meter lange T-förmige Bühne aufgebaut. Zu beiden Seiten Sitztribünen, die sich der Handlung folgend entlang der Bühne bewegen konnten. Die Musiker befanden sich an beiden Seiten der Tribünen. Das konnte spannend werden. Christina schmiegte sich an Thomas und nahm seine Hand. Das Spektakel begann.

Druck:
Customized Business Services GmbH
im Auftrag der KNV-Gruppe
Ferdinand-Jühlke-Str. 7
99095 Erfurt